DIE WEHMUTTER
VOM *Bodensee*

Doris Röckle-Vetsch, geboren 1963, lebt mit ihrer Familie in Vaduz im Fürstentum Liechtenstein. Nebst ihrer Tätigkeit im medizinischen Sektor gehört ihre Leidenschaft dem Schreiben historischer Romane. 2010 gewann sie den Literaturwettbewerb des Kulturvereins Schloss Werdenberg. Von der Mystik des Alpenrheintals und seinen Burgen gefangen, lässt sie das Mittelalter nicht mehr los.

DORIS RÖCKLE

DIE WEHMUTTER VOM *Bodensee*

KRIMINALROMAN

emons:

Bibliografische Information der Deutschen Nationalbibliothek
Die Deutsche Nationalbibliothek verzeichnet diese Publikation
in der Deutschen Nationalbibliografie; detaillierte bibliografische
Daten sind im Internet über http://dnb.d-nb.de abrufbar.

© Emons Verlag GmbH
Alle Rechte vorbehalten
Umschlaggestaltung: Nina Schäfer, unter Verwendung von Sandra
Cunningham/Trevillion Images, shutterstock.com/Jan Hendrik
Gestaltung Innenteil: DÜDE Satz und Grafik, Odenthal
Lektorat: Hilla Czinczoll
Druck und Bindung: CPI – Clausen & Bosse, Leck
Printed in Germany 2021
ISBN 978-3-7408-1146-4
Originalausgabe

Unser Newsletter informiert Sie
regelmäßig über Neues von emons:
Kostenlos bestellen unter
www.emons-verlag.de

Dieses Werk wurde vermittelt durch die Agentur Editio Dialog,
Dr. Michael Wenzel (www.editio-dialog.com).

Für Irmgard,
die mir mehr Schwester als Schwägerin war und
still und leise von uns gegangen ist

Dramatis Personae

Hanna – liebäugelt mit dem Wehmutteramt und tut alles für die Gerechtigkeit, was sie manchmal fast mit dem Leben bezahlt
Lena – Frau des Rheinmüllers, Hannas Freundin
Jodok Waser – städtischer Rheinmüller, Lenas Mann
Peter – Geselle des Müllers
Klara – Magd bei Jodok und Lena
Jerg – junger Torwächter des Petershausertores
Heribert Zipp – bischöflicher Pfister (Bäckermeister)
Bleichgesichtiger – sein Geselle, lauert Hanna ständig auf
Hiltbert Fronlein – bischöflicher Müller, ein Gauner, der es mit dem Wiegen nicht so genau nimmt

Haus in der Mordergasse
Conrad von Liebenfels – adeliger Ritter, Besitzer der Burg Liebenfels und des vornehmen Hauses in der Mordergasse
Endlin von Liebenfels – seine junge Gemahlin
Ursus – Stallknecht der von Liebenfels und Hannas heimlicher Geliebter
Wicca – die Köchin
Barbel – junge Magd
Agnes – reife Magd, ehemals im Dienst von Reinhild Blarer

Haus in der Neugasse
Reinhild Blarer – Witwe des reichen Leinwandhändlers Gerwig Blarer und vermeintliche Freundin von Endlin von Liebenfels
Holda – deren Köchin

Beginenhof in der Wittengasse
Guta von Wellershausen – Mutter Oberin
Schwester Gisela – zuständig für die Küchenstube, Jodok Wasers Schwester
Schwester Ottilia – Begine

6

Schwester Luzia – junge Begine, leidet an Fallsucht
Schwester Agrikola – alte Begine, zuständig für die Kräuterstube
Katharina von Rhäzüns – vornehme Adelige aus den Bündner
    Bergen, findet Zuflucht im Hause der Schwestern und spielt
    eine entscheidende Rolle im Komplott gegen Bischof Rudolf

Franziskanerkloster, auch Barfüßer genannt

Bruder Wigand – Kustos der Barfüßer, den Sammlungsschwes-
    tern zugetan
Bruder Ludger – Betbruder der Sammlungsschwestern, hält
    regelmäßig die Messe in der Wittengasse

Leben in der Vorstadt

Meister Fridolin – alter Flickschuster
Wendelgart – Wehmutter, die ihr Handwerk gerne an Hanna
    übergeben würde
Meister Ziprian – Bader und Besitzer der Badestube neben dem
    Pilgerhospital
Alma – junge Bademagd, Hannas Verbündete
Odo – ihr kleiner Bruder
Gunda – Bademagd
Wilfried – Badeknecht
Berta – Köchin in der Badestube
Else – alte Witwe, Muhme von Klara

Großer Rat

Brun von Tettikoven – Bürgermeister
Lütfried In der Bünde – Ratsherr, Verbündeter der Endlin von
    Liebenfels

Weitere

Bischof Rudolf von Montfort-Feldkirch – Bischof von Kon-
    stanz 1322–1334
Johannes Pfefferhard – Kanoniker von Konstanz 1318–1325,
    danach Bischof von Chur
Augusta Pfefferhard – seine Mutter

Prolog

Mit gesenkten Lidern saß die Frau am Tisch, demütig, fast schon eine Spur zu unterwürfig. Verstohlen musterte sie den Mann gegenüber. Im Schein der beiden Talglampen wirkte sein Gesicht wächsern. Die Schweißperlen auf seiner Stirn waren nicht zu übersehen. Hin und wieder entfuhr ihm ein Stöhnen, besonders dann, wenn er versuchte, einen Bissen gewaltsam hinunterzuschlucken.

»Soll ich nicht doch den Medicus rufen?«, fragte die Frau. Ihre Mundwinkel zuckten. Die Frau drehte den Kopf zur Seite, damit der Mann ihr triumphierendes Lächeln nicht bemerkte.

»Der Medicus kann bestimmt helfen«, betonte sie noch einmal mit zuckersüßer Stimme. Sie war sich sicher, dass er diesen Rat ausschlagen würde, wie er es immer tat. Er hielt den Stadtmedicus für einen Scharlatan, und daraus machte er auch keinen Hehl. Seit der Medicus seinen Nierenstein für einfaches Bauchgrimmen gehalten hatte, wollte er nichts mehr mit dem angesehenen Gelehrten der Stadt Konstanz zu schaffen haben.

Und in der Tat, die Antwort des Mannes war ein abwehrendes Heben seiner linken Hand. Die Schmerzen drohten ihn zu übermannen, das sah man ihm an, doch er hielt sich noch immer aufrecht. Einzig den Löffel hatte er zur Seite gelegt. Der Hunger war ihm endgültig vergangen, und dies trotz der reich gedeckten Tafel. Seine Finger umklammerten die Kante des Tisches jetzt mit solcher Härte, dass die Fingerknöchel weiß hervortraten.

»Noch ein wenig vom guten Würzwein?«, lockte die Frau abermals. »Ich habe in der Küche Anweisung gegeben, eine zusätzliche Gabe Kräuter hineinzutun. Kümmel und Anis werden bestimmt helfen.«

Der Mann knurrte und stöhnte gleichzeitig, doch griff er sich folgsam den Weinbecher, der seit einer Ewigkeit unberührt vor ihm stand. Bevor er jedoch einen Schluck nahm, hielt er sich das Gebräu vor die Nase und roch daran.

Die Frau erschrak. Das Lächeln in ihrem Gesicht erstarrte. Hatte sie sich einen Fehler erlaubt? Trotz der aufkeimenden Angst schaffte sie es, eine Träne herauszudrücken, die ihr nun über die Wange lief.

»Die Reise dauerte dieses Mal einfach zu lange«, hüstelte sie mit tränenerstickter Stimme. »Zudem ist doch bekannt, dass es in den Tavernen am Rhein nur so von Wanzen und Flöhen wimmelt.« Die Frau schnupfte. »Bestimmt rührt diese unsägliche Krankheit daher. Man hört ja allerlei Schauergeschichten aus diesen Spelunken.«

»Das Mitgefühl tut gut«, stöhnte der Mann, wobei er sich den schmerzenden Bauch rieb. Ein letztes Zögern, dann gab er sich einen Ruck und leerte den Becher in einem Zug. Das Gebräu linderte die bohrenden Schmerzen tatsächlich.

Er suchte wohl bereits nach Worten des Dankes, als der Schmerz mit solcher Härte zurückkehrte, dass er seinen Unterleib mit beiden Armen umklammerte.

»Es wird besser sein, ich begebe mich heute früher zu Bett«, presste er mit zittriger Stimme hervor. »Sollte das vermaledeite Brennen und Stechen nicht besser werden, befolge ich den Rat wohl doch und werde morgen beim Stadtmedicus vorstellig, auch wenn ich den Kerl noch immer für einen Quacksalber halte.«

Die Frau fühlte seinen Blick auf sich. Es kostete sie erdenkliche Mühe, ihren Schreck hinter einem wehmütigen Lächeln zu verbergen. Sie nickte und erhob sich. »Wir werden gleich morgen früh nach ihm schicken lassen«, sprach sie leise. »Doch jetzt hilft sicher ein wenig wohlverdienter Schlaf.«

Ihre Beine fühlten sich mit einem Mal schwer wie Blei an, als sie auf die Tür zuging. Sie war jetzt überzeugt, dass er etwas ahnte. Nie und nimmer durfte der Medicus das Haus betreten, solange er noch am Leben war. Sie musste es zu Ende bringen, hier und heute, wollte sie nicht im Mörderturm landen.

Als die Frau nach der Magd rief, haftete ihrer Stimme eine Brüchigkeit an, die ihr sonst völlig fremd war. Ihr ganzes Inneres war in Aufruhr. Sie vermochte das Zittern ihrer Hände kaum unter Kontrolle zu bringen.

»Hilf dem Herrn in seine Schlafkammer«, fuhr sie die herbeieilende Magd an, wobei sie den Kopf in den Nacken warf und die Lippen fest aufeinanderpresste.

Als die Magd die Tür zu seiner Schlafkammer mit dem Ellenbogen aufstieß, schlurfte der Mann kreidebleich, doch erleichtert auf seine Bettstatt zu. Stöhnend fiel er auf die Matratze, die Augen starr auf den roten Baldachin aus schwerem Samt gerichtet. Auf ein Zeichen seiner Gattin verließ die Magd die Kammer.

»Ich werde dir aus den Kleidern helfen«, sagte die Frau mit einer Strenge, die keinerlei Widerrede duldete. Schweißperlen standen auf ihrer Stirn. Es war ein Kraftakt gewesen, den fülligen Körper die Treppe hochzuschleppen. Sie vermochte den Widerwillen kaum noch zu verbergen, den sie beim Anblick ihres Gatten empfand. Die blutunterlaufenen Augen, die hängenden Tränensäcke und dazu der penetrante Gestank, der ihm seit Tagen aus dem Maul kroch. Sie hielt es keinen Tag länger mit diesem Mann aus. Mit hartem Griff öffnete sie die Hornknöpfe seines Wamses.

Während sich der Mann aus seiner Kleidung schälte, drehte sie sich um und fingerte einen kleinen Leinenbeutel aus der Falte ihres Gewands. Sie schluckte hart, als sie das weiße Pulver in den Weinbecher kippte. Ihre Hände begannen abermals zu zittern, und doch schaffte sie es, sich mit einem Lächeln umzudrehen.

»Trink, mein Lieber. Der Wein wird dir helfen, einzuschlafen. Ich habe Anweisung gegeben, ihn mit etwas Baldrian zu versetzen«, drängte sie. Sie hielt den Becher dicht an die Lippen ihres Gatten.

»Mir ist speiübel«, stöhnte der Mann, wobei er seine Augen schloss und heftig würgte.

Durst war das Letzte, was er in diesem Augenblick verspürte, das wusste die Frau, doch er würde sich ihr nicht widersetzen, und wenn doch, dann würde sie ihm das Gebräu eigenhändig in den Rachen schütten.

Arsenik zu bekommen war leicht und es im Wein aufzulösen noch leichter. Das Gift war geruch- und geschmacklos. Ratten tötete es ebenso wie Menschen. Seit Wochen verabreichte sie ihm nun schon das Gift, stets in kleinen Portionen, um keinen Verdacht zu erregen.

Das Dahinsiechen des reichen Kaufmanns sorgte für Gesprächsstoff in den Gassen von Konstanz, und es ging das Gerücht, dass er diese Krankheit an der Messe in Köln aufgelesen habe. Sie selbst wandelte seit Wochen mit zur Schau getragener Verzweiflung über die Marktplätze der Stadt, jammerte vor den reichen Matronen mit Tränen in den Augen und besuchte jeden Sonntag die Messe im Münster, wo jedermann sie eifrig betend sehen konnte. Das Gesicht hielt sie stets unter einem Schleier verborgen.

Ein Stöhnen vonseiten der Bettstatt holte sie aus ihren Gedanken. Der Mann hatte den Becher artig ausgetrunken und ließ sich eben auf das Kissen zurücksinken. Er zog sich das leinene Laken bis unter das Kinn.

Die Frau wartete. Die Gesichtsfarbe ihres Gemahls glich mittlerweile dem Leinentuch, das seine Blöße bedeckte. Und nun weiteten sich plötzlich seine Augen. Hilfesuchend griff er sich an die Kehle. Die Frau wich einen Schritt zurück – keinen Wimpernschlag zu früh, denn schon ergoss sich ein Schwall Erbrochenes über die Bettstatt. Sie nestelte sich ein Tüchlein aus ihrem Gürtel und hielt es sich vor die Nase. Der säuerliche Gestank brachte sie zum Würgen. Tränen des Ekels liefen ihr über die Wangen.

Sie hasste diesen Mann, seine Vergänglichkeit ebenso wie sein großspuriges Gehabe vor den Stadträten. Einzig und allein wegen des unermesslichen Vermögens hatte sie ihn damals umgarnt. Sie schüttelte den Gedanken an die letzte gemeinsam verbrachte Nacht mit einem angewiderten Lächeln ab. Es würde bald ein Ende haben.

Der Mann krümmte sich mittlerweile wie ein sich windender Wurm. Sein Stöhnen erfüllte die Kammer. Als ihm ein Furz entwich, fraß sich der Gestank in Windeseile in die Ritzen der Wände. Das Gift zeigte Wirkung. Die Frau drehte sich auf dem Absatz um und ging mit erhobenem Haupt aus der Kammer.

Draußen lehnte sie sich gegen die Tür und schloss die Augen. Jetzt hieß es warten.

Aus der Gasse drangen kaum noch Geräusche ins Haus. Die Dämmerung war über Konstanz hereingebrochen. Bald würden die Nachtwächter ihre Runden drehen und die letzten Herumtreiber nach Hause scheuchen. Die Frau sehnte sich mit jeder Faser ihres Körpers nach der Dunkelheit.

Ein scheppern des Geräusch aus der Küche ließ sie zusammenfahren. Sie straffte ihren Rock, griff sich die Talglampe von einer der Truhen und ging langsam auf ihre eigene Kammer zu. Da ihr Gatte seit Langem wie ein Berserker schnarchte, hatte er ihrem Drängen nach einer eigenen Kammer bereits kurz nach der Vermählung zugestimmt. Dass dies nicht der einzige Grund für ihre selbst gewählte Einsamkeit war, hatte er nie erraten. Wie dumm dieser Mann doch war.

Als die Tür hinter der Frau zufiel, konnte sie sich eines erlösenden Seufzers nicht erwehren. Dies war ihr Refugium. Langsam wanderte ihr Blick über die schemenhaft zu erkennenden Truhen und Kästen. Die filigranen Schnitzereien waren im schwachen Schein der Talglampe kaum auszumachen, ebenso wenig die kostbar ausgestattete Bettstatt, doch sie waren da und zeigten, dass sie zur besseren Gesellschaft von Konstanz gehörte. Bald würde sie allein über den unermesslichen Reichtum verfügen.

Schwer atmend griff sie sich den Rosenkranz und trat ans Fenster. Morgen würde sie all ihre Kräfte brauchen, um ein eindrückliches Schauspiel zu liefern. Unwillkürlich ertasteten ihre Finger die kostbaren Glasperlen. Erlösung, Erlösung, Erlösung – das Wort wiederholte sie so lange, bis das Jammern aus der gegenüberliegenden Schlafkammer immer leiser wurde und schließlich völlig versiegte.

Lange Zeit stand die Frau nur da und schaute hinaus in die Dunkelheit. Die Stille hatte etwas Unheimliches, Drohendes, und doch lag in ihr auch Hoffnung, die Hoffnung auf ein Leben, wie sie es immer gewollt hatte.

Die Sterne standen bereits hoch am Firmament, als sie sich die

Talglampe abermals griff und leise über die Schwelle trat. Das Knarren der Dielen jagte ihr einen Schauder über den Rücken. Ein schwacher Lichtschein drang die Stiege hoch. Die Magd wartete, ebenso wie sie.

Ihr Gatte war tot, das wusste die Frau, noch bevor sie ihm zwei Finger an den Hals gelegt hatte.

Die beiden Frauen verstanden sich ohne große Worte. Ohne Hast griff sich die Magd das verschmutzte Laken, ehe sie ihrem Herrn die Spuren des Erbrochenen aus dem Gesicht wischte. In stummer Einigkeit wechselten sie die Bettwäsche, bevor sie den Mann in ein frisches Nachthemd steckten. Anschließend strichen sie ihm die zerzausten Haare aus dem Gesicht, drapierten seine Hände zum Gebet und umwickelten sie mit dem Rosenkranz.

Der Mann war im Schlaf verstorben, nach einem für ihn zu üppigen Essen. Seine Krankheit aus fernen Landen hatte ihn aufgefressen. Sie würden dies beide mit aller Inbrunst bezeugen, sollte jemand irgendwelche Zweifel hegen.

1. Kapitel

Seit dem frühen Morgen zogen dunkle Wolken auf und verdeckten die Sonne zunehmend. So Gott wollte, würde es bald zu regnen beginnen. Das erfrischende Nass wurde sehnlichst erwartet, von den Bauern auf den Fronhöfen rund um Konstanz nicht minder als von den Fischern, die kaum noch genügend Gangfische aus dem See zogen. Der ewige Sonnenschein und die flirrende Hitze der letzten Wochen waren zermürbend und taugten mehr für den Hochsommer als für den späten Frühling.

Die Holzbohlen der Rheinbrücke, die die Stadt mit der Benediktinerabtei in Petershausen verband, glichen ausgebleichten Tierknochen, und viele der alteingesessenen Konstanzer waren sich einig, dass der Bodensee noch nie so wenig Wasser geführt hatte. Das Niedrigwasser des Seerheins verlangsamte das Leben in Konstanz. Selbst die wackeren Wasserräder der beiden Rheinmühlen drehten sich dieser Tage nur noch langsam. Bald würde kaum noch genügend Korn gemahlen werden, um den Brotbedarf der Stadt zu decken.

Die Brücke war Konstanz' ganzer Stolz, doch die Rodung auf der Petershauser Insel war nicht überall auf Zustimmung gestoßen, besonders der Große Rat hatte Bedenken angebracht, doch schlussendlich hatten sich die Kleriker durchgesetzt, wie sie es die letzten Jahrhunderte immer getan hatten. »Kirchenrecht vor Stadtrecht«, hatte der Bischof gerufen und damit Erfolg gehabt.

Petershausen war trotzdem ein Kleinod geblieben. Nebst dem noch immer dichten Eichenwald gab es jetzt auch große Grünflächen mit Obstbäumen und Reben, in denen von morgens bis abends die Vögel ihre Lieder sangen. Die mächtige Abtei thronte wie eine Königin auf einem sanften Hügel, umgeben von einer dicken Mauer.

Etwas abseits standen drei Häuser. Das eine hölzerne Haus gehörte dem Stadtmüller Jodok Waser, der das Privileg genoss, hier zu wohnen, obwohl er der Stadt unterstellt war. Das andere Holzhaus nannte der alte Kirchenmüller Hiltbert Fronlein sein Eigen. Das große Steinhaus bewohnte Bäckermeister Heribert Zipp, der ebenfalls in den Diensten der Kleriker stand. Wenn der angesehene Zipp seine Hostien für das Münster und die vielen anderen Kirchen der Stadt buk, rauchte das Backhaus von morgens bis abends.

Im hinteren Teil der Landzunge hatten die Fischer ihre Hütten gebaut. Natürlich mit der Erlaubnis des Bischofs, der hierfür zwar die Hälfte der Fänge verlangte, sie jedoch ansonsten in Ruhe ließ. Die Netze hingen wie Spinnweben auf den Holzstangen, und oft blies der Wind den modrigen Gestank nach faulem Fisch hinüber zur Abtei, sehr zum Verdruss der Mönche. Die Hitze der vergangenen Wochen verstärkte diese Misere noch, sodass die Mönche bereits Klage beim Bischof und vorsorglich auch beim Großen Rat der Stadt eingereicht hatten. Bislang ohne Erfolg. Der Stadtrat hatte das Begehren erst gar nicht vor die Ratssitzung gebracht und den Mönchen mit einem schalen Lächeln erklärt, dass hierfür allein der Bischof zuständig sei. Dieser wiederum verschanzte sich während der Hitzewochen auf einer seiner Burgen außerhalb der Stadt und überließ die Mönche sich selbst.

Dumpfes Donnergrollen ließ Hanna, die in Gedanken gefangen im Haus des Stadtmüllers Jodok am Fenster stand, zusammenfahren. Hastig griff sie sich einen der Weidenkörbe, die hinter der Tür standen, und lief humpelnd die Stiege hinab. Den Schweißperlen auf der Stirn versuchte sie mit dem Handrücken den Garaus zu machen. Doch gegen die Schwüle anzukommen, war ein Ding der Unmöglichkeit.

Als sie durch die Tür des Hauses trat, rann ihr der Schweiß bereits den Rücken hinab. Sie rieb sich kurz den schmerzenden Knöchel. In solchen Momenten verfluchte sie die verdammten Wilderer und ihre Falle, doch genauso wütend war sie auf sich selbst, dass sie so achtlos gewesen und mit dem Fuß in deren Fangeisen geraten war.

»Was hast du denn so lange gemacht?« Lena, die junge Müllersfrau, drückte ihren Rücken durch und blickte der verschwitzten Hanna mit gespieltem Tadel entgegen. »Wenn wir uns nicht beeilen, bleiben nur noch die schlechten Fische übrig, und du weißt, dass mir allein beim Gedanken kotzelend wird.« Lena strich sich mit einem verschmitzten Lächeln über den gerundeten Leib. In wenigen Monaten erwartete sie ihr erstes Kind.

»Tut mir leid«, entschuldigte sich Hanna grinsend. »Doch der Gang zum Abort ließ sich leider nicht aufschieben.«

Fröhlich lachend machten sich die beiden Frauen auf den Weg in die Stadt, hielten aber plötzlich inne, als sie das Fuhrwerk bemerkten, das langsam über die Brücke auf die Abtei zufuhr. In der Öffentlichkeit mussten sie ihre Freundschaft stets verbergen und den Schein von Magd und Herrin wahren.

Hanna warf der jungen Müllersfrau einen dankbaren Blick zu. Auch wenn ihr Gatte nie den Sitz in einer der Zünfte der Stadt innehaben würde, so tat Lena doch alles, um ihren geliebten Jodok nicht in Verruf zu bringen. Schließlich hatte er schon genug Ärger mit dem bischöflichen Müller Hiltbert Fronlein und seinen Sticheleien. Zwei Mühlen auf der Brücke schafften Neid, besonders dann, wenn es einer von beiden nicht so genau mit dem Abmessen nahm. Dass dieser Jemand nicht Jodok war, das wusste zwar die halbe Stadt, doch die Kleriker schien dies nicht zu stören. Solange Hiltbert seine Abgaben regelmäßig zahlte, drückten sie gern ein Auge zu.

Als das Fuhrwerk den Weg zur Abtei einschlug, atmeten die beiden Frauen erleichtert auf. Stadtluft macht frei – so hieß es allgemein, doch dazu musste man erst ein ganzes Jahr inmitten der Mauern verbracht haben und, was ebenso wichtig war, über einen tadellosen Leumund verfügen.

Mit Letzterem hatte gerade Hanna ihre liebe Mühe. Wüsste Hiltbert Fronlein von ihrer Vergangenheit, würde er keine Sekunde zögern, sie bei Bischof Rudolf und wohl auch beim Stadtrat anzuschwärzen. Vor drei Monaten war sie als entlaufene Leibeigene des Grafen Wilhelm von Montfort-Tettnang in Konstanz eingetroffen, und seither war sie keinen Tag sicher, nicht doch entdeckt zu werden. Zwar war die Möglichkeit gering, dass ein Söldner des mächtigen Grafen in Konstanz auftauchte und sie erkannte, doch leider zählte auch der Bischof von Konstanz zur Verwandtschaft des Hauses Montfort, und diesem Mann war ihr Gesicht sehr wohl bekannt. Bislang war sie von einer Entdeckung nur deshalb verschont geblieben, weil Bischof Rudolf der Hitze wegen so gut wie nie in der Stadt weilte. Doch ewig würde dieses Glück nicht andauern.

So schnell es Lenas wohlgerundeter Leib und Hannas Hinken zuließen, liefen die beiden Frauen den schmalen Uferweg entlang. Das Fuhrwerk entschwand eben durch das mächtige Tor aus ihrem Blickfeld.

Die Rheinbrücke lag in einem gespenstigen Farbspiel aus Licht und Schatten. Die Sonne lieferte sich einen unerbittlichen Kampf mit den düsteren Wolken. Schwarz und bedrohlich türmten sie sich am Himmel zu Bergen. In aller Eile trieb ein kleiner Junge eine Schar Schweine über die Brücke. Die Eichelmast im Petershauser Wald war begehrt, wenn auch nur für die bischöflichen Schweine gedacht. Doch daran hielten sich die wenigsten Schweinehirten. Der Junge warf ihnen ein verschwörerisches Grinsen zu, ehe er mit seinen Tieren zwischen den Bäumen verschwand.

Lena blieb stehen, hielt sich am Brückengeländer fest und blickte sehnsuchtsvoll auf die immer größer werdenden dunklen Wolkenberge. »Glaubst du, dass es dieses Mal für Regen reicht? Jodok schafft es kaum noch, die Mühlräder am Laufen zu halten.«

»Hoffentlich«, erwiderte Hanna. »Auch die Bauern würden dankbar sein für ein wenig Regen. Die Wiesen sind so verdorrt wie schon seit Ewigkeiten nicht mehr.«

»Und woher willst du das wissen, du bist doch erst seit gut drei Monaten in der Stadt?«

Hanna hatte sich in Konstanz schnell eingelebt. Das Labyrinth aus Gassen, Winkeln und Schlupflöchern behagte ihr ebenso wie die offenherzige Art der Konstanzer Bürger. »Hab es von den Bauern gehört, die regelmäßig ihr Korn zu Jodok in die Mühle bringen«, bemerkte sie mit einem Schulterzucken. »Draußen vor den Stadtmauern im Debele und im Paradies soll es besonders schlimm sein. Wenn es nicht bald regnet, müssen die Bauern einen Großteil ihrer Tiere schlachten.«

»Das wäre wirklich eine Tragödie. Die Bauern und ihre Familien haben es ohnehin nicht leicht auf den Fronhöfen.« Lena seufzte. »Das Land ist einfach zu sumpfig. Besonders hart trifft es die Bauern auf den bischöflichen Höfen, denn die werden zusätzlich noch von Hiltbert Fronlein um ihren Verdienst geprellt. Die Säcke sind kaum halb voll, die er ihnen für ein Fuder Korn mahlt. Der Rest werde von der Mühle verstoben, redet er sich immer wieder heraus, welch ein Hohn! Mir ist es ein Rätsel, warum man dem Mann nicht endlich sein Handwerk legt.«

Hanna nickte. Sie selbst brauchte zwar keinen Hunger zu leiden, doch die Angst, irgendwann Bischof Rudolf von Montfort in die Arme zu laufen, verfolgte sie Tag und Nacht. Nun, wer hatte es schon leicht in Konstanz? Den Fischern fehlten die Fische, den Händlern verfaulte das Obst auf den Ladentischen, und die noblen Geschlechter lamentierten über den üblen Gestank, der seit Wochen über Konstanz hing. Und auch Lena trug ihr Bündel, still und leise.

Sie und Lena waren gleichzeitig auf die vermaledeite Burg des Grafen von Montfort im Rheintal gekommen, sie als Magd in der Waschstube und ihre Freundin Lena als Zeitvertreib des Grafen. Das Ergebnis hatte nicht lange auf sich warten lassen. Nicht mehr lange, und die Frucht jener unglückseligen Nächte in der Kammer des Grafen von Montfort würde das Licht der Welt erblicken. Hanna konnte beim besten Willen nicht verstehen, warum sich Lena auf diesen Bastard freute. Ebenso wenig konnte sie verstehen, dass offenbar auch Jodok damit keine Probleme hatte. Lenas Mann freute sich auf das Kind, als wäre es sein eigenes.

»Kommst du?«, fragte Hanna.

Lena gab sich einen Ruck und ging weiter. Das Klappern der mächtigen Mühlräder wurde mit jedem Schritt lauter. Unter der

Brücke schwamm eine Handvoll Enten, während eine Schar krächzender Raben über ihren Köpfen schwirrte. Das nahende Gewitter brachte Unruhe.

Die beiden Frauen beschleunigten ihre Schritte und passierten mit gesenkten Köpfen die Mühle Fronleins. Wie immer drang aus dem Inneren ein Fluchen und Zetern – Hiltbert Fronlein galt als aufbrausender Gesell. Zudem hinderte ihn sein Alter leider auch nicht daran, jedem Weiberrock geifernd hinterherzugaffen.

»Nicht verwunderlich, dass seine Frau ihn verlassen hat«, lachte Hanna, wobei sie die Augen verdrehte. »Bei dem hätte ich es keinen Tag ausgehalten.«

Lena hob eine Hand und winkte ihrem Mann zu, der eben aus seiner Mühle trat. Sie befand sich keinen Steinwurf von der Bischofsmühle entfernt. Beide Mühlen verfügten über zwei mächtige Wasserräder, die sich Tag für Tag einem Wettrennen gleich drehten. »Da hab ich es deutlich besser getroffen, nicht wahr?«, sagte sie verschmitzt.

Hanna versuchte sich an einem zustimmenden Lächeln. Der klein gewachsene Jodok mit dem kahlen Schädel war keine Augenweide, doch er hatte das Herz am rechten Fleck. Zwar hatte er Lena nur im Auftrag des Grafen von Montfort-Tettnang geehelicht und dafür eine prall gefüllte Geldkatze erhalten, doch dies gehörte der Vergangenheit an. Jodok liebte Lena, daran bestand kein Zweifel. Und seltsamerweise liebte Lena wohl auch Jodok.

»Wir gehen auf den Fischmarkt«, rief Lena über den Lärm der Wasserräder hinweg, wobei sie in Richtung der Stadt zeigte. »Wenn wir uns beeilen, schaffen wir es vielleicht noch vor dem Regen.«

Jodok war kein Mann großer Worte. Ein Nicken genügte. Seine Wortkargheit hatte schon so manchen Abend verdorben, besonders wenn er beim Nachtmahl nach Gerüchten aus der Mühle gefragt wurde und er nur abwehrend mit den Schultern zuckte.

»Wenn uns das Glück hold ist, ergattern wir vielleicht bei

den Brotlauben noch einige süße Wecken. Du magst sie doch so gerne.« Lena lächelte.

Trotz der strengen Haube, die sie als verheiratete Frau auswies, glich Lena in diesem Moment einem Engel. Es war nicht zu übersehen, wie stolz sie auf Jodok war. Als Stadtmüller genoss er Ansehen, und das wiederum warf auch ein gutes Licht auf ihre Person.

Der Torwächter des Petershausertores schenkte den beiden Frauen ein kurzes Lächeln. Jerg war ein ernster junger Mann, der es mit seiner Arbeit besonders genau nahm – schließlich galt es als Privileg, vom Großen Rat für diesen wichtigen Posten ausgesucht worden zu sein. Zwar kannte Jerg die meisten Bauern, die ihr Getreide zu den beiden Mühlen brachten, doch er ließ es sich nicht nehmen, stets einen prüfenden Blick in die Kornsäcke zu werfen. Einzig bei den Mönchen der Abtei verhielt er sich zurückhaltender und winkte sie durch. Doch was hatten Pfaffen auch schon zu verbergen?

Nach einem kurzen Schwatz mit Jerg bogen die beiden Frauen in die Bruggasse ein.

War Petershausen ein Ort der Stille und Abgeschiedenheit, hatten Hektik, Lärm und Enge Konstanz fest im Griff. Aus der einstigen Bischofsstadt war über die letzten Jahre eine Reichsstadt geworden. Der Große Rat der Stadt half, den Stolz und die Freiheit der Bürger zu stärken. Einzig in der Niederburg, dem bischöflichen Viertel rund um das Münster, herrschte der Bischof nach wie vor mit eiserner Hand über die Domherren, Pfaffen und seine ihm treuen Untertanen.

Die Konstanzer brauchten mehr Platz, besonders gen Süden. Vor wenigen Jahren hatte man sogar die Gerber und Fleischhauer außerhalb der Stadt angesiedelt. Man wollte den aasigen Gestank aus Konstanz vertreiben, denn viele der angesehenen Geschlechter hatten sich beim Stadtrat darüber beschwert, dass sie ihre Fenster kaum noch öffnen konnten. Leider hatte man bei dieser Neuansiedlung nicht daran gedacht, dass der neue Mühlbach, in den die Handwerksbetriebe jetzt ihre Abfälle leiteten, ebenfalls in den Seerhein mündete. Noch immer kam das Wasser blutrot unter der Rheinbrücke durch und tötete die Fische.

Jodok hatte vor einiger Zeit wenigstens erreicht, dass die Fleischhauer ihr fauliges und vergammeltes Fleisch mit Karren auf die Brücke fahren und von dort in die Fluten werfen mussten, damit es sich nicht mehr in den Wasserrädern verfing und die Mühlen für Stunden lahmlegte.

Hanna duckte den Kopf, wie sie es stets in der Bruggasse tat. Es war nicht die Enge der Gasse, die ihr nicht behagte, auch nicht der stinkende Unrat in den Winkeln, es war die Nähe zum Münster, die sie mit Sorge erfüllte. Doch anders war die Stadtmitte von der Rheinbrücke aus nicht zu erreichen.

Zum Verdruss der beiden Frauen blockierte eine von einem Esel gezogene Karre die Gasse. Ein Durchkommen war so gut wie unmöglich. Wüste Beschimpfungen und Flüche prallten von den hohen Häusern zu beiden Seiten zurück. Keinen Katzensprung von den beiden Frauen entfernt ragten die beiden halb fertigen Türme des Münsters gen Himmel. Hanna senkte den Blick. Sie sehnte sich nach dem Gedränge der Marktstätten, wo sich Kaufleute, Handwerker und Schaulustige tummelten. Inmitten der Menschenmassen konnte sie untertauchen, wurde sie eine von vielen. Ihr pockenentstelltes Gesicht und das Hinken fielen da kaum auf.

»Müssen die ihr Garn unbedingt heute in die Stadt bringen?«, knurrte Lena, wobei sie unwillig den Mund verzog.

Konstanz war berühmt für seine Leinwandherstellung. In vielen der umliegenden Bauernhöfe wurde am Abend Flachs zu Garn gesponnen – ein kleiner Zusatzverdienst für die vom Hunger geplagten Bauern und ihre Familien. In der Webergasse wurde dieses Garn mit Sicherheit bereits sehnlichst erwartet, denn nächste Woche fand der große Leinwandmarkt statt, der wie immer Händler aus aller Welt anlockte.

Notgedrungen entschieden sich die beiden Frauen für den Weg über die Tümpfelgasse.

Das Münster so nahe vor Augen, zog sich Hanna das Kopftuch noch tiefer in die Stirn. Den Blick auf ihre Füße gerichtet, humpelte sie vorwärts. Sie wagte kaum zu atmen. So nahe war sie dem Münster noch nie gekommen. Lena schien ihre Angst zu spüren, doch helfen konnte sie ihr nicht. Es gab keinen anderen Weg zum Fischmarkt.

»Bleibt doch stehen!«, kreischte es hinter ihrem Rücken mit einem Mal so laut, dass sie erschrocken zusammenzuckten. Hilfesuchend griff Hanna nach der Hand ihrer Freundin. Sie schluckte hart, während sie den Weidenkorb fest gegen ihre Brust drückte. Das Geschrei wurde immer lauter, und einige Schaulustige starrten bereits in ihre Richtung.

»Es ist nur die Barbel«, atmete Lena erleichtert auf, als sie die junge Magd aus dem Hause von Liebenfels bemerkte, die sich mit den Ellenbogen einen Weg durch das Gewühl bahnte.

»Nochmals Glück gehabt«, flüsterte Hanna, wobei sie einen erleichterten Seufzer ausstieß. »Allerdings nur, wenn die dumme Gans endlich mit dem Gekreische aufhört. Die beiden Söldner dort drüben bekommen schon lange Hälse.« Hanna wies mit dem Kinn in Richtung des Münsterplatzes.

Inmitten des klerikalen Gedränges tummelten sich auch eine Handvoll Reisläufer. Ihre Gewandung zeichnete sie als Häscher des Bischofs aus. Das Geschrei erregte bereits Neugier. Hanna blickte bedauernd in die angrenzende Gasse. Nur ein paar Schritte, und Barbel hätte sie verfehlt.

»Sie wird uns wieder alles Mögliche und Unmögliche erzählen, und am Schluss haben wir keine Fische im Korb«, brummte Lena ungehalten.

»Dann geh du schon vor zum Markt, während ich versuche, Barbel das Maul zu stopfen. Sie geht mir wirklich auf den Senkel.« Hannas Winken in Barbels Richtung zeigte Erfolg. Die Magd schloss den Mund und drängte sich keuchend an zwei Handkarren vorbei.

»Warum ist die Lena so schnell weg?«, fragte Barbel, wobei sie eine Schnute zog, als hätte man ihr eben einen Honigwecken vom Maul weggestohlen.

»Vielleicht, weil sie dein Geschrei satthat?« Hanna machte keinen Hehl aus ihrem Unmut. Die Hitze und das Gedränge waren ihr lästig. Zudem schienen die beiden Reisläufer das Interesse noch immer nicht verloren zu haben.

»Was gibt es denn so Dringendes?« Die Frage kam schärfer über Hannas Lippen als gewollt, während sie Barbel am Arm packte und zu sich herzog. »Bevor du antwortest, winkst du den Reisläufern freundlich zu, damit sie nicht hierherkommen und Fragen stellen.«

Barbel wollte aufbegehren, aber als sie Hannas erbostes Gesicht sah, tat sie wie ihr geheißen. Die beiden Reisläufer nickten ihr zu und duckten sich wieder in den Schatten der Häuser.

»Wir erwarten nächste Woche viele Gäste in der Mordergasse«, bemerkte Barbel, wobei sie sich mit einem Ruck aus Hannas Griff löste.

»Und was ist daran so besonders, dass du die ganze Gasse zusammenschreien musst?«

Barbel verschränkte die Arme vor der Brust und wandte sich ab. »Ich weiß nicht, ob ich es dir erzählen soll. Du hast mir nämlich wehgetan.«

»Dann lass bleiben.« Hanna schielte hinüber zum Münsterplatz. Die Reisläufer hatten ihr Interesse tatsächlich verloren, zumal eben eine Kutsche auf den großen Platz rollte, die ihre Hilfe benötigte.

»Mein Herr möchte doch schon lange in den Großen Rat«, fuhr Barbel hastig fort, wobei sie einen Schritt zur Seite machte, um Hanna die Sicht auf den Münsterplatz zu versperren. Es war ihr wohl nicht entgangen, dass Hanna den Söldnern mehr Aufmerksamkeit schenkte als ihr. »Und die Herrin glaubt, dass es jetzt endlich so weit ist. Fünf der Ratsherren werden kommen. Es soll ein Festmahl geben.«

»Schön und recht.« Hanna reckte den Hals. »Doch sag mir lieber, wie es Ursus geht. Ich habe ihn seit Tagen nicht mehr gesehen.« Hannas heimlicher Verlobter war Stallknecht im Hause Liebenfels.

Barbel drückte die Lippen aufeinander, ehe sie sich abrupt abwandte und einen Schritt zur Seite machte. Dabei stieß sie ungewollt mit einem Jungen zusammen, der einen Bauchladen vor sich hertrug. Die Schnüre und Schnallen verteilten sich in Windeseile auf dem Kopfsteinpflaster.

»Dumme Gans!«, schrie der Kleine wütend, der sich hinhockte und ihr gegen das Schienbein schlug. »Kannst du nicht aufpassen?«

Barbel duckte sich und fingerte die Utensilien zusammen. Statt eines Dankes bedachte sie der Junge mit bitterbösem Blick.

»Ursus ist mit Ritter Conrad unterwegs, wohl wegen des blöden Schatzes.« Barbels rotes Gesicht rührte nicht allein von dem eben erlebten Ungeschick. Seit der Stallbursche Ursus vor gut drei Monaten in der Mordergasse aufgetaucht war, um nach Arbeit zu fragen, tat Barbel alles, um ihm zu gefallen.

»Schatz?«, fragte Hanna neugierig.

»Ein Hirngespinst, wenn du mich fragst.« Barbel zuckte gelangweilt mit den Schultern. »Der Verwalter der Burg Liebenfels kam vor ein paar Wochen zum Herrn in die Mordergasse. Sie haben getuschelt und gemauschelt, was das Zeug hält. Es soll wohl niemand vom Schatz erfahren, den der Verwalter angeblich in einem der Brunnen gefunden hat.« Sie schüttelte den Kopf. »Wenn es wirklich einen Schatz geben würde, so richtig viele Goldmünzen, dann erzählt man das doch, damit die Leute wissen, dass man reich ist.«

»Und warum weißt du davon, wenn dein Herr ein solches Geheimnis daraus macht?«

Barbel lächelte verschmitzt. »Musste mal des Nachts zum Abort, und da hab ich gehört, wie der Herr und die Herrin darüber gesprochen haben.«

»Und warum hat Ursus mir nichts davon gesagt?«, bohrte Hanna neugierig weiter.

»Weil er dem Herrn versprechen musste, nicht darüber zu reden. Wie es scheint, hat er sich daran gehalten. Und ich habe es auch nur Wicca erzählt und jetzt dir«, fügte Barbel hastig hinzu. »Wicca hat mir verboten, es überall herumzuposaunen. Sie sagt, wenn der Herr nicht will, dass es ganz Konstanz erfährt, wird das seinen Grund haben.«

»Eure Köchin ist schlau, Barbel. Ich denke, es wird besser

sein, dass du ihren Ratschlag befolgst, nicht dass dein Herr deswegen noch in Teufels Küche gerät.« Hanna rieb sich die Nase. Ein Schatz in der fernen Burg Liebenfels – der Gedanke kitzelte ihre Neugier und drängte die düsteren Sorgen um Bischof Rudolf für einen Augenblick in den Hintergrund.

»… und eigentlich hätten sie schon gestern zurück sein müssen«, hörte sie Barbel wie aus der Ferne weiterplappern.

»Wer?«, unterbrach sie die Magd zerstreut. »Wer hätte zurück sein müssen?«

»Na, der Herr und Ursus. Die Herrin ist deswegen schon ganz in Sorge. Nicht auszudenken, wenn Ritter Conrad nicht bald zurück ist.« Barbel nickte verschwörerisch. »Die Herrin alleine mit den Ratsherren, was macht das für einen Eindruck!«

»Wenn Ritter Conrad gesagt hat, dass er zurück ist, dann wird er es auch sein, und jetzt wird es Zeit, dass auch ich weiter…«

Noch bevor Hanna den Satz beenden konnte, rollte eine erneute Welle der Angst auf sie zu. Der Geselle des Bäckermeisters Heribert Zipp kam mit einem Handkarren auf sie zu. Ausweichen ging nicht, dazu war die Gasse zu eng. Der Kerl war bekannt dafür, dass er seinem Meister alle Gerüchte der Stadt zutrug, die der wiederum sofort Bischof Rudolf im Münster überbrachte.

»Was habt ihr denn so Wichtiges zu tratschen?«, rief der Bleichgesichtige laut, sodass Hanna erschrocken zusammenfuhr.

»Bringst du wieder Hostien ins Münster?«, entgegnete Barbel überschwänglich, wobei sie kokett mit den Hüften wackelte.

Dem Bleichgesichtigen gefiel, was er sah. Seine Stimme überschlug sich vor Stolz. »Ja, ins Münster und nach Sankt Johann. Kommt doch mit. Sie stellen später noch einen neuen Lastenkran an einen der Türme. Gibt bestimmt eine Menge zu sehen.«

»Würde ich gerne, doch ich muss weiter zum Markt«, hob Hanna abwehrend eine Hand, während die andere den Korb immer fester umklammerte. Der alleinige Gedanke, noch näher ans Münster heranzugehen, raubte ihr den Atem.

»Warum zierst du dich eigentlich immer, wenn's ums Münster geht?«, fragte Barbel vorwurfsvoll. »Wenn ich mich richtig entsinne, habe ich dich noch nie im dortigen Gotteshaus gesehen. Selbst bei der großen Fronleichnamsprozession warst du nicht dabei.«

»Der Stadtmüller und seine Familie gehören zum Pfarrsprengel Sankt Laurenz, wie du sicher weißt.« Der Schweiß lief Hanna mittlerweile in Bächen den Rücken hinab. Sie fühlte sich in die Enge getrieben, von Barbel ebenso wie vom neugierigen Bleichgesichtigen, der sie mit Argusaugen beobachtete.

»Ich gehöre zum Sprengel von Sankt Paul und besuche trotzdem regelmäßig die Messe im Münster.« Barbel ließ nicht locker. »Das solltest du auch tun, denn es schickt sich nicht, unserem Bischof die Ehre zu verweigern. Mindestens einmal im Monat muss man einfach im Münster sein.«

Ehre hin oder her, Hanna hatte genug. Mit verschwitztem Gesicht schob sie sich am Bleichgesichtigen und Barbel vorbei. Sie fühlte unzählige Augenpaare auf sich, zumal sie sicher war, dass etliche Neugierige ihre Unterhaltung belauscht hatten. Fluchtartig lief sie dem Ende der Gasse entgegen, ehe sie mit wehendem Rock in einer der angrenzenden Gassen verschwand.

Die Sonne hatte den Kampf gegen die Wolken inzwischen endgültig verloren. Als Hanna den Fischmarkt erreichte, lag der Platz bereits in tiefem Schatten. Das lautstarke Rufen der Fischer klang ungeduldig. Frauen in noblen Gewändern streckten ihre mit Kruseler Hauben bedeckten Köpfe über die Auslagen der Marktstände, während ihre Mägde mit Körben bewaffnet hinter ihnen warteten. Das Rümpfen der Nasen und heftiges Gestikulieren ließen erkennen, dass wohl nicht alle Fische an diesem Morgen frisch aus dem See kamen.

Hanna blieb an der Ecke unweit des Rathauses stehen und reckte den Hals. Irgendwo im Getümmel musste Lena sein. Ihr Blick schwenkte zur rechten Seite des Fischmarkts, wo gleich gegenüber dem mächtigen Rathaus der Salemerhof jede Menge Platz für den berühmten Salemer Seewein und das Halleiner Salz bot. Vor Jahren hatte man den Platz um den Fischmarkt mit Bauschutt und Abfällen aufgeschüttet, um dem See mehr Land abzuringen. Nutznießer und Urheber dieses Handstreichs war die Zisterzienserabtei Salem. Seither betrieben die Mönche den stolzen Stadthof, der allgemein als Salemerhof bekannt war. Die Käufer stritten sich regelrecht um die begehrten Güter.

Dem Anschein nach war eben eine neue Schiffsladung eingetroffen, denn die Mönche liefen in einem heillosen Durcheinander zwischen dem Schiff und dem Stadthof hin und her. Nach den wohlwollenden Mienen der beiden Ratsherren zu urteilen, die auf den Stufen des Rathauses standen, schien alles seinen gewohnten Gang zu nehmen. Hanna duckte sich an den beiden Ratsherren vorbei und lief auf einen der Fischstände zu.

»Da bist du ja endlich«, empfing Lena ihre Freundin tadelnd. »Mit meinem dicken Bauch ist es keine Freude, mich allein durch das Gedränge zu zwängen.« Hastig stopfte sie drei Gangfische in den Leinenbeutel, ehe sie dem Fischhändler ein paar Pfennige in die Hand drückte.

»Ich dachte schon, ich werde die Barbel niemals los«, brachte Hanna entschuldigend vor, als sie sich den Leinenbeutel griff und in den Korb legte. »Zu allem Übel ist auch noch der Bleichgesichtige gekommen. Du weißt schon, der Geselle vom Bäckermeister Zipp. Der Kerl ist eine Plage.«

»Er stellt dir nach, das ist mir auch schon aufgefallen«, pflichtete Lena einlenkend bei. »Du musst dich vor ihm in Acht nehmen. Vielleicht kann ich mal mit Jodok darüber sprechen.«

»Tu das nicht. Ich will kein Aufsehen. Irgendwann wird er das Interesse an mir verlieren, zumal ich kaum ein Wort mit ihm wechsle.«

»Wusste die Barbel wenigstens etwas über Ursus zu berichten? Ich weiß doch, wie sehr dich sein Wegbleiben darbt.«

Ursus war ihr aus dem Rheintal hierher gefolgt, verliebt bis über beide Ohren. Völlig verdreckt und mit wirren Haaren war er in der Mühle aufgetaucht und hatte nach ihr gefragt.

Hanna straffte die Schultern. »Er ist mit Ritter Conrad auf seiner Burg«, antwortete sie zerknirscht. »Barbel faselte etwas von einem Schatz, den es dort geben soll. Aber wenn du mich fragst, spinnt sich die einfach nur etwas zusammen.«

Lena schürzte die Lippen. Noch bevor sie allerdings ihre Meinung zu Barbels Schwatzhaftigkeit äußern konnte, erschütterte ein ohrenbetäubendes Krachen die Stadt, dem ein Blitz nach dem andern folgte.

Die beiden Frauen fuhren erschrocken zusammen. In diesem Augenblick fielen die ersten schweren Regentropfen. Die beiden Ratsherren stürmten zurück ins Rathaus, während sich die Hektik vor dem Salemerhof verstärkte. Etliche der Händler zogen ihre Marktstände enger an die Häuserwände. Wer konnte, suchte Schutz unter den Arkadenbögen. Dann brachen die Wolken, und es goss wie aus Kübeln. Innert Minuten verkam der Marktplatz zu einer Morastgrube. An einer Ecke stand ein Prediger auf einem Podest und verkündete mit erhobenen Armen, dass dies die Strafe Gottes für den Sündenpfuhl Konstanz sei.

In der angrenzenden Brotlaube sah es nicht besser aus. Hätte Lena nicht einen der Pfister mit Namen gekannt, hätten sie wohl keine süßen Wecken mehr ergattert. Der Mann verstaute eben alles unter einer dicken Plane und fluchte lautstark vor sich hin. Doch Lenas Bitten und ihrem Lächeln konnte er trotz des Unwetters nicht widerstehen.

»Komm, Lena, wir stellen uns am Rathaus unter«, rief Hanna über den Tumult hinweg. »Vielleicht hört das Ganze eher auf, als wir denken.«

Mit diesem Einfall waren sie nicht allein. Unzählige Leiber drückten sich eng unter die Arkadenbögen des noblen Rathauses. Viele der einst stolzen Kruseler Hauben hingen ihren Besitzerinnen lahm ins Gesicht. Nicht besser erging es den kostbaren Gewändern, deren Rocksäume durch Kot und Schlamm so verunstaltet waren, dass die Farbe kaum noch zu erkennen war. Das Gezeter der Weibsbilder nahm kaum jemand wahr, aller Augen lagen auf dem Prediger, der den Weltuntergang voller Dramatik prophezeite.

2. Kapitel

Der Regen hielt sich auch die nächsten Tage hartnäckig. Konstanz drohte unter den Wassermassen zu ersticken. Erst zu St. Veit lichtete sich allmählich die dichte Wolkendecke und machte der Sonne wieder Platz. Die zurückgekehrte Wärme trieb die Menschen aus ihren Häusern und füllte die Märkte.

Die Sonne brachte das ganze Ausmaß der Verwüstungen ans Licht. Der Bodensee war gefährlich angestiegen und führte Unmengen von Schwemmholz mit sich, das wiederum die kleinen Stadtbäche staute und zu Überschwemmungen in der Stadt führte. Schlamm, Kot und Tierkadaver wurden ohne Gegenwehr in die Gassen gespült und vermischten sich mit dem dortigen Unrat zu einer stinkenden Brühe. Das Kornhaus bei der Schiffslände war geflutet und ein Großteil des eingelagerten Korns verdorben. Auch der Salemerhof beklagte Wasserschäden. Vorsorglich hatte der Große Rat Anweisung gegeben, in den Gassen Bretter auf die Schlammmassen zu legen, damit ein Vorwärtskommen überhaupt noch möglich war.

Die gärende Feuchte hing bleischwer in der Luft und reizte Augen wie Nasen. Das einzig Gute an der ganzen Misere war, dass die unerträgliche Hitze der letzten Wochen ein Ende gefunden hatte.

Hanna war schon seit dem frühen Morgen damit beschäftigt, das untere Stockwerk des Müller'schen Hauses vom Schlamm zu befreien. Am Nachmittag wurde die Wehmutter erwartet, dann musste alles sauber sein.

Die alte Wendelgart war die beste Hebamme der Stadt. Da sie draußen in der Vorstadt lebte und Lena oftmals Kräuter zur Linderung ihrer Beschwerden brauchte, besuchte Hanna die Wehmutter häufig. Inmitten ihres kleinen Hauses hatte sie sich auf Anhieb wohlgefühlt, und in der angrenzenden Kräuterstube war ihre Liebe zur Heilkunst erwacht. Die alte Wendelgart hatte

Hanna bereits angeboten, die Lehre bei ihr zu beginnen, doch Hanna besaß kein Bürgerrecht in der Stadt.

Ein Blick durch das Küchenfenster zeigte, dass auch draußen noch eine Menge Arbeit auf Hanna wartete. Das Hochwasser hatte Unmengen von Brombeerranken und Schlehengestrüpp in den Vorgarten gespült. Hanna grauste es, die stechenden Dinger in die Hand zu nehmen. Normalerweise halfen die beiden Müllergesellen ihr gern, doch heute hatte Jodok die jungen Männer noch vor dem Morgenmahl zur Mühle beordert. Eines der Mühlräder war ins Stocken geraten. Kein gutes Omen, schon gar nicht, wenn der Seerhein so hoch stand.

Hanna schwitzte wie ein Berserker, als das Haus endlich sauber und der Vorgarten wieder halbwegs begehbar war. Einzig der säuerliche Gestank hielt sich noch hartnäckig in den Ritzen des alten Holzhauses. Vielleicht fanden sich auf dem Markt ein paar wohlriechende Kräuter, die aufgehängt nicht nur böse Geister vertrieben, sondern auch eine Wohltat für die Nase waren.

Die Sonne stand bereits hoch – Wendelgart konnte jeden Augenblick hier eintrudeln. Hastig gürtete Hanna den verwaschenen Kittel enger, ehe sie eine widerspenstige Strähne in den Zopf zurücksteckte. Sie schlüpfte aus ihren Stiefeln und lief mit bloßen Füßen die Stiege hoch. Bevor sie die Klinke drückte, legte sie ihren Kopf an die Tür. Lena sang ein Kinderlied, wie sie es oft tat, war sie in Gedanken bei ihrem Kind.

Hanna räusperte sich und trat ein. Wie erwartet saß Lena im Lehnstuhl vor dem Fenster, Nadel und Faden in der Hand, und verzierte eines der Kinderhemden mit einer Stickerei. Hanna wusste, dass dies der Lieblingsplatz ihrer Freundin war, denn von hier hatte sie einen hervorragenden Blick auf die Stadt und die Rheinbrücke.

»Das Haus ist so weit wieder sauber. Wenn du keine weitere Arbeit für mich hast, gehe ich jetzt die Eier holen.« Hanna lächelte. »Vielleicht schaffe ich es sogar noch vor dem Eintreffen von Wendelgart.«

»Du magst die alte Wehmutter sehr, nicht wahr?«, meinte Lena.

»Ihr Wissen über die Kräuter gefällt mir, zudem erzählt sie oft Geschichten von früher. Ich höre ihr gerne zu.«

»Jodok und mich würde es freuen, wenn du ihr Angebot annimmst. Das Amt einer Stadthebamme bringt Ansehen, und das ist wichtig hier in Konstanz.«

Hanna blickte betreten auf ihre Füße, die zu ihrem Entsetzen voller Schlammspritzer waren. Im Stillen hatte sie sich längst entschieden. Doch erst musste sie dieses vermaledeite Jahr hinter sich bringen.

»Soll ich dir sonst noch etwas besorgen?«, fragte sie, nachdem sie erleichtert festgestellt hatte, dass sich keine nennenswerten Spuren auf dem frisch geputzten Boden zeigten.

Lena legte die Näharbeit zur Seite und erhob sich mit einem Stöhnen. Sie trat ans Fenster und streckte dabei den Rücken durch. »Du könntest den Nonnen vom Katharinenkloster einen Sack Mehl bringen und sie bitten, mich in ihre Gebete einzuschließen«, sprach sie leise.

Hanna ahnte, welche Gedanken ihre Freundin quälten. Anfänglich hatte sie das wachsende Leben in ihrem Leib gehasst, ja sie hatte sogar mit dem Gedanken gespielt, ihm durch Kräuter den Garaus zu machen. Die Gaben an das Frauenkloster sollten helfen, die Schuld ihrer sündhaften Gedanken zu tilgen. Lena hatte Angst, und dies nicht zu Unrecht. Wendelgart hatte ihr eine schwierige Geburt prophezeit. Lenas feingliedriger Körper war nicht fürs Kinderkriegen geeignet, das hatte die Wehmutter schon bei ihrem ersten Besuch erklärt.

»Wenn du die Nonnen weiterhin so mästest, treibt sie der Bischof bald zum Verkauf auf den Markt«, grinste Hanna, wobei sie hoffte, ihre Freundin mit etwas Schalk auf andere Gedanken zu bringen. »Jede Woche einen Sack feinstes Weizenmehl, da könnte selbst mir das Klosterleben schmackhaft werden.«

»Jetzt lauf schon, sonst verpasst du Wendelgart wirklich noch«, tadelte Lena mit gespieltem Ernst. Sie drehte sich um, wobei sie versuchte, ihre Sorge hinter einem Lächeln zu verbergen.

»Hoffentlich laufe ich nicht wieder Barbel in die Arme«, sagte

Hanna stöhnend. »Auch wenn Ursus in der Öffentlichkeit stets so tut, als seien wir uns in Konstanz das erste Mal begegnet, ahnt die Barbel etwas.«

»Das wäre allerdings nicht gut. Die Barbel ist geschwätzig. Wenn sie herausfindet, dass du eine entlaufene Leibeigene bist, erzählt sie es womöglich dem Bischof, und dann ist alles aus.«

Hanna wollte ihrer Freundin keine weiteren Sorgen aufbürden, aber mit der Barbel hatte Lena leider recht. Die Magd aus der Mordergasse war nicht nur geschwätzig, sie war auch neugierig und zu allem Übel in Ursus verliebt. Eifersucht hatte schon so manches Unheil heraufbeschworen.

Als hätte sie ihre Gedanken erraten, nickte Lena nachdenklich. Hanna griff sich einen der Weidenkörbe auf der Truhe. »Der Tag ist zu schön, um ihn mit düsteren Gedanken vollzupacken«, sagte sie achselzuckend.

Sie schenkte Lena ein kurzes Lächeln, ehe sie die Stiege hinunterrannte. Hastig schlüpfte sie wieder in ihre Stiefel, dann eilte sie mit wehendem Zopf in Richtung der Rheinbrücke. Sie hielt erst inne, als die Abtei hinter ihr lag. Keuchend hielt sie sich am Geländer fest. Irgendetwas stimmte nicht. Das Rattern der Mühlräder hörte sich anders an als sonst. Langsam ging sie weiter. Aus Fronleins Mühle hörte man die üblichen scharfen Befehle, hier schien alles wie immer. Hanna senkte den Kopf und beschleunigte ihre Schritte. Sie hatte keine Lust, mit Müller Fronlein zusammenzutreffen.

In der Mitte der beiden Mühlen kippte ein Fleischerlehrling gerade verdorbene Innereien über das Geländer, während ein Schwarm Krähen sich lautstark um die faulenden Stücke stritt. Der Junge grüßte Hanna, ehe er einen Klumpen Schleim hochwürgte und den Innereien nachschickte.

»Stinkt ja grauenvoll«, bemerkte Hanna im Vorübergehen.

»Hätte dir die Gedärme ja auch vor die Hütte werfen können«, knurrte der Lehrling zurück.

»Versuch das mal, dann lernst du Jodok erst richtig kennen.« Hanna verzog ihr Gesicht zu einer Grimasse.

»Wäre der Stadtmüller nicht gewesen, müssten wir nicht

dreimal die Woche hier auf die Brücke kommen. Mein Herr ist deswegen schon stinksauer«, brummte der Junge weiter.

Hanna lief mit einem unguten Gefühl auf Jodoks Mühle zu. Eines der Wasserräder stand still. Jetzt wusste sie auch, warum sich das Rattern vom Ufer her so anders angehört hatte. Sie verlangsamte ihren Schritt, zumal Jodoks ungewohnte Fluchtiraden selbst das Rauschen des Seerheins übertönten. Ein riesiges Stück Schwemmholz hatte sich in dem Rad verfangen und die Arbeit zum Erliegen gebracht. Die beiden Gesellen bemühten sich nach Leibeskräften, es wieder zum Laufen zu bringen, mit mäßigem Erfolg.

»Herr, Ihr sollt mir einen Sack Weizenmehl für die Nonnen geben«, räusperte sich Hanna verlegen, als sie die Mühle betrat. Der aufgewirbelte Mehlstaub brachte sie zum Niesen.

Jodok stand mit in die Hüften gestemmten Armen da und starrte wutentbrannt auf das Mühlrad, das sich keinen Zoll bewegte. Auf Hannas Worte drehte er sich nur kurz um und wies mit dem Kinn auf einen der Säcke an der hinteren Wand, ehe er sich wieder seinen Gesellen widmete. Wütend stampfte er mit dem Fuß auf.

In einem der schmiedeeisernen Zapfen des Rades hatte sich nicht nur ein Stück Schwemmholz verfangen, auch ein entwurzelter Baum hatte sich in das runde Rad verkeilt. Einer der Gesellen ließ sich eben an einem Seil hinunter, um das Malheur zu beheben. Die Arbeit war gefährlich, zumal sich der Rhein an diesem Morgen wie ein wildes Tier gebärdete. Die Strudel hatten schon viele Menschen gepackt, verschlungen und für alle Ewigkeiten auf den Grund gezogen. Die Angst auf dem Gesicht des Gesellen war nicht zu übersehen, weshalb Jodok an die Seite des zweiten Gesellen trat und das Seil ebenfalls mit festem Griff umklammerte. Die Fingerknöchel der beiden Männer traten weiß hervor. Im Stillen zweifelte Hanna, ob sie den Kampf gegen die Wassermassen gewinnen würden. Mit einem Drücken in der Magengegend griff sie sich einen der kleineren Mehlsäcke und steckte ihn in den Weidenkorb. Sie warf einen letzten besorgten Blick auf Jodok und seine Gehilfen und verließ die Mühle.

Der allgemeine Vorwurf, der Müller habe zwei Scheffel, einen zum Ein- und den anderen zum Ausmessen, traf auf Jodok nicht zu. Als vom Großen Rat beauftragter Stadtmüller hielt er sich stets an Gesetz und Ordnung, umso ungerechter fand Hanna das Malheur, das Jodok an diesem Morgen ereilt hatte. Warum nicht Fronlein? Der Gauner konnte sich wirklich alles erlauben und blieb selbst von Gottes Zorn verschont.

Mit dem Mehlsack im Korb kam Hanna nur noch langsam vorwärts. Jerg, der Torwächter, winkte sie mit einem wortkargen Gruß des Weges, während er sich mit kritischem Blick einem Bauern und dessen Kornsack widmete. Unreifes Korn zur Mühle zu bringen war ein Frevel, der mit hoher Strafe geahndet wurde. Nicht nur Jerg, auch Jodok musste jeden Sünder beim Großen Rat melden.

Der Weg zum Katharinenkloster war nicht weit, und doch ging Hanna ihn nicht gern. Das Kloster lag in der bischöflichen Niederburg. Erleichtert, dass ihr Klopfen bereits nach wenigen Versuchen erhört wurde, schenkte Hanna der Nonne ein verkrampftes Lächeln.

»Gelobt sei Jesus Christus«, grüßte die alte Ordensfrau durch die kleine Luke am Tor.

»In Ewigkeit, amen«, antwortete Hanna, wobei sie sich hastig das Kreuzzeichen auf die Brust schlug. »Ich bringe Euch etwas des guten Mehles aus Jodoks Mühle. Bitte schließt Lena dafür wieder in Eure Gebete ein.«

Die Antwort bestand lediglich in einem zustimmenden Brummen. Dann schlug die Luke wieder zu, und das Tor öffnete sich einen Spalt. Eine blau geäderte Hand griff sich den Mehlsack, ehe das schwere Tor mit lautem Krachen wieder zufiel. Die Nonnen zeigten sich nie. Selbst in der Stadt ließen sie sich nicht blicken. Aus der einstigen Beginengemeinschaft hier war ein abgeschottetes Frauenkloster geworden, das ganz unter der Herrschaft der Dominikanermönche stand. Von der viel geliebten Freiheit der Frauen war nichts geblieben. Vielleicht war das der Grund für die Wortkargheit der alten Nonne.

Die Sonne hatte ihren Zenit mittlerweile erreicht. Gegenüber der Abtei saß eine zahnlose Alte vor einem wackeligen Holzhaus, das Gesicht der Wärme zugewandt, die Augen geschlossen. Die faulenden Schlammmassen in den Gassen verbreiteten einen Gestank, der kaum auszuhalten war. Die Alte allerdings schien dagegen immun.

Hanna rümpfte die Nase, und obwohl sie sich Mühe gab, sank sie alle paar Meter knöcheltief ein. Sie haderte mit sich, dass sie ihre Trippen nicht mitgenommen hatte. Es war zu hoffen, dass die Armenpfründner des Heiliggeistspitals bald mit ihren Karren auftauchten und die Gassen wieder begehbar machten. Sie hielt sich ein kleines Tüchlein vor die Nase und lief weiter in Richtung des Schottentores.

Die beiden Wächter schenkten ihr kaum Beachtung, als sie durch das Tor huschte. Im Gegensatz zu Jerg nahmen sie es mit der Sorgfalt selten genau. Verstehen konnte Hanna die beiden schon, denn wer schob schon gerne Wache an einem Tor zum Seelenacker, von dem überdies der Henkersplatz nicht weit war.

Vor der Stadtmauer verlor sich der Gassengestank allmählich. So weit das Auge reichte, beherrschten Felder und Äcker die Landschaft. Unzählige Apfel- und Birnbäume versprachen reiche Ernte, umgarnt von unzähligen Bienen, Hummeln und anderen Insekten. Allerdings lagen viele der Äcker knietief unter Wasser, was die Idylle doch ein wenig trübte. Bereits jetzt kreisten Myriaden von Mücken über den seichten Tümpeln. Hanna ahnte, dass Konstanz wohl bald eine Plage bevorstand.

Sie machte den Gang zum Hof der Witwe Else jeden Mittwoch. Da es Müllern von Gesetzes wegen untersagt war, Hühner zu halten oder Schweine zu mästen, bezogen Jodok und Lena die guten Waren stets bei der alten Frau hinter dem Seelenacker.

»Der verfluchte Regen hat alles kaputt gemacht«, brummte die Alte, kaum wurde sie Hannas ansichtig. »Hätte ich die Hühner nicht ins Haus geholt, wären sie ersoffen.«

Else zeigte mit ausgestrecktem Arm auf den Hühnerstall. An die zwanzig Hühner stapften gackernd durch den Schlamm auf der Suche nach Würmern oder sonstigem Ungeziefer, während der weiß gefleckte Hund dösend an der Hausmauer lag.

»Jetzt scheint aber alles wieder in Ordnung zu kommen. Die Sonne trocknet die Böden bestimmt bald«, bemerkte Hanna freundlich.

»Der Schein trügt«, konterte Else in ihrer gewohnt griesgrämigen Art. »Bräuchte halt mehr Hilfe. Aber wer hat schon Zeit, einer alten Frau zu helfen?«

»Du bist doch nicht alleine, du hast ja die Klara.« Hanna drehte sich um die eigene Achse. Das junge Mädchen war bestimmt irgendwo.

»Ist nicht da, das Luder. Treibt sich wieder in der Stadt herum«, entgegnete Else. Dann griff sie sich ihren Stock und schlurfte langsam auf den Hühnerstall zu. »Hast Glück, dass ich noch Eier habe. Die verdammten Viecher legen nicht bei Regen und, wie es scheint, auch danach kaum.« Die Alte winkte Hanna zu sich her. »Im Hungerwinter vor gut fünf Jahren haben sie wochenlang nicht gelegt.« Else fuchtelte mit ihrem Zeigefinger vor Hannas Nase, als müsse sie die Worte noch untermalen. »Zudem kam das Wasser so hoch, dass unter der Brücke keine Hand mehr Platz gefunden hat.«

»Aber jetzt haben wir Sommer«, sagte Hanna fröhlich. »Das Hochwasser wird bald wieder verschwunden sein, wenn die Sonne weiter so vom Himmel brennt.«

»Ja, ja, wart's nur ab. So hat es angefangen, das Hungern.«

Die alte Else war zeitweise etwas wirr im Kopf. Manchmal verwechselte sie die Wochentage, und manchmal kannte sie selbst ihre treuen Kunden nicht mehr. Doch es gab auch Tage, da wartete Else mit Dingen aus der Vergangenheit auf, an die sich kaum jemand in Konstanz noch erinnerte.

Hanna mochte die knorrige und eigensinnige Alte, besonders in Augenblicken wie diesen, in welchen sie mit zittrigen Fingern die Eier aus der Kiste klaubte und sie ihr in den Korb legte.

»Base Else, Base Else, wo bist du?« In diesem Augenblick kam die kleine Klara um die Ecke geschossen. Die Wangen vor Aufregung gerötet, der Atem keuchend. »Hallo, Hanna«, japste das Mädchen aufgeregt. »Habt ihr es schon gehört?«

»Gehört, gehört«, brummte Else bärbeißig. »Hilf mir lieber mit den Hühnern, statt dich in den Gassen herumzutreiben. Eines Tages werden sie dich noch in den Diebesturm sperren, wart nur ab.«

Hanna drückte Else die nötigen Heller in die Hand und machte einen Schritt auf Klara zu. Sie mochte das Mädchen, das kaum mehr als zehn Jahre zählte und seit dem Tod seiner Eltern bei seiner Muhme aufwuchs. Wer sich hier um wen kümmerte, das blieb die Frage. Ohne Klara wäre Else vielleicht schon längst in der Armenpfründe des Heiliggeistspitals gelandet.

»Was sollen wir gehört haben?«, fragte Hanna, wobei sie Klara die zerzausten Haare aus dem Gesicht strich.

»In der Stadt geht es um wie ein Lauffeuer.« Das Mädchen kletterte auf eines der leeren Weinfässer, in denen Else ihr Hühnerfutter lagerte, und grinste mit diebischer Freude. »Es beißt ja nicht jeden Tag ein Ratsherr ins Gras«, fügte sie nickend bei.

»Lass dir nicht alles aus der Nase ziehen«, brummte Else, deren Interesse allmählich erwachte. Sie klopfte mit dem Stock gegen das Fass, um Klara zum Weitererzählen zu treiben.

»Der Ratsherr Walter von Roggwil wurde vor zwei Tagen tot in seinem Bett gefunden.« Klara schlug theatralisch die Hände über dem Kopf zusammen. Genauso hatte es sicher eine der Schwätzerinnen auf dem Markt getan. »Vergiftet habe man ihn.«

»Vergiftet?«, fragten Hanna und Else beinahe gleichzeitig.

»Er hatte die Augen weit aufgerissen, und aus dem Maul ist ihm der Schaum gelaufen.« Klara nickte hastig, wobei sie das eben Gesagte bildlich nachstellte. »Eine seiner Mägde hat ihn gefunden und natürlich sofort den Medicus gerufen. Aber da war nichts mehr zu machen, der Kerl war schon mausetot, so erzählen es die Matronen auf dem Markt.« Klara genoss die Aufmerksamkeit mit einem verschmitzten Lächeln auf den Lippen.

»Und warum erfährt man erst jetzt davon, wenn der Mann schon vor zwei Tagen verstorben ist?«, fragte Hanna neugierig.

»Der Große Rat hat versucht, es geheim zu halten. Vergeblich«, grinste Klara. »Es gibt halt immer einen, der nicht dichthält.«

»Kennt man den Täter schon?« Hanna hörte gerne Tratsch, besonders dann, wenn es um den Großen Rat ging. Die noblen Geschlechter boten allerlei Überraschungen, was wiederum abends am heimischen Feuer eine gewisse Kurzweil versprach.

»So schnell ist der Schultheiß nicht«, fuhr Else dazwischen. »Waren die noch nie.«

Klara schüttelte den Kopf. »Man erzählt sich, dass die Zunftbrüder dahinterstecken könnten. Die wollen offensichtlich schon lange in den Großen Rat, und da sei ihnen Walter von Roggwil wohl im Wege gestanden, haben die geschwätzigen Weibsbilder hinter der Hand getuschelt.«

Hanna zuckte ungläubig mit den Schultern. Sie traute den Zunftmeistern viel zu, doch einen Mord?

»Und wenn Bischof Rudolf dahintersteckt?«, fragte sie leise, wobei sie vorsorglich nach beiden Seiten blickte, um sicherzugehen, dass keine unliebsamen Lauscher auftauchten. »Es ist stadtbekannt, dass Walter von Roggwil der nächste Bürgermeister werden wollte, und ebenfalls ist stadtbekannt, dass der Bischof sich seit Jahren gegen dieses Amt sträubt. Er sähe wohl lieber wieder seinen bischöflichen Ammann im Amt. Mir kann –«

»Sei still!«, fiel ihr die alte Else grob ins Wort. »Was wäre Konstanz ohne die Verdienste des Bischofs? Nichts! Die Bischöfe haben Konstanz reich gemacht und die Bäuche der Menschen gefüllt. Aber was verstehst du Neubürgerin schon davon!«

Damit war das Thema für Else beendet. Die Alte wandte sich ab und lief mit steifen Beinen auf ihren Hühnerstall zu. »Gib die Heller Klara«, rief sie mürrisch über ihre Schulter.

»Ich hab die Eier doch schon bezahlt«, rief Hanna empört.

»Ist schon gut«, meinte Klara. »Sie vergisst halt so manches, was ihr nicht wichtig erscheint.«

Hanna enthielt sich weiterer Worte. Sie wusste, dass Else eine Anhängerin des Bischofs war, und verübeln konnte sie es ihr nicht. Bischof Rudolf ließ sie gegen ein kaum namhaftes Entgelt auf diesem Flecken vor der Stadt hausen, dafür war sie ihm treu ergeben.

Die Stadtbewohner allerdings lagen seit Jahren in unerbittlichem Streit mit dem Bischof. Ihnen gegenüber zeigte er keinerlei Großzügigkeit. Kaiser Friedrich II. hatte Konstanz zur Reichsstadt erhoben und damit die Streitereien ausgelöst. Seither buhlten der Bischof und die Ratsherren um die Macht.

»Mach's gut, Else«, rief Hanna übertrieben laut, um die Laune der Alten wieder ins Lot zu bringen. »Auch dir alles Gute, Klara. Hab Sorge zu dir und treib dich nicht zu sehr in den dunklen Gassen herum. Die Else braucht dich, vergiss das nicht.« Hanna kniff dem Mädchen scherzhaft in die Backe, ehe sie winkend den Hof verließ.

Die Sonne brannte bereits unerbittlich von einem noch immer wolkenlosen Himmel. Die Regenpfützen auf dem durchweichten Boden verdampften zu stinkenden Kloaken. Je näher Hanna dem Stadttor kam, desto mehr holte sie der Gestank wieder ein.

Am Schottentor hatte sich die Wache verstärkt. Auf dem Mauerring patrouillierten Männer der Stadtwache, und auch die beiden Wächter kontrollierten jetzt jeden Passanten akribisch genau. Allerdings war Hanna schleierhaft, was sie sich davon erhofften. Der Mörder würde wohl kaum mit dem Gift im Beutel in der Stadt herumlaufen. Gift – welches Gift wurde überhaupt verwendet, um den Ratsherren ins Jenseits zu befördern? Davon hatte Klara nichts gesagt. Zu dumm, dass sie sie nicht danach gefragt hatte.

Die Kontrolle ihres Korbes brachte erwartungsgemäß keine Auffälligkeiten. Allerdings überlebten zwei der Eier das grobe Vorgehen der Wächter nicht und zerbrachen. Hanna zog eine Schnute. Sie überlegte kurz, ob sie zu Else zurückgehen sollte, um Ersatz zu holen, entschied sich aber doch dagegen. Die Tändelei mit der Alten hatte ohnehin schon zu viel Zeit gekostet.

Erbost vor sich hin murmelnd verschwand sie in eine der Gassen. Zweimal musste sie einen Umweg laufen, da die Büttel Sperren errichtet hatten und jeden Passanten kontrollierten. Dies erzeugte Unmut, und in den Gassen stauten sich so die

Menschenmengen. Es gab nur einen Ausweg, den Gang durch die Niederburg.

Im bischöflichen Viertel herrschte Kirchenrecht, und die Stadtbüttel würden es nicht wagen, auf den Münsterplatz und in die angrenzende Bischofspfalz einzudringen. Somit würde sich das Gedränge dort in Grenzen halten. Und wenn sie Glück hatte, weilte der Bischof noch immer außerhalb der Stadt auf seiner Burg.

Den Kopf gesenkt, hastete Hanna dem Münster entgegen. Zu ihrem Verdruss holte sie das Gedränge allerdings auch hier bald schon ein. Die Neuigkeit lockte die Kleriker ebenso auf die Gassen wie die vielen Neugierigen im Rest der Stadt. Als Hanna den Platz vor der mächtigen Kirche erreichte, wurde bereits an allen Ecken und Enden getuschelt.

Das Gerücht um den angeblichen Giftmord am Ratsherrn verbreitete sich schneller als trockenes Laub bei einem Herbststurm. Aufgebrachte Matronen mit ihren Mägden wetteiferten mit Händlern, während Domherren, Mönche und Pfaffen die Kunde unter ihresgleichen verbreiteten. Selbst die Bettler, die sonst nur auf der Treppe des Münsters herumlungerten und ihre Gebrechen zur Schau trugen, irrten auf einmal über den Platz und kündeten jedem, der es hören wollte, voller Inbrunst vom Tod des Ratsherrn. Die Aufregung ging auch an Hanna nicht spurlos vorüber.

Mit Hilfe ihrer Ellenbogen kämpfte sie sich durch das Gewühl. Zu ihrer Erleichterung stand die Kutsche des Bischofs tatsächlich nicht vor der Pfalz. Trotzdem hielt sie es für ratsam, den Kopf weiterhin gesenkt zu halten. Als sie die Marktstätte erreichte, entlockte ihr dies ein wohliges Aufatmen. Hier war das Gedränge zwar nicht weniger groß, doch hier fiel sie nicht auf.

An der Ecke zur Mordergasse hielt sie inne. Den Rücken an das neu gebaute Zunfthaus gelehnt, versuchte sie ihre Gedanken zu ordnen. Das Herz klopfte hart in ihrer Brust. Die Verlockung, vielleicht mehr zu erfahren, war übermächtig.

Kurzerhand huschte sie hinein in die Mordergasse. Hier

hausten die betuchten Bürger der Stadt. Die Häuser waren höher, die Fassaden frisch gekalkt. Selbst der Gestank hielt sich hier in Grenzen, was daran lag, dass die Müllsammler bereits ganze Arbeit geleistet hatten und kaum noch Unrat zu sehen war. Froh, der Enge entkommen zu sein, straffte Hanna ihren Rücken.

Die mehrgeschossigen Häuser musterte sie stets mit Ehrfurcht. Seit Ursus in den Diensten des wohlhabenden Stadtadeligen Conrad von Liebenfels stand, trafen sie sich heimlich in den dunklen Nischen der Gasse. Beim Gedanken an ihren Liebsten huschte ein Lächeln über Hannas Gesicht.

Als ihr eine Horde schreiender Kinder entgegenkam, gefolgt von zwei bellenden Hunden, blickte sie skeptisch hinauf zu den Fenstern. Doch alles blieb ruhig. Keine wohlbeleibte Matrone steckte ihren Kopf durch die neumodischen Scheiben und zürnte der schreienden Horde.

Das Haus des Ritters stand mittig auf der linken Seite der Gasse und bestand aus einem ansehnlichen Steinhaus und einem leicht zurückgesetzten fünfstöckigen Wohnturm, der allerdings nur selten genutzt wurde. Durch ein mächtiges Holztor gelangte man in den Innenhof. Links befanden sich die Pferdeställe mit den kostbaren Rappen des Ritters, das wusste Hanna von einem ihrer Besuche, daneben zwei kleine Wirtschaftsgebäude. Unschlüssig blieb sie stehen. Das Tor war nur angelehnt, was ungewöhnlich war, denn Ritter Conrad achtete streng auf Ordnung.

Mit dem Eierkorb in Händen drückte Hanna sich in eine Nische und wartete. Vielleicht war ihr das Glück ja hold und Ursus kam heraus. Als sich das Tor wenig später tatsächlich bewegte, hielt sie den Atem an. Doch statt Ursus trat Barbel auf die Gasse. Bewaffnet mit einem Wassertopf, blickte die Magd kurz nach beiden Seiten, ehe sie die dunkle Brühe in den Straßengraben kippte.

»Sei gegrüßt, Barbel«, rief Hanna über die Gasse hinweg, wobei sie versuchte, ihre Enttäuschung zu verbergen.

»Du hier?«, kam es mit biestigem Unterton zurück. »Neugierig wie alle Weiber, hab ich recht?« Barbel warf den Kopf in den Nacken und blickte mit zusammengekniffenen Augen in Hannas Richtung. »Reißt wohl auch gern das Maul auf. Aber wir haben dem armen Mann nichts getan.«

»Walter von Roggwil war einer der Ratsherren bei eurem Festmahl?«, fragte Hanna erstaunt. Die Erkenntnis traf sie wie ein Blitz.

»Ja, und etliche andere«, zischte Barbel. »Und allesamt sind sie noch am Leben.«

»In den Gassen sprechen sie von nichts anderem«, bemerkte Hanna. »Allerdings wäre ich nie auf den Gedanken gekommen, dass der Ratsherr womöglich …«

»Womöglich was?« Die Augen der Magd blitzten vor Zorn.

»Beruhig dich, Barbel. Ich bin überzeugt, dass deine Herrschaft nichts mit dem Tod des Ratsherrn zu schaffen hat«, versuchte Hanna, die aufgewühlte Barbel mit einfühlsamer Stimme zu beruhigen, was allerdings nur dazu führte, dass die Magd den Wassertopf noch enger gegen ihre Brust drückte und den Mund zu einer trotzigen Schnute verzog.

»Die Leute reden viel Unsinn, hör einfach nicht auf sie«, wiederholte Hanna.

Barbel schnupfte. Dann rollten ihr zwei Tränen über die Wangen, die sie mit dem Handrücken hastig wegwischte. »Der arme Herr Conrad, jetzt wird wohl nichts werden aus seiner Wahl in den Rat«, sagte sie mit zittriger Stimme. »Vor wenigen Augenblicken war der Schultheiß hier und hat Fragen über Fragen gestellt. Die Herrin sitzt seither in der guten Stube und heult sich die Augen aus dem Kopf.«

»Die Herrin Endlin hat doch nichts mit dem Mord zu schaffen«, empörte sich Hanna. »Wie kommt der Schultheiß bloß auf einen solch absurden Gedanken?«

»Walter von Roggwil ist … war ein überheblicher Kerl, geschieht ihm ganz recht, wenn du mich fragst«, schniefte Barbel, ohne auf Hannas Frage zu antworten. »Alle haben Ritter Conrad ihre Hilfe für die Mitgliedschaft im Großen Rat zugesagt, nur der noble Walter von Roggwil hat sich geziert. Der Kerl ist stadtbekannt für seinen Geiz. Glaub mir, hätte Ritter Conrad ihm heimlich etwas zugesteckt, hätte sich seine Überheblichkeit schnell gewandelt.«

Barbel wischte sich eben die letzten Spuren ihrer Tränen aus dem Gesicht, als das Tor abermals aufschwang. Erschrocken wichen die beiden Frauen einen Schritt zur Seite.

Die zweite Magd der Liebenfels trat mit grimmiger Miene auf die Gasse. Agnes war erst vor wenigen Tagen ins Haus gekommen, doch seither hing der Haussegen unter dem Gesinde schief. Niemand mochte die Frau. Die vorspringenden gelben Zähne und die stets zusammengekniffenen Augen verliehen ihr etwas Lauerndes.

»Die Herrin mag es nicht, wenn getratscht wird«, brummelte sie mürrisch in Barbels Richtung. »Also komm gefälligst zurück ins Haus, die Köchin sucht dich bereits.«

»Und dich hat Wicca geschickt, mir das zu sagen?«, fragte Barbel trotzig.

»Genau, und wenn du deinen Hintern nicht bald in die Küche bewegst, kannst du den Abort die nächsten zwei Wochen alleine fegen.« Agnes' Stimme troff vor Häme. Sie drehte sich um und verschwand durch das Tor.

»Dumme Pute«, zischte Barbel ihr hinterher. »Meint wohl, sie sei was Besseres, nur weil sie in den Diensten des Kaufmanns Blarer gestanden ist.« Um ihren Unmut zu untermalen, streckte Barbel die Zunge heraus. »Dabei hat die Blarerin sie bestimmt gern hierher abgeschoben. Dass wir mehr Hände brauchen würden, war doch nur ein Vorwand, die Hexe loszuwerden.«

»Das hab ich gehört!«, zischte es wütend hinter dem Tor.

»Ist wohl besser, wenn du machst, was sie sagt«, entgegnete Hanna abwehrend. »Ich muss jetzt ohnehin zurück zur Mühle. Sag Ursus bitte, dass ich hier war und ihn gerne gesprochen hätte.«

Barbel sog die Luft hörbar in ihre Lungen, ehe sie zusammen mit ihrem Wassertopf durch das Tor verschwand.

Sollte die schöne Endlin von Liebenfels wirklich etwas mit dem Mord zu schaffen haben? Dieser Gedanke war zu absurd, um ihm weitere Beachtung zu schenken, und doch fraß er sich wie eine Made in Hannas Gehirn. Den Rest des Weges brachte sie wie in Trance hinter sich. Selbst als zwei Bettler sie grob anrempelten, tat sie das nur mit einem Schulterzucken ab.

Als die Rheinbrücke in Sichtweite kam, hielt Hanna ein. Wendelgart stand unter dem Petershausertor und unterhielt sich mit Jerg. Hanna strich sich hastig eine Strähne aus dem Gesicht, ordnete kurz ihren Rock, dann trat sie auf die beiden zu. »Ich hoffe, du bist noch nicht auf dem Heimweg?«, fragte sie die Hebamme, wobei sie neugierig auf deren Kräuterkorb schielte.

»Ich bin in Eile«, erwiderte Wendelgart. »In der Hafengasse wartet eine Geburt auf mich.«

Hanna nickte enttäuscht. »Mit Lena ist alles in Ordnung?«, fragte sie leise, wobei sie sich vor Jerg stellte, damit er die Antwort der Wehmutter nicht hörte.

Wendelgart legte ihre knochige Hand auf Hannas und drückte sie kurz. »Schau weiterhin so gut nach ihr und sprich ihr Mut zu. Gemeinsam werden wir die Geburt schon hinkriegen.«

»Ich soll dabei sein?« Hanna schluckte trocken.

»Überleg es dir.« Wendelgart legte ihren Kopf leicht schief und schaute Hanna eindringlich an. »Hanna, die Wehmutter von Konstanz, das klingt doch gut.«

Ja, das tat es. Doch vorerst musste sie sich noch versteckt halten, zumal ihr jeden Tag die Gefahr drohte, vom Bischof entdeckt zu werden.

Wendelgart gab einen Seufzer von sich. »Aber jetzt muss ich. Trag Sorge zu dir und schau die nächsten Tage wieder einmal bei mir in der Vorstadt vorbei. Ich habe nämlich neue Kräuter bekommen, die ich dir zeigen möchte.« Wendelgart hob eine Hand zum Gruß, wobei sie bereits die Gasse entlangeilte.

»Hast du es schon gehört?«, wandte sich Hanna an den jungen Torwächter.

»Du meinst den Mord? Aber sicher«, erwiderte Jerg leicht mürrisch. »Eben war einer der Büttel hier und gab mir zu verstehen, dass ich meine Kontrollen noch gewissenhafter durchführen soll. Dem Kerl hab ich aber was gehustet. So schnell kommt der nicht mehr, das kannst du mir glauben.«

»Wusste der Büttel schon etwas Genaues? In den Gassen hört man nur Gerüchte, und an denen ist ja bekanntlich nicht viel Wahres dran.« Hanna lehnte sich gegen das Brückengeländer und hielt den Kopf in Richtung der Sonne.

»Eigentlich nicht. Allerdings habe ich auch nicht so neugierig nachgefragt wie du.«

Hanna schüttelte den Kopf. »Das ist nicht Neugier, das ist Interesse an den Belangen der Stadt. Schließlich kommt es nicht alle Tage vor, dass ein Ratsherr vergiftet wird. Ein wenig mehr Anteilnahme könntest du auch an den Tag legen.«

»Wenn dir damit geholfen ist, werde ich mich umhören, und wer weiß, vielleicht spaziert der Mörder ja über unsere Brücke.« Jerg schien seine gute Laune bereits wiedergewonnen zu haben.

»Mach das«, lachte Hanna, ehe sie mit wehendem Kittel über die Brücke eilte.

Jodoks Mühlrad stand noch immer still. Ein Blick über das Geländer zeigte, dass die beiden Gesellen mittlerweile zu zweit versuchten, den Baum aus den Schaufeln zu ziehen. Das Ganze ging nun schon seit Stunden, und ein Ende war nicht abzusehen. Hanna taten die Männer leid, zumal ihr nicht entging, dass der Kirchenmüller Fronlein und seine Gesellen spitzbübisch grinsend auf der Brücke standen und hinüberlugten.

Grußlos lief sie an ihnen vorbei. Die Eier in ihrem Korb kullerten durch die hastigen Schritte wild durcheinander, und sie befürchtete schon, dass keines von ihnen die Hetze überstehen würde.

»Wendelgart hat es heute offenbar eilig gehabt«, bemerkte Hanna keuchend, als sie zu Lena in die Kammer trat und den Eierkorb auf den Tisch stellte.

»Bin offensichtlich nicht die einzige Frau in Konstanz, die in Kürze ein Kind erwartet«, schmunzelte Lena. »Ich soll mich mehr ausruhen.« Sie fuhr sich mit der Hand über den gerundeten Leib.

»Eine Geburt ist nicht einfach, Lena. Wenn sie sagt, du sollst dich ausruhen, musst du schon auf Wendelgart hören.«

»Du hörst dich schon wie eine Wehmutter an«, lachte Lena. »Und jetzt sag, was gibt es Neues aus der Stadt?« Sie erhob sich schwerfällig von ihrem Stuhl. »Wendelgart wollte mir nichts sagen. Es würde mich nur zu sehr aufregen.« Lena verdrehte die Augen. Als sie sich den Eierkorb griff, kam ihr Hanna zuvor.

»Lass nur, ich werde sie nachher in die Küche bringen. Leider sind zwei Eier wegen des Wächters am Schottentor in die Brüche gegangen.«

Lena zog die Stirn in Falten. »Die haben dich kontrolliert? Warum? Tun sie doch sonst nie.«

»Einer der Ratsherren wurde vergiftet. Die Büttel suchen jetzt in der ganzen Stadt nach dem Mörder.«

»Ein Ratsherr?«, drängte Lena neugierig. »Nun erzähl schon, oder willst du, dass ich vor Neugier platze?«

Hanna hob gespielt erschrocken die Hände. »Nur das nicht. Dann müsste ich das Haus ja nochmals von oben bis unten schrubben.«

Lena lachte laut.

»Ja, ein Ratsherr und dazu noch einer der ganz Mächtigen«, griff Hanna die Frage ihrer Freundin wieder auf.

»Wer ist es? Spann mich nicht so auf die Folter!« Lenas Wangen hatten sich die letzten Minuten vor Aufregung gerötet.

»Walter von Roggwil. Leider war er einer der Gäste beim Festmahl in der Mordergasse, von dem Barbel mir erzählt hat.«

»Warum leider?«, fragte Lena erstaunt.

»Du kennst doch die kleine Klara, die Schwestertochter der alten Else? Wenn sich das Mädchen nicht verhört hat, und das hat sie wohl kaum, Klara hat ihre Ohren nämlich überall, also wenn es stimmt, was sie sagt, wurde der Ratsherr unmittelbar nach dem Essen im Haus von Ritter Conrad tot aufgefunden.«

»Das Haus Liebenfels soll etwas mit dem Mord zu schaffen haben?«, fragte Lena ungläubig.

»Es soll zu Unstimmigkeiten während des Mahls gekommen sein. Ich war vorhin bei ihrem Haus, aber leider konnte ich

Barbel nicht länger aushorchen, da Agnes auf der Bildfläche erschien. Die neue Magd spielt sich auf wie ein Hausdrachen. Bin gespannt, wie lange Wicca das noch mitmachen wird.« Hanna ging langsam auf das Fenster zu und blickte nachdenklich hinüber zur Rheinbrücke.

»Die Wicca tut mir leid«, hörte sie Lena hinter ihrem Rücken sagen. »Mit ihren dicken Beinen hat sie schon genug zu kämpfen.« Sie seufzte. »Im Augenblick sehe ich wohl kaum besser aus als sie. Vor lauter Bauch sehe ich meine Zehen kaum noch, und die dick geschwollenen Beine machen jeden Schritt zur Qual.«

»Wenn du willst, mache ich dir später kalte Umschläge, das wird helfen«, bot Hanna an. »Ursus habe ich leider nicht gesehen«, fuhr sie enttäuscht fort. »Vielleicht hätte er mir mehr sagen können.«

»Ich habe kein gutes Gefühl«, sagte Lena leise, wobei sie verstohlen das Kreuzzeichen schlug. Den Rücken mit einer Hand stützend, trat sie neben Hanna. Gemeinsam blickten die beiden Frauen auf die grauen Wassermassen des Seerheins. Noch immer führte das Hochwasser jede Menge Geäst.

Der Tod eines so mächtigen Mannes würde Unruhe bringen, das war so sicher wie das Amen in der Kirche.

3. Kapitel

Anderntags herrschte in der Stube des Müllers Tristesse. Jodok umklammerte den Löffel mit eisernem Griff, während er seinen Blick starr auf das Fenster gerichtet hielt. Noch nicht einmal die knusprig gebratene Speckomelette schaffte es, seine Laune zu heben.

Zusammen mit seinen beiden Gesellen war er die ganze Nacht damit beschäftigt gewesen, das Mühlrad wieder zum Laufen zu bringen, doch ohne Erfolg. Das Unwetter hatte dem Holz so zugesetzt, dass mehrere der morschen Schaufelwände zerborsten waren. Nun hielten die Gesellen, die sonst beim Morgenmahl oft zur Ruhe ermahnt werden mussten, ihre Köpfe für einmal gesenkt.

Lena hielt das Schweigen nicht länger aus. »Werdet ihr das Rad wieder flicken können?«, fragte sie zaghaft in Richtung ihres Mannes.

Jeder Tag, den die Mühle nicht lief, bedeutete einen Tag Hunger. Jodok schwamm nicht im Geld, im Gegensatz zum bischöflichen Müller, der mit seinem Reichtum bei jeder sich bietenden Gelegenheit in den Schenken der Stadt prahlte. Jodoks Ehrlichkeit bescherte ihnen zwar ein gutes Gewissen und auch ein gewisses Ansehen, doch die Geldkatzen füllte diese Tugend nur zur Hälfte.

»Der Holzer aus der Vorstadt wollte bei Tagesanbruch neue Bretter bringen«, knurrte Jodok. »Wenn er nicht bald kommt, gehe ich selbst in den Wald und schlage einen Baum.«

»Das ist Frevel«, empörte sich Lena.

»Das war auch nur ein Scherz«, beruhigte Jodok seine Frau mit einem Kopfnicken, wobei er ihr sanft über den Unterarm streichelte. Er rang sich ein mühsames Lächeln ab.

Die beiden Gesellen hielten die Köpfe weiterhin gesenkt. Es war nicht zu übersehen, dass sie gegen den Schlaf ankämpften. Die Nacht war hart und anstrengend gewesen und Jodok gnadenlos. Doch ein Knarren vonseiten der Tür ließ die Häupter der Anwesenden nun in freudiger Erwartung hochschnellen.

»Draußen warten drei Bauern mit ihren Getreidesäcken.« Hanna betrat die Küche und stellte einen Krug Milch auf den Tisch. »Was soll ich ihnen sagen?«

Jodok schob sich einen Kanten Brot in den Mund und spülte mit verdünntem Wein nach. »Entweder üben sie sich in Geduld, oder sie gehen zum bischöflichen Halsabschneider«, brummte er mürrisch. Er konnte seine Enttäuschung nur schlecht verbergen.

»Das soll ich ihnen sagen?« Hanna blickte hilfesuchend zwischen Lena und Jodok hin und her.

»Nein, das werde ich selber tun.«

Jodok schob den Teller mit der Speckomelette in die Mitte des Tisches, ehe seine Faust auf die Tischplatte krachte. Die Gesellen sprangen erschrocken auf. Sie hatten ihren Meister noch nie so wütend gesehen. Ihre Mattigkeit löste sich schlagartig in Luft auf. Jodok schaute ein letztes Mal hinüber zum Fenster, dann erhob er sich. Auf seiner Stirn hatten sich die letzten Stunden tiefe Furchen eingegraben, die verdeutlichten, welche Beherrschung es ihn kostete, seine Gefühle unter Kontrolle zu halten. Hastig schlossen sich die beiden Jungspunde ihrem Meister an, als dieser die Küche verließ.

»Zu dumm, dass Mehl nicht auf Vorrat gemahlen werden kann«, seufzte Lena in die anschließende Stille. »Bei dieser Hitze wird es noch schneller ranzig als sonst. Keine drei Tage, und schon stößt einem das Brot sauer auf.«

Hanna nickte mitfühlend. »So gehen die Bauern wohl ohne Mehl nach Hause. Wird die Frauen nicht freuen.«

Sie setzte sich auf einen der Hocker und griff sich den Buttertiegel. Sie wollte eben zu einer weiteren Bemerkung über das Korn ansetzen, als von draußen Schritte zu hören waren. Vor Freude wäre ihr der Tiegel beinahe aus der Hand gefallen, als Ursus seinen Kopf durch den Türspalt steckte.

»Endlich!« Wie von der Tarantel gestochen sprang Hanna

auf. Die beiden jungen Leute fielen sich lachend in die Arme. Im Hause des Müllers mussten sie ihre Liebe nicht verstecken.

Lena räusperte sich. »Setz dich, Ursus, und iss mit uns.« Sie füllte einen Becher Milch für den Gast.

Ursus grinste und drückte Hanna einen letzten Kuss auf den Mund, ehe er sich an den Tisch setzte. »Schon draußen habe ich den herrlichen Speck gerochen.« Verstohlen schielte er auf die Omelette, die unangerührt in der Mitte des Tisches stand. »Jodok scheint nicht bester Laune zu sein«, bemerkte er, wobei er einen Schluck Milch trank. »Fronlein, der Gauner, hat wieder einmal Glück gehabt. Die Strömung hat das Schwemmholz genau auf Jodoks Mühle zugetrieben. Selbst in der Stadt sprechen sie davon.«

»Hast du den Holzer aus der Vorstadt nirgends gesehen?«, fragte Lena. »Er wollte Jodok heute Morgen helfen.«

Ursus verneinte, während sein Blick weiter auf der Omelette lag.

»Ach entschuldige, ich bin heute gar nicht bei der Sache«, entschuldigte sich Lena, wobei sie ihm den Teller zuschob. »Iss ruhig alles auf, Jodok wird heute kaum noch in die Küche kommen. Die Gesellen ebenso wenig. Die haben andere Sorgen.«

»Das wird schon wieder werden«, beruhigte Hanna ihre Freundin, wobei sie ihr tröstend eine Hand auf den Arm legte. »Jodok hat schon oft das Unmögliche fertiggebracht, er schafft es auch dieses Mal.«

Lena nickte zweifelnd. Die Schaufelräder waren schon zu lange in einem erbärmlichen Zustand. Jodok hatte ihnen dies erst vor wenigen Wochen erklärt. Der Große Rat wollte sich der Sache bei einer der nächsten Sitzungen widmen, doch nun war es zu spät. Das Wasserrad war kaputt und würde vielleicht für Tage ausfallen.

»Wo warst du denn so lange? Ich hab mir ehrlich Sorgen um dich gemacht«, wandte sich Hanna leise an Ursus. »Barbel erzählte etwas von einem Schatz. Ist da was dran?«

Ursus schob sich eben einen Bissen der herrlichen Eierspeise in den Mund. Das Butterschmalz lief ihm über das Kinn. »Behalt es aber für dich«, brummelte er mit vollem Mund. »Soll nicht die ganze Stadt erfahren, dass mein Herr auf der Burg Liebenfels einen Batzen Gold gefunden hat.«

»Einen Batzen?« Hannas Neugier war entfacht. »Was meinst du damit?«

»Die Hitze hat einen der Brunnen ausgetrocknet, und als der Verwalter sich mit einem Seil in die Tiefe ließ, um nach dem Rechten zu sehen, fand er eine alte Kiste voller Goldmünzen.« Ursus schluckte. »Kannst dir ja vorstellen, was dieser Fund ausgelöst hat. Seither suchen selbst die Bauern auf ihren Feldern jeden Zoll ab.«

»Und?«

»Ob du es glaubst oder nicht, sie haben tatsächlich Münzen gefunden. Natürlich nicht so viele wie der Verwalter im Brunnen, aber ein beachtlicher Haufen ist doch zusammengekommen. Es scheint fast so, als habe jemand eine Wagenladung Münzen auf die Äcker gestreut.«

Hanna nickte nachdenklich. »Ein solcher Schatz weckt Neid. Hat der Herr von Liebenfels keine Sorge deswegen?«

»Und ob«, sagte Ursus verschwörerisch. »Deswegen soll auch niemand hier in Konstanz davon erfahren.«

»Dann muss er aber der Barbel unverzüglich einen Maulkorb verpassen, ansonsten weiß bald jeder in der Stadt davon.« Hanna lachte.

»Wart nur, ich werde es dem Herrn schon sagen, welch Schandmaul unter seinem Dach haust.« Ursus schob sich ein weiteres Stück Omelette in den Mund, ehe er lautstark rülpste.

»Geben sie dir in der Mordergasse nichts zu essen?« Lena lächelte in Richtung des jungen Stallknechtes. Ihre düsteren Gedanken hatte sie offenbar zur Seite geschoben. Sie mochte den Rotschopf mit seinen lustigen Sommersprossen und dem unersättlichen Appetit. Sein Schalk brachte sie immer wieder zum Lachen.

»Oh Gott, doch!«, grinste Ursus spitzbübisch. »Aber deine Omeletten sind einfach besser. Wicca könnte tatsächlich auf ihre alten Tage noch etwas lernen.«

»Lass sie das nur nicht hören, sonst zieht sie dir die Ohren lang«, schimpfte Hanna mit gespieltem Ernst.

»Willst du noch mehr? Ich mach dir gerne nochmals welche«, bot Lena an.

»Keinen Bissen mehr, sonst platze ich«, wehrte Ursus dankend ab, wobei er sich in seiner ungezwungenen Art den Bauch rieb. »Wann kommt denn nun der kleine Balg zur Welt? So dick, wie dein Bauch schon ist, kann es nicht mehr lange dauern.«

Hanna grübelte über den vermeintlichen Schatz und hörte der Unterhaltung zwischen Lena und Ursus nur mit halbem Ohr zu. Was man sich alles kaufen könnte für so viel Geld ... Seufzend lehnte sie sich zurück.

»Hab die Eier gestern von der alten Else geholt«, mischte sie sich nach einer Weile in das Gespräch der beiden ein, als sie den Namen Walter von Roggwil hörte. »Und dabei erfahren, dass der Ratsherr vergiftet wurde.« Neugierig reckte sie ihr Kinn. »Weißt du vielleicht schon mehr? Barbel erzählte mir, dass er einer der Gäste bei eurem Festmahl war.«

»In der Tat, das war er, leider«, erwiderte Ursus abwehrend. »Mein Herr war deswegen gestern den ganzen Nachmittag im Rathaus. Doch wirkliche Neuigkeiten hat er keine mitgebracht.« Ursus griff sich den leeren Becher und hielt ihn Hanna hin.

Sie füllte den Becher mit Milch. »Wie kommt es, dass du hier sein kannst? Normalerweise weichst du doch Ritter Conrad nicht von der Seite«, fragte sie.

»Als sich die Witwe Reinhild angekündigt hat, hat mein Herr plötzlich auf einen seiner Herrenhöfe im Thurgau gemusst. War natürlich nur eine Ausrede. In Wahrheit verkürzt er sich die Zeit in der Schenke beim Rathaus.« Ursus lachte verschmitzt. »Die Witwe ist nicht so sein Fall. Ihr Getratsche geht ihm an die Nieren.«

»Hast du wenigstens etwas aufgeschnappt? Reinhild Blarer weiß doch immer, was in der Stadt so läuft.« Hanna spitzte die Ohren.

Die Witwe des Kaufmanns Gerwig Blarer war eine stadtbekannte Nervensäge, wenn auch eine mit prall gefüllten Geld-kisten. Vor knapp einem Jahr hatte sie ihren Gatten zu Grabe getragen, und seither gaben sich die Mannsbilder die Klinke in die Hand. Nicht dass die Witwe Reinhild sie erhört hätte, dazu war sie zu sehr auf ihren Leumund bedacht. Doch das Trauerjahr war bald zu Ende und die Witwe noch immer eine Augenweide.

»Offenbar hat man vor einigen Tagen in der Apotheke in der Marktstätte eingebrochen, so jedenfalls habe ich es aus dem Mund der Witwe gehört.« Ursus genoss die Aufmerksamkeit der beiden Frauen sichtlich. Er verdrehte die Augen, während er jedes Wort in die Länge zog.

»Und was wurde gestohlen?«, fragten Lena und Hanna bei-nahe gemeinsam.

Ursus rülpste abermals, ehe er nach dem Milchkrug griff und sich nochmals einschenkte. Allerdings füllte sich der Becher lediglich noch zur Hälfte, wie er enttäuscht registrierte.

»Gab's bei euch kein Morgenmahl?«, tadelte Hanna ihren Geliebten mit einem Augenzwinkern.

»Agnes und Barbel haben sich wieder einmal gezankt, und Wicca ist wegen des Mordes so durch den Wind, dass es nur aufgewärmtes Pflaumenmus zur Grütze gab. Und ich mag doch keine Pflaumen.«

Lena angelte sich den Krug von Jodoks Platz und hielt ihn Ursus hin. »Ist leider nur verdünnter Wein. Jodok mag ihn so zum Morgenmahl.«

»Und was wurde nun gestohlen?«, doppelte Hanna ihre Frage ungeduldig nach.

»Irgendwelche Kräuter und, ja, ich glaube, auch Arsenik.«

»Arsenik, bist du sicher?« Hanna rieb sich nachdenklich die Nase, während ihre Gedanken in die Vergangenheit schweif-ten.

Vor ihrer Zeit in Konstanz hatte sie Wochen bei einer Kräuter-hexe zugebracht und eine Menge über Kräuter gelernt. Arsenik war ein weißes Pulver, geruch- und geschmacklos. Eigentlich benutzte man es gegen Ratten, doch in der richtigen Dosis reichte es, um einen gestandenen Mann ins Jenseits zu befördern.

Ursus verschränkte die Arme vor der Brust und nickte. »Rattengift, hat die Witwe gesagt, ich bin mir sicher.«

»Könnte es sein, dass Walter von Roggwil damit umgebracht wurde?«, fragte Lena leise, wobei sie schützend die Hände über ihren Bauch legte.

»Möglich wäre es«, sinnierte Hanna vor sich hin. »Ins Essen oder in den Wein gemischt, hätte er es nicht bemerkt, und vergiftet wurde er ja bekanntlich, wie der Medicus festgestellt hat.«

»Du willst doch damit hoffentlich nicht sagen, dass er in unserem Haus vergiftet wurde?« Ursus' Kehlkopf hüpfte vor Empörung auf und ab. »Wäre es so, würde ich heute nicht munter hier sitzen. Die Reste des Festmahls gab's nämlich anderntags für das Gesinde, ebenso wie den Wein, und glaub mir, alles hat vortrefflich geschmeckt.«

»Und doch muss ihm das Gift irgendwie verabreicht worden sein«, beharrte Hanna. »Wenn nicht bei euch, dann anderswo. Ging er allein aus der Mordergasse, oder war er in Begleitung?«

»Soviel ich weiß, ging er als Erster und war bei bester Gesundheit.«

»Und wenn ihm das Gift zu Hause gegeben wurde?«, mischte sich Lena nachdenklich ein.

»Gründe gibt es viele, einen Herrn nicht zu mögen, aber ihn gleich zu vergiften und dann noch im eigenen Haus?« Hanna schlug die Augen nieder. »Der Verdacht würde doch zwangsläufig auf die Mägde fallen.«

»Niemand kann so dumm sein«, rief Ursus aus. »Nicht einmal die Weibsbilder im Hause des Ratsherrn, obwohl …« Er sog die Luft in die Lungen. »Zuweilen sind Weibsbilder schon nicht zu verstehen.«

Diese Äußerung brachte ihm einen heftigen Stoß vonseiten Hannas ein. »Für diese Frechheit kannst du deinen freien Tag dazu nutzen, um Jodok zu helfen.« Noch nicht zu Ende gesprochen, begann Hanna den Tisch abzuräumen. »Die beiden Gesellen bringen die Augen kaum noch richtig auf. Jodok hat sie die ganze Nacht auf Trab gehalten.«

Da Ursus ohnehin satt war und langes Herumsitzen nicht

sein Ding, erhob er sich und trat ans Fenster. Hanna sah ebenfalls hinaus. Auf der Brücke stand eine Kutsche. Der Kutscher unterhielt sich mit Müller Fronlein. Offenbar ging es um Jodok und sein kaputtes Wasserrad, denn die beiden Männer gestikulierten heftig in jene Richtung. Der Wind wehte noch immer einen muffigen Gestank vor sich her, auch wenn der Wasserstand des Seerheins bereits deutlich gesunken war. Ein Blick gen Himmel zeigte, dass sich das gute Wetter hielt.

»Wartest du noch einen Augenblick? Ich helfe Lena nur schnell die Stiege hoch.« Hanna zeigte sich bereits wieder versöhnlich. »Du kannst ja schon mal den Buttertiegel unter dem Bretterverschlag versorgen und den Tisch fertig abräumen«, rief sie kichernd über ihre Schulter, als sie mit Lena unter dem Türsturz verschwand.

»Wenn jetzt nur nicht einer der Gesellen unverhofft in die Küche kommt und mich bei Frauenarbeiten erwischt«, grummelte Ursus gespielt erschrocken und griff sich das Buttergeschirr.

Als Hanna schließlich mit vor der Brust verschränkten Armen am Kellerzugang stand, rieb Ursus sich gerade die Hände an den Hosen ab und blickte sich neugierig um. »Komm endlich aus dem Keller, oder willst du dort unten Wurzeln schlagen?«, rief sie.

Erschrocken fuhr er hoch und löste seufzend seinen Blick von den vielen Köstlichkeiten, die hier unten lagerten. Zwei Tritte auf einmal nehmend, stieg er aus dem Keller. Kaum hatte er den Bretterverschlag geschlossen, drängte sich Hanna an ihn.

»Ich hab dich so vermisst«, flüsterte sie leise, wobei sich ihre Wangen mit einem zarten Rot überzogen. »Ich sehne mich nach dem Tag, an welchem das Versteckspiel ein Ende hat und wir frei sind. Die Angst, dem Bischof eines Tages in die Arme zu laufen, frisst mich noch auf.«

»Glaubst du nicht, dass du dich da in etwas hineinsteigerst?« Ursus legte seine Arme um Hannas Schultern. Dabei sog er den Duft ihres Haares tief in seine Lungen. »Wäre Gott nicht auf unserer Seite, hättest du Konstanz nie erreicht. Die Burg Montfort ist weit, und bestimmt hat der Graf dich längst vergessen.«

Ganz so sorglos konnte Hanna das nicht betrachten. Der hiesige Bischof war nun mal der Vetter Graf Wilhelms. Sollte der Kleriker erfahren, dass sie sich in Konstanz aufhielt, würde er dies bestimmt dem Grafen zutragen.

»Denkst du noch oft ans Rheintal?« Ihre Frage war mehr ein Hauchen. Als fürchtete sie die Antwort, wartete sie lange, ehe sie den Kopf hob und Ursus in die Augen blickte.

»Ich schaue nicht zurück«, entgegnete Ursus zu ihrer Erleichterung mit fester Stimme. »Und für dich wäre es besser, du würdest es auch nicht tun.«

Wenn sie das Rheintal nur auch so leicht vergessen könnte wie Ursus. Zu tief gingen die Erinnerungen, zu sehr zerfraß die Angst noch immer ihre Eingeweide.

»Sollte ich nicht Jodok helfen?«

Ursus' Ruhe vermochte ihre Grübelei wie immer zu verdrängen. Sie liebte ihn dafür und lächelte ihn zärtlich an. »Er wird sich über Hilfe freuen und ich mich auch. So kann ich Jodok wenigstens zeigen, wie dankbar ich ihm für alles bin. Du weißt, er hätte mich nicht aufnehmen müssen.«

»Aber er hat es, und jetzt häng nicht weiter den düsteren Gedanken nach. Obwohl«, Ursus grinste, »ich könnte auch ewig hier stehen und dich umarmen, allerdings wird dies dem Wasserrad nicht helfen.«

Hanna versetzte ihm einen Boxhieb in die Lende. Dann löste sie sich aus seiner Umarmung und lief zur Tür. »Wer schneller bei der großen Eiche ist, hat gewonnen.«

Ursus' Lachen hallte durch das Haus. Als Hanna um die Ecke flitzte, ließ er genügend Zeit verstreichen, ehe er ihr mit großen Schritten nachsetzte. Natürlich erreichte Hanna die Eiche als Erste, und dies trotz ihres Hinkens. Dieses Spiel gehörte ebenso zu ihrer Liebe wie die heimlichen Stelldichein in dunklen Nächten. Neugierig schaute sie hinüber zur Benediktinerabtei. Vor der Mauer standen etliche Handkarren, beladen mit allerlei Gerätschaften, deren Zweck man auf die Entfernung nicht erkennen konnte.

»Die Abtei lässt die Decke der Kapelle neu malen. Von überallher kommen Maler, um sich vorzustellen. Würde mich schon interessieren, was sie so auf ihren Karren mitschleppen.«

»Vielleicht eigene Bilder als Anschauungsmaterial. Schließlich kaufen auch Kleriker nicht die Katze im Sack.« Ursus kniff die Augen zusammen. »Und die Kutschen?«, fragte er skeptisch. »Gehören die auch den Malern?«

Irgendwie merkwürdig erschienen Hanna die vielen Kutschen ebenfalls, die beinahe täglich das Gotteshaus aufsuchten. Dass Maler mit ihren Kritzeleien tatsächlich so viel Geld verdienten, um sich Kutschen zu leisten, konnte sie nicht glauben. Doch etwas anderes interessierte sie im Augenblick deutlich mehr.

»Du hast auf meine Frage vorhin nur ausweichend geantwortet.« Sie schlenderte langsam auf die Rheinbrücke zu. Wie es sich gehörte, ging Ursus gut zwei Ellen neben ihr.

»Welche Frage?«

»Ob Walter von Roggwil allein nach Hause ging. Du sagtest nur, dass er euer Haus als Erster verließ, und zwar bei bester Gesundheit.« Hanna warf einen letzten Blick auf die Abtei. Gerade öffnete sich das Tor, und eine der Kutschen verschwand im Inneren.

Ursus blieb stehen. Das Gesicht der wärmenden Sonne entgegengestreckt, fuhr er sich mit beiden Händen über die struppigen Haare, ehe er sich gegen das Geländer der Brücke lehnte.

»Per Zufall kam draußen gerade einer der Nachtwächter vorbei. Walter von Roggwil hat den Mann freudig gegrüßt. Offenbar kannten sie sich. Der Mann hat den Ratsherrn bis zu seinem Haus geleitet. Seltsamerweise soll Roggwil bereits auf diesem Gang über Übelkeit geklagt haben.«

»Und woher weißt du das?« Hanna konnte ihre Neugier kaum zügeln.

»Mein Herr war doch im Rathaus, um Neues zu erfahren. Dort haben sie es ihm gesagt. Der Nachtwächter ist wohl über jeden Zweifel erhaben.«

»Das hört sich verdammt nicht gut an«, seufzte Hanna. »Das kann doch nur bedeuten, dass Walter von Roggwil in eurem Haus –«

»Hör damit auf! Ich will nichts mehr hören.«

Der modrige Gestank des Seerheins machte die schweigende Verdrossenheit, die nun zwischen ihnen lag, noch unangenehmer. Hanna musste an sich halten, denn je mehr sie Ursus bedrängte, desto weniger würde er ihr erzählen. Sie kannte ihn bestens. Und dennoch war sie überzeugt, dass Ritter Conrad in der Ratsstube noch weitere Neuigkeiten erfahren hatte, von denen Ursus mit Sicherheit wusste. Sie musste nur eine günstige Gelegenheit abwarten, dann würde er ihr alles erzählen, wie er es immer tat, lagen sie sich in den Armen.

»Lass uns weitergehen«, drängte Hanna leise, wobei sie Ursus kurz die Hand streichelte. Die Berührung hatte nur den Bruchteil eines Atemzugs gedauert, doch ausgereicht, um Ursus' Unmut zu verdrängen.

Auf der Höhe von Fronleins Mühle blieb Hanna stehen. Die Mühlräder drehten sich mit lautstarkem Klappern. Fronlein kam eben aus der Mühle, ein selbstgefälliges Lächeln auf den Lippen. Er hob eine Hand zum Gruß.

»Der eingebildete Hundsfott. Ein Gauner durch und durch«, zischte Hanna. »Schau doch nur sein schleimiges Lächeln, es trieft vor Hohn. Er gönnt Jodok das Missgeschick mit jeder Faser seines Körpers.«

»Ewig wird ihm das Glück nicht hold sein.« Ursus zwinkerte ihr zu. »Die Äbte einiger der hiesigen Klöster sollen sich bereits beim Bischof beschwert haben, dass die Hostien immer dünner werden. Man hat Bäckermeister Zipp daraufhin angesprochen, und er meinte wohl, dass die Säcke mit dem Mehl immer leichter werden und er deswegen die Hostien nur noch so dünn backen kann.«

»Hoffentlich legen sie Fronlein bald das Handwerk, zu gönnen wäre es ihm. Der Kerl käme nicht einen Augenblick auf den Gedanken, Jodok seine Hilfe anzubieten.« Hanna rief ebenfalls einen Gruß hinüber, wie sie es immer tat, auch wenn sie beinahe daran erstickte. Nur keine Aufmerksamkeit erregen, schon gar keine, die Anlass zu Klagen beim Bischof gab. So Gott wollte, würde sie getreu diesem Motto weiterhin gut zurechtkommen.

»Ich wollte dich vorhin nicht so anfahren«, entschuldigte sich Ursus. »Aber du weißt, dass ich Ritter Conrad viel verdanke und alles für ihn tun würde.«

»Hab's schon vergessen«, wehrte Hanna lächelnd ab.

Ursus atmete erleichtert aus. Er zankte sich nicht gern mit ihr, dazu war ihre Liebe zu zerbrechlich, das wusste Hanna.

»Ich würde jetzt gern mit dir irgendwo versteckt am Flussufer liegen und die Sonne genießen«, seufzte er sehnsüchtig.

»Doch leider musst du zu Jodok in die Mühle«, lachte Hanna. »Und jetzt mach nicht so ein Gesicht. In der Sonne liegen können wir noch oft.«

Wie erwartet drehten sich Jodoks Mühlräder noch immer nicht, wie sie beim Näherkommen bemerkten. Mittlerweile war allerdings der Holzer aus der Vorstadt eingetroffen, was doch Anlass zu Hoffnung gab.

»Ich werde versuchen, mich nützlich zu machen«, bemerkte Ursus mit einem Grinsen, wobei er Hanna unter das Vordach der Mühle zog und ihr einen Kuss auf den Mund drückte.

»Nicht hier«, entgegnete Hanna erschrocken, wobei sie den Kopf in Richtung des Petershausertores streckte. »Der bleichgesichtige Geselle vom Pfistermeister Zipp könnte uns sehen. Der Kerl lauert mir ständig auf. Er würde unser Techtelmechtel gleich herumposaunen, und was dann geschieht, brauche ich dir nicht zu sagen.«

»Der soll mir nur kommen.« Ursus ballte seine Faust.

»Besser nicht. Er setzt ohnehin schon das Gerücht in die Welt, dass mit mir etwas nicht stimmen kann. Leider ist ihm aufgefallen, dass ich noch keinen Fuß ins Münster gesetzt habe, auch nicht an den Prozessionen. Ich kann nur hoffen, dass Meister Zipp nicht viel auf sein Geschwätz gibt.«

Ursus wollte bereits zu einer Schimpftirade ausholen, als Hanna den Kopf schüttelte. Kreidebleich starrte sie auf den jungen Mann, der eben am Ende der Brücke auftauchte und mit spöttischem Grinsen auf sie zukam. Hastig machte sie einen Schritt zur Seite, damit der Bleichgesichtige nicht auf dumme Gedanken kam.

»Geh in die Mühle, Ursus. Und halte dich bitte zurück. Es ist besser für uns alle.« Hanna wandte sich ab und rannte mit wehendem Rock zurück in Richtung der Abtei. Als sie in den Uferweg einbog, blieb sie keuchend stehen.

Der Bleichgesichtige stand in der Mitte der Brücke und unterhielt sich mit Müller Fronlein. Als die beiden Männer den Kopf beinahe gleichzeitig in ihre Richtung drehten, ahnte Hanna, dass sie wohl das Gesprächsthema war. Hastig duckte sie sich hinter einen der Schlehenbüsche.

4. Kapitel

Wie üblich vor Ratssitzungen holten sich die noblen Herren auch an diesem Morgen den Segen Gottes in der Ratskapelle Sankt Laurenz am Obermarkt. Allesamt saßen sie in der ersten Reihe und horchten auf die Worte des Stadtkaplans. Der Mord an einem Ratsherrn schlug hohe Wellen und füllte die Kirche bis auf den letzten Platz. Neugierige aus der Vorstadt waren ebenso gekommen wie Gläubige aus den Pfarrsprengeln Sankt Paul und Sankt Stephan. Nervöses Flüstern und Hüsteln führten mehrmals dazu, dass der Pfaffe seine Predigt unterbrach, um die Aufmerksamkeit wieder auf sich und die heiligen Psalmen zu lenken.

Als das allseits ersehnte Amen fiel, begann die Ratsglocke zu bimmeln. Die noblen Herren drängten dem Ausgang entgegen, dicht gefolgt vom Rest der Kirchenbesucher. Draußen regte sich kein Lüftchen. Die mächtige Linde neben dem Gotteshaus reckte ihre Äste bewegungslos gen Himmel. Der Sommer war zurückgekehrt und mit ihm die Hitze – die Luft war zum Schneiden dick.

Die Ratsherren in ihren roten pelzverbrämten Mänteln und ihren schwarzen Baretten schwitzten bereits nach wenigen Schritten. Verstohlen tupften sie sich die Schweißperlen von der Stirn. In ihren Mienen spiegelte sich der Ernst der Lage. Mit geraden Rücken und erhobenen Häuptern schritten sie durch die Sammlungsgasse dem Rathaus entgegen, gefolgt von einer Schar Neugieriger, die ihnen wie Kletten auf Schritt und Tritt folgten.

Von den Almosenheischern, Krüppeln und dem fahrenden Volk war an diesem Morgen nichts zu sehen. Der Schultheiß und seine Büttel hatten ganze Arbeit geleistet. Auf dem ans Rathaus angrenzenden Fischmarkt herrschte ebenfalls kaum Betrieb. Viele Fischer hatten ihre Stände erst gar nicht aufgeschlagen. Erfahrungsgemäß lief das Geschäft an Ratstagen schlecht. Es gab zwar jede Menge Volk auf dem Marktplatz, doch das interessierte sich nicht für Fisch.

Dafür, dass die vielen Neugierigen während Stunden des Wartens keinen Hunger zu leiden hatten, sorgten die vielen mobilen Garküchen, die beinahe an allen Ecken standen. Pasteten und Würste brutzelten bereits seit dem frühen Morgen auf den Rosten. Dass oft minderwertiges Fleisch in den Backöfen, Kochkesseln und an den Bratspießen landete, interessierte an den Ratstagen niemanden. Wollte man Neuigkeiten aus erster Hand erfahren, musste man Opfer bringen, und dazu gehörten auch heftiges Bauchgrimmen und Übelkeit am anderen Tag.

Am Vortag hatte man Walter von Roggwil zu Grabe getragen, und die halbe Stadt war dabei Zeuge gewesen. Dass der Ratsherr vergiftet worden war, daran gab es keinen Zweifel mehr. Denn kein Geringerer als der Stadtmedicus selbst hatte am Pranger verkündet, dass Arsenik im Spiel gewesen sei und auch er mithelfen werde, den Mörder dingfest zu machen. Seither kursierten Gerüchte von Höllenhunden, Teufelsanbetern und Kobolden, die Konstanz in Atem hielten. Der eine oder andere brave Bürger war bereits in Verruf geraten, doch hatten sich alle Anschuldigungen bislang als haltlos erwiesen. Der wahre Mörder war noch auf freiem Fuß.

Die Ratsstube befand sich im ersten Stock des mächtigen dreigeschossigen Steingebäudes. Die Konstanzer waren stolz auf ihr »Richtehus« am Fischmarkt, wie sie es liebevoll nannten, und öffneten ihre Geldkatzen gern für die jährlich zu entrichtende Gebühr, damit das Gebäude in vollem Glanz erstrahle. Die Ratsstube besaß seit dem letzten Brand sogar eine neue Kassettendecke aus bestem Eichenholz. Für die Bemalung der Wände hatte man eigens einen Künstler aus der Lombardei beauftragt, der als Meister seines Fachs galt. Zwar hatte er sich anfänglich etwas geziert, statt der Bibelmotive Jagdszenen zu malen, doch eine prall gefüllte Geldkatze hatte ihn schlussendlich doch überzeugt. Seither wachte ein jagdhornblasender Jäger mit seinen Hunden über den gestellten Bären und ließ seine Betrachter in Ehrfurcht erstarren.

An diesem Morgen saßen der Reichsvogt und der Bürgermeister gemeinsam am blank polierten Eichentisch auf dem Podest und blickten mit ernsten Mienen auf die zwanzig Ratsherren. Diese reihten sich zu je zehn Mann zu beiden Seiten auf, vor ihnen kleine Tische, auf denen sie ihre Dokumente ausgebreitet hatten. Hinter einem Schreibpult im Hintergrund stand der Stadtschreiber, Federkiel und Tintenfass griffbereit.

Die Stühle knarrten und ächzten auf dem Holzboden, bis jeder der Ratsherren seinen Platz gefunden hatte. Und auch hinter der massigen Holztür, die die Ratsstube vom Treppenhaus trennte, war Tumult zu hören. Schultheiß und Büttel hatten Mühe, die Neugierigen fernzuhalten.

Es waren etliche Zeugen geladen, die zu dem heimtückischen Verbrechen befragt werden sollten. Nicht jedermann war der Einladung gern gefolgt. Vor den Ratsherren zu sitzen und penibel befragt zu werden, erforderte eine Menge Mut, besonders wenn die Fragen schwer verständlich und durchaus verfänglich formuliert wurden.

Doch auch unter den Ratsherren herrschte eine ungewohnte Unruhe. Für einmal ging es nicht nur um die alljährlich zu schwörenden Satzungen der Fleischschätzer und Leinwandschauer, die Aufnahme von Neuburgern oder die Rechtsstellung der Juden in der Amelungsgasse, heute ging es um ein Verbrechen in den eigenen Reihen, eine grausame Tat, die keinerlei Milde verdiente.

»Der Mord an unserem geschätzten Ratsmitglied Walter von Roggwil ist Anlass zu dieser außergewöhnlichen Gerichtssitzung«, erhob der Bürgermeister das Wort, wobei er betont langsam aufstand und seinen Blick prüfend über die Ratsmitglieder gleiten ließ.

Bürgermeister Brun von Tettikoven war ein gestandener Mann von fünfzig Jahren mit einem leicht ergrauten Schnauzer und Silberfäden im Haar. Er hielt das Amt seit Beginn dieses Jahres, und wie es die Tradition wollte, würde er es am Ende des Jahres wieder abgeben. Als sein Nachfolger war Walter von Roggwil vorgesehen gewesen. Daraus würde jetzt nichts mehr werden, der Große Rat musste wohl oder übel einen neuen Mann aus ihren Reihen wählen. Doch jetzt galt es, den Mörder zu finden, und dazu brauchte es den Verstand aller.

»Walter von Roggwil und seine Familie sind seit vielen Jahren im Rat vertreten«, fuhr Brun von Tettikoven mit getragener Stimme fort. »Was auch der Grund war, warum er diesen Winter zum neuen Bürgermeister gewählt werden sollte.« Er räusperte sich, ehe er weitersprach.

»Es liegt nun an uns, Gerechtigkeit in dieser Angelegenheit zu sprechen und den Täter seiner Strafe zuzuführen. Die Familie des armen Walter von Roggwil muss gebührend entschädigt werden. Erst dann werden wir alle hier in der Lage sein, einen neuen Bürgermeister zu bestimmen. So lange werde ich das Amt weiterführen, im Notfall auch bis ins neue Jahr hinein, sollten wir bis dahin nicht fündig geworden sein.«

Ein Raunen ging durch die Reihen der mächtigen Männer. Einige nickten zustimmend, während andere heftig gestikulierend mit ihren Nachbarn debattierten. Ein paar wenige nur blickten ratlos auf ihre Hände. Es war noch nie vorgekommen, dass ein Bürgermeister sein Amt eigenständig verlängert hatte.

»Wir werden erst die Frage klären, welchen Grund der Mörder gehabt haben könnte, Walter von Roggwil den Tod zu wünschen«, ergriff der Reichsvogt jetzt das Wort mit lauter Stimme. Er nickte Brun von Tettikoven kurz zu, der sich schwer atmend auf seinem Stuhl niederließ. »Soweit mir bekannt ist, war er ein angesehener Bürger dieser Stadt und hat sich nichts zuschulden kommen lassen. Sein Leumund war ohne jeglichen Tadel.«

»Da habt Ihr durchaus recht, werter Vogt. Und genau deshalb schmerzt dieser sinnlose Mord doppelt«, pflichtete ihm der Bürgermeister seufzend bei. »Wir sollten uns Gedanken darüber machen, ob es bei diesem Mord um Walter von Roggwil ging. Oder wollte hier jemand uns als Ratsherren treffen? Unsere Ämter erregen Neid, das ist allgemein bekannt.«

»Ihr sprecht es zwar nicht deutlich aus, doch hegt Ihr einen Verdacht?«, fragte der Vogt. »Dann lasst es uns hören.«

Brun von Tettikoven erhob sich abermals von seinem Stuhl

und blickte mit ernster Miene in die Runde. »Wir wissen alle, dass sich Walter von Roggwil lautstark dafür einsetzte, dass das Zollrecht in die Hände der Konstanzer Bürger gehört.« Ein zustimmendes Raunen machte die Runde. »Dieses Begehren ist nicht überall auf Zustimmung gestoßen, besonders nicht in kirchlichen Kreisen.«

Der Bürgermeister sah die nickenden Köpfe. Jetzt galt es, Namen zu nennen, und dies war auch für ihn kein leichtes Unterfangen. Der Klerus besaß noch immer Macht und Ansehen in der Stadt, und so manch frommer Konstanzer wollte es sich mit den Pfaffen nicht verscherzen.

»Die Forderung nach dem Zollrecht ist bei Bischof Rudolf nicht auf offene Ohren gestoßen, wie wir alle wissen. Mir wurde sogar zugetragen, dass Walter von Roggwil eine Drohung aus dem Münster erhalten habe.« Brun von Tettikoven verschränkte die Arme vor der Brust und sog die Luft tief in seine Lungen. Jetzt war es ausgesprochen.

»Das ist eine harte Anschuldigung«, meldete sich der Reichsvogt nachdenklich zu Wort und ließ nun seinerseits den Blick über die Ratsmitglieder wandern.

Es dauerte eine Ewigkeit und etliche Räusperei, bis sich einer der Herren langsam von seinem Stuhl erhob. »Aber dafür einen Mord begehen?«, warf er zweifelnd in die Runde. »Bischof Rudolf ist nicht nur ein Mann der Kirche, er hat auch Recht studiert. Sollte er einen Mord in Auftrag gegeben haben, weiß er bei einer Entdeckung um die harte Strafe. Zwar könnten wir ihn nicht nach Stadtrecht verurteilen, doch der Pontifex würde das Ganze bestimmt nicht unter den Teppich kehren. Der Ruf des Bischofs wäre für alle Zeit zerstört.«

Viele der Männer nickten zustimmend. Als sich Ratsherr Lütfried In der Bünde erhob, blickten ihm viele erwartungsvoll entgegen.

»Bischof Rudolf hätte sich nie zu so einer sinnlosen Tat hinreißen lassen. Warum auch?« Verlegenes Hüsteln machte die Runde. »Walter von Roggwil war nicht der einzige Ratsherr, der gegen das Zollrecht wetterte. Sein Tod würde dem Bischof überhaupt nichts bringen, denn kaum unter der Erde, wird ein anderer seinen Platz einnehmen. Zudem dürfen wir nicht vergessen, dass Bischof Rudolf das nahezu verarmte Bistum wieder zur Blüte gebracht hat. Allein dies weist ihn als Mann von Verstand und Weitsicht aus.«

Die Miene des Bürgermeisters hatte sich zunehmend verfinstert. Er stampfte wütend mit dem Fuß auf, als sich Lütfried In der Bünde wieder setzte.

»Muss ich Euch, mein lieber Lütfried, tatsächlich daran erinnern, dass noch vor wenigen Jahren hier im Rathaus der bischöfliche Ammann den Vorsitz hatte?«, wandte er sich tadelnd an seinen Vorredner. »Der Verlust der Hohen Gerichtsbarkeit und die Freiheitsurkunde, ausgestellt durch Kaiser Heinrich VI., sind den Klerikern noch heute ein Dorn im Auge. Sie würden alles dafür geben, diesen Missstand, wie sie es nennen, rückgängig zu machen, und der Verlust der Zollrechte würde ihre Macht in Konstanz nur weiter beschneiden. Dies dürfen wir bei unserer Untersuchung nicht außer Acht lassen.«

Die Hitze in der Ratsstube war kaum noch auszuhalten. Die Sonne hatte ihren Zenit mittlerweile überschritten und brannte gnadenlos durch die drei großen Flügelfenster. Einige der Männer fuhren sich mit kleinen Tüchlein über ihre altersschlaffen Gesichter, andere versuchten schwer keuchend, die Halskrause etwas zu lockern.

»Doch hoffe ich für den Frieden in Konstanz, ebenso wie Ihr, werter Lütfried In der Bünde, dass der Bischof nicht hinter diesem Meuchelmord steckt. Den Tumult, der die Stadt erfassen würde, will ich mir nicht ausmalen.« Der Bürgermeister wischte sich jetzt ebenfalls Schweißperlen von der Stirn, während er sich mit einem Stöhnen wieder auf seinen Stuhl niederließ und dem Vogt mit einer Geste das Wort erteilte.

»Es gibt aber noch einen anderen Grund, warum Walter von Roggwil den Tod gefunden haben könnte.« Der Vogt ließ sich absichtlich Zeit, ehe er fortfuhr. Er wollte sich der Aufmerksamkeit jedes Einzelnen gewiss sein. »Die Wahl Walter von Roggwils zum neuen Bürgermeister stieß nicht in allen Reihen auf Wohlwollen, wie mir zu Ohren kam. Es gibt etliche Herren hier im Raum, die gerne einen anderen Mann auf diesem Posten gesehen hätten.«

Empörtes Murmeln, verlegenes Hüsteln und das Knirschen einiger Stühle verdeutlichten, dass der Reichsvogt mit seiner Vermutung nicht ganz falschlag. Auf etlichen Gesichtern zeigte sich die Erschrockenheit nur allzu deutlich.

»Ihr wollt uns doch wohl nicht unterstellen, dass einer von uns zu dieser Tat fähig wäre«, entrüstete sich Brun von Tettikoven mit heiserer Stimme, wobei er seine Hände zu Fäusten ballte und den Mann an seiner Seite böse anfunkelte.

»Ich wollte das nur angesprochen haben«, wehrte der Vogt ab und hob beide Hände. »In einem solchen Fall muss man auch in jene Ecken schauen, die besonders dunkel sind.« Das Zucken seiner Mundwinkel verriet, welche Freude ihm dieser Einwand bereitete.

Im Allgemeinen verstand sich der Beauftragte des Königs gut mit den Ratsherren, auch wenn er im Stillen einige der ansässigen Männer für großkotzig, eingebildet und hochnäsig befand. Doch nun verfehlten seine Worte ihre Wirkung wie erwartet nicht. Etliche der Ratsherren hielt es nur deswegen noch auf ihren Stühlen, weil Brun von Tettikoven sie mit einer Geste zur Ruhe ermahnte.

Das Kratzen des Federkiels, mit welchem der Schreiber jedes Wort penibel aufs Pergament brachte, ging im allgemeinen erbosten Gemurmel unter. Die Hitze brachte die Gemüter zusätzlich in Wallung, und so manch einer sehnte sich nach einem Krug kühlen Weines.

»Es gibt allerdings noch eine dritte Möglichkeit, die man ebenfalls nicht außer Acht lassen darf«, meldete sich einer der Ratsherren mit altersbrüchiger Stimme zu Wort. Der Mann erhob sich mühsam von seinem Stuhl und nickte dem Bürgermeister zu.

»Meine Herren, ich bitte um Ruhe. Wir wollen doch hören, was der werte Herr von Goldast uns zu sagen hat.« Brun von Tettikoven untermalte seine Worte mit einem lautstarken Klopfen des kleinen Hammers, der ihm stets dann wertvolle Dienste leistete, drohte eine Debatte im Rat zu hitzig zu werden. »Bitte, Herr von Goldast, sprecht weiter«, wandte er sich mit einem wohlgefälligen Nicken an seinen Ratskollegen.

Der Mann räusperte sich kurz und blinzelte in die Runde. »Wie wir inzwischen alle wissen, war Walter von Roggwil zusammen mit drei anderen Herren, die ebenfalls hier im Raum sitzen«, bei diesen Worten blickte der Mann mit zusammengekniffenen Augen auf die Genannten, »der Einladung des Ritters Conrad von Liebenfels gefolgt. Es soll sich dabei um ein üppiges Mahl gehandelt haben, dessen Grund uns vorerst nicht interessieren soll.«

Er streckte seinen Rücken durch und erklärte: »Es könnte also durchaus sein, dass der werte Walter von Roggwil hierbei vergiftet wurde.« Von Goldast ließ sich mit einem verschmitzten Lächeln auf seinen Stuhl zurückfallen.

Seine Augen waren durch das Alter arg in Mitleidenschaft gezogen, sodass er die Entrüstung auf den Gesichtern der Genannten wohl nur erahnen konnte. Das erboste Gemurmel allerdings bezeugte, dass er in ein Wespennest gestochen hatte.

Der Bürgermeister fasste sich als Erster wieder. »Es wird Zeit, ernsthaft an die Sache heranzugehen«, versuchte er die aufgebrachten Herren zu beruhigen. »Vermutungen bringen uns nicht weiter. Es müssen Fakten auf den Tisch. Ich denke, das Zollrecht und Bischof Rudolf lassen wir vorerst außer Betracht, auch dass einer aus unseren Reihen dem armen Walter von Roggwil nach dem Leben getrachtet haben könnte.«

An dieser Stelle wandte Brun von Tettikoven kurz den Kopf in Richtung des Reichsvogts. Der Mann gab seine Zustimmung mit einem süffisanten Hochziehen der Mundwinkel.

»Wenden wir uns den letzten Stunden des Walter von Roggwil zu. Was hat er getan, wo ist er gewesen und so weiter.« Brun von Tettikoven war jetzt in seinem Element. Selten hatte ihm das Amt des Bürgermeisters so viel Freude bereitet wie in diesem Augenblick. Alle Augen waren auf ihn gerichtet.

»Aus diesem Grund werden wir uns jetzt anhören, was das

Gesinde des Walter von Roggwil zu dieser leidigen Sache zu sagen hat. Ich habe mir erlaubt, diese Leute bereits heute hier einzubestellen, damit wir keine unnötige Zeit vergeuden und der Wahrheit näherkommen.«

Brun von Tettikoven übersah die empörten und zugleich erstaunten Blicke einiger Männer mit Genugtuung. Er hatte sich über den üblichen Weg hinweggesetzt und gehandelt. Manch einem hier in der Ratsstube stieß dies sauer auf, doch das spornte ihn nur zusätzlich an. »Büttel, bringt die Köchin herein!«, rief er deshalb mit betont lauter Stimme.

Die Frau zitterte wie Espenlaub, als sie von zwei Bütteln flankiert die Ratsstube betrat. Den Blick starr zu Boden gerichtet, stolperte sie nach vorn. Dann hob sie scheu den Kopf und horchte auf die Fragen des Bürgermeisters.

Ihr Gestammel strapazierte die Geduld, zumal jeder der Herren wusste, dass Walter von Roggwils Köchin normalerweise einen durchaus herben und schroffen Tonfall pflegte. Walter von Roggwil selbst hatte sich deswegen bereits heimlich nach einer neuen Kraft in seinem Haushalt umgesehen. Die Frau konnte also einen Grund gehabt haben, ihrem Herrn Böses zu wollen, sollte ihr etwas von der Suche zu Ohren gekommen sein.

Die Köchin wimmerte jetzt in einem fort und musste vom Bürgermeister mehrmals ermahnt werden. Es dauerte eine Ewigkeit, bis sie sich endlich fasste und die Worte klar und deutlich über ihre Lippen kamen. Sie erzählte, dass sie ihren Herrn an jenem Abend nicht mehr zu Gesicht bekommen habe, doch sei sie davon überzeugt, dass Walter von Roggwil sich nicht in ihrer Küche verköstigt habe, zumal er ja im Hause des Ritters von Liebenfels geladen gewesen sei. Zudem habe sie auch am nächsten Morgen keinerlei verräterische Spuren in der Küche vorgefunden. Auch hege sie keinerlei Groll gegen ihren Herrn. Von seiner Suche nach einer neuen Köchin wisse sie nichts. Sie verließ die Ratsstube schließlich mit einem theatralischen Schluchzen.

Auch das übrige Gesinde konnte nicht viel zur Wahrheitsfindung beitragen. Den freien Abend nutzend, hatten sich die Knechte in der nahen Schenke Zum Weißen Pfau verlustiert, während die Mägde sich früh in ihre Kammern verzogen hatten. So jedenfalls beteuerten es alle, ob die eine oder andere jedoch mit einem Freier irgendwo im Dunkeln getändelt hatte, blieb dahingestellt und war für die Ratsherren nicht von Wichtigkeit.

Etliche der Männer gähnten bereits, denn die Versammlung dauerte nun schon gut drei Stunden. Vielen knurrte der Magen, zumal von den Garküchen verlockende Gerüche durch die Fenster hereinwehten.

Als die Jungmagd des Walter von Roggwil als letzte geladene Zeugin die Ratsstube betrat, machte sich Erleichterung breit. Ein Ende der Versammlung schien in Reichweite. Einer der Büttel musste das junge Mädchen stützen und auf den Stuhl in der Mitte des Raumes führen. Der unstete Blick verriet ihre Angst – das Mädchen glich einem Reh, das bei der ersten Gelegenheit die Flucht ergriffe, würde sie ihm geboten.

»Du brauchst keine Angst zu haben, wir wollen dir nichts Böses«, wandte sich der Bürgermeister ungewohnt einfühlsam an das junge Ding. Die Hilflosigkeit der Frau regte offenbar sein Mitgefühl. »Wir wollen nur die Wahrheit hören. Also, du gehörst zum Gesinde des Walter von Roggwil, stimmt das?«

Die Magd nickte, wobei sie sich nervös die Finger rieb und den Blick starr zu Boden gerichtet hielt.

»Bist du Walter von Roggwil an jenem verhängnisvollen Abend in eurem Haus noch begegnet?«

Wie bei allen anderen würde die Antwort Nein lauten, davon waren sämtliche Ratsherren überzeugt. Sie lehnten sich bereits zurück, etliche griffen sich ihre Barette, als die Worte der jungen Frau sie aufhorchen ließen: »Ich musste … musste zum Abort und da bin ich … dem Herrn … Ich sah ihn.«

»Dann kannst du uns doch gewiss sagen, wie es um den Ratsherrn stand, als er nach Hause kam?« Der Ton des Bürgermeisters hatte sich hörbar verschärft.

Unter den forschen Blicken der Ratsherren schrumpfte die Magd noch mehr in sich zusammen. Sie hielt die Hände mittlerweile so fest zum Gebet verschränkt, dass die Fingerknöchel weiß hervortraten.

»Sprich, Frau, oder hast du etwas zu verbergen?« Brun von Tettikovens Geduld hatte sich nun doch erschöpft. Dies wohl nicht zuletzt auch deshalb, da der Vogt seit geraumer Zeit monoton mit dem Fuß auf und ab wippte.

»Ich … habe …« Das wirre Gestammel der jungen Frau weckte Misstrauen.

»Reiß dich zusammen«, brummte der Bürgermeister. »Je schneller du deine Aussage machst, desto eher kannst du hier wieder raus. Es sei denn, du hast etwas mit der Sache zu schaffen.«

»Nein, Herr«, wehrte das junge Mädchen erschrocken ab. »Dem Herrn war nicht gut, als er nach … nach Hause kam«, flüsterte sie leise, wobei sie hilfesuchend in die Runde äugte.

»Lass dir nicht alles aus der Nase ziehen, Mädchen«, knurrte der Reichsvogt, wobei er mit der Faust so hart auf den Tisch schlug, dass die Magd erschrocken hochfuhr.

»Er schwankte und hielt sich den Bauch«, rief das Mädchen hastig. »Ich wollte ihm helfen, aber … aber der Herr wehrte ab und ging in seine Kammer.«

»Er war also nicht mehr in eurer Küche?«, fragte der Bürgermeister mit strenger Stimme.

Die junge Frau schüttelte den Kopf.

»Mehr hast du uns nicht zu sagen?« Der Bürgermeister stöhnte theatralisch auf, wobei er einen der Folianten vor sich mit Schwung zuschlug.

»Vielleicht doch, aber … ich weiß nicht, ob … ob es wichtig ist.«

»Hier ist alles wichtig«, ermunterte der Bürgermeister die junge Frau. Die Falten auf seiner Stirn zogen sich vor Skepsis zusammen.

»Also die Agnes hat mir erzählt, dass –«

»Wer ist Agnes?«, knurrte der Vogt.

»Agnes ist die Magd bei Liebenfels. Also die Agnes sagte mir, dass … dass sie meinem Herrn auf Geheiß von Herrin Endlin einen Becher ... einen Becher Weingeist verabreichen musste, bevor er ... sich auf den Heimweg machte.«

»Und was ist daran so besonders?« Der Vogt schnaubte.

»Die Agnes sagte, dass ... dass ihre Herrin das sonst nie macht, und sie meinte, dass ... dies irgendwie seltsam war.«

Mehr war aus der Magd nicht herauszuholen. Sie fiel buchstäblich in sich zusammen und musste von zwei Bütteln aus dem Raum geschleift werden.

Ritter Conrad von Liebenfels und seine Gemahlin waren angesehene Bürger der Stadt. Ihr Ruf stand außer Zweifel. Umso länger dauerte die anschließende Stille in der Ratsstube, die nur von der hereinwehenden Heiterkeit des Fischmarktes unterbrochen wurde. Draußen standen die Gaffer und Schwätzer, die nur darauf warteten, die Gerüchteküche in Konstanz zum Brodeln zu bringen. Und dass Ritter Conrad etwas mit der Sache zu schaffen habe, würde sich schnell in der Stadt verbreiten, zu schnell.

»Wir müssen uns also doch genauer mit diesem Gelage in der Mordergasse befassen«, sinnierte der Bürgermeister schließlich vor sich her.

»Da bin ich ganz Eurer Meinung, werter Bürgermeister«, pflichtete ihm der Reichsvogt mit harter Stimme bei. »Offenbar ist dort nicht alles mit rechten Dingen zugegangen.«

»Es war ein völlig unverfängliches Festmahl, wie wir es uns alle gelegentlich genehmigen«, meldete sich einer der Ratsherren empört zu Wort. »Weder Ritter Conrad noch seine Gemahlin haben sich auffällig benommen. Und ja, Weinbrand wurde mir bei meinem Abschied nicht angeboten, allerdings hielt ich mich schon den ganzen Abend mit dem Wein zurück.«

»Das Essen hatte auch überhaupt nichts mit der Wahl des Ritters in den Großen Rat zu schaffen«, wehrte ein weiterer Geladener des Abends schroff ab. »Auch uns war und ist sehr wohl bekannt, dass Ratsherren keinerlei Gefälligkeiten entgegenzunehmen haben. Das Essen war eine Einladung unter Freunden.«

Der Bürgermeister wollte die Herren beruhigen. »Niemand

macht irgendwem Vorwürfe. Wenigstens wissen wir so, dass im Essen kein Gift gewesen sein kann, denn sonst würden wir heute mehr Tote zu beklagen haben. Ob das Corpus Delicti allerdings im Weingeist war, das bleibt vorläufig offen, ebenso wie die Frage nach dem Warum.«

Er beugte sich kurz in Richtung des Vogtes, ehe er sich mit einem Stöhnen erhob. »Ich schlage vor, die Sitzung an dieser Stelle zu beenden. Uns allen knurrt der Magen, zudem ist die Hitze hier drinnen kaum noch auszuhalten.«

Das zustimmende Murmeln wurde selbst vom Reichsvogt mit Erleichterung zur Kenntnis genommen.

»Wir brauchen neue Erkenntnisse. Deshalb vertage ich die Sitzung auf den morgigen Tag um die gleiche Zeit. Geladen wird das Gesinde des Hauses von Liebenfels.«

5. Kapitel

Durch das schwere Holztor rollte die Kutsche der Reinhild Blarer auch schon in den Innenhof derer von Liebenfels. Die Witwe wartete voller Ungeduld, bis der Kutscher endlich den Verschlag öffnete, ehe sie aus dem Inneren kletterte und ihre Röcke glatt strich. Ihren Kutscher wies sie barsch zurecht. Allem Anschein nach hatte der Mann mit seiner Langsamkeit ihren Unmut erweckt.

Die Witwe nahm ihren Beutel, rückte ihre Haube zurecht und drehte sich um. Der Kutscher schwang sich auf seinen Kutschbock und suchte das Weite. Reinhild Blarer zog ein Stück Fleisch aus ihrem Beutel und warf es dem Hund hin, der sich gierig darüber hermachte. Dann raffte sie ihren Rock und betrat das Haus.

Endlin von Liebenfels saß in einer der beiden Fensternischen und schaute erstaunt auf ihren Gast. Nach einem kurzen, kaum zu vernehmenden Klopfen hatte die Blarerin den gut acht auf acht Ellen messenden Raum betreten, in dessen Mitte ein massiger Eichentisch stand. Darauf befand sich eine Silberschale mit Trauben und Birnen. An der dunklen Holztäfelung hingen mehrere in Öl gemalte Bilder, die allesamt Männer mit strengen Mienen zeigten.

Endlin legte die Stickerei nur ungern zur Seite, doch dies verbarg sie hinter einem Lächeln. »Schön, Euch zu sehen«, begrüßte sie ihren Gast betont freundlich, wobei sie der Witwe einen der Stühle zuwies. »Ich habe mich eben im neuen Muster versucht, welches mir die Nonnen gezeigt haben. Es ist wunderschön, aber schwierig zu sticken. Die fertige Bordüre werde ich an einen meiner Röcke nähen.« Endlin von Liebenfels warf einen sehnsüchtigen Blick auf die Stickerei, welche nun auf einem der Kissen in der Fensternische auf sie wartete.

»Ihr habt wirklich ein Händchen dafür.« Reinhild Blarer begann die Bänder ihrer Haube zu lösen. »Allerdings ist mir ein Rätsel, wie Ihr bei dieser Hitze sticken könnt.«

»Ach entschuldigt, werte Freundin. Ich vergesse immer wieder, dass Ihr für Handarbeiten nicht viel übrig habt.« Endlin von Liebenfels setzte sich ihrer Freundin gegenüber und musterte sie bewundernd.

Reinhild Blarer war gut zehn Jahre älter als sie, doch dies tat ihrer Schönheit keinen Abbruch. Das rosige, beinahe faltenfreie Gesicht mit der schmalen Nase und den türkisblauen Augen war von einer Anmut, um die sie viele Konstanzerinnen beneideten. Beim Lösen der Haube fielen ihr zwei Strähnen neckisch ins Gesicht.

»Diese Hitze bringt mich noch um«, schnaubte die Witwe, wobei sie die Strähnen mit zwei Fingern geschickt wieder in ihre zu Schnecken gedrehten Haare einflocht. »Ich bin überzeugt, dass wir noch nie einen so heißen Sommer hier in Konstanz hatten. Selbst am See weht kein Lüftchen.« Sie fächerte sich mit der Hand frische Luft zu.

»Da dürftet Ihr wohl recht haben.« Endlin nickte zustimmend, wobei sie langsam den Kopf in Richtung eines der Fenster drehte.

Reinhild Blarer wohnte in einem der Häuser in der Neugasse. Hinter dem Haus erstreckte sich ein Garten voller Birn- und Pflaumenbäume. Im Stillen verstand Endlin nicht, warum sich die Witwe nicht unter einem der Bäume niederließ und dem Schatten frönte, statt ihr ständig Besuche abzustatten. Seit beinahe einem Monat kam die Frau fast täglich in die Mordergasse. Nicht dass sie Gesellschaft nicht mochte, doch allmählich waren diese Besuche selbst ihr des Guten zu viel.

»Ihr nehmt doch sicher einen Becher Würzwein?«, fragte Endlin, ihren Unmut freundlich überspielend. »Auch Honigschnecken kann ich Euch anbieten. Sind ganz frisch vom Markt.«

Die Witwe zierte sich erst, doch dann biss sie herzhaft in das süße Gebäck. Sie wischte sich eben einige Krümel vom Mund, als die Tür aufschwang und Ritter Conrad den Kopf in die gute Stube steckte. Seine Frau bedachte er mit einem liebevollen Lächeln, während er Reinhild Blarer ein höfliches Nicken schenkte.

»Du hast Besuch?« Er grinste verlegen, wobei er abwehrend die Hände hob. »Dann will ich nicht länger stören.«

»Ihr stört doch nicht, werter Ritter«, säuselte die Blarerin mit galantem Augenaufschlag. »Wollt Ihr uns nicht Gesellschaft leisten?«

»Damen sollte man nicht stören«, lachte der Ritter. »Zudem muss ich nach Stadelhofen. Einer meiner Bauern hat Probleme mit seinen Kühen.« An seine Frau gewandt, fügte er erklärend bei: »Ich werde Ursus mitnehmen, falls wir Hilfe brauchen. Sorg dich also nicht um mich, sollte es länger dauern.«

Endlin stand der Witwe Reinhild in Sachen Schönheit in nichts nach. Ihr makelloses Gesicht mit den hohen Wangenknochen zeugte von Adel. Sie hob ihren blonden Lockenkopf, und in ihre braunen Augen trat eine Spur Wehmut. Um Haltung bemüht, schenkte sie ihrem Gemahl ein zartes Lächeln, ehe die Tür auch schon wieder zuschlug.

Reinhild Blarer schluckte ihre Enttäuschung mit einem weiteren Bissen Honiggebäck hinunter. »Fast könnte man glauben, Euer Gemahl meide meine Gesellschaft«, bemerkte sie schmollend in Richtung ihrer Gastgeberin. »Ständig muss er auf eines seiner Güter, kaum bekommt er mich zu Gesicht.«

»Nehmt es ihm nicht übel, werte Freundin, so sind Männer nun mal«, versuchte Endlin ihren Gemahl zu entschuldigen. Im Stillen wusste sie sehr wohl, dass die Witwe recht hatte. Ihr Lauern, wie Conrad es nannte, gefiel ihm überhaupt nicht, zudem hielt er die Witwe für eine Spur zu neugierig und zu schwatzhaft.

»Heute Morgen hat der Bürgermeister das Gesinde des Walter von Roggwil vorgeladen«, begann Reinhild nach einer Weile der Stille, wobei sie ihre Finger in das Zitronenwasser tauchte, das ihr Endlin eben zuschob. »Die Dinger schmecken herrlich, aber das klebrige Zeug bringt man kaum von den Fingern.«

Sie rieb sich die Finger an ihrem Ärmel trocken, ehe sie sich wieder zu ihrer Gastgeberin hinüberlehnte und in verschwörerischem Unterton fortfuhr. »Die Ratssitzung hat bis zum Mittag gedauert. Jede Magd und jeder Knecht wurde verhört. Der Große Rat setzt alles daran, den Mörder bald dingfest zu machen.« Sie griff sich ihre Haube und begann gedankenverloren an den kostbaren Spitzen zu zupfen.

Die Rede vom Tod des Ratsherren Roggwil entlockte Endlin von Liebenfels ein Seufzen. Sie hatte den Mann mit seiner großspurigen Art nicht gemocht. Während des Festmahls, zu dem Conrad einige der Ratsherren ganz unverfänglich eingeladen hatte, hatte der Kaufmann immer wieder auf seine Ehrlichkeit gepocht und lautstark ausgerufen, dass er gegen jegliche Bestechung sei. Hinter verborgener Hand jedoch hatte er Conrad zu verstehen gegeben, dass es nur eine Frage des Preises sei. Seiner sei zwar etwas hoch, aber durchaus erschwinglich für einen Mann des Adels, wie Conrad ihr berichtet hatte.

»Glaubt man denn, dass eine der Mägde aus seinem eigenen Haus ihm Böses wollte?«, fragte sie erstaunt, während sie sich gedankenverloren eine Honigschnecke griff.

Seit der Heirat mit dem gut aussehenden Ritter Conrad von Liebenfels waren jetzt gut sechs Monate vergangen, und langsam spannte Endlin der Rock um die Taille. Sie war sich noch nicht sicher, doch allein an den Honigschnecken konnte es nicht liegen, davon war sie überzeugt. Ein Lächeln huschte über ihr Gesicht.

»Bereitet Euch dieser Gedanke etwa Freude?«, bemerkte Reinhild lauernd.

»Welcher Gedanke?« Endlin schaute erstaunt auf.

»Dass der Mörder im Hause des Ratsherrn zu suchen wäre«, erwiderte die Witwe mit aufgesetztem Lächeln.

»Nein, nein«, wehrte Endlin hastig ab. »Ich war mit meinen Gedanken ganz woanders, entschuldigt. Selbstverständlich würde ich es bedauern, sollte der Ratsherr durch die Hand seines eigenen Gesindes zu Tode gekommen sein. So etwas wäre fürchterlich.«

Die Witwe nickte zustimmend, während ihr Blick auf einem der Männerporträts an der Wand hängen blieb. »Und doch muss die Tat jemand begangen haben. Jemand, der keinerlei Skrupel besitzt, unserem zukünftigen Bürgermeister nach dem Leben zu trachten. Welch widerwärtiger Gedanke, dass der Mörder noch immer in den Gassen von Konstanz herumschleicht.«

Endlin füllte die beiden Becher abermals mit Würzwein. Die anschließende Stille in der Stube hatte etwas Beklemmendes.

»Wie macht sich meine Magd in Eurem Haushalt?«, fragte Reinhild schließlich. »Agnes ist zuweilen etwas grob, doch glaubt mir, das Herz hat sie am rechten Fleck.«

Endlin von Liebenfels bemühte sich redlich, ihre wahren Gefühle hinter der Maske der Freundlichkeit zu verbergen. Mit der neuen Magd hatte sie ihrem Gesinde keinen Gefallen getan. Wicca, die Köchin, hatte sich schon des Öfteren bei ihr beschwert, und auch Barbel missfiel die herrische Art der neuen Hilfe. Doch ihre Freundin damit vor den Kopf stoßen, das mochte sie nicht. Schließlich hatte es Reinhild nur gut mit ihr gemeint, zumal mit Conrads erhoffter Wahl in den Großen Rat mit Sicherheit mehr Arbeit im Haus anfallen würde.

»Ich habe sie vorhin auf der Gasse getroffen. Ihr gefällt die Arbeit hier sehr«, schwatzte Reinhild weiter. »Sie erzählte, dass sich auf dem Platz vor der Kirche Sankt Stephan Gaukler eingefunden hätten. Sehr zum Missfallen des Bischofs, sie sei nämlich Zeuge geworden, wie bischöfliche Söldner versuchten, die Truppe zu vertreiben.«

»Ein bisschen Abwechslung tut den Menschen doch gut.« Endlin streckte den Rücken durch, wobei die rechte Hand ganz beiläufig auf ihrem Bauch zu liegen kam.

Reinhild schielte verstohlen auf den Bauch ihrer Freundin. »Fühlt Ihr Euch nicht wohl?«, fragte sie lauernd.

Erschrocken zog Endlin die Hand weg und verneinte die Frage vehement. Beinahe gleichzeitig griffen die beiden Frauen nach dem Becher mit dem Würzwein.

»Soll ich einen weiteren Krug Würzwein holen?«, versuchte Endlin das Interesse ihrer Freundin auf etwas anderes zu lenken. Die Neugier in Reinhilds Augen behagte ihr ganz und gar nicht. »Die Hitze dieser Tage macht durstig, findet Ihr nicht auch?«, plapperte sie verlegen weiter, wobei sie Reinhilds lauerndem Blick auswich. Mittlerweile standen ihr Schweißperlen auf der Stirn, und dies nicht allein wegen der Hitze in der Stube. Sie fühlte sich bedrängt.

»Dieses Wetter ist wirklich kaum noch auszuhalten«, schnaubte Reinhild, wobei sie sie sich abermals etwas Luft zufächelte. »Allerdings muss ich Euer Angebot ablehnen und mich allmählich auf den Heimweg machen. Je später der Tag, desto mehr Gesindel treibt sich in den Gassen herum.«

»Leider kann ich Euch Ursus nicht als Bewacher mitgeben. Wie Ihr ja wisst, ist er mit meinem Gemahl unterwegs.«

»Das ist auch nicht vonnöten«, winkte ihre Freundin ab. »Ich habe Anweisung gegeben, dass mein Kutscher auf der Gasse wartet.« Sie lächelte, während sie sich beim Aufstehen eine Traube stibitzte und langsam auf die Fensternische zuging. Die Stickerei würdigte sie keines Blickes, stattdessen musterte sie den Innenhof und die Stallungen.

»Erwartet Ihr weiteren Besuch?«, fragte sie erstaunt über ihre Schulter. »Wenn mich mein Augenlicht nicht gänzlich täuscht, ist das einer der Büttel, der sich eben durch das Tor zwängt.«

Neugierig und ratlos zugleich trat Endlin hinter ihren Gast. Wicca watschelte eben auf den Neuankömmling zu, Barbel im Schlepptau. Die Köchin stemmte die Hände in ihre ausladenden Hüften, während der Büttel ihr ein Schreiben unter die Nase hielt. Heftiges Gestikulieren und wortreiches Gezeter waren die Folge.

»Wenn Ihr mich kurz entschuldigt, werde ich sehen, was der Tumult soll«, wandte sich Endlin an die Witwe, die ihr Ohr bereits gegen die Butzenscheibe drückte, um die Worte der Streithähne zu verstehen.

»Ich wollte ohnehin gerade gehen. Wenn Ihr wollt, werte Freundin, begleite ich Euch nach draußen.« Reinhild ließ die drei Gestalten im Innenhof keine Sekunde aus den Augen.

Endlin rang verzweifelt nach den richtigen Worten, um ihre Freundin von ihrem Vorhaben abzubringen. Reinhilds Neugier hatte ihr gerade noch gefehlt. Doch der Tumult im Innenhof nahm mit jedem Atemzug an Lautstärke zu, und wenn sie nicht bald eingriff, eskalierte das Ganze. Mit einem gepressten Stöhnen griff sie sich ihre Haube und rannte auf die Tür zu.

Hinter ihr drehte sich Reinhild langsam um. In dem Augenblick, als Endlin unter der Tür verschwand, angelte auch sie sich ihre Kruseler Haube.

»Ich muss Euren Herrn sprechen!«, hörte Endlin den Büttel wütend rufen, als sie über die Schwelle trat. »Ich habe keine Lust, mich länger mit euch Weibsbildern herumzuärgern. Also holt endlich Ritter Conrad.« Seine Stimme zitterte vor Zorn.

»Wie oft muss ich Euch noch sagen, dass Ritter Conrad nicht hier ist!« Wicca stampfte nicht minder wütend auf.

»Was ist hier los?«, mischte sich Endlin ins Wortgefecht, wobei sie einen besorgten Blick über ihre Schulter warf. Doch Reinhild war nirgends zu sehen.

»Ich bringe eine Order vom Großen Rat, und diese ... diese Person will partout nicht hören.« Der Büttel hatte mittlerweile einen hochroten Kopf.

»Dann übergib die Nachricht mir.« Endlin drängte sich vor ihr Gesinde. Sie schluckte hart, während sie dem klein gewachsenen Büttel direkt ins Gesicht blickte. Ein ungutes Gefühl hatte sie beschlichen, ein Gefühl, das ihr beinahe die Luft zum Atmen raubte.

»Ich sollte das Schreiben Ritter Conrad persönlich überbringen, aber da er ja offensichtlich nicht zugegen ist, werde ich eine Ausnahme machen.« Der Mann warf Wicca einen triumphierenden Blick zu. Dann gab er sich einen Ruck und hielt Endlin das Schreiben hin.

Da der Büttel keine Anstalten machte, sich zu entfernen, brach Endlin das Siegel mit zittrigen Fingern an Ort und Stelle. Die Buchstaben verschwammen vor ihren Augen, während ihr Mund die Worte wiederholte: »Vollständig geladen ist das Gesinde des Hauses Liebenfels morgen nach der Ratsmesse vor dem Großen Rat. Verhandelt wird der Mordfall des Walter von Roggwil.«

Endlin drückte das Schreiben gegen ihre Brust. »Warum?«, hauchte sie zwischen bewegungslosen Lippen. »Was haben wir mit dem Tod von Walter von Roggwil zu schaffen?«

»Darüber kann und darf ich Euch keine Auskunft geben«, wehrte der Büttel kopfschüttelnd ab, wobei er sich die Daumen in den Gürtel schob. »Morgen nach der Messe, wenn die Glocken zur Terz läuten. In der Ratsstube werdet Ihr mehr erfahren. Allerdings ist vorerst nur das Gesinde geladen.«

Der Büttel wollte sich bereits abwenden, als Reinhild Blarer mit schnellem Schritt auf die Gruppe zukam. Die Haube saß ungewöhnlich schief auf ihrem Kopf, und die Haarsträhnen hatten sich in der Eile abermals gelöst.

»Das ist doch eine Ungeheuerlichkeit«, zeterte sie aufgebracht, wobei sie ihrer Freundin einen Arm um die Schulter legte. »Das Gesinde der Familie Liebenfels vor Gericht zerren, dass du dich nicht schämst.«

»Ich führe nur Befehle aus«, verteidigte sich der Büttel, wobei er einen Schritt zurücktrat.

»Leider ist Ritter Conrad nicht hier, er hätte dir das Schreiben um die Ohren geschlagen.« Die Blarerin stand jetzt so dicht vor dem Büttel, dass sie seinen fahlen Atem roch.

»Lasst es gut sein, werte Freundin.« Allmählich löste sich Endlin aus ihrer Starre, und sie wurde wieder Herrin über ihre Stimme. »Mein Gesinde wird morgen zur Ratssitzung erscheinen.«

Der Büttel verneigte sich kurz. Das Zucken seiner Mundwinkel verriet die Erleichterung. Mit langen Schritten lief er dem Tor entgegen, ehe er in der Gasse verschwand.

»Und ihr geht jetzt besser wieder in die Küche«, wandte sich Endlin an Wicca und Barbel, denen das Entsetzen ins Gesicht geschrieben stand. »Die Arbeit macht sich nicht von allein.«

»Eigentlich habe ich fast mit so etwas gerechnet«, bemerkte Reinhild leise, als die beiden Bediensteten unter der Tür verschwanden. »Der Rat muss Euer Gesinde vorladen, Endlin, schließlich gehören sie zu den Letzten, die Walter von Roggwil lebend gesehen haben.«

»Ich habe kein gutes Gefühl bei dieser Sache.« Endlin starrte gebannt auf die in säuberlicher Schrift verfassten Worte auf dem Pergament.

»Ihr macht Euch unnötige Sorgen, glaubt mir. Dieses Vorgehen entspricht der Regel, und schließlich habt Ihr ja nichts zu verbergen. Walter von Roggwil hat Euer Haus bei bester Gesundheit verlassen, das habt Ihr mir ja selbst gesagt.«

Die Witwe hatte eben die widerspenstigen Strähnen unter die Haube gestopft, als sie abrupt innehielt. »Was hat der Hund?«, fragte sie erstaunt, wobei sich auf ihrem sonst faltenfreien Gesicht eine tiefe Furche zwischen den Augenbrauen abzeichnete.

Endlin drehte ihren Kopf so hastig, dass ihr schwindelte. Hilfesuchend klammerte sie sich an ihre Freundin, während sie mit aufgerissenen Augen auf den Hund starrte.

»Ist er tot?«, flüsterte die Witwe, wobei sie sich sanft aus der Umklammerung ihrer Gastgeberin löste und einen Schritt auf die Hundehütte zumachte.

Der Hund lag an der Kette, Arme und Beine weit von sich gestreckt. Die Zunge hing ihm unnatürlich aus dem Maul.

»Er war doch immer kerngesund«, jammerte Endlin hinter der Witwe. »Was in Gottes Namen ist hier los?«

Die Blarerin ging langsam auf das Tier zu. Ihre Schritte wirkten zögernd, ebenso ihre Hände, die den toten Körper berührten. »Wir müssen ihn wegschaffen.« Sie drehte sich langsam um. »Das Tier ist zweifellos vergiftet worden, und wenn Ihr mich fragt, wirft dies kein gutes Licht auf Euch und Euer Haus. Sollte der Büttel nochmals hier auftauchen, ich glaube kaum, dass er dies für sich behalten würde.«

»Was sollen wir nur tun?« Endlin wankte. Der Schreck saß so tief, dass sie kaum in der Lage war, einen klaren Gedanken zu fassen. Vergiftet – das Wort löste eine Welle der Angst aus.

»Helft mir, das Tier in die Abortgrube zu werfen«, riss Reinhild sie aus den Gedanken. »Bis die Heimlichkeitsfeger kommen, ist der Körper hoffentlich so weit verunstaltet, dass niemand mehr erkennt, woran das Tier gestorben ist.«

Es kostete Endlin von Liebenfels alle Kraft, das leblose Tier zusammen mit ihrer Freundin zur Abortgrube zu schleifen. Als der regungslose Körper in der Gülle versank, entwich ein hilfloses Stöhnen ihrem Mund. »Werdet Ihr es für Euch behalten?«, fragte sie leise keuchend, wobei ihr Blick bewegungslos auf der stinkenden Brühe lag.

»Selbstverständlich«, erwiderte Reinhild, wobei sie sich mit dem Ärmel die Schweißperlen von der Stirn tupfte. »Und jetzt waschen wir uns die Hände am Brunnen und tun so, als ob wir uns am kühlen Wasser erfrischen wollen. Bestimmt beobachtet uns Eure Köchin aus der Küche.«

Langsam schritten die beiden Frauen auf den Brunnen zu. Während Endlin noch immer das Stück Pergament mit festem Griff umklammerte, streckte Reinhild ihr Gesicht der Sonne entgegen.

Der Hund war vergiftet worden – dieser Gedanke drohte Endlin zu ersticken. Man musste keinen allzu scharfen Verstand besitzen, um die Schlüsse daraus zu ziehen.

»Allerdings denke ich, dass Ihr Eurem Gemahl nichts von dieser Sache erzählen solltet.« Reinhild wischte sich die Hände an ihrem Rock trocken. »Er würde das Gesinde zur Rede stellen, und herauskommen würde nichts. Das Gegenteil würde er damit erreichen. Eure Köchin und diese faule Magd würden es überall herumposaunen, und bald wüsste ganz Konstanz von der Sache mit dem Hund. Der Große Rat würde nicht ruhen, bis er den Täter hat.« Die Blarerin schöpfte Atem. »Und wer einen Hund vergiftet, ist auch in der Lage, so etwas einem Menschen anzutun.«

Endlin nickte zögerlich. Ein Geheimnis vor ihrem Gemahl zu haben, schreckte sie. Ein Schaudern lief ihren Rücken hinab. Sie würde schweigen, genauso wie es die Freundin ihr geraten hatte.

Reinhild räusperte sich. »Schickt mir doch morgen die Agnes in die Neugasse. Die Kirschen sind reif, und bestimmt fällt Eurer Wicca hierzu ein schmackhaftes Mahl ein. Das wird Euch auf andere Gedanken bringen. Sie soll aber gleich nach der Ratssitzung kommen. Ihr wisst doch, wie neugierig ich bin«, lächelte die Blarerin spitzbübisch.

Endlin von Liebenfels brachte nur noch ein schwaches Nicken zustande, und als die Witwe die Mordergasse wenig später verließ, sackte sie erschöpft auf der Bank vor dem Haus zusammen.

6. Kapitel

Auch anderntags hielt das Sommerwetter an. Die Sonne brannte bereits zu früher Morgenstunde von einem nahezu wolkenlosen Himmel. Vögel trillerten ihre Lieder in den Baumkronen, am Seeufer zirpten die Grillen, und Schwärme von Insekten schwirrten durch die Luft.

Die Armenpfründner des Heiliggeistspitals leisteten ganze Arbeit. Mit ihren Handkarren hatten sie jeden Winkel der Stadt durchforstet, ganz so, wie es ihnen die Pfleger aufgebürdet hatten, und allen Unrat und alle verfaulenden Tierkadaver eingesammelt. Der Befehl hierzu kam vom Großen Rat höchstselbst, und die Büttel kontrollierten diese Order für einmal peinlich genau. Wurde einer der Armenpfründner trotzdem beim Müßiggang erwischt, kam er in den Diebesturm. Bei Wasser und verschimmeltem Brot konnte er sich dann darüber ärgern, nicht zum Wohle der Stadt beigetragen zu haben.

Die Blattern, die vor gut zehn Jahren umgegangen waren, spukten noch immer als Schreckensgestalt in den Köpfen der Bewohner, besonders bei jenen, die die Krankheit gezeichnet hatte. Der Große Rat wollte unter allen Umständen den Ausbruch einer weiteren Seuche verhindern, und dazu gehörte es nun mal, dass selbst die verkrüppelten Armenpfründner, die sonst almosenheischend an den Brunnen der Stadt herumlungerten, mit Handkarren durch die Gassen zogen.

Auch auf der Rheinbrücke war der Alltag wieder eingekehrt. Das Mühlrad war seit dem Abend repariert und klapperte wieder ununterbrochen. Viel Kundschaft hatte Jodok trotz aller Bedenken nicht verloren, denn die Konstanzer Bauern draußen auf den Höfen im Paradies und im Debele hielten treu an ihrem Stadtmüller fest, ebenso wie die alteingesessenen Pfister der Stadt. Den Gang zu Fronleins Mühle hatten sie gescheut wie der Teufel das Weihwasser.

Lena stand am Fenster der Stube, die Arme vor der Brust verschränkt, und schaute hinüber zur Rheinbrücke, als Hanna in die Stube trat. Das Geklapper der Mühlräder war selbst auf die Entfernung bestens zu hören. Ein Seufzer entwich der jungen Müllerin.

»Gut, dass du kommst«, bemerkte sie über die Schulter. »Würdest du beim Flickschuster die Stiefel für Jodok abholen? Eben war der Laufbursche da und brachte die Kunde, dass sie fertig sind.«

»Mach ich, doch soll ich nicht erst die Schmutzwäsche erledigen? Die beiden Gesellen haben bereits gemeckert, dass sie keine frischen Beinlinge mehr haben.«

Hanna schaute auf den Korb mit der Wäsche, der bereits überquoll und nach Arbeit schrie. Sie mochte das Waschen unten am Seeufer. Das Plätschern der Wellen, das Summen und Brummen der Insekten und in der Ferne das Klappern der Mühlen. Sie wählte stets denselben Platz, den mit den abgewetzten Steinen und den dichten Büschen. Hier sah sie niemand, hier konnte sie ihren Gedanken freien Lauf lassen.

»Die Wäsche kann warten, es sieht ja nicht so aus, als ob es später regnen würde«, riss Lena sie aus ihren Gedanken. »Zudem brauchen wir neue Seife. Ich mag es nicht, wenn wir nur mit Asche waschen.«

Hanna nickte enttäuscht, während Lena auf die Kommode mit den drei Laden zuging. Ein knarziges Quietschen erfüllte die Stube, als sie eine Lade zog und die Geldkatze herausholte.

»Nebst Seife ist wohl auch ein wenig Öl vonnöten«, meinte Hanna. »Das Quietschen wird sonst das Kindlein ständig aus dem Schlaf reißen.«

»Öl hat Jodok bestimmt drüben in der Mühle, und bis zur Niederkunft dauert es ja noch ein wenig«, erwiderte Lena mit bekümmerter Miene.

Die letzten Tage wechselten Lenas Launen schneller als das Wetter. War sie eben noch himmelhoch jauchzend, konnte sie eine Stunde später bereits zu Tode betrübt sein. Wendelgart behauptete, dass dies für Erstgebärende ganz normal sei und es sich spätestens dann legen würde, wenn das Kind auf der Welt sei. Hanna hoffte inbrünstig, dass dem wirklich so war.

»Gräm dich nicht immer so, es kommt alles gut«, versuchte sie ihre Freundin aufzumuntern. »Wendelgart versteht ihr Handwerk, und zur Not bin ich ja auch noch da. Gemeinsam werden wir das Kind schon zutage befördern, auch wenn es sich zieren sollte wie ein alter Ziegenbock.«

Lena fuhr sich kurz über die Augen, ehe sie ins Lachen ihrer Freundin einstimmte.

»So gefällst du mir schon besser«, nickte Hanna, wobei sie sich die neue Kiepe aus bestem Weidengeflecht auf den Rücken schwang. Jodok hatte sie von einem der Bauern als Gegenleistung für einen Sack Mehl erhalten. Auf dem Markt war es von Vorteil, statt eines Weidenkorbes die Kiepe zu nehmen. Man hatte die Hände frei, und der Ranzen verhalf im Gedränge zu mehr Platz. Vor allem die noblen Damen hielten so Abstand, denn sie befürchteten, mit ihren kostbaren Kleidern an den groben Weidenruten hängen zu bleiben.

Während sich Hanna das Kopftuch festzurrte, zauberte der Gedanke, dem Tändelmarkt einen Besuch abzustatten, ein Schmunzeln auf ihr Gesicht.

»Warte kurz.« Lena lief auf die Nebenkammer zu. Den Geräuschen nach suchte sie etwas. »Hier sind sie ja«, hörte Hanna sie rufen, ehe Lena mit hochrotem Kopf unter dem Türsturz erschien. »Nimm auch meine Stiefel mit und bitte Meister Fridolin, sie ebenfalls zu richten. Allerdings nur die Riemen, das Leder an den Sohlen wäre noch bestens geeignet, den kommenden Winter zu überstehen. Sag ihm dies.«

Lena legte die Stiefel in Hannas Kiepe und verschnürte die Lederriemen zu einem festen Knoten. Anschließend ließ sie sich erschöpft auf einem Schemel nieder. Obwohl die Geburt erst in einigen Wochen erwartet wurde, schnaubte sie bei der kleinsten Anstrengung wie ein durch die Gassen getriebener Esel.

»Hier hast du sieben Pfennige, versuch aber erst zu handeln. Meistens lässt sich Meister Fridolin durch ein wenig Schnupfen und Jammern erweichen«, schnaufte sie müde, wobei sich der ernste Zug wieder um ihre Mundwinkel legte.

»Warum kommst du nicht mit?«, forderte Hanna sie auf, während sie sich die Geldkatze an den Gürtel band. »Vielleicht leiht uns Jodok das Eselgespann, dann wird es auch für dich nicht zu anstrengend.«

Sie nickte ihrer Freundin aufmunternd zu. »Ein wenig Abwechslung würde dir guttun. Du hockst nur noch hier herum und bläst Trübsal. Glaubst du, ich merke nicht, wie sehr du dich grämst?« Sie machte einen Schritt auf Lena zu und legte die Hände auf ihre Schultern. »Am Ende der Blatten sollen Gaukler ihre Kunststücke zeigen. Das wird dir gefallen. Allerdings lässt Bischof Rudolf sie ständig vertreiben, und ich weiß nicht sicher, ob sie heute dort sind.«

»Ich würde ja mitkommen«, wehrte Lena missmutig ab, »doch meine Beine werden immer dicker.«

»Bevor ich gehe, mache ich dir einen Umschlag mit Brennnesselblättern, du wirst sehen, das hilft. Wendelgart hat mir letzthin gezeigt, wie man das macht.«

Bevor Lena einen Einwand vorbringen konnte, eilte Hanna bereits die Stiege hinab und durch die Tür hinüber zum Ufer. Wenig später kehrte sie zurück, und man hörte sie unten in der Küche hantieren.

Lena hatte es sich eben auf einem Sessel gemütlich gemacht, als Hanna die Kammer wieder betrat.

»Man muss sie hart klopfen, damit die Brennhaare nicht zu sehr schmerzen«, verkündete sie stolz und legte zwei dicke Wickel um Lenas Waden.

»Und jetzt legst du dich hin und ruhst dich aus«, mahnte sie mit erhobenem Zeigefinger. »Geschwollene Füße gehören hochgelagert.«

»Du hörst dich immer mehr wie eine Wehmutter an«, grinste Lena.

»Da du gerade die Wehmutter erwähnst. Würde es dir etwas ausmachen, wenn ich kurz bei Wendelgart hineinschaue? Der Flickschuster wohnt nicht weit von ihr entfernt.«

»Geh ruhig und lass dir Zeit. Ich habe hier alles, was ich brauche.«

Die Schwangerschaft stand Lena insgesamt gut und hatte ihre einst hohlen Wangen vertrieben. Nur in ihren Augen lag eine Wehmut, die betroffen machte. Hanna ließ ihre Freundin in dieser Stimmung nur ungern zurück, doch der Weg in die Vorstadt war lang. Wollte sie alles erledigen, musste sie sich sputen. Sie drückte Lena einen Kuss auf die Wangen, ehe sie durch die Tür verschwand.

Trotz des leichten Windes, der am Ufer des Seerheins wehte, lief Hanna der Schweiß bereits nach wenigen Metern den Rücken hinab. Kurzerhand löste sie den Knoten des Kopftuches und fächerte sich damit frische Luft zu. Als ledige Frau war sie nicht gezwungen, ihre Haare zu verdecken, doch mit dem Kopftuch fühlte sie sich wohler. Sie schloss die Augen und sog den Duft des Sommertages tief in sich auf.

Das Rauschen der Trauerweiden brachte Erinnerungen an die Kindheit hoch. Selbst an einem See aufgewachsen, kannte sie die üblichen Geräusche. Ein Entenpaar verteidigte schnatternd sein Nest, als sie sich wieder in Bewegung setzte und der Brücke entgegenlief.

Bei Jodoks Mühle lugte sie kurz durch die Tür und winkte den beiden Gesellen zu. Dank Ursus' Hilfe lief die Mühle wieder wie am Schnürchen und natürlich auch wegen der neuen Bretter des Holzers aus der Vorstadt. Jodok hob lachend die Hand, ehe er sich wieder den beiden Bauern an seiner Seite zuwandte. Der Alltag hatte Jodok eingeholt und seine schlechte Laune vertrieben.

Der Mehlstaub brachte Hanna zum Niesen. Eigentlich hatte sie Jodok bitten wollen, hin und wieder einen Gesellen zu Lena rüberzuschicken, um nach dem Rechten zu sehen, doch angesichts der vielen Arbeit hier in der Mühle ließ sie es bleiben.

Beschwingt lief sie weiter. Jerg lehnte am Brückengeländer und biss eben herzhaft in ein Schinkenbrot. Als er sie näher kommen sah, hob er die Hand.

»Hast du es schon gehört?«, rief er Hanna zwischen zwei Bissen entgegen. »Die Eierelse hat sich das Bein gebrochen, soll beim Misten der verdammten Hühner ausgerutscht sein.«

»Die Muhme der kleinen Klara?«

»Ja, die«, bestätigte Jerg kauend. »Die Klara hat die Torwächter am Schottentor zu Hilfe gerufen.«

»So schlimm?« Hanna ahnte nichts Gutes.

Jerg nickte ernst. »Man soll sogar die blanken Knochen gesehen haben. Keinen Schritt konnte sie mehr machen, und jetzt liegt sie im Heiliggeistspital.«

Das Geschnatter einer Schar Enten ließ Hanna herumfahren. Am Himmel zog ein riesiger Vogel seine Kreise. »Und Klara?«, wandte sie sich besorgt wieder an Jerg. »Was wird denn jetzt aus dem Mädchen?«

Der Torwächter zuckte verlegen die Schultern. An das Schicksal des jungen Mädchens schien er gar nicht gedacht zu haben. Als sich zwei Bauern mit ihren Handkarren der Brücke näherten, schob er sich den letzten Bissen seines Schinkenbrotes in den Mund.

»Ich muss«, entschuldigte er sich hastig. »Die Arbeit ruft.« Noch eine Spur gewissenhafter als sonst beugte er sich über die Karren und inspizierte die Ladung, während Hanna hinter seinem Rücken das Tor passierte und inmitten der Häuser verschwand.

Sie entschied sich für den Weg entlang des Sees, trotz der faulenden Binsen, die eine Beleidigung für die Nase waren. Auf Höhe der Schiffslände gönnte sie sich eine Rast und schaute dem munteren Treiben am Hafen zu.

Etliche Schiffe warteten darauf, dass ihre Ladung von fleißigen Händen gelöscht wurde. Heiligenfiguren aus Mecheln, Augsburger Barchent, meisterhaft ziselierte Messingschüsseln aus Nürnberg, all diese Kostbarkeiten fanden den Weg in den Konstanzer Hafen ebenso wie Gewürze und Südfrüchte aus dem fernen Venedig oder Salzheringe von der Nordsee. Kaufleute tummelten sich aufgeregt gestikulierend zwischen Händlern, Krämern und Mönchen.

Die unbekannten Dialekte faszinierten Hanna. Eben beäugte der Waagmeister eine Ladung Barchent. Seiner finsteren Miene und dem anschließenden Wortgefecht mit einem der Händler nach zu urteilen, enthielten die Stoffballen wohl zu wenig der verlangten Kettfäden. Das Gezeter der beiden erfüllte die Luft. Hanna raffte ihren Rock und lief weiter. Wenig später verließ sie die Stadt durch das Schlachttor.

Sie nahm den Weg über den Viehmarkt und schielte betroffen hinüber zum Raueneggturm. Der Turm diente als Folterkammer und Gefängnis für Mörder. In Konstanz ging das Gerücht um, dass die Folterknechte besonders gern Frauen unter ihre Fittiche nahmen. Mit Daumenschrauben und Mundbirnen entlockten sie den Geschundenen Geständnisse, die dem Großen Rat später zur Rechtsprechung dienten. Der alleinige Gedanke an diese Gerätschaften jagte Hanna einen Schauder über den Rücken.

Hier in der Vorstadt standen die Häuser längst nicht so eng, dafür waren sie deutlich ärmlicher. Wie ausgebleichte Tierknochen trotzten die Holzhäuser und Katen der Sommersonne. Zerlumpte Kinder tummelten sich um die stinkenden Bäche, die die Vorstadt wie ein Spinnengewirr durchzogen und in denen nicht selten verwesendes Fleisch und Schlachtabfälle schwammen. Hanna hielt sich ihr Kopftuch vor die Nase und ging so schnell, wie es die Hitze und ihr Hinken zuließen.

Wendelgarts Hütte sah sie schon von Weitem. Hinter dem wackeligen Haus lag ein kleiner Kräutergarten, den die Wehmutter liebevoll pflegte. Auch vor dem Hauseingang reckten Ringelblumen ihre Köpfe der Sonne entgegen. Auf Hannas Klopfen reagierte niemand. Kurzerhand trat sie über die Schwelle. Sie hörte Wendelgart in der Kräuterstube hantieren.

»Du hast nicht aufgemacht, also bin ich so hereingekommen«, machte sich Hanna mit einem Räuspern bemerkbar.

»Schon recht, kommst gerade richtig. Nimm dort drüben den Mörser und zerstampfe die darinliegende Zwiebel.«

»Und was wird daraus?«, fragte Hanna skeptisch, wobei sie neugierig über Wendelgarts Schulter schaute. Die Wehmutter war eben damit beschäftigt, Schweineschmalz auf einer Kerzenflamme zu erwärmen. Im Tontopf befanden sich bereits einige zerriebene Kräuter.

»Eine Salbe gegen Krätze«, antwortete Wendelgart, während sie eine Handvoll Hafer in den Topf streute. »Salbei, Thymian, Hafer und Zwiebeln werden die Plagegeister hoffentlich vertreiben. Eine der Kindbetterinnen leidet so heftig darunter, dass sie sich bereits blutig gekratzt hat.«

Hanna griff sich den Stößel und begann mit der Arbeit. Dabei erzählte sie Wendelgart von Lenas immer dicker werdenden Beinen.

»Wenn deine Umschläge mit den Brennnesseln nicht helfen, dann nimm Eiweiß und Ruß und schmier die Beine dick damit ein«, riet Wendelgart.

Nachdem auch die Zwiebeln ihren Weg in das heiße Schmalz gefunden hatten und alles auf zwei kleine Tontöpfe verteilt worden war, erinnerte sich Hanna an ihren Auftrag.

»Ich würde gerne länger bei dir bleiben. Inmitten deiner Kräuterstube ist das Leben einfach herrlich. Aber ich muss für Lena noch einige Dinge besorgen.«

Wendelgart nickte. Mit einem Lächeln sah sie der winkenden Hanna nach.

Meister Fridolin hatte seine Werkstatt in einer kleinen Seitengasse unweit der berüchtigten Badestuben der Stadt. Hier wechselten sich brachliegende Parzellen mit Gärten ab, und der Gestank verflüchtigte sich allmählich. Heftiges Hämmern verriet, dass der Meister bei der Arbeit war.

»Sei gegrüßt, Meister Fridolin«, begrüßte Hanna den dürren Mann, der ihr mit hohlen Wangen entgegenblickte. »Ich komme die Stiefel für Jodok abholen.«

Der Flickschuster rief mit heiserer Stimme nach seinem Lehrling. Da keine Antwort kam, legte er den Hammer murrend beiseite und erhob sich. Seine Schritte wirkten schwerfällig, und seine Sprache klang verwaschen, wie es häufig bei alten Menschen vorkam.

»Sieben Pfennige«, murmelte er, während er die Stiefel aus

dem Regal zog. Meister Fridolin sprach nie viel, das war so eine Eigenart von ihm.

Hanna setzte die Kiepe auf dem Boden auf und klaubte die Geldkatze von ihrem Gürtel. »Zwei Pfennige, hat meine Herrin gesagt. Es sei ja nicht viel Leder vonnöten gewesen.« Sie feilschte gern mit dem alten Mann, auch wenn sie zuweilen ein schlechtes Gewissen bekam.

»Zudem bringe ich dir einen neuen Auftrag. An den Stiefeln meiner Herrin sollten die Riemen ersetzt werden, aber nur die Riemen«, bemerkte sie laut und deutlich. »Die Sohlen sind noch gut, meint meine Herrin, die würden den kommenden Winter noch durchhalten.«

Meister Fridolin wog Jodoks Stiefel in den Händen. »Fünf Pfennige«, brummte er mit zusammengekniffenen Augen.

Hanna schüttelte den Kopf. »Drei Pfennige und keinen mehr. Sonst werden wir unsere Stiefel in Zukunft anderswo flicken lassen.«

Meister Fridolin legte die Stiefel in die Kiepe und griff sich die drei Pfennige. »Leg die Stiefel deiner Herrin auf den Tisch«, wies er sie mit einem zahnlosen Schmunzeln an, wobei er sich wieder auf seinen bewährten Platz setzte und nach dem Hammer griff.

Hanna staunte selbst nach etlichen Besuchen in der Flickstube noch immer über die vielen Utensilien des Schusters: Beiß- und Zwickzangen in allen Größen, Messer, Risskratzer und jede Mengen Ahlen. In den Regalen türmten sich Schuhe aller Gattungen. »Wann, glaubst du, kann ich die Stiefel der Herrin wieder abholen?«, fragte sie.

Der alte Mann blickte müde auf die vielen Schuhpaare, die vor ihm auf dem Tisch lagen. »Vielleicht am Tag des heiligen Bonaventura, wenn nichts Größeres dazwischenkommt. Aber sind ja ohnehin Winterstiefel. Eilt wohl kaum.«

»Das ist ja Mitte Juli«, erwiderte Hanna entgeistert. »Warum in Gottes Namen dauert das so lange?«

Meister Fridolin winkte ab, ehe er seinen Hammer wieder auf die Ledersohle schlug. Hilfesuchend sah sich Hanna nach dem Lehrling um, doch der arbeitsscheue Kerl war noch immer nirgends zu sehen.

»Gut, dann schick den Lehrling bei der Mühle vorbei, wenn die Stiefel fertig sind.«

Meister Fridolin hatte weder eine Frau noch Kinder. Sollte er sein Handwerk einmal nicht mehr ausüben können, würde er als Armenpfründner im Heiliggeistspital enden, denn zu Wohlstand hatte er es nicht gebracht. Das Leben dort würde karg und entbehrungsreich sein.

Froh, wieder draußen zu sein, entschied sich Hanna für den Weg zum Schnetztor. An den Badestuben eilte sie ebenso hastig vorbei wie am Pilgerhospital, ehe sie atemlos das Stadttor erreichte. Unweit von hier lag die Mordergasse und keinen Katzensprung davon entfernt die Neugasse. Für einen Moment zögerte Hanna. Sollte sie einen kleinen Umweg laufen? Auf dem Markt schwärmten die Leute stets von der vornehmen neuen Gasse, die den einfallslosen Namen Neugasse erhalten hatte. Die neuen Häuser zeugten vom Reichtum ihrer Besitzer, und die wunderschönen stillen Gärten waren eine Augenweide.

Als sich hinter ihrem Rücken zwei Mönche in der Kutte der Augustiner näherten, verwarf Hanna den Gedanken und ging hastig weiter. Neugierig reckte sie ihren Hals, als in der Mordergasse das Haus der Liebenfels in Sichtweite kam. Das Tor war geschlossen, wie nicht anders zu erwarten. Das Gesinde des Ritters war an diesem Morgen vor Gericht geladen, und wie es aussah, dauerte die Ratssitzung noch immer an. Ursus hatte es am Abend Jodok erzählt, als das Mühlrad endlich wieder munter seine Runden drehte und die Mühlsteine ihre Arbeit aufnahmen.

Hanna war gespannt wie ein Flitzbogen, was die Sitzung ergeben würde. Doch sie musste ihre Ungeduld zügeln, bis Ursus wieder in der Mühle auftauchte. Nachdenklich ging sie weiter. Wer auch immer Walter von Roggwil vergiftet hatte, war offenbar mit äußerster Klugheit vorgegangen.

Obwohl die Glocken erst zur dritten Stunde gerufen hatten, war die Hitze erdrückend. Die Luft über der Marktstätte flimmerte. Im Schatten des vor wenigen Jahren errichteten Zunfthauses der Metzger, Pfister und Apotheker blieb Hanna stehen. Das Haus erregte Unmut. Die noblen Geschlechter der Stadt fühlten sich durch die Handwerksmeister bedrängt, zumal sie lautstark in den Großen Rat drängten.

Hanna war froh, hier keine Besorgungen machen zu müssen, denn die Gasse hinauf zum Tändelmarkt war deutlich weniger besucht. Sie rückte die Kiepe zurecht und lief weiter.

Ketten aus Glaskugeln und Perlen, Amulette aus Tierknochen und reich verzierte Spiegelchen lockten auf dem Platz neben der Ratskapelle die Besucher an. Einige Pfennige waren von Hannas Feilschen mit Meister Fridolin übrig geblieben, dafür fand sie vielleicht sogar eine Seife mit Lavendel. Sie stellte sich auf die Zehenspitzen und sah sich nach den Seifensiedern um.

»Suchst du jemanden?«, fragte ein dürres Männlein, das an einem kleinen Tisch saß und auf Kundschaft wartete. Die hochwertigen Schreibutensilien wiesen ihn als städtischen Schreiberling aus. Mit einer Hand seinen dünnen Kinnbart drehend, blickte er ihr neugierig entgegen.

»Die Seifensieder, wenn du es wissen willst.« Hanna schenkte dem Mann kaum Beachtung, denn in diesem Augenblick begannen zwei Gaukler, ein Seil zwischen den Häusern zu spannen.

»Findest sie hinter dem Pranger«, riss der Mann sie aus ihrer Begeisterung. »Falls du dich von diesem Gesindel losreißen kannst.«

Vaganten und fahrendem Volk eilte kein guter Ruf voraus, doch für Unterhaltung vergaßen die Konstanzer sogar das. Auch Hanna konnte sich der Magie der fremdländisch aussehenden Truppe nicht entziehen. Während die Männer mit ihrem Seil beschäftigt waren, vollführte der Rest der Truppe allerlei Verrenkungen. Ein Zwerg tanzte zum Klang einer Fidel auf seinen Händen, während sich eine Tänzerin in Tüchern aus Seide gehüllt wie ein Wirbelwind um die eigene Achse drehte. Hannas Wangen glühten vor Aufregung. Zum Takt der Fidel wippte sie mit dem Fuß. Als sie eine Bewegung an ihrem Gürtel spürte, war es bereits zu spät. Die Geldkatze war weg.

»Haltet den Dieb, haltet den Dieb«, rief sie mit Leibeskräften, während sie den Kopf reckte und dem Beutelschneider hinterherrannte.

Das Hinken machte es ihr nicht einfach, ebenso wenig die rüttelnde Kiepe auf ihrem Rücken, doch so leicht gab Hanna nicht auf. Die Flinkheit des Diebes machte sie mit Hartnäckigkeit wett. Von der eigenen Hektik angefeuert, hetzte sie ihm laut schreiend über den Münsterplatz nach. Die bischöfliche Kutsche mit den zwei Schimmeln bemerkte sie erst, als sich eines der Pferde vor ihr aufbäumte. Erschrocken blieb sie stehen.

In diesem Augenblick kletterte Bischof Rudolf aus dem Inneren des Gefährts. Die herbeigelaufenen Dompfaffen versuchten alles, den Unmut ihres Oberhirten zu lindern. Bischof Rudolf scheuchte sie mit einer Handbewegung zur Seite und machte einen Schritt auf Hanna zu. Seine Augen wurden schmal, und um seine Mundwinkel zuckte es.

Etliche Haarsträhnen hatten sich aus Hannas Zopf gelöst, doch das war im Augenblick das kleinste Problem. Wie vom Donner gerührt stand sie vor dem Bischof. Dann endlich raffte sie ihren Rock und rannte weiter.

»Haltet die Frau«, hörte sie Bischof Rudolf hinter sich rufen.

Keuchend lief sie auf die Kirche Sankt Johann zu. Die Gassen in der Niederburg waren schmal und dunkel. Mehr als Handkarren verkehrten hier nicht. Hinter sich hörte sie die Verfolger, Hannas Mund war mittlerweile staubtrocken vor Angst. Hastig zwängte sie sich hinter einer Gruppe Bettler in eine Mauernische, dann rannten die bischöflichen Schergen auch schon vorbei.

»Kannst herauskommen, Mädchen«, gurrte einer der Bettler grinsend, wobei er sich im Schritt kratzte. »Was hast du denn ausgefressen?«

Hanna schloss die Augen und schluckte. Es hätte nicht viel gefehlt, und sie hätte dem verwahrlosten Mann einen Kuss auf die Wange gedrückt.

»Lass das Mädchen in Ruhe«, drängte sich ein weiterer Bettler dazwischen. »Siehst du nicht, wie verängstigt sie ist?«

»Würde mich aber schon interessieren, was –«

»Hör auf, Paul«, fiel ihm der Mann ins Wort. »Dort drüben gibt es einen kleinen Durchlass in die Tümpfelgasse«, wandte er sich an Hanna. »Schlüpf durch und dann nach rechts. Die Schergen werden dich so nicht finden, zumal sie in die entgegengesetzte Richtung laufen. Aber beeil dich, ewig lassen die sich nicht täuschen.«

Hanna nickte tapfer. Allmählich beruhigte sich ihr Atem.

Der Durchschlupf erwies sich als sehr eng. Mehr als zwei Finger Platz auf jeder Seite blieben Hanna mitsamt ihrer Kiepe nicht. Doch sie schaffte es. Sie befand sich in einem kleinen Innenhof, ihr gegenüber standen zwei verfallene Häuser. Das musste die Armengasse sein, ganz sicher war sie sich aber nicht. Hierher zog es nur Diebesgesindel und Kreaturen, die das Licht scheuten.

An der Ecke blieb Hanna stehen und horchte. Sie zog das Kopftuch aus ihrem Gürtel und band es sich um den Kopf. Der Schweiß lief ihr mittlerweile in Bächen den Rücken hinab. Geduckt eilte sie weiter.

Als sie die Rheinbrücke erreichte, hielt sie inne. Das Rattern von Jodoks Mühle konnte man bis hierher hören. Es war nur eine Frage der Zeit, bis die Schergen des Bischofs hier auftauchten. Sollte sie Jodok und Lena wirklich dieser Gefahr aussetzen? Ihre Unsicherheit wuchs mit jedem Atemzug. Sie lugte kurz nach beiden Seiten, ehe sie losrannte.

Jerg schenkte sie ein verkrampftes Lächeln, und auf der Brücke drosselte sie ihren Schritt, um keine unnötige Aufmerksamkeit auf sich zu ziehen. Trotzdem schielte sie immer wieder über ihre Schulter. Mit zittrigen Beinen betrat sie die Mühle.

Jodok kontrollierte eben das Kerbholz eines der Bauern. Da er es stets genau mit der Abmessung seines Scheffels nahm, dauerte dies eine Ewigkeit. Die Augen geschlossen, verharrte Hanna in einer der dunklen Ecken und wartete. Endlich waren sich Jodok und der Bauer einig, und der Mann verließ die Mühle mit zwei Säcken frisch gemahlenem Roggenmehl.

»Hast du den Teufel gesehen?«, lachte Jodok, während er sich das Mehl aus seinen Hosen klopfte und auf Hanna zukam.

»Ja und nein.« Hanna schaffte es nicht, das Zittern ihrer Hände zu unterdrücken. Die Angst hatte jegliche Farbe aus ihrem Gesicht vertrieben. »Jodok, du musst mir helfen«, hauchte sie leise. »Ich weiß mir sonst keinen Rat.«

»Was ist los?«, fragte er skeptisch.

»Auf dem Tändelmarkt wurde mir die Geldkatze gestohlen. Ich sollte doch deine Stiefel beim Flickschuster abholen, und jetzt …« Hanna schlug sich die Hände vors Gesicht. Tränen liefen ihr durch die Finger.

»Nun, das ist sicher keine gute Nachricht, doch –«

»Ach, Jodok, das ist noch nicht alles. Ich rannte dem Dieb nach und vergaß alle Vorsicht. Als ich das Münster erreichte, war es bereits zu spät. Bischof Rudolf hat mich gesehen und leider auch erkannt. Ich bin seinen Schergen nur durch die List einiger Bettler entkommen. Hätten sie mir nicht den Durchlass gezeigt … Ach, Jodok …« Hanna schluchzte abermals verzweifelt auf.

Jodoks Haltung versteifte sich. Er kannte Hannas Vorgeschichte, und anfänglich hatte er sich deshalb auch gesträubt, sie in seinen Haushalt aufzunehmen. Doch mittlerweile war sie ihm ans Herz gewachsen.

»Er wird dich suchen«, sagte er nachdenklich, wobei er sich das Kinn rieb. »Und lange wird es nicht dauern, bis er hier aufkreuzt. Viele Konstanzer sind dem Bischof treu ergeben. Sie werden dich verraten.«

Hanna löste die Kiepe von ihrem Rücken und stellte sie neben sich auf den Boden. »Ich werde Konstanz verlassen, Jodok«, schluchzte sie leise. »Einen anderen Ausweg gibt es nicht. Ich will dich und Lena nicht in Gefahr bringen, nicht nach allem, was ihr für mich getan habt.«

»Hör mit dem Gejammer auf!«, fuhr ihr Jodok grob ins Wort, während er langsam ein paar Schritte in Richtung des Mühlrades machte. »Meine Schwester Gisela ist eine von den Beginen in der Wittengasse. Sie ist mir noch einen Gefallen schuldig.«

»Ich soll mich bei den Betschwestern verstecken?«, fragte Hanna ungläubig, wobei sie erstaunt den Kopf hob.

»Bischof Rudolf schert sich nicht um die Beginen. Seit Jahren kämpfen die Frauen dort um Geldmittel, um den maroden Hof instand zu stellen, ohne Erfolg. Und wie mir Gisela vor wenigen Wochen gesagt hat, wird sich daran auch nichts ändern. Dort wirst du vorerst also in Sicherheit sein.«

»Und wenn die Schwestern mich nicht wollen?« Hannas Stimme klang brüchig, verzweifelt, und doch lag auch ein Hauch Hoffnung darin.

»Gisela hat das Herz am rechten Fleck. Sie wird dir helfen, und jetzt hol deine Habseligkeiten. Je eher du von hier verschwindest, desto besser.«

Hanna rieb sich die Tränen aus den Augen und spähte durch das Fenster. Von den Söldnern des Bischofs war nichts zu sehen. Hastig lief sie die Brücke entlang. Müller Fronlein schenkte ihr keinerlei Beachtung, zumal er sich mit einer Gruppe Bauern gerade um den Mühlpreis stritt.

Im Haus des Müllers war es still. Lena schlief vermutlich oben in ihrer Kammer. Hannas Blick fiel für einen Moment auf den Korb mit der Schmutzwäsche. Wehmütig strich sie sich eine Träne aus den Augen. Noch vor wenigen Stunden hatte sie sich auf das Waschen am Flussufer gefreut, und nun das.

Die Habseligkeiten waren schnell geschnürt. Der Anblick der kleinen Kammer trieb ihr abermals Tränen in die Augen. Hier war sie glücklich gewesen. Doch die Schergen des Bischofs konnten jeden Augenblick unter dem Petershausertor auftauchen. Auch wenn sie nicht glaubte, dass Jerg sie verraten würde – der bleichgesichtige Geselle des Bäckermeisters Zipp würde es mit Sicherheit tun, sollten ihn die Söldner nach ihr fragen.

Hanna drückte das Bündel gegen ihre Brust, stieg die Treppe hinunter und schloss die Tür leise hinter sich. Die Sonne brannte erbarmungslos auf alles, was sich bewegte. Humpelnd rannte sie auf Jodoks Mühle zu.

»Er wird dich begleiten«, empfing Jodok sie ungeduldig, wobei er mit dem Kopf auf Peter, einen der beiden Gesellen, wies. »Und er weiß, was zu tun ist, sollte man euch entdecken«, fügte er ernst nickend hinzu.

»Danke, Jodok«, schnupfte Hanna, wobei der Schmerz in ihrer Brust ihr fast die Luft zum Atmen raubte. »Sag Lena, dass sie ihre Beine mit Eiweiß und Ruß einschmieren soll, ein Ratschlag von Wendelgart.«

Peter drängte zum Aufbruch.

Wieder strich sich Hanna die Tränen aus dem Gesicht. »Und sag ihr, sie soll sich die Klara als Hilfe holen. Die alte Else ist im Spital und das Mädchen allein draußen vor dem Tor.«

»Mach ich«, rief ihr Jodok zu. »Und jetzt lauft.«

Ungesehen von Jerg schlüpften die beiden wenig später durch das Petershausertor. Sie wählten den schmalen Weg entlang der Ringmauer, der mehr einer Abflussrinne als einer Gasse glich. Im Gewühl des Fischmarktes glaubten sie sich sicher, mussten aber bereits nach wenigen Metern erkennen, dass die Söldner des Bischofs auch hier bereits jeden Winkel absuchten.

Von Panik ergriffen, bahnte sich Hanna mit Hilfe ihrer Ellenbogen einen Weg durch die Marktbesucher. Ihre kopflose Flucht hatte eine Tirade von Flüchen zur Folge. Schon reckten einige der Söldner ihre Köpfe. Im letzten Augenblick packte Peter die davoneilende Hanna und zog sie in die Judengasse.

»Lauf die Gasse entlang und nimm beim großen Turmhaus den schmalen Durchgang. Dann kommst du unmittelbar vor dem Haus der Beginen wieder raus. Und jetzt lauf! Die Schergen können jeden Moment hier sein.«

»Und du?«

»Ich werde sie ablenken. Wollen wir hoffen, dass die Kerle mir den Besoffenen abnehmen.«

Peters Grinsen kam einer Fratze gleich, doch dies beachtete Hanna nicht mehr, denn sie rannte schon die Gasse hoch. Als sie das Beginenhaus erreichte, polterte sie mit der Faust gegen das Tor. Es dauerte eine Ewigkeit, bis die kleine Luke geöffnet wurde und sich ein vom Alter gezeichnetes Gesicht zeigte.

»Ich muss zu Gisela, der Köchin«, keuchte Hanna ungeduldig. »Ich habe eine wichtige Botschaft für sie.«

Die Klappe schloss sich. Das anschließende Quietschen des Eisenriegels hörte sich in Hannas Ohren wie eine Engelsmelodie an. Die alte Begine winkte sie mit einem Lächeln herein. »Sei gesegnet, mein Kind«, sprach sie mit altersbrüchiger Stimme, wobei sie einen Schritt zur Seite machte.

Hanna lugte kurz nach beiden Seiten, ehe sie das Bündel noch fester gegen ihre Brust drückte und durch das Tor trat. Als die alte Frau den Riegel wieder vorschob, entfuhr Hanna ein Seufzer.

Der Beginenhof hatte schon bessere Zeiten gesehen. Einst aus Wacken und Bruchsteinen gebaut, bröckelte die Fassade an etlichen Stellen. Im Winter würde die Kälte sich wie ein Sog durch die Löcher fressen. Der kleine Innenhof allerdings beherbergte einen wunderschönen Garten mit Blumen und Kräutern. Mücken sirrten, Bienen summten, und in einer Linde sangen die Vögel. Dahinter standen drei kleinere Gebäude, die sich nahtlos an den Hof anfügten.

»Die Küchenstube ist gleich dort drüben. Geh nur dem herrlichen Duft nach, denn Gisela kocht schon den ganzen Vormittag Apfelmus ein.«

Die Küchenstube war blitzsauber. In den Regalen standen Schalen und Teller fein säuberlich aufgereiht, und auf einer Hängevorrichtung blubberte ein Kupferkessel vor sich hin. Eine Frau mit ausladenden Hüften griff sich eben eine Kelle und begann im Topf zu rühren. Sie trillerte ein leises Liedchen vor sich her. Der süße Duft nach frischen Äpfeln erinnerte Hanna daran, dass sie seit dem frühen Morgen nichts mehr gegessen hatte. Sehnsüchtig starrte sie auf den dampfenden Kupferkessel.

»Bist du Gisela?«, fragte Hanna. »Die Schwester des Müllers Jodok?«

Die Frau drehte den Kopf. »Wer will das wissen?«, fragte sie mit tiefer Stimme, wobei sie die Kelle kurz am Rand des Kupferkessels abklopfte.

Hanna hielt unweigerlich den Atem an. Offenbar hatte Gisela das gleiche Schicksal hinter sich wie sie selbst. Die Pockennarben der Köchin allerdings waren deutlich frischer als die ihren.

»Ich bin Hanna und bei Jodok im Dienst«, presste Hanna

abermals hervor. Die Angst drückte ihr auf die Kehle. »Allerdings jetzt –« Sie stockte.

»… nicht mehr«, vollendete Gisela den Satz. »Und was willst du hier?«

»Jodok … also er meinte, du würdest mich eine Weile hier aufnehmen, wenn ich dich darum bitte. Du seist ihm noch einen Gefallen schuldig.«

»Soso, meinte er.« Gisela legte die Kelle auf den Kesselrand und machte einen Schritt auf Hanna zu. »Kannst du anpacken? Denn hier in der Gemeinschaft liegt niemand auf der faulen Haut.«

Hanna legte ihr Bündel auf den Tisch, zog die Ärmel ihres Gewandes zurück und zeigte Gisela die Schwielen. »Harte Arbeit ist mir nicht fremd.«

Gisela zauderte, dann gab sie sich einen Ruck. »Dann bind dir die Schürze um und hilf mir, die restlichen Äpfel zu zerstückeln. Wenn du deine Sache recht machst, werde ich ein gutes Wort bei Meisterin Guta einlegen.«

»Und du willst nicht wissen, warum ich den Beginenhof aufsuche?«

Gisela zuckte mit den Achseln. »Willst du es mir denn sagen?«, fragte sie mit leicht schrägem Kopf.

Hanna biss sich auf die Unterlippe und blickte verlegen auf ihre Füße.

»Das habe ich mir gedacht, darum hab ich nicht gefragt. Und jetzt nimm die Schürze. Die Arbeit macht sich nicht von allein.«

Hanna legte ihr Bündel in eine Ecke und griff sich das Messer, das Gisela ihr hinhielt. Die folgenden Stunden schnippelten die beiden Frauen stumm Seite an Seite. Wenn ein Geräusch von draußen hereindrang, hob Hanna erschrocken den Kopf. Doch nichts geschah, der eiserne Riegel am Tor blieb verschlossen.

Als sich die Dämmerung allmählich in die Küchenstube schlich und der letzte Apfel den Weg in den Kochtopf fand, begann Hanna, leise von ihrer Flucht aus dem Rheintal zu erzählen. Die Worte kamen ihr erst nur harzig über die Lippen, dann immer hastiger. Zwischendurch wimmerte und weinte sie leise. Dann legte Gisela den Arm um ihre Schultern und zog sie sanft an ihre Brust. Gelegentlich streckte eine der Schwestern ihren Kopf durch den Türspalt, doch Giselas sanftes Kopfschütteln erstickte alle Fragen.

Als Hanna ihre Erzählung mit der Verfolgung durch die bischöflichen Schergen schloss, wagte sie kaum noch zu atmen. Die Angst, dass Gisela sie jetzt vor das Tor setzte, war zu groß. Doch Gisela hatte sich längst entschieden, und als sie Hanna einen Kuss auf den zerzausten Haarschopf drückte, schluchzte diese erleichtert auf.

7. Kapitel

Am selben Tag lief auch in der Mordergasse alles schief. Erst lahmte eines der kostbaren Pferde des Herrn, und dann dauerte die Ratssitzung auch länger als erwartet. Als Ursus der Rheinbrücke entgegeneilte, hatte die Sonne ihren Höchststand längst erreicht.

Er war in Aufruhr, zumal die Befragung in der Ratsstube nicht gut verlaufen war. Der Bürgermeister hatte Druck gemacht. Seine penetranten Fragen, seine Art, Nichtigkeiten aufzublähen, und sein finsterer Blick hatte so manche Zunge gelöst, die besser geschwiegen hätte.

Als die Rheinbrücke vor ihm auftauchte, verlangsamte Ursus sein Tempo. Schon von Weitem bemerkte er die beiden bischöflichen Söldner, die unweit des Petershausertores standen.

»Was suchen die beiden hier?« Ursus trat schlendernd auf Jerg zu, die Daumen in den Gürtelbund gesteckt. Er versuchte, so gelassen wie möglich zu wirken, um keine Aufmerksamkeit auf sich zu ziehen.

»Stehen schon seit Stunden da«, knurrte Jerg unwirsch. »Fragen nach einem Weibsbild mit Pockennarben, das hinkt. Ich denke, sie meinen Hanna.«

Ursus scharrte einen Stein zur Seite, dabei blickte er mit gesenkten Augen hinüber zu den bischöflichen Söldnern. »Ist bestimmt ein Missverständnis, das sich bald schon aufklären wird«, bemerkte er leise.

»Hast sicher recht.« Jerg nickte. »Und doch wär mir wohler, die Kerle würden abziehen.«

Ursus brummelte einige unverständliche Worte, die Jerg als Zustimmung deuten konnte. Die beiden jungen Männer lehnten sich über das Geländer und schauten den Enten zu, die sich unter der Brücke tummelten.

»Ich gehe jetzt hinüber zu Jodok. Mal sehen, ob ich erfahre, was los ist«, sagte Ursus schließlich.

»Ja, mach das.« Jerg klopfte ihm auf die Schulter, ehe er in seiner Turmstube verschwand.

Ursus warf einen letzten Blick auf die beiden Schergen, die keine zehn Schritte von ihm entfernt standen und ihn musterten, ehe er langsam weiterging.

»He du, warte«, rief jemand hinter ihm.

Als Ursus den Kopf drehte, winkten ihn die beiden Männer zu sich her. »Was gibt's?«, fragte Ursus gespielt überrascht.

Auf den Gesichtern der Schergen lagen Argwohn und Entschlossenheit. Sie nahmen es mit ihrem Auftrag genau.

»Kennst du hier ein Weibsbild, das hinkt und ein Gesicht schlimmer als Krätze hat?«, fragte einer der beiden schroff.

»Krätze?« Ursus' Gesicht war ein einziges Fragezeichen. Den Dummen zu spielen, fiel ihm leichter als gedacht.

»Eine mit Pockennarben, wenn du das besser verstehst«, fügte sein Kollege ungeduldig bei, wobei er die Luft tief in seine Lungen sog, um sein Gemüt zu beruhigen.

»Pockennarben?« Ursus lief zur Höchstform auf. Seine Kinnlade kippte herunter, und er verdrehte die Augen.

»Lass den Taugenichts, der ist ja blöder als ein Hundsfurz.« Der Grobschlächtigere der beiden winkte ab und verzog sich in den Schatten der Bäume. Sein Kollege versetzte Ursus einen Hieb und gab ihm mit vorgestrecktem Kinn zu verstehen, dass er sich verdrücken sollte.

Ursus zuckte mit den Achseln. Auf seinem Gesicht wurde das dümmliche Grinsen noch eine Spur breiter. Neugierig kam Jerg, der das Ganze wohl aus seiner Turmstube beobachtet hatte, auf Ursus zu.

»Und? Suchen sie tatsächlich nach Hanna?«, fragte er leise, wobei er den beiden Söldnern den Rücken zudrehte, damit sie seine Worte nicht verstanden.

»Ja, leider«, brummte Ursus. »Ich hoffe doch sehr, du verrätst sie nicht.«

Jerg drückte die Lippen aufeinander und warf Ursus einen beleidigten Blick zu. »Ich mag die Hanna«, knurrte er. »Ich würde ihr niemals etwas Böses wollen.«

»Wollte dich nicht vergrämen, aber die Sache ist ernst, todernst. Wenn sie Hanna finden, ist ihr Leben in Gefahr. Leider fehlt mir jetzt die Zeit, dir mehr darüber zu erzählen.«

»Von mir erfahren sie nichts«, plusterte sich Jerg einem Gockel gleich auf, wobei er die Arme vor der Brust verschränkte.

»Es wird nicht mehr lange dauern, und die beiden Kerle statten den Mühlen einen Besuch ab«, überlegte Ursus.

»In der Stadtmühle haben sie nichts zu sagen. Hier bestimmt der Große Rat«, bekräftigte Jerg.

»Jodok ist auch nicht das Problem. Er würde Hanna nie verraten. Aber Müller Fronlein wird dies mit Freude tun.«

»Da hast du wohl recht.« Jerg spuckte einen Schleimklumpen über das Brückengeländer. »Auch der Bleichgesichtige von Bäckermeister Zipp ist gefährlich. Eigentlich müsste er schon längst hier aufgetaucht sein. Er kommt immer um diese Zeit von seinem Rundgang durch die Stadt zurück. Der Kerl lauert Hanna ständig auf.«

Ursus verfluchte sich für seine Liederlichkeit. Hanna hatte ihm schon zigmal vom Bleichgesichtigen und seinen Verfolgungen erzählt. Warum hatte er dem Kerl nicht schon längst das Maul gestopft? Jetzt war es zu spät. Unter den Augen der Soldner würde dies nicht gut ankommen. »Dann werde ich Jodok und Hanna warnen«, knurrte er.

»Mach das, allerdings denke ich, Jodok hat die Schergen längst gesehen«, erwiderte Jerg. »Und wenn mich meine Augen nicht getäuscht haben, ist Hanna nicht mehr dort. Ich war zwar gerade mit einem Bauern beschäftigt, doch war mir, als habe sie sich mit einem der Gesellen in die Stadt geschlichen.«

»Hoffentlich hast du recht.« Ursus nickte. »Denn dort drüben steht der Bleichgesichtige und starrt zu uns herüber. Versuch, ihn irgendwie von den Schergen abzulenken, und schau zu, dass er die nächsten Minuten nicht über die Brücke kommt.«

Gern wäre Ursus über die Brücke gerannt, doch das hätte die Schergen erneut auf ihn aufmerksam gemacht. Das Knattern der Mühlräder steigerte seine Unruhe ins Unermessliche. Als er die Tür zur Mühle endlich aufdrückte, warf er einen besorgten Blick hinüber zu Jergs Tor. Das grelle Licht der langsam untergehenden Sonne blendete, und doch glaubte er, den jungen Torwächter zu sehen, der sich mit dem Bleichgesichtigen unterhielt.

Ursus trat über die Schwelle. Es dauerte einen Moment, ehe sich seine Augen an die Düsternis gewöhnt hatten und er den Gesellen am Mühlrad bemerkte.

»Suchst wohl die Hanna«, grinste der Geselle schelmisch. »Die wirst du hier allerdings nicht finden. Ist schon seit Stunden weg.«

»Wohin?«

»Das musst du Jodok fragen. Er ist drüben bei seiner Frau.« Der Geselle zuckte mit den Achseln. »Der Lena geht es nicht gut«, fügte er eine Spur leiser bei. Er griff sich einen Sack voll Roggenkörner und warf ihn sich über die Schulter. Dann stapfte er an Ursus vorbei die Stiege hoch zum Einfüllrohr.

Ursus stolperte zurück auf die Brücke. Die Abendsonne brachte die Seeoberfläche zum Leuchten. Einige Enten zogen schnatternd ihre Kreise um die Mühle. Abendrot, Schlechtwetterbot – die folgenden Stunden würden zeigen, ob in diesem Sprichwort etwas Wahres lag.

Die Hände in die Hosentaschen gestopft, den Blick gesenkt, lief Ursus an Fronleins Mühle vorbei, ehe er den Weg zu Jodoks Haus einschlug. Schon von Weitem hörte er die weittragende Stimme des Müllers. Jodok, sonst die Ruhe in Person, schien am Rande seiner Beherrschung. Vorsichtig drückte Ursus die Klinke und trat ein. Die Stimmen kamen aus dem oberen Stockwerk. Möglichst leise stieg er die Treppe hoch.

Jodok stand mit hochrotem Gesicht neben der Bettstatt seiner Frau, die Arme vor der Brust verschränkt, und warf Wendelgart eben einen bitterbösen Blick zu.

»Ich sage es dir jetzt zum x-ten Mal. Wir haben keinen Frauenmantel im Haus, und Lena hat auch sonst keinerlei Kräuter zu sich genommen als jene, die du ihr bei deinem letzten Besuch hiergelassen hast.«

»Hört doch endlich auf zu streiten«, kam es lahm von der

Bettstatt. Lena versuchte sich aufzurichten, ließ es aber bleiben, als sich ihr Leib erneut schmerzhaft zusammenzog.

»Wenn sie sich nicht schont, kommt das Kind zu früh, Wochen zu früh, und was das bedeutet, muss ich wohl auch dir nicht erklären.« Wendelgart drehte sich brüsk ab und schnupperte am Teekrug auf der Kommode.

Ursus räusperte sich und trat einen Schritt vor. »Ich will nicht stören, aber –«

»Dann tu es auch nicht«, fiel ihm die Wehmutter schroff ins Wort. »Und nun wieder zu dir, Jodok. Sieh zu, dass deine Frau Ruhe bekommt. Sie darf die Bettstatt nicht mehr verlassen, auch nicht zum Gang auf den Abort. Schieb ihr eine Schüssel unter den Hintern, wird wohl nicht so schwer sein.«

Jodoks Brummen bezeugte sein Einlenken. Wenn er nicht machte, was Wendelgart verlangte, würde vielleicht nicht nur das Kind den Tod finden, sondern auch Lena, das hatte ihm die Wehmutter eben klar und deutlich zu verstehen gegeben.

»Sie braucht Tee aus Baldrian, Hopfen und Melisse. Mindestens fünf Becher pro Tag soll sie trinken, noch besser wäre es, die Kräuter in ihr Essen zu tun. Und wie gesagt, Ruhe, Ruhe und nochmals Ruhe. Wenigstens scheinen Hannas Umschläge Wirkung zu zeigen. Wo ist sie denn überhaupt?«

Wendelgart griff in ihren Weidenkorb und warf die genannten Kräuterbüschel auf den Tisch. Sofort durchzog ein balsamischer Duft die Schlafkammer.

»Hab sie zu einem Bauern geschickt«, log Jodok.

»Ich werde morgen wieder nach Lena sehen. Mehr kann ich im Augenblick nicht tun.« Wendelgart machte einen Schritt auf die wimmernde Lena zu und strich ihr kurz über die schweißnasse Stirn.

»Du hast Glück mit Hanna an deiner Seite. Richte ihr einen Gruß von mir aus.« Ihr Ton klang bereits wieder eine Spur versöhnlicher. Dann nahm sie den Weidenkorb und verließ die Stube.

Jodok ließ sich neben der Bettstatt auf die Knie nieder. Die hochrote Färbung seines Gesichts nahm langsam ab. Seine

Hände zitterten wie Espenlaub, als er Lenas Kopf mit seinen schwieligen Händen umklammerte.

»Wir schaffen das, Lena. Du warst so tapfer, gib jetzt bitte nicht auf«, flehte er seine Frau an, wobei er sich blinzelnd der Tränen zu erwehren suchte. Nichts und niemand konnte den Müller sonst aus der Ruhe bringen. Die Angst um seine Frau jedoch brachte sein inneres Gleichgewicht deutlich in Aufruhr.

»Kann ich etwas für dich tun, Jodok?«, fragte Ursus leise. Hätte er nicht Sorge um Hanna gehabt, hätte er die Zweisamkeit der beiden nicht länger gestört.

Der Müller erhob sich mit einem Stöhnen und kam langsam auf den Stallknecht zu. Mit dem Handrücken wischte er sich die Tränen aus den Augen.

»Hannas Unvorsichtigkeit hat Lena so mitgenommen, nicht irgendwelche Kräuter, wie Wendelgart glaubt«, sagte Jodok hart. Er machte keinen Hehl aus seinem Unmut. »Hanna weiß doch, dass sich Lena so schnell aufregt. Warum hat sie nicht besser achtgegeben!«

Er warf einen letzten Blick über seine Schulter, ehe er Ursus aus der Kammer scheuchte und die Tür hinter sich schloss.

»Wenn ich Lena verliere, ist alles aus. Ohne sie kann und will ich nicht leben. Sie ist alles, was ich habe.«

»Versündige dich nicht. Es gibt immer einen Weg.« Ursus vermied es, dem Müller in die Augen zu sehen.

»Ich habe keine geschickten Hände für den Haushalt, und Lena schafft das nicht allein«, zeterte Jodok weiter. »Jetzt, wo Hanna nicht mehr da ist –«

»Wo ist Hanna, und was in Gottes Namen ist geschehen?«, fiel ihm Ursus brüsk ins Wort, wobei er sich breitbeinig vor den Müller stellte. Allmählich ging ihm das Gejammer dieses gestandenen Mannes doch auf die Nerven, zudem lief ihm die Zeit davon. »Der Geselle drüben bei der Mühle wollte mir nichts sagen«, fügte er auffordernd hinzu.

»Bischof Rudolf hat Hanna entdeckt. Sie lief ihm quasi direkt vor die Füße. Ich hab seine Schergen von der Mühle aus gesehen. Es wird nicht mehr lange dauern, bis sie zu mir kommen.

Fronlein wird nicht zögern, ihnen von Hanna zu erzählen. Das Ganze wird Lena abermals aufregen.«

»Und wo ist Hanna jetzt?« Ursus' Ungeduld wuchs mit jedem Atemzug, zumal Jodok sich ganz offensichtlich mehr um sich und seine Frau sorgte.

»Sie ist in Sicherheit«, wehrte Jodok schwer atmend ab, während er langsam die Stiege nach unten ging. »Ich hab sie zu den Beginen in die Wittengasse geschickt. Meine Schwester Gisela wird sich um sie kümmern.«

»Zu den armen Betschwestern?« Ursus konnte sein Entsetzen nicht verbergen. »Die Beginen werden sie doch mit Sicherheit an den Bischof verraten, sollten seine Schergen dort auftauchen. Die Frauen sind viel zu schwach, um den Männern Widerstand zu bieten. Wie konntest du nur glauben, dass man Hanna dort versteckt!«

»Du unterschätzt die Beginen, glaub mir«, lachte Jodok höhnisch auf, fasste sich dann aber schnell wieder und fuhr mit harter Stimme fort: »Hanna ist in Sicherheit, meine Sorge gilt jetzt einzig und allein Lena. Ich brauche jemanden, der hier nach dem Rechten sieht, jemanden zum Kochen und Haushalten.«

Ursus' Blick streifte den Weidenkorb mit der Dreckwäsche, der neben dem Tisch auf helfende Hände wartete. Daneben stand die Kiepe, in der Jodoks Stiefel lagen. Die Küche war wie das übrige Haus blitzblank aufgeräumt. Doch lange würde dies nicht so bleiben.

»Hanna schlug vor, die Klara ins Haus zu holen. Die Else liegt nämlich im Spital«, seufzte Jodok, wobei er seinen Blick durch die Küche gleiten ließ. »Im Augenblick sehe ich keine andere Möglichkeit, als ihren Rat zu befolgen.«

»Das Mädchen ist ein Wildfang. Sie wird den Hof draußen vor der Stadt nie und nimmer verlassen.«

Ursus' Zweifel ob Klara waren durchaus berechtigt, das wusste wohl auch Jodok. »Deshalb möchte ich, dass du mit ihr redest«, wandte er sich eindringlich an Ursus. »Ich habe Hanna geholfen, jetzt hilf du mir. Bring das Mädchen her! Mach ihr klar, dass sie sonst im Waisenhaus endet. Sag ihr, dass es nur eines Wortes von mir bedarf, und sie wird vom Büttel abgeholt. Was sie in diesem grauenhaften Haus erwartet, kann sie sich selber ausmalen.«Jodok ging schwerfällig auf das Küchenfenster zu. Die Arme vor der Brust verschränkt, verlief sich sein Blick in den Fluten des Rheins.

Ursus ahnte, dass eine Menge Überredungskunst vonnöten sein würde, Klara davon zu überzeugen, sich besser im Hause des Müllers nützlich zu machen, als zwischen den Leprosen und Sondersiechen im Heim dahinzuvegetieren. Das Mädchen mit den schütteren, raspelkurzen Haaren galt als schwierig, und nur Else schaffte es, ihre Wildheit zu bändigen.

»Entschuldige meine Schroffheit«, brummte Jodok. »Ich weiß doch, wie sehr du dich um Hanna sorgst. Und eigentlich tue ich es ja auch. Doch weißt du, wenn Lena etwas –«

»Lass es gut sein, Jodok«, wehrte Ursus ab. »Ich werde Klara herbringen. Überleg du dir eine gute Ausrede, warum Hanna nicht mehr in eurem Haus ist. Die Schergen stehen nämlich bereits bei Müller Fronlein.« Ursus wies mit dem Kinn hinüber zur Rheinbrücke.

Der Müller stöhnte auf, während er sich müde über seine Glatze strich. »Und wie war es bei Gericht?«, fragte er leise.

Ursus gesellte sich an Jodoks Seite. Der Himmel war mittlerweile ein flammendes Rot, eine Augenweide für die müden Blicke der beiden Männer.

»Sie befragten uns wieder und wieder. Dreimal musste ich in die Ratsstube, und dreimal habe ich stets das Gleiche wiederholt. Ja, Walter von Roggwil war bei uns zu Gast, ja, er habe gegessen und getrunken wie alle anderen auch, und ja, er ging gesund von uns weg. Nicht allein, denn ich habe gesehen, dass der Büttel seinen Weg teilte.«

Ursus schnaubte. »Auch Wicca, unsere Köchin, und Barbel mussten aussagen. Natürlich sagten sie das Gleiche wie ich. Lediglich die dumme Agnes wollte sich wohl wichtigmachen und erzählte, dass sie im Auftrag der Herrin Endlin dem Ratsherrn zum Abschied noch einen Becher Weingeist ausgeschenkt habe.«

»Und ist daran etwas wahr?«

»Ganz bestimmt nicht. Die Herrin Endlin war ebenso erstaunt wie wir alle, als sie davon erfuhr. Als Ritter Conrad diese blöde Kuh zur Rede stellen wollte, war sie plötzlich wie vom Erdboden verschwunden.«

»Und warum macht sie so etwas, die Agnes?«, fragte Jodok skeptisch. »Eine Magd sollte ihrer Herrin doch ergeben sein und ihr nicht in den Rücken fallen.«

»Genau dies wollte Ritter Conrad ihr klarmachen und natürlich auch, dass Lügen eine Todsünde sei. Und gelogen hat die Agnes, da sind wir uns alle einig.«

»Und im Weingeist vermutete der Rat nun das Gift?« Jodok strich sich nachdenklich über seine Glatze. »Habt ihr denn überhaupt Arsenik im Haus?«

»Wir haben gute Katzen, da erübrigt sich das Arsenik. Das hat Ritter Conrad den Ratsherren laut und deutlich gesagt, und gleichzeitig hat er sie aufgefordert, morgen jeden Winkel unseres Hauses zu durchsuchen, denn wir hätten nichts zu verbergen.«

Ein Rascheln ließ die beiden Männer herumfahren. Hinter ihnen stand Lena, kreidebleich, und stützte sich am Türpfosten auf.

»Ich hab gehört, was ihr gesprochen habt«, flüsterte sie mit blassen Lippen. »Warum sollte die Herrin Endlin dem Ratsherrn Böses wollen? Keine andere Frau aus der noblen Gesellschaft setzt sich so für die Armen ein wie Endlin von Liebenfels.«

»Hast du nicht gehört, was die Wehmutter gesagt hat?«, protestierte Jodok, wobei er seiner Frau hilfreich unter die Arme griff und sie sanft auf einen Stuhl geleitete.

»Die Wehen flauen bereits etwas ab, es geht mir schon besser«, wehrte Lena mit einem kläglichen Lächeln ab. »Ich weiß von Barbel, dass die Herrin Endlin das Siechenhaus draußen vor der Stadt regelmäßig mit Almosen versorgt, und sie ist sich auch nicht zu schade, jede Woche im Heiliggeistspital nach den Armenpfründnern zu schauen.«

»Ich bringe dich jetzt wieder nach oben. Die Aufregung bekommt weder dir noch unserem Kind.« Jodoks Tonlage verriet, dass er keinerlei Widerrede duldete. »Das war wahrlich ein schwarzer Tag für uns alle. Erst das mit Hanna, dann die vorzeitigen Wehen und nun die Herrin Endlin. Wollen wir hoffen, dass dieser Alptraum bald vorbei ist«, brummte er in Ursus' Richtung, wobei er mit dem Kinn zur Tür wies.

»Ich hole jetzt die Klara«, murmelte Ursus und schob sich hastig unter dem Türsturz durch.

***

Als die Sonne längst untergegangen war und Konstanz in der Dämmerung versank, betrat Ursus zusammen mit Klara die Rheinbrücke. Die Schergen hatten die Suche für heute aufgegeben, denn sie waren nirgends mehr zu sehen.

Das Gezappel des Mädchens lenkte Ursus' Aufmerksamkeit wieder auf die unmittelbare Gegenwart. Anfänglich hatte sich Klara mit Händen und Füßen gewehrt, doch seine Entschlossenheit hatte schlussendlich gesiegt und sie zur Einsicht gebracht. Hin und wieder allerdings bäumte sich noch ein letzter Rest Widerstand im kleinen Körper auf, den Ursus jedoch mit festem Griff zum Ersterben brachte.

»Es wird dir an nichts fehlen bei Jodok. Der Müller ist gerecht. Mach deine Arbeit recht und halte deine Finger unter Kontrolle«, schärfte er ihr zum wiederholten Male ein.

»Ich bin keine Diebin«, protestierte Klara trotzig, wobei sie eine Schnute zog und sich aus Ursus' Griff wand. Sie rannte mit wehendem Rock voraus. Bei Jodoks Haus allerdings drückte sie sich ängstlich gegen die Holzwand und wartete, bis Ursus sie eingeholt hatte.

Niemand in Jodoks Haus wusste, was Müller Fronlein erzählt hatte. Doch sie würden wiederkommen, die Schergen, und nicht lockerlassen, bis sie Hanna hatten. Ursus betete zu Gott, dass Jodok eine gute Ausrede einfallen würde, ansonsten …

Es stellte sich zum Erstaunen aller heraus, dass Klara ein Geschick für die täglichen Verrichtungen im Haushalt besaß, obwohl ihr dies niemand beigebracht hatte. Else hatte stets alles allein erledigen wollen und Klara außen vor gehalten. Allerdings würden sich Jodok und seine Gesellen an Klaras Kochkünste erst gewöhnen müssen, denn Apfelmus mit Zwiebeln abzuschmecken fühlte sich doch etwas gewöhnungsbedürftig an. An diesem Abend aber drückten alle ein Auge zu.

8. Kapitel

Das Abendrot hatte tatsächlich einen Wetterumschwung gebracht. Irgendwann in der Nacht war der Regen gekommen. Grau in grau ging die Morgendämmerung nun in den Tag über, als der Schultheiß stramm und mit festem Schritt in Begleitung seiner beiden Büttel die Marktstätte hochmarschierte.

Den Hut tief ins Gesicht gezogen, nickte er hin und wieder in Richtung der wenigen Händler, die ihre Marktstände trotz des widrigen Wetters aufgeschlagen hatten. Das nervöse Zucken um seine Mundwinkel verriet die Anspannung, unter welcher er seit Erhalt des Befehls stand. Es kam nicht oft vor, dass er im Hause eines Adeligen nach den Spuren eines Verbrechens suchen musste. Insgeheim wünschte er fast, die Suche würde erfolglos verlaufen, denn Ritter Conrad von Liebenfels und seine Gemahlin galten in der Stadt als angesehen und wohlgeliebt.

Der Schultheiß nickte seinen beiden Bütteln stumm zu und hämmerte mit geballter Faust gegen das Holztor. Augenblicklich begann ein Hund zu bellen. Die Männer zogen ihre Umhänge enger, zumal sich die Feuchte wie Ungeziefer in die Wolle fraß und das Warten doppelt unangenehm machte.

»Sei still, Bless!«, hörte man jenseits des Tores jemanden mürrisch rufen. Die Stimme gehörte zweifellos Ritter Conrad, und ihr Unterton verriet keine Begeisterung.

Als der Riegel zurückgeschoben wurde, atmete der Schultheiß tief durch und erhob das Wort: »Wir sind hier im Namen des Großen Rates, um das Haus nach Auffälligkeiten zu durchsuchen«, sagte er mit heiserer Stimme, wobei es ihn Überwindung kostete, dem stolzen Ritter in die Augen zu blicken.

Ritter Conrad sah zwar arg mitgenommen aus, und unter seinen Augen zeigten sich dunkle Ringe, doch dies trübte seine Erscheinung nicht. Er überragte den städtischen Gesandten um gut einen Kopf. Jeder Muskel im Gesicht des Ritters schien angespannt.

»Auf mein Geheiß hin, wenn ich das in Erinnerung rufen darf«, knurrte er missmutig in Richtung des Schultheißen, wobei er einen Schritt zur Seite machte und den Weg in den Innenhof freigab.

Die beiden Büttel duckten sich hinter ihren Vorgesetzten und zwängten sich am Ritter vorbei.

»Vielleicht wollen die Herren auch die Stallungen durchsuchen, vielleicht sogar die Abortgrube?«, fügte Ritter Conrad voller Spott hinzu, wobei er eine ausladende Geste in Richtung der genannten Örtlichkeiten machte.

Der Schultheiß zögerte. Sein Blick wanderte hinüber zu den Ställen. Die Durchsuchung würde Tage dauern, und dazu fehlte es ihm an Geduld und Zeit. Der Große Rat wollte Ergebnisse sehen.

»Wir haben Order, im Haus nach dem Rechten zu sehen«, meinte er stattdessen, wobei er den Rücken durchstreckte, allen Mut zusammennahm und dem Ritter ins Gesicht schaute. »Ich denke, die Stallungen können wir getrost auslassen, es sei denn, wir erhalten vom Großen Rat den Auftrag, die Suche auszudehnen.«

Ritter Conrad überquerte mit ausladendem Schritt den Innenhof. Auf Höhe der Abortgrube blieb er allerdings doch stehen. Der Regen hatte nicht nur den Boden in Morast verwandelt, auch die Grube stank zum Himmel. Offenbar war der Heimlichkeitsfeger längst überfällig. Der junge Hund, der keine zehn Meter von ihnen entfernt in seinem Holzverschlag lag, bellte noch immer wie ein Berserker.

»Ich hoffe doch sehr, er ist auch gut angekettet«, bemerkte der Schultheiß mit einem Seitenblick auf das wütende Tier, das zähnefletschend an der Kette zerrte.

»Ich stelle es Euch frei, auch dort nach dem Arsenik zu suchen. Allerdings garantiere ich nicht für das Einverständnis des Hundes. Meine Gemahlin hat das Tier vor wenigen Tagen erst angeschleppt, da der alte Hund ihr entwischt war, und wie man sieht, mag er die hiesige Obrigkeit nicht besonders.«

Für einen kurzen Augenblick zeigte sich auf dem Gesicht

des Ritters eine Spur von Erheiterung. Er strich sich die nassen Haare aus dem Gesicht.

»Die gute Stube befindet sich im ersten Stock, ebenso wie die Küche, die Schlafkammern einen Stock höher«, sprach er mit fester Stimme. »Selbstverständlich verfügen wir auch über Kellerräume und einen Dachboden.«

Da die Männer zögerten, öffnete Ritter Conrad die Tür und betrat die Diele. Er hängte seinen nassen Umhang über einen Nagel. »Nebenan befindet sich der Wohnturm«, wandte er sich an den Schultheißen. »Selbstverständlich könnt Ihr auch dort nach dem Arsenik suchen.« Unwillig warf er einen Blick auf die verdreckten Stiefel der Männer.

Die Wohntürme waren wahrlich Festungen, gebaut, um die Insassen vor einem Angriff von Belagerern zu schützen. In Friedenszeiten lagen diese Türme oft brach. »Wir widmen uns erst dem Wohnhaus«, brummte der Schultheiß. »Ihr dürft mir glauben, dass auch mir diese Untersuchung alles andere als behagt. Ich wüsste Besseres, als im Hause eines Ritters nach Arsenik zu suchen.«

Ritter Conrad enthielt sich eines Kommentars, wohl um diese leidige Sache nicht in die Länge zu ziehen.

»Wir werden unsere Suche in der Küche beginnen«, verkündete der Schultheiß, wobei er seinen Männern einen Wink gab. Mit unverhohlener Neugier betrachteten sie den Reichtum, der sich an allen Ecken und Enden des herrschaftlichen Hauses zeigte. Der Schultheiß selbst blieb zusammen mit Conrad unter dem Türsturz stehen, die Arme vor der Brust verschränkt, und musterte den großen Raum wortlos.

»Das sind unsere Köchin und eine der Mägde«, stellte Conrad die sichtlich eingeschüchterten Frauen vor, die händeringend am Tisch saßen, die Blicke starr auf ihre Füße gerichtet, genauso wie Conrad es ihnen an diesem Morgen eingetrichtert hatte. So wenig Aufsehen wie möglich, hatte er gesagt, damit die Kerle baldmöglichst wieder abzögen. Widerrede würde sie nur anstacheln, ebenso wie giftige Schimpftiraden.

»Und werden die Herren fündig?«, fragte er nun in die hektische Stille, in der nur das Quietschen von Scharnieren, das Schaben von Schubladen und das Klirren von Glas zu hören waren.

Die Büttel zuckten mit den Schultern und schüttelten verneinend den Kopf in Richtung des Schultheißen. Conrad schnaubte.

»Hier ist nichts«, sagte schließlich einer der Männer, wobei er sich keine Mühe gab, das gefaltete Tischtuch wieder in die Schublade zu legen.

»Dann wollen wir jetzt die gute Stube sehen«, setzte der Schultheiß Conrads drohender Haltung entgegen. Allmählich wandelte sich seine Verlegenheit zu Unmut, was nicht zu übersehen war.

»Dann folgt mir!«, befahl Conrad mit harscher Stimme. Die beiden Frauen bedachte er mit einem einvernehmlichen Nicken, was allerdings dem Schultheißen nicht entging. Der Mann zögerte kurz und ließ seinen Blick ein weiteres Mal durch die Küche gleiten, ehe er Conrad durch die Diele folgte.

In der guten Stube des Stadthauses wartete die Hausherrin auf die Männer. Nervös nestelte sie an der Falte ihres Kleides. Einen Gruß murmelnd, wich sie in die Fensternische aus. Obwohl Conrad einen Arm um ihre Schultern legte und ihr aufmunternd zulächelte, beruhigte sie sich nicht. Immer wieder sah sie zum Fenster hinaus in Richtung der Abortgrube.

»Ist Eurer Gemahlin nicht wohl?« Der Schultheiß schaute misstrauisch auf.

»Meine Gemahlin ist nicht bei bester Gesundheit. Eine Hausdurchsuchung ist keine angenehme Sache, wie Ihr Euch denken könnt«, beantwortete Conrad die Frage mit einem angewiderten Zug um die Mundwinkel.

»Wenn man nichts zu verbergen hat, sollte man dem Ganzen gelassen gegenüberstehen«, meinte der Schultheiß mit gedehnter Stimme, wobei er sich vorbeugte und durch das Fenster blickte. »Der Hund scheint sich wieder beruhigt zu haben. Wahrlich ein guter Wächter.«

»Ihr wollt jetzt nicht wirklich über den Hund sprechen«, knurrte Conrad. »Macht Eure Arbeit und dann verschwindet von hier.«

Der Schultheiß wandte den Kopf in Richtung seiner Büttel, die eifrig bemüht waren, jegliches Mobiliar zu befingern. Ihr Eifer schien mit jedem Atemzug zuzunehmen.

»Wo sind die Schlafkammern?« Die Frage war an Conrad gerichtet, der mit dem Kinn zur Decke wies.

»Die Stiege hoch. Den Weg findet Ihr wohl allein.«

Endlin nahm all ihren Mut zusammen und löste sich sanft aus der Umarmung ihres Gemahls. »Aber Conrad«, tadelte sie ihn leise. »Die Männer machen doch nur ihre Arbeit. Was sollen sie denn von uns denken?« Sie lächelte dem Schultheißen tapfer entgegen. »Wenn Ihr mir folgen wollt, werde ich Euch gerne unsere Schlafkammern zeigen.«

Sichtlich schwerfällig stieg Endlin von Liebenfels die Stufen hoch. Als die Hausherrin die Klinke zu ihrer Kammer drückte, schloss sie kurz die Augen, ehe sie dem Hüter des Gesetzes den Vortritt ließ.

»Die Truhen zur rechten Seite gehören mir, die zur linken meinem Gemahl.« Sie schluckte hart. »In den Kästen befinden sich nebst Übergewändern, Mänteln und Hosen meines Gemahls auch meine Röcke, Schleier und Tücher.«

Der Schultheiß stand in der Mitte der Kammer und besah sich die wunderschön geschnitzten Truhen. Mittlerweile hatten die beiden Büttel ihre Durchsuchung des unteren Stockwerkes beendet und betraten jetzt ebenfalls die Schlafkammer, gefolgt von Ritter Conrad, der noch immer keinen Hehl aus seinem Unmut machte. Selbst die Freundlichkeit seiner Gemahlin hatte kein Wunder vollbracht.

Es kam nicht alle Tage vor, dass die städtischen Gesandten intime Kostbarkeiten eines adeligen Haushaltes durchwühlten. Hier, inmitten der Schlafkammer, gingen sie jedoch deutlich zaghafter zu Werke als in der Küche. Doch sosehr sie sich auch anstrengten, nirgends fand sich eine Spur des verfluchten Arseniks.

»Wollen die Herren vielleicht auch unter die Matratzen schauen?«, knurrte Ritter Conrad am Rande seiner Beherrschung. »Könnte ja sein, dass wir auf dem Gift selig ruhen.«

Die Büttel schauten verunsichert in Richtung des Schultheißen, der achselzuckend und nickend seine Zustimmung gab. Die Durchsuchung hatte bislang nichts gebracht, der Bürgermeister würde toben.

Der Schultheiß wollte bereits Order geben, die Aktion abzubrechen, als einer der Büttel ein fein besticktes Leinensäckchen unter der Matratze hervorzog. »Was ist das?«, fragte er erstaunt, wobei er die Kordel löste und einen kritischen Blick ins Innere warf.

Endlin von Liebenfels' Augen weiteten sich vor Schreck. Mit monotoner Langsamkeit wandte sie den Kopf in Richtung ihres Gemahls. »Ich weiß nicht, wie das Säckchen dorthin kommt«, flüsterte sie leise, während sie sich am Bettpfosten festhielt, um nicht das Gleichgewicht zu verlieren.

Als das weiße Pulver auf die Hand des Schultheißen rieselte, herrschte atemlose Stille. Endlin klammerte sich noch eine Spur verzweifelter an den Pfosten. Jegliche Farbe war aus ihrem Gesicht gewichen.

»Ohne Zweifel das gesuchte Arsenik«, bemerkte der Schultheiß triumphierend. »Und wie es aussieht, gehört es wohl Euch, werte Endlin von Liebenfels. Ein besticktes Leinensäckchen, dazu noch so fein mit Goldfäden verziert, zeugt vom Geschmack seiner Besitzerin, auch wenn dies fast schon höhnisch klingt.« Er schüttelte den Kopf.

»Wer auch immer dieses Pulver unter die Matratze geschoben hat, meine Gemahlin war es mit Sicherheit nicht!« Ritter Conrad fasste sich als Erster wieder. Wütend stampfte er mit dem Fuß auf. »Seht doch selbst, wie erschrocken meine Gemahlin ist. Glaubt Ihr wirklich, dass sie zu so etwas fähig wäre?«

Der Schultheiß hatte sein Urteil längst gefällt. Das Leinensäckchen war Beweis genug. Und dass es unter dem Matratzenteil der Herrin von Liebenfels gefunden wurde, bestärkte ihn in seinem Verdacht. Brun von Tettikoven würde Augen machen, und vielleicht sprang gar der eine oder andere Zusatzpfennig heraus.

»Das wird der Große Rat zu klären haben«, wimmelte er den aufgebrachten Ritter ab. »Wir haben unsere Arbeit getan. Der Rest ist Sache des Großen Rates.«

Den Weg hinaus fanden der Schultheiß und seine Männer allein. Beinahe fluchtartig verließen sie das Anwesen, begleitet vom wütenden Gebell des Hundes.

Unter Jammern und Schluchzen beteuerte Endlin, weder das Leinensäckchen noch das Pulver je gesehen zu haben. Ihre Stimme wurde mit jedem Atemzug brüchiger, während sie sich in der Schlafkammer entkräftet auf der Matratze niederließ und den Kopf in den Händen vergrub.

»Ich bin überzeugt, dass niemand anders als diese verfluchte Agnes das Arsenik unter die Matratze geschoben hat«, knurrte Conrad wütend.

»Warum … sollte sie dies tun?«, schluchzte Endlin auf. »Wir haben ihr doch nichts getan.«

»Wer vor Gericht so dreist lügt, dem ist alles zuzutrauen.« Conrad schlug mit dem Fuß so hart gegen den Bettpfosten, dass seine Gemahlin erschrocken hochfuhr. »Und sie wird mir dafür Rede und Antwort stehen, so wahr ich hier stehe.«

»Dazu müssten wir sie aber erst finden, Herr«, bemerkte Ursus leise, der eben mit Wicca und Barbel im Schlepptau die Kammer betrat. »Seit der Verhandlung ist das Weibsbild wie vom Erdboden verschluckt. Niemand hat sie mehr gesehen.«

»Wo könnte sie sich verstecken?«, wandte sich Conrad scharf an Barbel. »Unter euch Mägden wird doch getratscht, was das Zeug hält, und bestimmt ist so das eine oder andere Wort gefallen.«

Barbel zog den Kopf ein. »Ich hab nicht viel mit … der Agnes gesprochen, ich mochte sie nicht«, schnupfte sie leise, wobei sie sich wie ein weidwundes Reh hinter Wicca verkroch.

»Die Agnes war hinterhältig und gemein«, kam ihr die Köchin zu Hilfe. »Wir haben versucht, es der Herrin zu sagen, doch ...« Wicca zuckte mit den Schultern, während ihr Blick voller Mitleid auf der schluchzenden Hausherrin lag.

»Jammern bringt uns nicht weiter«, brauste Conrad wütend auf. »Wir teilen uns auf und suchen in allen Löchern der Stadt nach dem Miststück. Wicca geht in die Vorstadt und horcht jeden Handwerker, jeden Gerber und jede Badehure aus. Irgendwo muss sich das Weib ja verstecken.«

»Und ich?«, fragte Barbel, wobei sie sich hastig die Tränen aus den Augenwinkeln wischte. »Ich will der Herrin auch helfen. Wo soll ich suchen?«

Conrad schnaubte. Von Barbels Einsatz versprach er sich nicht viel. »Du gehst auf die Märkte und hörst dich dort um«, sagte er mit harter Stimme, wobei er die Magd eindringlich musterte. »Frag auch die Händler, vielleicht haben sie Agnes ja gesehen.«

Die beiden Frauen drehten sich um und liefen die Treppe hinunter. Das Klappern ihrer Sohlen verdeutlichte, welch Eifer sie erfasst hatte. Als die Tür in die Angel fiel, wandte sich Conrad an seinen Stallknecht.

»Du sattelst zwei unserer Pferde. Wir werden jeden Winkel dieser Stadt absuchen, selbst draußen vor den Toren, und wir kommen nicht ohne dieses Luder zurück.« Conrad fuhr sich mit der Hand über die Augen. »Und du ruhst dich aus, Endlin, nicht dass du mir noch krank wirst.« Er bemühte sich um ein Lächeln, doch mehr als ein schmerzhaftes Verziehen der Mundwinkel kam nicht zustande. Die Sache war ernst, bitterernst.

✳✳✳

Am späten Nachmittag kehrten Wicca und Barbel beinahe gleichzeitig zurück. Um nicht tatenlos herumzusitzen und Trübsal zu blasen, begannen die beiden Frauen mit dem Richten des Nachtmahls. Insgeheim hofften sie, dass Ritter Conrad und Ursus mit ihrer Suche mehr Glück gehabt hatten.

Als der Hund zu bellen begann und jemand gegen das Tor polterte, zuckten die beiden erschrocken zusammen. Wie geprügelte Hunde schlichen sie nach draußen. Das Tor öffneten sie erst nur eine Handbreit.

»Was wollt ihr?«, fragte Wicca mit vor Angst geweiteten Augen, wobei ihre Hände zitterten.

Dieses Mal stand der Schultheiß sogar mit vier Bütteln vor dem Tor. Als er hörte, dass Ritter Conrad nicht zu Hause war, atmete er erleichtert auf.

»Wir führen ein Schreiben mit uns, das uns berechtigt, die Herrin Endlin von Liebenfels abzuholen«, sprach der städtische Gesandte mit lauter Stimme, wobei er den Rücken durchstreckte und jedes Wort genüsslich auf der Zunge rollte.

»Die Herrin?«, japste Wicca empört. »Das geht nicht, der Herr ist nicht da.«

»Das spielt keine Rolle. Aus dem Weg, Frau!« Der Schultheiß schob die Köchin hart zur Seite und betrat mit seinen Männern im Schlepptau den Innenhof. Augenblicklich begann der Hund zu bellen. Die Zähne fletschend zerrte er an seiner Kette. »Ihr beide bleibt bei den Frauen, nicht dass sie mir die Verdächtige noch warnen und sie einen Fluchtversuch unternimmt«, wandte er sich an zwei der Büttel.

»Warum wollt Ihr die Herrin mitnehmen? Sie ist doch unschuldig«, rief Wicca dem Schultheißen verzweifelt nach, der bereits mit seinen Männern ins Haus stürmte.

»Man hat Agnes vor wenigen Stunden tot am Ufer des Sees gefunden«, flüsterte einer der Büttel leise in Richtung der beiden Frauen. Als er das zustimmende Nicken seines Kollegen sah, fuhr er fort: »Der Medicus ist überzeugt, dass auch sie … vergiftet wurde. Sie trug an ihrem Gürtel den haargenau gleichen Beutel, den wir heute Morgen unter der Bettstatt eurer … eurer Herrin gefunden haben.«

»Und weiter?«, drängte Wicca. Das Poltern aus dem Inneren des Hauses verriet, dass der Schultheiß und seine Männer bereits auf dem Rückzug waren.

»Der Beutel enthielt Konfekt, gefüllt mit Arsenik«, fügte der Büttel mit einem verlegenen Achselzucken bei.

Keine Sekunde zu früh schloss der Mann seine Erklärung,

denn der Schultheiß erschien eben unter dem Türsturz. Endlin von Liebenfels' Augen waren vom vielen Weinen rot umrändert, ihr Gesicht aufgequollen. Die beiden Büttel umklammerten die kraftlose Herrin an den Oberarmen. Es war nur zu hoffen, dass niemand sie in dieser widrigen Aufmachung zu Gesicht bekam, ansonsten würden sich die Lästermäuler vor Begeisterung überschlagen.

»Wo bringt ihr sie hin?« Wicca raffte ihren Rock und stellte sich unter Aufbringung all ihren Mutes den Männern in den Weg.

»Sie kommt in den Raueneggturm«, antwortete der Schultheiß bissig, wobei er die Köchin grob aus dem Weg schob. »Richte dies auch Ritter Conrad aus und gib ihm dieses Schreiben. Es trägt die Unterschrift unseres werten Bürgermeisters Brun von Tettikoven.«

Die Männer stießen Endlin ins Innere der auf der Gasse bereitgestellten Kutsche mit den Eisenstäben. Während die Büttel oben auf dem Kutschbock Platz nahmen, stieg der Schultheiß zu seiner Gefangenen ins Innere.

Als das Gefährt die Gasse entlangratterte, schloss Wicca mit zittrigen Fingern das Tor. Lange Zeit stand sie nur so da, den Rücken an das grob gesplitterte Holz gedrückt, die Augen geschlossen. Barbel saß auf der Schwelle des Hauses und weinte, ihr Schluchzen war bestimmt bis auf die Gasse zu hören.

Erst kurz vor Einbruch der Nacht kehrten Ritter Conrad und Ursus zurück. Es hatte wieder zu regnen begonnen. Hart und schwer prasselten die Tropfen auf das Dach.

Es kostete Wicca alle Mühe, die schlechte Nachricht zu überbringen, dass Agnes' lebloser Körper bereits in einer der Kirchen darauf wartete, in geweihter Erde bestattet zu werden.

9. Kapitel

Die nächsten Tage verliefen in schleppender Langsamkeit. Der Regen hielt sich hartnäckig, und in der Nacht wurde es zudem empfindlich kalt. Die Alten sprachen von der jedes Jahr wiederkehrenden Schafskälte, die Konstanz stets im Juni heimsuchte.

Lena ging es körperlich von Tag zu Tag besser, was angesichts der Sorgen doch an ein Wunder grenzte. Die Wehen waren dank dem Kräutersud der Wehmutter nahezu verschwunden. Auch die geschwollenen Beine hatten sich mit den neuen Umschlägen gebessert. Die Angst um Hanna verbarg Lena nach außen geschickt, doch innerlich fand sie keine Ruhe.

Als die bischöflichen Häscher in seine Mühle gekommen waren, hatte Jodok seine Rolle perfekt gespielt. Müller Fronlein hatte Hanna verraten, wie nicht anders zu erwarten gewesen war. Doch Jodok hatte den Männern voller Entrüstung klargemacht, dass er niemals eine entflohene Leibeigene in seinen Dienst genommen hätte, hätte er Kenntnis von ihrem Vorleben gehabt. Seither standen die Häscher des Bischofs nicht mehr am Peterhausertor.

Lena öffnete die kleine Luke der Dachkammer und spähte hinüber zum Stadttor. Inmitten der morgendlichen Dämmerung ließ sich nichts Ungewöhnliches entdecken. Als aus der Küche Stimmen zu ihr hochdrangen, hielt sie es nicht mehr länger aus. Vorsichtig stieg sie die knorrigen Stufen hinunter. Sie schob sich zwei Haarsträhnen zurück in ihren Zopf und strich sich über den Rock, ehe sie die Küche betrat.

»Ich halte die Warterei nicht mehr aus, Jodok«, seufzte sie schwer atmend, als sie sich neben ihrem Gatten an den Morgentisch setzte. »Die Schergen sind nirgends zu sehen, also könnte Klara doch in die Wittengasse gehen und bei den Beginen nach Hanna fragen. Ich muss einfach wissen, ob sie dort ist und wie es ihr geht.«

Der Müller legte seine schwielige Hand auf die seiner Frau

und streichelte sie sachte mit dem Daumen. »Bischof Rudolf ist nicht zu trauen, Lena, das müsstest du doch auch wissen«, raunte er ihr leise zu. »Was, wenn die Söldner nur den Standort geändert haben, um vor dem Regen geschützt zu sein?«

Lena versuchte erst gar nicht, die Tränen zurückzuhalten. Dicke Tropfen kullerten ihr über die Wangen, während sie mit den Händen nervös in den Falten ihres Rockes nestelte.

Die beiden Gesellen duckten sich über ihre Schüsseln mit Getreidebrei, den Klara an diesem Morgen mit Kirschen verfeinert hatte. Jodok griff sich ein Messer und strich sich etwas des guten Schmalzes auf das Roggenbrot, ehe er sich das letzte Stück Schinken angelte.

»Aber die Schergen haben dir doch geglaubt«, schnupfte Lena, wobei sie das Brot zur Seite schob. »Sie kommen ganz bestimmt nicht mehr.«

»Es ist trotzdem zu gefährlich«, fuhr Jodok fort. »Fronlein wird vielleicht Ruhe geben, zumal er ja bereits alles ausgeplaudert hat, doch dem Bleichgesichtigen traue ich nicht. Er weiß womöglich mehr, als uns lieb sein kann. Zudem traue ich dem Kerl zu, dass er auch jetzt hinter einem Busch hockt und jeden unserer Schritte beobachtet.«

»Der Bleichgesichtige wird sich hüten, etwas auszuplaudern«, sagte einer der Gesellen, wobei er seinem Kollegen in die Seite puffte.

»Warum?« Jodok drehte verwundert den Kopf in Richtung der beiden Gesellen.

»Zwei ausgefallene Zähne sollten ihm eigentlich eine Lehre sein, das Maul zu halten.« Beide grinsten sie über das ganze Gesicht.

Lena wusste sehr wohl, warum der Bleichgesichtige noch bleicher über die Brücke schlich und warum er seit Tagen ein blaues Auge trug. Auch auf der Bettstatt liegend bekam man so manches mit, besonders wenn man eine Magd wie Klara im Haushalt hatte, die hinter jedes Geheimnis kam.

»Ach Jodok, ich halte diese Ungewissheit nicht mehr länger aus«, machte sie einen weiteren Vorstoß, dieses Mal nicht mehr weinerlich, sondern mit ungewohnt heftiger Stimme. »Wir wissen ja nicht einmal, ob Hanna wirklich am Beginenhof ist. Peter hat nicht gesehen, wie sie dort ankam, niemand hat sie gesehen.«

Peter, der Geselle, zuckte entschuldigend mit den Achseln. »Ich hatte alle Hände voll zu tun, die Aufmerksamkeit der Schergen auf mich zu lenken, und dies war kein –«

»Ist in Ordnung«, fiel ihm Jodok ins Wort. »Ohne dich hätten sie Hanna noch auf dem Fischmarkt aufgegriffen, und dann wären wir alle nicht so glimpflich davongekommen.«

Peter umklammerte den Löffel mit geschlossener Faust und nickte trotzig.

»Wo ist eigentlich Klara?«, fragte Jodok, wobei er sich die Krümel aus dem Gesicht strich. »Ich hätte gerne mehr des guten Schinkens. Soviel ich weiß, hängt unten im Keller noch eine weitere Keule.«

»Haben sie zuletzt gesehen, als sie den Morgentisch richtete«, bemerkten die Gesellen beinahe gleichzeitig.

»Das Mädchen ist auch nie zur Stelle, wenn man sie braucht.« Jodok griff sich den Krug mit dem verdünnten Wein und schenkte sich und seinen Gesellen nach.

»Sie macht ihre Sache gut, sie ist ja noch ein halbes Kind«, verteidigte Lena das junge Mädchen. »Ich hole dir etwas Schinken. Nicht dass du mir noch verhungerst.«

»Bleib sitzen!«, knurrte Jodok. »Der Appetit ist mir vergangen. Zudem wartet drüben eine Menge Arbeit auf uns.«

Ob des rauen Tons liefen Lena erneut Tränen über die Wangen. Sie barg ihr Gesicht in den Händen und weinte. Ihre Schultern zuckten.

»Gut, aber Peter wird Klara begleiten«, lenkte Jodok beim Anblick seiner Gattin zerknirscht ein. »Ihr könntet vorgeben, Almosen ins Schwesternhaus zu bringen.«

Peter nickte hastig.

»Ach Jodok, ich hab doch gewusst, dass du das Herz auf dem rechten Fleck hast.« Lena umarmte ihren Gatten so ungestüm, dass dieser verlegen in die Runde blickte. Sein stoppeliges Gesicht wirkte mit einem Mal noch röter. »Schließlich beschenken wir das bischöfliche Maria-Magdalena-Spital auch regelmäßig mit Almosen, warum nicht für einmal auch die Beginen!«

In diesem Augenblick schwang die Tür auf, und Klara platzte in die Küche. Ihre Wangen glühten, ihr Atem ging keuchend, zudem klebte ihr das Kopftuch patschnass auf den Haaren.

»Wo warst du?«, fragte Lena besorgt und entsetzt zugleich, wobei sie Jodok hastig einen Kuss des Dankes auf die Wange drückte.

»Drüben bei Jerg.« Klara schüttelte den nassen Umhang, ehe sie ihn an den Nagel neben der Tür hängte.

»Was rennst du hinüber zum Torwächter, anstatt hier in der Küche zu stehen?«, donnerte Jodoks Stimme durch das Haus. Seine Verlegenheit hatte sich schlagartig gelegt, zurück war die alte Strenge, die er vor seinen Gesellen stets zur Schau trug. »Habe ich nicht gesagt, dass wir uns still verhalten sollen?«

»Sei nicht so streng mit ihr«, sagte Lena lächelnd.

Jodok schnaubte. Er hob die Hände und gab sich geschlagen. »Dann mach dich wenigstens jetzt nützlich und geh mit Peter zu den Beginen. Du wirst dich dort nach Hanna erkundigen.« Seine Stimme klang zwar noch rau, doch der harte Ton legte sich bereits.

»Hoffentlich kommen die Franziskaner nicht so oft zu den Frauen. Ich hab auf dem Markt gehört, dass sie ihnen die Beichte abnehmen.« Lena seufzte.

»Hanna ist schlau wie der Fuchs, der Elses Hühner holt«, grinste Klara. »Die lässt sich nicht erwischen.«

Da sich Jodoks Brauen wieder hoben, drehte sie sich hastig um und rührte in einer der Pfannen.

Nebelschwaden krochen den Seerhein hoch und umgarnten die Brücke wie Gespenster aus einer fernen Zeit. Gebückt liefen die beiden Gestalten der Mühle entgegen. Den Mehlsack umwickelte der Geselle vorsorglich mit einem dicken Leder gegen die Feuchte, ehe er das schwere Ding über die Schulter schwang.

An diesem nasskalten Morgen suchte niemand das Petershausertor auf, sodass sich Jerg in seine Stube zurückgezogen hatte und die beiden mit einem verschwörerischen Lächeln vorbeiwinkte. An einer Ecke stand eine alte Hübschlerin, erkennbar an ihrem gelben Band, das sie um den rechten Oberarm trug. Doch ansonsten färbte der Regen alles grau in grau.

Auf dem nahezu leeren Fischmarkt suchte eine Handvoll Almosenheischer unter dem Erker eines der Häuser Schutz vor der Nässe. Das Rathaus schien heute geschlossen. Hinter den Fenstern rührte sich jedenfalls nichts. Als Peter und Klara in die Wittengasse einbogen, blieben sie kurz stehen. Der Geselle verlagerte den Mehlsack auf die andere Schulter, während er so beiläufig wie möglich nach allen Richtungen Ausschau hielt.

»Siehst du was?«, wisperte Klara neugierig. Um etliche Köpfe kleiner als der Geselle sah sie kaum weiter als bis zur nächsten Ecke.

»Scheint uns niemand gefolgt zu sein«, meinte Peter. »Also gehen wir weiter. Aber langsam, nicht dass es auffällt.« Peter wies mit dem Kinn hinauf in die Erker. »Auch wenn sich die noblen Damen hinter dichten Vorhängen verstecken, werfen sie gewiss neugierige Blicke auf die Gasse.«

Allmählich kroch der Nebel auch in die Stadt und machte die Feuchte doppelt unangenehm. Als die marode Mauer des Beginenhauses vor ihnen auftauchte, verlangsamten sie ihre Schritte. Auf Peters Klopfen am Holztor regte sich erst nichts. Es dauerte eine Ewigkeit, bis die Luke sich öffnete.

»Wir bringen Mehl für die Küche«, sprach Peter so laut, dass sich Klara schon fragte, ob die Begine womöglich taub war. »Ein Geschenk vom Müller Jodok«, fügte er mit freundlichem Lächeln bei, wobei er sich mit einer Hand über das nasse Gesicht fuhr.

»Hört die Alte nichts?«, fragte Klara erstaunt, als die Luke zuschlug.

»Das vielleicht auch, aber sollte sich doch irgendwo ein Lauscher befinden, weiß er jetzt, warum wir hier sind. Das wird seine Neugier hoffentlich befriedigen.«

Als sich das Tor öffnete, hatte sich die alte Begine bereits einen Handkarren besorgt. »Legt den Sack hier ab. Mannsbilder sind hier nicht gern gesehen«, fügte sie harsch bei, als Peter den Sack auf die kleine Ladefläche hievte. »Sagt dem Müller Jodok ›Vergelt's Gott‹.«

»Warte, ich helfe dir mit dem schweren Sack«, drängte sich Klara vor den Gesellen, da sie befürchtete, dass die alte Begine jeden Augenblick das Tor wieder schließen würde. »Ich bin Jodoks Magd und … würde Gisela gerne einen Besuch abstatten.«

»Warum?« Die Frage der alten Schwester war getragen von Skepsis und Verwunderung gleichermaßen. »Der Müller hat sich doch noch nie um das Befinden seiner Schwester bemüht. Warum jetzt?«

»Weil mich die Lena schickt«, erwiderte Klara hastig. »Die Lena ist doch guter Hoffnung, und ich soll Gisela hierzu um Rat fragen.«

Die Begine überlegte kurz, winkte das Mädchen dann aber herein, ehe sie den Gesellen nach draußen scheuchte. »Da wird sich die Gisela aber freuen«, plapperte die alte Frau nun, wobei sie den Riegel vorlegte.

Die kleine Handkarre quietschte unter der Last des Mehlsackes, als er von den beiden Frauen holpernd über den aufgeweichten Boden gezogen wurde.

»Der Regen tut gut, die Kälte nicht. Die armen Blumen erfrieren, und das im Sommer.« Die Begine wies mit dem Kinn auf die armselig wirkenden Blumenköpfe.

Klara bemühte sich um ein Lächeln. Irgendwie erinnerte sie die Alte an Else. Zu ihrer Schande musste sie sich eingestehen, dass sie seit Tagen nicht mehr an ihre Muhme gedacht hatte. Wie es ihr wohl im Heiliggeistspital erging? Vielleicht wusste Gisela Neuigkeiten, denn wie sie von Lena wusste, boten die Beginen nicht nur im Leprosenhaus draußen vor der Stadt ihre Hilfe an, auch das Heiliggeistspital wurde regelmäßig von ihnen betreut.

»Dort drüben ist die Küchenstube.« Die Begine zeigte mit zittriger Hand auf eine der Hütten, die dem Hof angebaut waren.

»Geh ruhig ins Trockene«, zwinkerte Klara der alten Frau zu. »Bis zur Küchenstube schaffe ich es schon allein, sonst siehst du bald nicht besser aus als die Blumen.«

Als Beweis griff sich Klara die Deichsel mit beiden Händen und zog den Karren mit einem Ruck in Richtung der Küchenstube. Die Schwester drehte sich um und watschelte mit hinkendem Gang auf die massive Holztür des Haupthauses zu, hinter der sie wenig später verschwand.

Die Tür zur Küchenstube war nur angelehnt. Klara zog den Karren unter das kleine Vordach und rief beherzt nach Gisela.

»Barmherziger Gott, wer bist du denn? Und wie siehst du aus?« Gisela schlug die Hände über dem Kopf zusammen und zog das durchnässte Mädchen in die Wärme der Küchenstube.

»Wir müssen auch das Mehl hereinholen. Bestimmt bilden sich schon Klumpen.« Klara zeigte mit vorgestrecktem Arm auf den Mehlsack. »Sag es bitte nicht Jodok.«

»Du kommst von Jodok?«, fragte Gisela ungläubig, wobei sie sich den schweren Sack angelte und in die Küche zog. »Warum schickt man dich bei diesem Wetter nach draußen?«

Das Herdfeuer erfüllte den kleinen Raum nicht nur mit flackerndem Licht, auch die Kälte hielt es fern. Verlegen schaute sich Klara um, doch von Hanna war nichts zu sehen. »Ist die Hanna nicht hier?«, fragte sie leise, wobei sie die Arme um ihren mageren Körper schlug.

»Dachte ich mir doch, dass du deswegen kommst«, lachte Gisela. »Hanna geht es gut, sei unbesorgt.« Sie griff sich Klaras patschnasses Kopftuch und legte es über die Eisenhalterung an der Wand. »Sie ist drüben in der Siechenstube.«

»In der Siechenstube? Aber ich dachte, es geht ihr gut?« Klara hustete.

»Ihr geht es sehr gut, bei dir bin ich mir allerdings nicht sicher. Setz dich hin und wärm dich. Du zitterst ja am ganzen Leib.«

Klara setzte sich auf einen der Hocker an den Tisch und stopfte sich die Hände zwischen ihre Beine.

»Eigentlich sollte Hanna längst zurück sein, hab also ein

wenig Geduld«, fuhr Gisela fort. »Koste solange das herrliche Bier, das die Barfüßer letzte Woche gebraut haben. Ich mach es dir warm, dann wärmt es deine Glieder.«

»Kommen die Franziskaner noch immer zu euch? Lena hatte Sorge deswegen.« Klara blickte sehnsüchtig auf den Becher Bier, den Gisela eben in einen Topf mit heißem Wasser stellte.

»Richte meiner Bruderfrau aus, dass Bruder Ludgers Interesse einzig und allein unserem Seelenheil gilt und nicht einer Magd, die sich vor Bischof Rudolf versteckt.« Gisela lachte. »Allerdings braucht man es ihm ja auch nicht unbedingt auf die Nase zu binden. Die Franziskaner sollten lieber etwas zum Aufbau unserer Kapelle beisteuern. Die Löcher in der Fassade werden von Tag zu Tag mehr, bald werden wir den Namen ›Maria zur Linde‹ ändern müssen in ›Maria zur Höhle‹.«

In diesem Augenblick ging die Tür auf, und begleitet von einem Schwall Feuchte betrat Hanna die Küchenstube. Sie schüttelte ihre Haare, während sie einen Schritt auf das Feuer zumachte. Als sie Klara auf einem der Hocker bemerkte, stieß sie vor Freude einen Schrei aus.

»Also hat Lena dich wirklich in ihren Dienst genommen«, gluckste Hanna, nachdem sie das Mädchen vor Freude umarmt hatte. »Doch sag, wie geht es ihr?«, fügte sie mit besorgter Miene bei. »Ich hoffe doch sehr, dass du dich bemühst, ihr alle Arbeiten abzunehmen. Du wirst es nirgendwo besser haben als in Jodoks Haus.« Sie griff sich den warmen Becher mit Bier und schob ihn Klara hin.

»Der Lena geht es wieder besser, aber sie macht sich große Sorgen«, erwiderte das Mädchen, ehe sie einen großen Schluck nahm. Das Bier schmeckte köstlich, wie man ihrem Schmatzen entnahm.

»Sie braucht sich keine Sorgen um mich zu machen, sag ihr das. Gisela wacht wie eine Glucke über mich.« Hanna grinste in Richtung der Begine. »Und nun erzähl, was gibt es Neues von Bischof Rudolf? Hier drinnen hört man zwar viel und doch nichts Genaues.«

»Wir denken, dass der Bischof seine Söldner abgezogen hat. Bis vor wenigen Tagen standen seine Reisläufer immer am Petershausertor. Allerdings ...« Klara senkte die Stimme und neigte sich näher zu Hanna. »Allerdings habe ich gestern auf dem Markt gehört, dass er auf den Märkten noch immer nach dir fragen lässt. Lena und Jodok habe ich davon nichts gesagt, sie sorgen sich ohnehin schon genug.«

Hanna nickte nachdenklich. So in etwa hatte sie es sich auch gedacht. »Und dir ist niemand gefolgt?«, fragte sie besorgt.

Klara schüttelte so vehement den Kopf, dass die Wassertropfen in alle Richtungen flogen.

»Und was ist mit Endlin von Liebenfels? Einige der Schwestern haben seltsame Schauergeschichten aufgeschnappt. Man soll sie verhaftet haben?« Hanna nahm den Becher mit Bier, den Gisela ihr hinhielt, und trank jetzt ebenfalls einen Schluck.

»Endlin von Liebenfels ist im Raueneggturm, jetzt schon seit sieben Tagen, und das alles nur wegen dieser dummen Agnes«, sprudelte es aus dem Mund des Mädchens. Offenbar zeitigte der Alkohol Wirkung, denn sie plapperte jetzt in einem fort. »Stell dir vor, die dumme Kuh hat doch vor Gericht tatsächlich behauptet, dass die Herrin Endlin den Ratsherrn Walter von Roggwil vergiftet hat. Sie ließ die Ratsherren glauben, dass das Gift nur im Schlummertrunk gewesen sein kann, den sie dem Ratsherrn im Namen der Herrin an jenem Abend nach dem Festmahl gegeben hat.«

»Und die Ratsherren glaubten ihr?« Hanna konnte es nicht fassen. »Die Agnes ist eine Magd und die Herrin Endlin die Frau eines angesehenen Ritters. Ihr Wort wiegt doch wohl mehr als das einer Magd.«

Klara seufzte. »Ins Kreuzverhör hätten sie die dumme Gans nehmen sollen, dann hätte sich bestimmt alles als Lüge herausgestellt, hat der Jodok gesagt. Aber das geht ja jetzt nicht mehr.«

»Warum?«

»Die Agnes ist tot. Der Fährmann hat sie am Ufer des Rheins gefunden, vergiftet. Am Gürtel trug sie das gleiche Leinensäckchen, das man auch unter der Bettstatt der Herrin Endlin gefunden hat, vollgestopft mit Arsenik.« Klara seufzte abermals.

»Und was sagt Ritter Conrad dazu? Er wird den Ratsherren doch wohl klargemacht haben, dass Agnes gelogen hat. Das Säckchen kann sie weiß Gott woher haben.«

Hannas Entrüstung brachte Klara zum Lachen. »Du hättest das wohl besser gekonnt als der Ritter. Der hat anfänglich zwar Zeter und Mordio geschrien, doch seit sie den toten Hund in der Abortgrube gefunden haben, besäuft er sich nur noch, das hat uns Ursus erzählt, und der muss es ja wissen.« Klara hielt Gisela den leeren Becher abermals hin. »Keine Angst, ich find den Heimweg schon noch«, lachte sie spitzbübisch.

»Was für einen toten Hund?«, hakte Hanna nach.

»Ja, das ist eine seltsame Sache. Die Herrin Endlin beteuerte, dass ihr der Hund entlaufen sei, doch als man seinen Kadaver in der Abortgrube fand, hat die Witwe … wie hieß sie doch noch … ah jetzt fällt's mir wieder ein … hat die Witwe Blarer dem Ritter Conrad erzählt, dass sie den vergifteten Hund im Hof gefunden habe, zusammen mit Endlin von Liebenfels, und dass sie den Hund gemeinsam in die Abortgrube geworfen hätten.« Klara nickte bekräftigend.

»Dann glaubt der Ritter also an die Schuld seiner Gemahlin? Erst den Ratsherrn, dann den Hund und womöglich auch die Agnes vergiftet zu haben?« Hanna kratzte sich nachdenklich an der Nase. »Aber warum? Das Ganze ergibt doch keinen Sinn.«

Klara zuckte mit den Schultern. »Leider hat auch Barbel gesehen, dass die Herrin vorher mit einem Krug aus dem Keller kam.«

»Das muss doch noch nichts bedeuten«, mischte sich Gisela in die Unterhaltung ein. »Vielleicht ging in der Essstube der Wein aus, und die Herrin Endlin holte den Wein selber. Vielleicht wollte sie dem Männergeschwätz auch einfach für eine Weile entkommen, verübeln könnte man es ihr nicht. Mannsbilder und Wein vertragen sich nur schlecht.«

»Du kennst dich da aus, nehme ich an?«, fragte Hanna augenzwinkernd.

»Tatsache ist, die Agnes ist tot und kann nichts mehr sagen«, kam Gisela einer weiteren Bemerkung Hannas zuvor. »Warum geht die Verhandlung denn nicht weiter? Haben die Ratsherren vielleicht doch Zweifel?«

Klara hob hilflos ihre Hände. »Zweifel vielleicht, aber der Medicus, der die Herrin Endlin jeden Tag besucht, ließ verlauten, dass sie guter Hoffnung sei, und somit darf der Rat kein Urteil fällen. Erst wenn das Kind geboren ist, werden sie wohl –«

»Sie wollen die Herrin Endlin so lange im Raueneggturm belassen?«, empörte sich Hanna. »Das wird sie nie überleben. Dort sterben selbst hartgesottene Meuchelmörder wie Fliegen über dem Feuer.«

»Die Herrin Endlin ist nicht bei den Meuchlern, sie ist oben unter dem Turm«, stellte Klara klar. »Ritter Conrad hat die Wächter bestochen, sagt Ursus.« Das Mädchen stellte den Becher auf den Tisch zurück und rülpste.

»Was kaum besser sein dürfte«, brummte Hanna. »Dort oben zieht es bestimmt durch die Ritzen. Nicht auszudenken, wenn die Winterstürme über das Land fegen.«

»Ursus lässt dich übrigens grüßen.« Klara rülpste abermals, wobei sie verlegen eine Hand vor den Mund hielt und zu Gisela hinüberschielte.

Hanna tat, als hätte sie Klaras Worte nicht gehört. Als diese abermals von Ursus berichten wollte, winkte sie allerdings energisch ab, sprang auf und lief wie ein eingesperrtes Tier von einer Wand zur anderen.

Im Haus der Beginen legte zwar niemand das Gelübde der Keuschheit ab, doch hielt man sich streng an die Vorschriften von Armut und Gehorsam. Sollte die Meisterin erfahren, dass Hanna eine Liebelei unterhielt, würde sie das Haus mit Sicherheit noch heute verlassen müssen.

»Geben sie dir auch genügend zu essen, mein Bruder und Lena?«, wechselte Gisela das Thema, zumal ihr die Erschrockenheit in Hannas Augen nicht entgangen war. Sie hielt Klara eine Honigschnecke hin.

»Ja, ja.« Das Mädchen nickte hastig.

»Wir haben genug von süßen Köstlichkeiten, iss nur«, lächelte Gisela. »Den Rest bringen wir nachher im Spital vorbei.« Die Begine griff sich einen der Körbe und machte einen Schritt auf die Tür zu. »Ich werde kurz hinüber zur Siechenstube gehen. Ihr habt bestimmt eine Menge zu bereden.«

Hanna nickte. Als die Tür zuschlug, drückte sie Klaras Arm so fest, dass diese aufschrie.

»Und warum bemüht sich Ursus nicht darum, dass sein Herr der Sache auf den Grund geht, statt mir Grüße auszurichten, die hier drinnen völlig fehl am Platze sind?«, fragte sie wütend.

»Vielleicht getraut er sich nicht?«, meinte Klara zögerlich. »Ritter Conrad soll die letzten Tage richtig bärbeißig gewesen sein, man erkennt ihn kaum wieder.«

Klaras Mitgefühl für Ursus in allen Ehren, doch so konnte und durfte es nicht weitergehen. Tatenlos zusehen, wie sich sein Herr Tag für Tag besoff, statt der armen Herrin zu helfen.

»Wir müssen Licht in das Dunkel bringen. Auch du, Klara.« Hanna schluckte hart.

»Und wie?«, fragte das Mädchen ungläubig. »Ich bin so froh, dass ich bei Jodok und Lena Unterschlupf gefunden habe. Wenn sie mich rauswerfen, muss ich in die Irrenanstalt, und dort gehe ich niemals hin.«

»Das wirst du auch nicht. Jetzt hör auf zu flennen und hör mir zu. Irgendjemand hier in Konstanz will uns glauben machen, dass Endlin von Liebenfels eine Mörderin ist.« Hanna ließ sich schwer atmend auf einen der Hocker fallen. »Aber warum?«

Sie und Klara drehten erschrocken ihre Köpfe, als Gisela plötzlich wieder mit einem Korb im Arm unter der Tür stand und sich den Regen aus dem Gesicht strich. Augenblicklich erfüllte ein balsamischer Duft die Küche, der von den Kräutern im Korb ausging.

Hanna wandte sich ab und ging auf das Herdfeuer zu. Sie musste Endlin von Liebenfels einfach helfen, allein schon wegen Ursus. Die Herrin hatte ihn nicht nur mit offenen Armen aufgenommen, sie hatte auch dafür gesorgt, dass er eine eigene Kammer bekam. Wenn Ursus seine Arbeit im Hause Liebenfels verlor, sah auch für sie die Zukunft ungewiss aus. Sie starrte so gebannt auf die züngelnden Flammen, dass sie das Gespräch im Hintergrund kaum wahrnahm.

»Warst du die letzte Zeit im Heiliggeistspital?«, wandte sich Klara leise an die Begine.

»Du fragst wegen Else, nicht wahr?« Gisela lächelte dem jungen Mädchen mitfühlend zu. »Ich hab dich nämlich sofort erkannt, kaum kamst du durch die Tür. Ja, deiner Muhme geht es gut. Laufen kann sie noch nicht. Das mit den Krückstöcken will sie nicht versuchen, zu gefährlich, meint sie.«

»Aber sie wird doch wieder?« Die Besorgnis in Klaras Stimme war nicht zu überhören.

»So Gott will, kommt sie wieder auf die Füße. Und du weißt ja, Gott lässt unsereins nicht allein.« Gisela strich dem Mädchen über seinen Wuschelkopf. Die Tränen in Klaras Augen galten der alten Else.

Hanna war Gisela dankbar, dass sie Klara nicht alles erzählte. Die Wunde am Bein der Alten hatte sich entzündet, und wenn Schwester Agrikola nicht bald die richtigen Kräuter fand, würde Else die nächsten Tage nicht überleben. Das Mädchen würde es noch früh genug erfahren.

***

Die folgenden Tage zermarterte sich Hanna das Gehirn, wie sie der Herrin Endlin von Liebenfels helfen konnte, ohne dabei selbst in Gefahr zu geraten. Bischof Rudolfs Suche nach ihr machte ihr zu schaffen, denn ewig würde sie inmitten der Beginen nicht unentdeckt bleiben. Auch wenn die Schwestern bislang keine Fragen stellten – Neugier machte auch vor dieser Mauer nicht halt.

Für Gisela war Hanna in diesen Tagen keine große Hilfe. Zweimal hatte sie, statt Wasser vom Brunnen zu holen, einen Korb Holz in die Küche gebracht, und beim Krautschnippeln schnitt sie sich regelmäßig in den Finger, sodass sie das blutbeschmierte Kraut am Brunnen erneut waschen mussten. Auch wenn Jodoks Schwester sich mit Worten zurückhielt, Hannas Zerstreutheit ärgerte sie sichtlich.

Nun stand der Tag von Mariä Heimsuchung vor der Tür. Die Beginen begannen den Morgen wie immer mit einem Gebet in der kleinen Kapelle ihres Klosters. Guta von Wellershausen saß als Einzige auf einem Stuhl, unmittelbar neben dem Altar, und blickte auf ihre gefalteten Hände. Gekleidet wie alle anderen Beginen mit weißem Gebände, hochgeschlossenem grauem Rock und schwarzem Schleier, wies sie nur das große goldene Kreuz um ihren Hals als Meisterin aus.

»Bitte, Schwestern, bleibt noch einen Augenblick in der Kapelle«, sprach sie mit altersbrüchiger Stimme über die gesenkten Köpfe ihrer Mitschwestern hinweg. »Wir wollen an diesem ganz besonderen Tag unserer Gottesmutter gedenken und zusätzlich zehn Ave-Maria beten.«

Einige der jüngeren Schwestern begannen unruhig auf ihren Plätzen hin und her zu rutschen. Nicht allen behagten die langen Gebetsstunden in diesem zugigen Gotteshaus. Viele der Schwestern nutzten ihre außerhäuslichen Tätigkeiten, um sich davor zu drücken. Zwar musste jede der Schwestern versichern, sich auch außerhalb des Beginenhofes dem Gebet zu widmen, doch kontrollierte dies niemand. Wer schaute schon nach, ob beim Unkrautjäten oder beim Stallmisten wirklich die Hände sieben Mal am Tag gefaltet wurden? Hauptsache, am Abend war die Arbeit getan.

Als das ersehnte Amen gemurmelt wurde, erhob Guta von Wellershausen erneut ihre Stimme.

»Heute werden wir Besuch erhalten. Gegen Mittag wird ein Gast unser Haus beehren, der nicht erkannt werden will.« Sie versuchte, der Neugier in den Augen der Frauen mit strengem Blick beizukommen. »Ich denke, wir sind uns alle einig, dass daher der Innenhof zu dieser Zeit zu meiden ist. Wir wollen den Wunsch des Gastes respektieren und keine unnötigen Fragen stellen.«

Allgemeines Gemurmel machte die Runde. Guta von Wellershausen ließ die Frauen einen Moment gewähren, ehe sie mit energischer Hand zum Schweigen mahnte. »Tratsch und Müßiggang haben hier bei uns am Beginenhof nichts zu suchen. Also macht euch an die Arbeit!«

Widerwillig senkten die Schwestern ihre Köpfe. Die Meisterin schnitt selten einen scharfen Ton an, umso neugieriger sahen sie dem Mittag entgegen. Auch wenn sie nicht auf den Innenhof durften, gelang von einem der Fenster aus vielleicht doch der eine oder andere Blick auf den sonderbaren Gast.

»Weißt du, wen wir erwarten?«, fragte Hanna voller Ungeduld, als sie zusammen mit Gisela auf die Küchenstube zuging. »Womöglich eine reiche Witwe? Oder gar eine noble Tochter?«, fügte sie grinsend hinzu. »Dann hättet ihr auch bald genügend Geld, um das Haus zu reparieren.«

»Die Geschlechterliste in Konstanz ist lang, und nicht alle können ihre Töchter an den Mann bringen, da hast du schon recht. Allerdings bezweifle ich, dass es eine noble Tochter bei uns lange aushalten würde«, sinnierte Gisela mit faltendurchzogener Stirn. »Da wäre ihr nämlich mit den Beginen bei Sankt Paul besser gedient. Hier bei uns hätte sie schon nach kurzer Zeit Schwielen an den Händen.« Gisela lachte und zeigte ihre von der Arbeit gezeichneten Hände.

»Merkwürdig ist es allerdings schon«, bemerkte Hanna. »Mich würde interessieren, warum die Meisterin ein solches Geheimnis um den Gast macht.«

Die folgenden Stunden zogen sich mit einer Langsamkeit in die Länge, die an den Nerven zerrte. Als gegen Mittag endlich die Kutsche in den Innenhof fuhr, widersetzten sich Gisela und Hanna der Weisung der Meisterin und spähten durch das kleine Fenster der Küchenstube. Auch oben an den Fenstern des Schlafsaales waren schemenhafte Gestalten zu erkennen.

Dem Gefährt entstieg erst eine dürre, ältere Frau, die das marode Gebäude mit einem tadelnden Blick strafte. Sie drängte den Kutscher zur Seite und hielt den Verschlag eigenhändig auf, während sie sich den Staub aus dem Rock klopfte. Die zweite

Frau, deutlich kleiner und rundlicher, hielt den Kopf gesenkt. Guta von Wellershausen, die mit ungewohnt schnellem Schritt herbeieilte, begrüßte ihre Gäste leise, ehe sie die beiden Frauen ins Innere des Hauses führte. In aller Eile hatte man nach der Messe eine Kammer unter dem Dach für den Besuch hergerichtet.

»Viel hat man ja nicht gesehen«, sagte Hanna enttäuscht.

Auch Gisela hatte die Frauen nicht erkannt. Ihre Identität blieb vorerst ein Rätsel. Auch während des Nachtmahls zeigte sich der Besuch nicht. Die Gerüchteküche brodelte.

Als sich die Nacht allmählich über das Beginenhaus legte, fand manche der Schwestern keinen Schlaf. Bei den Beginen schliefen nur die älteren Frauen in eigenen Kammern. Die jüngeren mussten sich mit einer Bettstatt im großen Schlafsaal begnügen. Die Aufregung im Nacken, wälzten sie sich auf ihren Strohmatten hin und her. Erst weit nach Mitternacht kehrte in der Wittengasse Ruhe ein.

Die Aufregung war auch an Hanna nicht spurlos vorübergegangen. Sie schlief zusammen mit Gisela in einer kleinen Kammer hinter der Küchenstube, denn als Köchin war Jodoks Schwester dafür verantwortlich, dass die Glut im Herd nie ausging. Feuersteine waren teuer, und Meisterin Guta versuchte alles, um nicht auf die eisernen Reserven zurückgreifen zu müssen.

Nun meldete sich bereits zum zweiten Mal in dieser Nacht Hannas Blase mit unerbittlichem Druck. Der Nachttopf stand nahe am Fenster, sodass ihr ein Blick auf den Sternenhimmel vergönnt war. So viele glitzernde Sterne hatte sie schon lange nicht mehr am schwarzen Nachthimmel gezählt – morgen würde es keinen Regen geben.

Sie wollte sich bereits abwenden, als sie den Lichtschein an einem der Fenster bemerkte. Das Licht kam zweifellos von einer Kerze, und das Flackern verriet, dass ihre Trägerin in Aufregung war. Der Schlafsaal der jungen Schwestern lag keinen Steinwurf davon entfernt in rabenschwarzer Dunkelheit. Mit einem Blick auf die tief und fest schlafende Gisela griff sich Hanna ihren

Umhang. Die Nächte waren noch immer unnatürlich kühl, daran änderte auch der Beginn des Heumonats nichts.

Leise öffnete Hanna die Tür der Küchenstube und schlüpfte hinaus in den Innenhof. Der Mond stand als helle Scheibe am Himmel und warf gespenstige Schatten an die Fassade des großen Hauses. Für einen kurzen Augenblick zauderte sie. Was, wenn die Meisterin sie entdeckte? Neugier war am Beginenhof verpönt und wurde hart geahndet.

Hanna schluckte ihre Bedenken hinunter. Neugier war nun mal eine ihrer Untugenden. Eng an die Mauer geduckt, lief sie auf das Haupthaus zu. Das Knarren der alten Holztür hörte sich in der Stille der Nacht noch lauter an. Leise stieg sie die Treppenstufen hoch. Von irgendwoher drangen Stimmen an ihre Ohren, eindringlich und aufgeregt. Als die Tür zum Schlafsaal aufschwang, drückte sich Hanna erschrocken in eine der dunklen Nischen.

»Wir bringen sie in die kleine Kammer neben der Bibliothek«, sagte Guta von Wellershausen mit heiserer Stimme, wobei sie die Kerze wie eine Trophäe vor der Brust hielt. »Und du, Ottilia, sorgst dafür, dass die Schwestern wieder zur Ruhe kommen und dass niemand ein Wort über diesen Vorfall verliert. Nicht dass unser Gast davon erfährt.«

Guta von Wellershausen ging mit erhobenem Haupt hinter zwei stattlichen Beginen her, die eine unverkennbar verwirrte Gestalt in ihrer Mitte stützten. Die Frau jammerte und schrie in einem fort, während sie versuchte, sich mit wildem Gestrampel zu befreien. Als der Lichtkegel auf das Gesicht der Gepeinigten fiel, erkannte Hanna die junge Schwester Luzia.

»Ich sperre die Tür hinter ihr ab!« Guta von Wellershausen atmete erleichtert auf, als die beiden Beginen wieder unter dem Türrahmen erschienen. »Und jetzt geht zurück in die Schlafstube. Ich will kein unnötiges Getratsche hören, habt ihr mich verstanden?«

Sie drückte einer der Schwestern den Schlüssel in die Hand, ehe sie auf dem Absatz kehrtmachte und zu Hannas Erleichterung die hintere Stiege nach unten nahm. Die Wohnung der

Meisterin befand sich unmittelbar neben der Eingangspforte, sodass sie stets ein Auge darauf hatte, wer das Haus verließ. Hanna ahnte, dass es kein leichtes Unterfangen sein würde, ungesehen zurück in die Küchenstube zu gelangen. Sie wartete, den Rücken an die Wand gedrückt.

Auf Zehenspitzen schlich Hanna schließlich auf die kleine Kammer zu, hinter welcher man Schwester Luzia eingesperrt hatte. Wimmern und ein herzergreifendes Schluchzen verrieten, dass sich die junge Frau in der Einsamkeit der Kammer alles andere als wohlfühlte. Was nur hatte Schwester Luzia verbrochen, dass sie so bestraft wurde?

Hanna versuchte, die Klinke zu drücken, ohne Erfolg. Die Tür war fest verschlossen. Mit einem mulmigen Gefühl drehte sie sich um und rannte auf die Treppe zu. Auf Zehenspitzen stieg sie die Stufen hinab. Vor der Wohnung der Meisterin blieb sie stehen und horchte in die Stille, ehe sie mit klopfendem Herzen zurück in die Küchenstube eilte.

Es ging nicht alles mit rechten Dingen zu am Beginenhof, davon war Hanna überzeugt. Irgendwas spielte sich mit unerschütterlicher Regelmäßigkeit im Schlaftrakt ab, denn es war nicht das erste Mal, dass sie den Lichtkegel bemerkt hatte. Sie war kaum zwei Tage hier gewesen, da sah sie das flackernde Licht zum ersten Mal. Als sie Gisela darauf ansprach, hatte diese das Ganze als Einbildung abgetan. Hanna beschloss, das Erlebte auch dieses Mal vorerst für sich zu behalten.

10. Kapitel

Anderntags war Gisela schlechter Laune. Nicht nur, dass die Gäste in der Dachkammer das Morgenmahl nicht angerührt hatten – Guta von Wellershausen gab Anweisung, jedem Wunsch der Dame und ihrer Zofe sofort nachzukommen. Als Schwester Ottilia dieses Dekret überbrachte, wagte sie der Küchenschwester kaum ins Gesicht zu sehen.

Gisela schnappte erst nach Luft, ehe sie ihre Wangen aufplusterte, um ihrem Unmut Luft zu machen. »Was bilden sich diese Weibsbilder ein!«, rief sie zornig.

Schwester Ottilia zuckte mit den Schultern, während sie hilfesuchend in Hannas Richtung blickte.

»Bislang hat sich noch niemand über meine Kochkünste beschwert, ganz im Gegenteil. Versuche ich nicht seit Jahren alles, um mit einfachen Mitteln das Unmögliche fertigzubringen?« Gisela griff sich eine der Kellen und schwang sie wütend über ihrem Kopf.

»Ich kann doch auch nichts dafür«, jammerte Schwester Ottilia. »Ich überbringe nur den Wunsch der Meisterin.«

Giselas Pockennarben traten rot hervor. »Und was soll ich den noblen Damen kredenzen? Hat die Meisterin vielleicht einen Vorschlag?«

In diesem Augenblick fielen die Holzscheite im Herd mit einem Krachen in sich zusammen. Beinahe gleichzeitig drehten sich die drei Frauen um und starrten auf die züngelnden Flammen.

»Sie sagte etwas von Braten oder …«, stammelte Ottilia.

Bevor Gisela abermals vor Wut zu schäumen begann, ergriff Hanna hastig das Wort. »Oben in der Räucherkammer hängt noch ein Stück Wildschweinschinken. Wenn die Meisterin Guta damit einverstanden ist, könnte man doch davon ein Stück abschneiden. Mit deiner herrlichen Soße mundet dies bestimmt auch den Damen. Ob nun Schinken oder Braten …«

Doch so leicht ließ sich Gisela nicht besänftigen. Sie warf die Kelle wütend auf den Tisch. »Und zum Abendessen soll ich wohl noch irgendwelche Vögel fangen und sie braten?«, knurrte sie mit zusammengebissenen Zähnen, wobei sie sich mit einem Schnauben auf einem der Hocker niederließ. Die Aufregung war ihr nicht bekommen.

»Vögel nicht, aber Weintrauben möchte unser Gast. Die Meisterin meint, du könntest doch welche auf dem Markt besorgen. Hier sind auch die Pfennige dazu.« Schwester Ottilia legte hastig eine kleine Geldkatze auf den Tisch, ehe sie einen Schritt rückwärts machte. »Wir alle mögen dein Essen, Gisela«, versuchte sie ihre Mitschwester zu besänftigen.

Giselas Knurren hatte längst Resignation Platz gemacht.

»Dann kann ich der Meisterin ausrichten, dass bald Weißbrot und ein saftiges Stück Schinken den Weg zu unserem Gast finden?« Ottilia wagte kaum, ihrer Mitschwester in die Augen zu sehen.

Gisela seufzte. Ihr anschließendes Nicken entlockte Ottilia ein erleichtertes Aufatmen.

»Wie lange gedenkt die Frau denn mit ihrer Zofe hierzubleiben?«, fragte Hanna in die anschließende Stille. »Weiß man das schon?«

»Darüber schweigt die Meisterin.« Schwester Ottilia zupfte sich das Gebände zurecht, ehe sie langsam auf das Fenster zum Hof zuging. »Ich wüsste selbst gerne, wer die Frau ist und was sie hier will.«

»Wollen wir hoffen, dass sie nicht gedenkt, sich uns anzuschließen«, brummte Gisela. »Solche Extrawünsche schätze ich nämlich nicht besonders. Bislang waren wir eine Gemeinschaft. Der Rang einer Einzelnen spielte keine Rolle. Sollte sich daran etwas ändern, droht alles in die Brüche zu gehen.«

»Es muss einen Grund geben, warum Guta von Wellershausen die Frau aufgenommen hat«, sinnierte Ottilia leise vor sich hin. »Soviel ich mitbekommen habe, hat der Kustos der Barfüßer sie uns geschickt. Meisterin Guta hat mir befohlen, Stillschweigen darüber zu bewahren. Offenbar darf niemand wissen, dass die Frau hier ist, und wohl schon gar nicht, dass die Barfüßer ihre Hände im Spiel haben.« Sie drehte sich langsam um und blickte abwechselnd zwischen ihrer Mitschwester und Hanna hin und her. »Ich kann mich doch auf euer Stillschweigen verlassen, oder?«

»Selbstverständlich«, erwiderte Hanna, noch bevor Gisela einen Einwand erheben konnte. »Allerdings frage ich mich, was der Kustos der Barfüßer im Schilde führt.« Ihre Neugier war geweckt.

Gerade als Schwester Ottilia sich zu weiteren Indiskretionen hinreißen lassen wollte, ging die Tür zur Küchenstube auf, und Guta von Wellershausen steckte ihren Kopf herein.

»Habt ihr nichts Besseres zu tun, als hier herumzustehen?«, fragte sie streng, wobei sie Ottilia einen tadelnden Blick zuwarf. »Oben in der Dachkammer wartet man auf das Essen.«

»Straft sie nicht der Faulheit«, kam Gisela ihrer Mitschwester zu Hilfe. »Sie hat nur die Wünsche unseres Gastes überbracht.«

»Dann sorg du dafür, dass es der Frau an nichts mangelt. Die Münzen sollten reichen, die Wünsche des Gastes zu erfüllen.« Guta von Wellershausen wies mit dem Kinn auf die Geldkatze, die unangerührt auf dem Tisch lag. »So, und nun an die Arbeit. Ich will nicht, dass hier Müßiggang Einzug hält.«

Während die Meisterin mit steifem Gang über den Innenhof lief, stieg Hanna auf Geheiß von Gisela hinauf in die Räucherkammer und holte einen Zipfel des Wildschweinschinkens.

»Weißbrot und Weintrauben gibt es allerdings erst, wenn ich auf dem Markt gewesen bin«, gab Gisela Schwester Ottilia mit auf den Weg, als Hanna zurückkehrte. »Vorerst wird unser Gast mit einfachem Roggenbrot vorliebnehmen müssen.«

Ottilia schien erleichtert, die Küchenstube mit mehr als nur Getreidebrei verlassen zu können.

***

Drei Tage später gesellte sich Schwester Luzia wieder zu ihren Mitschwestern an den großen Tisch in der Essstube. Bleich und stiller als sonst löffelte sie den morgendlichen Getreidebrei. Keine der Schwestern verlor ein Wort darüber, warum Luzia die letzten Tage der Tafel ferngeblieben war, alle gaben sich betont normal, fast zu normal, wie Hanna fand.

Es gehörte zu Hannas Pflichten, die Schüsseln der Schwestern zu füllen, doch mit Fragen durfte sie sie nicht drangsalieren. Schwester Luzia schwieg ebenso beharrlich wie die übrigen Frauen.

Im Stillen hoffte Hanna, dass Schwester Gisela in der Küchenstube das Schweigen vielleicht brechen würde. Doch zu ihrem Leidwesen gab sich Gisela während des gemeinsamen Abwasches verschlossener denn je. Kaum fiel der Name der Jungschwester, schüttelte sie nur abweisend den Kopf und schrubbte die Schüsseln noch eine Spur emsiger.

Das Schweigen tat weh, und Hanna fragte sich bereits, ob sie im Beginenhof wirklich willkommen war. Sie schwor sich jedoch, nicht zu ruhen, bis sie hinter Schwester Luzias Geheimnis gekommen war.

Lebendig begraben hinter dicken Klostermauern, davon träumte Hanna nahezu jede Nacht, seit sie bei den Sammlungsschwestern Unterschlupf gefunden hatte. Morgens schob sie diesen Gedanken jedoch beiseite, denn bei den Schwestern aus der Wittengasse handelte es sich um eine Beginengemeinschaft, und niemand wurde zu etwas gezwungen. Die Frauen konnten sich frei in der Stadt bewegen, ganz im Gegensatz zu ihr selbst. Gefangen war hier lediglich sie.

Hanna stöhnte leise auf. Letzte Nacht war der Traum besonders heftig gewesen, was wohl daran lag, dass Gisela ihr in Aussicht gestellt hatte, Schwester Ottilia heute ins Spital zu begleiten. Die Angst vor den Schergen des Bischofs schwelte nun wieder in ihrem Hinterkopf.

Ihr Kummer wurde allerdings bereits zur Mittagszeit in den Hintergrund gedrängt, als eine Kutsche in den Innenhof fuhr. Eine wohlbeleibte, vornehm gekleidete Frau kämpfte sich aus dem Inneren. Sie rümpfte die Nase, ehe sie mit erhobenem Kopf auf das Haupthaus zuschritt. Guta von Wellershausen öffnete ihr höchstpersönlich die Tür. Die Meisterin blickte kurz nach beiden Seiten, ehe sie die Tür mit einem Ruck wieder schloss.

Der sonderbare Besuch brach Giselas Schweigsamkeit. Den Kopf reckend stand sie zusammen mit Hanna am Fenster. »Wer das wohl schon wieder ist?«, knurrte die Küchenschwester, wobei sie den Kopf schüttelte. »Die ganzen letzten Jahre besuchte uns so gut wie niemand und jetzt schon die zweite Kutsche innert kurzer Zeit.«

»Kennst du die Frau?«, fragte Hanna neugierig. »Scheint mir keine verlorene Seele zu sein, die hier Unterschlupf sucht. Dazu ist sie wohl zu alt.«

»Bestimmt nicht«, stimmte Gisela zu. »Schäl du die Rüben fertig, ich gehe schnell hinüber zur Waschstube. Die Schwestern dort wissen meist mehr.«

Gisela trocknete sich die Finger an einem Leinentuch und löste ihre Kochschürze. Sie stopfte die gelösten Haarsträhnen zurück unter das Gebände und verließ eiligst die Küchenstube.

Die beiden Waschschwestern waren dafür bekannt, stets alles zu wissen, und auch dieses Mal hatten sie ihre Mitschwester nicht enttäuscht. Schnell machte das Gerücht die Runde, dass es sich bei der Dame um Augusta Pfefferhard handelte, die Gattin des angesehenen Kaufmanns Johannes von Pfefferhard, eines Mitglieds des Großen Rates. Die Pfefferhards entstammten einem alten Konstanzer Geschlecht, umso erstaunlicher war es, dass eine so noble Dame den Weg in das baufällige Haus der Beginen fand.

Guta von Wellershausen schirmte ihren neuen Gast so von den übrigen Schwestern ab, dass die Gerüchteküche erst recht zu brodeln begann. Als sich auch noch die forschere der beiden Damen aus der Dachkammer zu Augusta Pfefferhard und der Mutter Oberin gesellte, war die Verwirrung komplett. Die Schwestern erhielten die Anweisung, sich nicht im zweiten Stockwerk aufzuhalten und die Unterhaltung unter keinen Umständen zu stören. Auffällig viele der Schwestern zog es daher in den Innenhof, und Schwester Agrikola schmunzelte im Stillen darüber, welche Aufmerksamkeit ihrem kleinen Kräutergarten an diesem Nachmittag zuteilwurde. Zwar sah man von hier aus nur hin und wieder eine der Gestalten am Fenster des zweiten Stockes, doch das heftige Gestikulieren verriet die Spannung, die dort oben herrschte.

Hanna blieb in der Küchenstube. Sie hätte sich gern an den Gesprächen rund um den Kräutergarten beteiligt, doch die Schweigsamkeit der Beginen in Bezug auf Schwester Luzia war ihr eine Lehre gewesen.

Als Schwester Ottilia die Küchenstube betrat, reckten sie und Gisela neugierig die Hälse. Doch auch die zweite Hand von Guta von Wellershausen, wie Ottilia am Beginenhof gern genannt wurde, schien für einmal nicht in die geheimen Angelegenheiten der Gemeinschaft eingeweiht. Diese Tatsache grämte sie selbst mehr, als sie nach außen vorgab.

»Kannst du Hanna heute zum Heiliggeistspital mitnehmen?«, fragte Gisela ihre Mitschwester, während sie eiligst einige Brote, etwas Käse und einen Schmalztiegel in den Leinenbeutel stopfte. »Mit ihrer Fragerei macht sie mich noch ganz verrückt.«

»Kein Wunder, wenn es hier vor Geheimnissen nur so wimmelt«, schmunzelte Hanna. »Man müsste mir nur ein paar Erklärungen geben und –«

»Und nein«, fiel ihr Gisela ins Wort. »Alles zu seiner Zeit. Ich muss allerdings noch schnell hinüber zur Siechenstube.« Sie wischte sich die Hände an ihrem Rock ab und verließ die Küchenstube.

Hanna schenkte sich und Ottilia etwas Milch in einen Becher. Gedankenverloren blickten sie hinaus auf den Hof.

»So, das hat geklappt.« Gisela trat so unverhofft in die Küchenstube, dass Hanna erschrocken zusammenfuhr. »Hab bekommen, was ich wollte« Sie legte zwei Holzkrücken und eine Beginentracht auf den Küchentisch.

»Was willst du damit?«, fragte Hanna lauernd, wobei sich zwischen ihren Augen eine tiefe Falte bildete.

»Die Tracht wird dich als eine der Unseren kennzeichnen, und die Krücken sollen dein Hinken erklären.« Gisela griff sich das graue Gewand mit dem schwarzen Schleier und hielt es Hanna vor den Körper. »Sollte passen.«

»Wem gehört das Gewand?«

»Schwester Agrikola hat mir netterweise ihre zweite Tracht zur Verfügung gestellt, denn die anderen Schwestern konnte ich nur schlecht fragen. Hätten zu viele Fragen gestellt, zumal mittlerweile jeder hier klar sein dürfte, dass du nicht gedenkst, in die Beginengemeinschaft einzutreten. Also sieh zu, dass du ihr Gewand in Ehren hältst.«

Etwas verlegen wanderten Hannas Finger über den groben Wollstoff, der an manchen Stellen bereits ausgebessert worden war und doch nichts von seiner Würde verloren hatte. Den schwarzen Schleier wagte sie erst gar nicht in die Hände zu nehmen. Neue Schwestern trugen im Haus der Sammlungsschwestern weiße Schleier, Schwarz rief Ehrfurcht hervor, zeugte vom inneren Gleichgewicht seiner Trägerin, vom Drang, für ewig der Gemeinschaft anzugehören. Davon war Hanna meilenweit entfernt.

»Keine Angst, allein mit der Tracht bist du noch keine von uns«, lachte Gisela neckisch. »Es sei denn, du entschließt dich, für immer hierzubleiben. Mir würdest du damit eine Freude machen.«

»Und was sagt die Meisterin dazu, wenn ich Schwester Agrikolas Gewand trage?«, fragte Hanna zögerlich, nachdem sie sich wieder etwas gefasst hatte.

»Die hat im Augenblick nur Augen für ihren Gast, wie du selber bemerkt hast. Zudem herrscht hier in der Gemeinschaft eine alte Regel, die besagt, dass wir das Haus nur zu zweit verlassen dürfen. Im Augenblick hat keine der Schwestern freie Zeit, also bleibst nur du übrig.«

Hanna löste den Gürtel und öffnete die arg lädierten Hornknöpfe, die kaum noch diesen Namen verdienten. Auch ihr Rock hatte schon bessere Zeiten gesehen, an manchen Stellen war der Wollstoff schon so oft geflickt worden, dass die Nähte brachen. Doch sie hatte nun mal nur den einen, und den gab sie nur ungern her.

»Bekommst ihn ja wieder«, meinte Gisela kopfschüttelnd. »Das alte Ding stiehlt dir hier drinnen bestimmt niemand.«

Verlegen faltete Hanna den Rock sorgfältig zusammen und legte ihn auf einen der Hocker, ehe sie in das graue Beginengewand schlüpfte. Das Gebände konnte sie nicht ohne Giselas Hilfe schnüren. Sie half ihr auch, den Brustschleier in die richtige Lage zu bringen.

Etwas ungläubig blickte Hanna an sich herab. Das steife Stirnband kniff, doch sie verzog keine Miene. »Und Schwester Agrikola braucht das –«

»Nein, sie gab es gerne«, fiel ihr Gisela ins Wort. »Und jetzt versuch die Krücken, damit ihr endlich loskönnt.«

»Ich soll mit den Krücken laufen?« Hanna begutachtete die Holzstücke voller Skepsis.

»Halt dein Hinkebein in die Höhe und tu so, als sei der Fuß gebrochen.«

Nach einigen ungelenken Versuchen schaffte es Hanna halbwegs, durch die Stube zu humpeln.

Gisela hielt Schwester Ottilia den Leinenbeutel hin. »Also, nimmst du sie mit?«, fragte sie hoffnungsvoll.

Ottilia nickte zerstreut. Es war unschwer zu sehen, dass sie ob der ungewohnten Schweigsamkeit der Meisterin nicht zufrieden war. »Wo sind die Honigschnecken?«, fragte sie träge, wobei sie sich suchend umsah.

Gisela ging auf das Regal an der Wand zu und griff sich den Weidenkorb. Ein Leinentuch bedeckte die süßen Köstlichkeiten, die sie zusammen mit Hanna gestern Nachmittag gebacken hatte und die Schwester Ottilia jeden Donnerstag den Armen im Heiliggeistspital brachte.

»Wie immer prall gefüllt und mit Liebe gebacken. Wenigstens einmal die Woche sollen die Armen ihr Leid vergessen können«, seufzte Gisela.

Schwester Ottilia schnäuzte sich in ihr kleines Leinentüchlein, ehe sie sich den Korb nahm. Dann prüfte sie den Sitz ihres Gebändes und trat in den Innenhof.

»Und du gibst diesen Beutel der alten Else. Sieh zu, dass

die Pfleger dich dabei nicht sehen«, flüsterte Gisela, wobei sie Hanna ebenfalls einen Beutel in die Hand drückte. »Sind gute Sachen drin, damit sie bald wieder auf die Beine kommt. Ich hab Klara versprochen, ein Auge auf ihre Muhme zu halten.«

Hanna schulterte den Leinenbeutel, ehe sie ihre Krücken nahm und Schwester Ottilia folgte. Sollten die bischöflichen Häscher Hanna aufhalten, würde sie von einem Unfall erzählen.

Schwester Ottilia warf ihr einen missbilligenden Blick zu, als sie mit ihren Krücken hinter ihr herhumpelte. »Wäre es nicht besser, du bliebest hier?«, fragte sie.

»Es geht schon«, wehrte Hanna keuchend ab. »Du hast ja gehört, dass Gisela mich weghaben will.«

In dem Augenblick öffnete sich die Tür zum Haupthaus, und Guta von Wellershausen trat blinzelnd ins Sonnenlicht. Hinter ihr tauchte die verhüllte Gestalt des Gastes aus der Dachkammer auf.

»Weißt du noch immer nicht, wer die Frau ist?«, fragte Hanna leise, während sie sich bemühte, mit der weit ausholenden Ottilia Schritt zu halten.

»Katharina von Rhäzüns heißt sie«, zischte Schwester Ottilia ebenso leise über ihre Schulter, wobei sie der Meisterin gequält freundlich zulächelte.

Hanna ahnte, dass Ottilia sich niemals zu dieser Indiskretion hätte hinreißen lassen, hätte Guta von Wellershausen nicht so ein Geheimnis um den Besuch der Pfefferhardin gemacht.

»Und warum ist sie hier?«, machte sie einen weiteren Vorstoß, während Schwester Ottilia den Riegel des Holztores zur Seite schob. Das Quietschen riss die schlafende Pförtnerschwester aus ihrem Nachmittagsschlaf.

»Mach hinter uns zu!«, rief Ottilia der gähnenden Mitschwester zu, die mit ungelenken Schritten aus dem Pförtnerhäuschen kam.

Als das Tor hinter ihnen zuschlug, kam sie zu Hannas Erstaunen auf ihre Frage zurück. »Ist mir selber ein Rätsel, was eine Adelige aus dem Rheintal hier am Beginenhof zu suchen hat, zudem noch mit einer Zofe, die die Kammer abschottet, als beherberge sie die Königin höchstpersönlich.«

Ottilias Unmut war nicht zu überhören, doch mehr erzählte sie trotz beharrlichen Fragens nicht.

***

Das Heiliggeistspital lag gleich hinter dem Fischmarkt. Eine kleine Mauer trennte den Friedhof und die Spitalkapelle vom Markttreiben, während sich der Eingang auf der gegenüberliegenden Seite befand und nur von der Marktstätte her erreichbar war. Schon von Weitem erkannte Hanna die beiden Reisläufer des Bischofs.

Die Krücken und wohl auch das Gewand der Beginen verfehlten ihre Wirkung nicht. Die Söldner schauten nur kurz in ihre Richtung, wandten sich dann aber gelangweilt ab.

Das Heiliggeistspital war ein eindrückliches Gebäude. In den oberen Etagen gab es große Fenster aus Butzenglas, die das Sonnenlicht ins Innere leiteten und die Kälte im Winter fernhielten, während der erste Stock nur kleine Gucklöcher aufwies. Schon beim Eintreten stieg Hanna ein scharfer, brennender Geruch in die Nase, der ihr das Wasser in die Augen trieb.

»Wo liegt denn hier die Else?«, fragte sie Schwester Ottilia leise, nachdem sich ihre Augen an das düstere Licht gewöhnt hatten. Zwischen ausgezehrten Gestalten und hinkenden Krüppeln stritten sich zwei Mädchen um eine Strohpuppe. »Hab Gisela versprochen, nach ihr zu sehen«, schob sie hinterher und schluckte trocken.

Ottilia wies mit dem Kinn auf einen in eine schwarze Mönchskutte gekleideten Mann. »Er ist hier der Oberpfleger. Ich rate dir, sei freundlich zu ihm, sonst …«

»Schwester Ottilia!« Der Mann kam mit ausgebreiteten Armen auf die beiden Frauen zu.

Ottilia bemühte sich um ein Lächeln und schüttelte dem Mann die Hand, ehe sie eilig ins obere Stockwerk entschwand.

»Du willst also zur alten Else«, sprach der schwarz gewandete

Mönch Hanna an. »Bist wohl neu am Beginenhof. Ich habe dich noch nie gesehen.«

Hanna nickte hastig und senkte den Blick. Freundlich sollte sie sein, doch irgendwie mochte sie den Mann nicht.

»Sie liegt in der Siechenstube«, fuhr er fort, wobei sein Blick den Beutel streifte, den Hanna sich umgebunden hatte. »Geh die Treppe hinab. Unten fragst du erst einen Pfleger und gehst nicht selber in die Krankenstube. Hast du mich verstanden?«

Hanna nickte abermals. Sie schaffte es nur mit Mühe, eine bissige Bemerkung zurückzuhalten. Der Mann schien dies jedoch nicht zu bemerken, denn er drehte sich um und lief mit großen Schritten auf die beiden Mädchen zu, die sich mittlerweile an den Haaren rauften und lautstark schrien.

Die »Pauperes Christi«, wie die Männer hier genannt wurden, waren eine Art Ordensgemeinschaft, allerdings mit zweifelhaftem Ruf, wenn man den Gerüchten Glauben schenkte. Immer öfter verschwänden die guten Sachen, die die Bürger der Stadt den Armen spendeten, in ihren Taschen. Hanna zweifelte keine Sekunde an der Glaubwürdigkeit dieser Aussage. Als eines der zankenden Mädchen dem Mönch in die Hand biss, konnte sie sich ein Schmunzeln nicht verkneifen.

Sie zog den Kopf ein, nahm die Krücken unter den Arm und stieg die Treppe hinab. Die zwei Fackeln an der Wand erhellten die Stufen mehr schlecht als recht, und sie musste arg vorsichtig sein, die steile Treppe nicht hinunterzufallen. Die Tür zur Siechenstube war nur angelehnt. Hier unten stank es so erbärmlich nach Erbrochenem, Fäkalien und Eiter, dass sie die Nase in die Armbeuge steckte.

Das Leid dieser Siechenden würde sie ihr Lebtag nicht vergessen, das wusste sie, kaum dass sie die Siechenstube betrat. Teils auf Strohmatratzen, teils auf Tüchern und teils auch auf dem blanken Boden wimmerten die armen Kreaturen vor Schmerzen. Von Entsetzen gepackt, blieb Hanna wie angewurzelt stehen. Als einer der Mönche sie mit einem Nachttopf unsanft anrempelte und ihr dabei das gute Gewand beschmutzte, musste sie sich beherrschen, um nicht fluchtartig das Weite zu suchen.

»Zu wem willst du?«, fragte der Mönch harsch, wobei er sich so nahe an Hanna drängte, dass sie seinen stinkenden Atem riechen konnte.

»Die alte Else vom Schottentor soll den Fuß gebrochen haben«, bemühte sich Hanna, ihren Widerwillen herunterzuschlucken.

»Dahinten in der Ecke«, brummte der Mönch mit vorgestrecktem Kinn. »Aber mach vorwärts, die Arbeit wartet nicht. Kannst mir nachher hinten bei den Bauchgrimmigen helfen. Schaff es kaum, die Scheiße nach draußen zu bringen, schon sind die Töpfe wieder voll.«

Hanna ahnte, dass dieser Morgen sie an ihre Grenzen bringen würde. Sie schenkte dem Mönch ein gequältes Lächeln, ehe sie sich durch die stinkenden Leiber drängte. Die alte Else lag auf einer fauligen Strohmatratze, die Augen geschlossen. Schweißperlen standen auf ihrer Stirn.

»Else, hörst du mich?«, fragte Hanna leise, wobei sie neben ihr auf die Knie ging. »Ich wusste nicht, dass es dir so schlecht geht.«

Die Frau öffnete die Augen. »Die Wunde eitert. Die Mönche kommen jeden Tag und streichen eine Salbe drauf«, stöhnte sie. »Viel bringt es allerdings nicht.«

Else zitterte am ganzen Leib, obwohl die Hitze hier in der Siechenstube kaum auszuhalten war. Sehnsüchtig wanderte Hannas Blick hinauf zu den kleinen Gucklöchern, die kaum größer als ein Kopf waren und nur wenig frische Luft hereinließen.

»Ich hab dir von Gisela ein paar gute Sachen mitgebracht«, bemerkte Hanna mit einem gequälten Lächeln, wobei sie hoffte, dass Else das Entsetzen in ihren Augen nicht sah.

»Ich hab Durst.« Else fuhr sich mit der Zunge über die ausgetrockneten Lippen.

Hanna angelte sich einen der Becher, die auf einem kleinen wackeligen Holztischchen standen. »Was ist das?«, fragte sie angewidert, während sie auf die dunkle Flüssigkeit starrte, in der zwei Fliegen obenauf schwammen.

»Ein Gebräu aus Weidenrinde, Lungenkraut und Beinwell«, hustete Else, »schmeckt grauenvoll.«

»So sieht es auch aus«, erwiderte Hanna. Sie hielt sich den Becher unter die Nase. Der Tee roch entsetzlich, was allerdings auch daran liegen konnte, dass er nicht mehr frisch war. Allen Vorbehalten zum Trotz hielt sie ihn Else hin. Die Alte trank so gierig, dass sie sich etliche Male verschluckte. Hanna griff sich Giselas Beutel und holte etwas Brot heraus. Sie bestrich es mit Hilfe eines kleinen Messers dick mit Schmalz, ehe sie den Käse drauflegte. Gierig griff Else danach.

»Getrocknete Hoden sind auch drin«, keuchte ein Mann auf dem Strohsack nebenan.

Erschrocken wandte Hanna den Kopf. Getrocknete Hoden – dieser Gedanke versetzte sie mit einem Schlag zurück auf die Burg Montfort. Der dortige Medicus hatte mit getrockneten Hoden die Manneskraft des Grafen gesteigert, was am Schluss darin gegipfelt hatte, dass Lena mit gesegnetem Bauch die Burg verlassen musste. »Im Tee?«, fragte sie mit vor Ekel verzogenem Mund.

»Nein«, lachte der Mann heiser. »In der Wundsalbe natürlich.«

Hanna atmete erleichtert auf.

»Wie geht es meiner Klara?«, keuchte Else so leise, dass Hanna sie kaum verstand.

»Klara geht es gut. Sie arbeitet beim Stadtmüller Jodok«, antwortete sie, wobei sie Else sanft über die Stirn fuhr.

»Aber da verrichtest doch du deinen Dienst.« Else hustete.

»Im Augenblick bin ich bei den Beginen.« Hanna wies mit der Hand auf ihr Gewand. »Und nebenbei werde ich den Mord am Ratsherrn Walter von Roggwil aufklären«, fügte sie leise hinzu. Warum sie dies gesagt hatte, wusste sie selbst nicht. Vielleicht wollte sie Else auf andere Gedanken bringen, und vielleicht ging ihr angesichts des Elends auch der Gesprächsstoff aus.

»Arsenik«, hustete Else, und es dauerte eine Ewigkeit, bis sie wieder genügend Luft bekam, um weiterzusprechen. »Frag

Hans nach dem Arsenik.« Else wies mit lahmer Bewegung auf den Mann neben sich, ehe ihr Kopf allmählich zur Seite glitt und sie in einen erlösenden Schlummer fiel.

Hanna blickte auf die übrig gebliebenen Brotreste in Elses Händen. Bestimmt würde sich der unfreundliche Mönch, der sich keine zehn Meter von ihr entfernt mit einem Mann stritt, daran gütlich tun, und dies war das Letzte, was sie wollte. Kurzerhand schob sie das Käsebrot zu Hans hinüber, der es sich eiligst in den Mund stopfte. Die frischen Blattern und die blutig aufgekratzten Schrunden bezeugten seine Qual. Wenn Gott ein Einsehen hatte, würde er die Siechenstube verlassen, wenn nicht, bekamen die Totengräber auf dem Seelenacker wohl bald Arbeit. Die Blattern waren heimtückisch, wer sie überlebte, hatte Glück gehabt, auch wenn einen die Narben ein Leben lang zeichneten.

»Was weißt du über das Arsenik?«, fragte Hanna trotz aller Neugier erst, als Hans auch den letzten Krümel verschlungen hatte.

»Behältst es aber für dich, ich will keinen Ärger«, brummelte Hans, wobei er sich zum wiederholten Male die Lippen leckte, um ja keinen Krümel zu vergeuden.

»Ich bringe dir morgen mehr Käse, aber jetzt erzähl!«, drängte Hanna, denn der Mönch sah bereits ungeduldig in ihre Richtung.

»Die ganze Stadt spricht vom Einbruch in die Apotheke nahe der Mordergasse. Ich hab gesehen, wer das Arsenik gestohlen hat.« Hans drückte die Augen zu und versuchte ein Nicken.

»Und wer?« Viel Zeit blieb Hanna nicht mehr. Sie sah den unfreundlichen Mönch bereits auf sich zukommen.

»Du hast es aber nicht von mir«, fuhr Hans mit krächzender Stimme fort. Als er zu husten begann, reichte ihm Hanna ebenfalls einen Becher des widerlichen Tees. Der Mönch war jetzt nur noch wenige Schritte von ihnen entfernt.

»Hans!«, ermahnte Hanna den Mann.

Zu Hannas Erleichterung begann einer der Siechen so laut zu schreien, dass der Mönch sich umdrehte. Er warf Hanna einen wütenden Blick zu, ehe er sichtlich widerwillig dem Siechen unter die Arme griff.

»Die Magd derer von Liebenfels«, keuchte Hans.

»Die Barbel?«

»Nein, die andere, die mürrische Neue. Die gab mir nie Almosen, wenn ich am Tor gefragt habe. Hielt sich wohl für was Besseres.«

»Du meinst also die Agnes?«, fragte Hanna hastig, denn der Mönch kam mit ausladendem Schritt näher.

Hans nickte zustimmend.

»So, und jetzt fertig mit dem Müßiggang«, meckerte der Geistliche verärgert, wobei er sowohl Hans als auch Hanna einen missbilligenden Blick zuwarf. »Es wartet jede Menge Arbeit auf dich.«

Die folgenden Stunden putzte Hanna verdreckte Hintern, kratzte Eiterkrusten von stinkenden Wunden und half eimerweise frisches Wasser vom Brunnen hinter dem Spital zu holen, um die hitzigen Leiber zu kühlen. Als die Sonne sich allmählich hinter die Stadtmauern senkte und das Spital in ein düsteres Licht tauchte, erschien Schwester Ottilia, um sie abzuholen. Auch ihr stand die Erschöpfung ins Gesicht geschrieben. Die beiden Frauen quälten sich gerade die Treppe hoch, als Wendelgart ihnen entgegenkam.

»Was machst du hier?«, fragte Hanna erschrocken, während sich Wendelgarts Augen zu Schlitzen verengten.

»Das Gleiche könnte ich dich fragen«, bemerkte die Wehmutter übel gelaunt. »Bist du neuerdings bei den Beginen?«

Hanna schüttelte den Kopf. Hinter sich glaubte sie den unfreundlichen Mönch aus der Siechenstube zu hören. Zum Glück ging Schwester Ottilia die Treppe weiter hoch. »Nein, aber das ist eine lange Geschichte. Frag Jodok, er soll dir alles sagen. Sag ihm, ich möchte das so.«

»Hab ihn bei meinem letzten Besuch wohl verärgert, aber deine Freundin ist auch eine unbelehrbare Person.«

Hanna lächelte. »Und was machst du hier?«, kam sie auf ihre Frage zurück.

»Als Stadthebamme kümmere ich mich auch um die unglücklichen Frauen, die trotz aller Warnungen doch schwanger geworden sind.«

»Hier?«

»Ja, neben der Siechenstube hausen die Frauen minder als Schweine im Koben. Die Mönche meiden sie, und wenn wir Stadthebammen nicht hin und wieder vorbeischauen würden, müssten sie ihre Kinder draußen auf dem Feld zur Welt bringen.«

Hanna schluckte. Offensichtlich gab es noch eine Menge, was sie über die Hebammentätigkeit nicht wusste.

Wendelgart schien ihr Stauen zu spüren, denn sie legte ihr sanft eine Hand auf die Schulter. »Du solltest dich beeilen, Schwester Ottilia neigt nicht zur Geduld«, lächelte sie.

Hanna erreichte den Treppenansatz in dem Augenblick, als sie unten Wendelgart mit dem Mönch sprechen hörte. Sie hastete dem Ausgang entgegen und sog wenig später die frische Luft tief in ihre Lungen.

11. Kapitel

Am darauffolgenden Sonntag war die kleine Kapelle der Beginen bis auf den letzten Platz gefüllt. Zum allgemeinen Erstaunen hielt nicht wie gewohnt der Beichtiger Bruder Ludger die Morgenmesse, sondern Bruder Wigand, der Kustos der Franziskaner, stand am Altar und las aus den Evangelien. Was ebenfalls erstaunte, war die Anwesenheit von Augusta Pfefferhard, die mit durchgestrecktem Rücken in der ersten Reihe gleich neben Katharina von Rhäzüns saß.

Doch die Sonderheiten sollten noch weitergehen. Kaum hatte Wigand das Amen gesprochen und den Schwestern mit einem lauten »Ite, missa est« erlaubt, die Enge der kleinen Kapelle zu verlassen, ging der Mönch händeringend auf die beiden Frauen zu. Er schien unüblich nervös.

Hanna hielt sich absichtlich etwas zurück. Sie hinkte augenfällig. Als sie sicher war, dass die letzte Schwester das Gotteshaus verließ, versteckte sie sich hinter der mannshohen Muttergottes neben einer der Säulen.

Die beiden Frauen sprachen eindringlich auf den Mann ein. Als sich die Seitentür öffnete und sich Guta von Wellershausen dazugesellte, hielt Hanna den Atem an. Zu ihrem Verdruss schnappte sie nur Bruchstücke der Unterhaltung auf. Doch näher herangehen, das wagte sie nicht.

Bruder Wigand hob verzweifelt die Hände. Die drei Frauen bedrängten ihn mittlerweile so sehr mit Worten, dass er sich hilflos auf einer Bank niederließ. Er sackte immer mehr in sich zusammen. Es war unschwer zu erkennen, dass ihm die Situation nicht behagte. Als die Meisterin den Kopf hob, glaubte sich Hanna entdeckt. Sie bückte sich hastig und schlich dem Ausgang entgegen.

»Wo warst du so lange?«, empfing Gisela sie harsch, kaum dass sie die Küchenstube betreten hatte. »Wie du gesehen hast, werden wir heute weitere Gäste haben. Bruder Wigand und auch Augusta Pfefferhard werden zum Essen bleiben, wie mir Schwester Ottilia eben im Auftrag der Meisterin mitgeteilt hat.«

»Mein Bein schmerzte, also blieb ich noch etwas in der Kapelle«, grinste Hanna verschmitzt, wobei sie sich die Küchenschürze umband.

»Neugier ist zwar keine der sieben Todsünden, doch fragt man die Meisterin, wurde diese nur vergessen.« Gisela hatte ihren Unmut bereits hinuntergeschluckt. Ihr rechtes Auge zuckte, was es immer tat, erheiterte sie etwas.

»Du bist doch auch neugierig, was die vier zu besprechen hatten, oder?« Hanna stibitzte sich eine Weinbeere, die Gisela bereits auf ein Tablett zusammen mit Feigen für die Gäste drapiert hatte. Die süße Beere schmeckte himmlisch.

»Und hast du etwas gehört?«, fragte Gisela erwartungsvoll.

»Leider nicht viel. Allerdings hatte ich das Gefühl, dass Bruder Wigand nicht so ganz der gleichen Meinung war wie die drei Frauen. Unter ihrem scharfen Blick schmolz er wie Schnee unter der Sonne.«

Sie lachten.

»Geht vielleicht wieder um die Drittordensregel«, meinte Gisela nach einer Weile nachdenklich. Die Heiterkeit war aus ihrem Gesicht verflogen. »Der Bischof will schon lange, dass wir uns den Barfüßern anschließen und ein Frauenkonvent gründen. Womöglich hat der Bischof wieder einmal Bruder Wigand bedrängt, uns von den Vorteilen zu überzeugen. Bislang hat die Meisterin stets abwinken können. Wir möchten nämlich keine eingesperrten Nonnen werden wie die drüben beim Katharinenkloster. Die sterben hinter den Klostermauern, ohne dass es jemand bemerkt.«

Hanna nickte. »Das kann ich verstehen.«

Gisela bückte sich und legte ein weiteres Holzscheit auf die züngelnden Flammen, dann setzte sie sich zu Hanna an den Tisch. Gedankenverloren blickte sie durch das Fenster hinaus auf den Hof.

»Doch was hat Katharina von Rhäzüns mit alldem zu schaffen? Ich glaube kaum, dass sich eine Adelige aus dem Rheintal für die Drittordensregel interessiert.« Hanna spähte sehnsüchtig auf die Weintrauben.

»Lass es bleiben!« Gisela hob mahnend den Zeigefinger. »Völlerei gehört entgegen der Neugier nämlich wirklich zu den Todsünden.«

»Aber bei zwei Weinbeeren von Völlerei zu sprechen, ist schon etwas weit hergeholt.« Hanna lachte.

»Mit der Rheintalerin hast du allerdings recht. Katharina von Rhäzüns schert sich einen Dreck um die Belange unseres Hauses. Eine der Schwestern will gehört haben, dass sie es als Dreckloch beschimpft hat«, empörte sich Gisela.

»Ärgere dich nicht darüber. Das Weibsbild ist es nicht wert«, tröstete Hanna sie. »Aber was will die Adelige dann überhaupt hier bei uns?«

Gisela schüttelte den Kopf. »Die Meisterin gibt sich verschlossener als eine Schnecke bei Regen. Und jetzt an die Arbeit. Die noble Gesellschaft wartet auf ihr Essen.«

Doch ganz war das Thema für Hanna noch nicht abgeschlossen. »Vielleicht sollten wir Schwester Ottilia etwas aushorchen«, wagte sie einen weiteren Vorstoß. »Als zweite Hand der Meisterin weiß sie bestimmt mehr, als sie uns sagt.«

»Lass das nur schön bleiben. Mit Schwester Ottilia will ich es mir nicht verscherzen. Vor ihrer Zeit als Begine war sie mit dem Schultheißen von Meersburg verheiratet. Sie hat also ein geschultes Auge für hinterhältige Neugier.«

»Man müsste es ja nicht so offensichtlich –«

»Nein«, fiel ihr Gisela ins Wort. »Und jetzt keine Widerrede!«

Die folgenden Stunden half Hanna beim Entgräten der Fische, putzte Rüben und schälte Zwiebeln, dazwischen stampfte sie Äpfel zu einem Mus, das Gisela später mit Honig und Zimt aufkochte.

Während die Schwestern das verspätete Morgenessen wie gewohnt gemeinsam am großen Tisch einnahmen, zogen sich die Gäste in die Räumlichkeiten der Meisterin zurück. Die in einer Weinsoße gekochten Fische hatten den noblen Herrschaften sogar ein Kompliment entlockt, was Gisela mit geschwellter Brust zur Kenntnis nahm.

»Glaubst du, die Meisterin hätte etwas dagegen, wenn ich heute noch ins Heiliggeistspital gehe?«, fragte Hanna, als sie eben den letzten Löffel abtrocknete und in der Schublade versorgte.

Gisela seufzte. Der Sonntag war heilig und Arbeit an diesem Tag nicht nur verpönt, sondern verboten. Guta von Wellershausen legte höchsten Wert darauf, dass diese Regel stets eingehalten wurde.

»Ich will heute ganz bestimmt nicht freiwillig in der stinkenden Siechenstube helfen«, wehrte Hanna mit erhobenen Händen ab.

»Du glaubst, dieser Hans weiß noch mehr?«, fragte Gisela gedehnt.

Hanna hatte ihr von Hans und dem Diebstahl des Arseniks erzählt. »Möglich, einen Versuch ist es allemal wert«, meinte sie hoffnungsvoll. »Wenn die Agnes wirklich das Arsenik gestohlen hat, dann war es auch sie, die das Gift in das Haus Liebenfels gebracht hat, daran besteht kein Zweifel. Endlich kommt Bewegung in die Sache.«

Hastig entledigte sich Hanna ihrer Schürze, ehe sie ihr Gewand mit zwei Fingern ordnete. Der grobe Stoff kratzte, aber das störte sie nicht. Hauptsache, niemand erkannte sie.

»Du weißt, dass wir eigentlich nicht allein nach draußen dürfen, auch du nicht«, durchbrach Gisela ihre Gedanken.

»Dann kann Schwester Luzia mich ja begleiten. Sie sitzt schon seit einer Ewigkeit dort drüben auf der Bank und starrt in den Himmel.«

Die ältere Schwester wandte ihr Gesicht dem Fenster zu. »Schwester Luzia geht zwar regelmäßig ihrer Gartenarbeit in der Vorstadt nach, doch inmitten enger Gassen fühlt sie sich nicht wohl.«

»Ist es Schwester Luzias Krankheit, die dich zaudern lässt?«, fragte Hanna lauernd.

Gisela wandte den Kopf so abrupt herum, dass Hanna sich

gegen eine scharfe Schelte wappnete. »Was weißt du über Schwester Luzias Krankheit?«

»Nicht viel, so gut wie nichts. Keiner sagt mir ja die Wahrheit, nicht einmal du. Alle übt ihr euch in Schweigen.«

Sekundenlang blickten sich die beiden Frauen stumm an, ehe Hanna fortfuhr: »Ich bin nicht blind, und wie du weißt, habe ich bereits einmal mitbekommen, was in der Nacht geschehen ist.«

Gisela rang mit sich, doch schlussendlich gab sie sich einen Ruck. »Sie leidet unter Erstarrung der Glieder, auch Fallsucht genannt. Immer wenn sie sich aufregt, kommt es über sie, und sie windet sich wie ein Wurm am Boden. Niemand darf davon wissen, ansonsten landet die arme Luzia bei den Irren draußen vor der Stadt.«

Gisela ließ sich auf einem Hocker nieder und legte die Hände in den Schoß. »Die Krankheit kann Schwester Luzia jederzeit aus heiterem Himmel befallen. Doch vielleicht kannst du mit deiner Unbekümmertheit die hartnäckige Melancholie vertreiben, die Luzia seit ihrem letzten Anfall fest im Griff hält. Selbst das sonst bewährte Johanniskraut, das Schwester Agrikola extra in der Nacht der Sommersonnenwende gesammelt hat, damit es über magische Kräfte verfügt, half nicht, ebenso wenig wie Tausendgüldenkraut und Benediktendistel.«

Kaum hatte Gisela das letzte Wort gesprochen, schlug die Tür auf, und Schwester Agrikola betrat die Küchenstube.

»Ich musste es Hanna einfach sagen. Sie gehört doch irgendwie zu uns«, verteidigte sich Gisela lahm.

»Schon recht«, nickte die Kräuterschwester. »Bruder Ludger hat mir aus der Bibliothek der Barfüßer einen alten Codex gebracht, der Hoffnung weckt.« Agrikola schlurfte mit schwerem Schritt auf einen der Hocker zu. »Hierfür bräuchte ich allerdings getrockneten Hühnermist, nur von weißen Hühnern, versteht sich.«

»Die alte Else besitzt Hühner«, eiferte sich Hanna. »Auch weiße, allerdings weiß ich nicht, ob die Viecher noch leben.«

»Dann gibt es nur eines, nachschauen«, lächelte Gisela verschwörerisch. »Und ich denke, dagegen wird auch die Meisterin keinen Einwand erheben, oder was meinst du, Agrikola?«

Die alte Schwester nickte nachdenklich, während sie sich die Hände rieb.

»Vorher gehe ich aber noch im Heiliggeistspital vorbei.« Hanna zwinkerte in Giselas Richtung, wobei sie sich einen kleinen Leinenbeutel aus einem der Weidenkörbe angelte. »Wird der reichen?«, fragte sie in Richtung der alten Kräuterschwester.

»Gib ihr das Stöckchen«, brummte Agrikola.

Gisela griff in den Beutel an ihrem Gürtel und hielt Hanna ein kleines Weidenstöckchen hin. »Wir alle haben ein solches am Gürtel. Sollte Schwester Luzia sich unwohl fühlen, dränge sie in eine Gasse, und sollte sie … sollte sie zu Boden fallen …«, Gisela blickte hilfesuchend zu Schwester Agrikola, die zustimmend nickte, »… dann schieb ihr dieses Stück Holz in den Mund, ansonsten wird sie sich die Zunge abbeißen.«

Etwas widerstrebend griff sich Hanna das Weidenholzstöckchen, das kaum größer und dicker als ihr kleiner Finger war.

Schwester Luzia schien erst nicht angetan davon, mit Hanna das Heiliggeistspital zu besuchen, zudem noch an einem Sonntag, wo man sich Zeit für Gott nehmen sollte. Doch als Hanna ihr versprach, dass sie das Haus nicht betreten müsse und draußen dem Sonnenschein frönen könne, lenkte sie ein.

Von den Reisläufern des Bischofs war an diesem Sonntag nichts zu sehen, ebenso wenig von Bettlern und Krüppeln, die sonntags die Armenhäuser nicht verlassen durften. Stadtfremde Bettler wurden an den Toren erst gar nicht eingelassen, damit sich die noble Gesellschaft bei ihrem Sonntagsspaziergang über die Marktstätte nicht vom Elend gestört fühlte.

Schwester Luzia übte sich in Schweigsamkeit. Sie hielt den Kopf gesenkt, die Hände zum Gebet gefaltet und schritt neben Hanna her, die sich humpelnd mit ihren Krücken den Weg durch die Müßiggänger bahnte.

Vor dem Heiliggeistspital standen eine Handvoll Frauen und unterhielten sich. Seit Kurzem hatte die Hutmode in Konstanz

Einzug gehalten. Riesige Strohhüte, als Sonnenschutz über das Gebände getragen, teils verziert mit Blumen und bunten Bändern, zierten die Köpfe der Frauen. Deren Geschnatter erfüllte die Luft. Gegenüber im Schatten des Kornhauses tummelten sich die dazugehörigen Männer. Auf manchen Gesichtern glaubte man eine gewisse Ungeduld zu erkennen.

Luzia steuerte auf den Brunnen neben dem Kornhaus zu und lehnte sich gegen den Rand. Ihre Finger nestelten nervös am Stoff ihres Gewandes.

»Es wird nicht lange dauern«, sagte Hanna leise, wobei sie Luzia eine Hand auf den Arm legte. »Du bleibst einfach hier und rührst dich nicht von der Stelle. Oder willst du nicht doch mit mir kommen?«

Luzia schaute mit schreckensweiten Augen auf.

»War nur ein Vorschlag«, beruhigte Hanna sie. »Also bleib hier. Setz dich in den Schatten, ist vielleicht besser.«

Hanna ließ die junge Luzia nur ungern allein, zumal sie jetzt wusste, unter welch schlimmer Krankheit die Arme litt. Als sie mit ihren Krücken über den Platz humpelte, hielt sie kurz inne und blickte zurück. Schwester Luzia saß auf der obersten Stufe des Brunnens, den Kopf gesenkt, die Hände gefaltet. So schnell sie konnte, humpelte Hanna weiter und verschwand wenig später im Inneren der Heilstätte.

Wie erwartet schlug Hanna auch heute galliger, abgestandener Gestank entgegen, doch dieses Mal war sie darauf vorbereitet. Ohne auf einen der Pflegermönche zu warten, lief sie die Treppe hinab. In der Siechenstube bot sich das bekannte Bild des Elends. Sie drängte sich an den wimmernden Gestalten vorbei nach hinten.

»Wo ist der Mann mit den Blattern?«, fragte sie einen der Pauperes Christi, der sich eben über Else beugte, um ihren Verband zu wechseln.

»Ist gestern in der Nacht einfach verschwunden, machen die Kerle oft«, bemerkte der Mann erst vorwurfsvoll, ehe er gleichgültig hinzufügte: »Einer weniger, um den wir uns kümmern müssen.«

»Und wohin ist er gegangen?«

»Keine Ahnung, vielleicht raus in die Vorstadt zu seiner Frau? Schließlich hat sie laut genug gezetert, dass er endlich wieder zu seiner Arbeit soll.«

»In der Vorstadt hausen doch die Gerber? Ist er einer von ihnen?«

»Keine Ahnung. Wir fragen hier nicht jeden nach seinem Beruf, zudem lügen die meisten ohnehin, kaum machen sie das Maul auf.« Der Mann griff sich die verdreckten Leinenbinden und ging hinüber zu einer anderen zerlumpten Gestalt, die sich eben über ihren Strohsack erbrach.

Hanna biss die Zähne zusammen und beugte sich zu Else hinunter. Die Freude über das Wiedersehen währte allerdings nur kurz. Else fieberte noch stärker als bei ihrem letzten Besuch, zudem war ihr Gesicht von einer ungesunden Blässe überzogen. Als Hanna sie zu wecken versuchte, drehte der Mönch sich um.

»Der Wundarzt gibt ihr noch einen Tag, mehr nicht. Der Tod wird eine Erlösung für sie sein.« Vom täglichen Leid der Menschen hier abgehärtet, zeigte sich keinerlei Regung auf dem Gesicht des Mannes, während er sprach.

»Aber man kann sie doch nicht einfach …«

»Nichts zu machen«, wehrte der Mönch ab und verließ die Siechenstube.

Hanna dagegen vermochte die Tränen nur mühsam zurückzuhalten. Mit zittriger Hand fuhr sie der alten Frau über die siedend heiße Stirn, ehe sie ihr eine Haarsträhne aus dem Gesicht strich. Else verreckte in diesem Drecksloch, still und allein, und selbst sie konnte nichts für sie tun. Der Kloß in ihrem Hals wurde unerträglich, sie bekam kaum noch Luft. Sie musste hier raus. Und irgendwie musste sie dafür sorgen, dass Klara davon erfuhr.

Sie griff nach ihren Krücken und schleppte sich mit zu Boden gerichtetem Blick an den Siechenden vorbei. Das Elend lähmte sie völlig. Sie bemerkte Luzia erst, als diese sich mit einem erschrockenen Schrei bemerkbar machte.

»Warum hast du nicht draußen gewartet?«, tadelte Hanna die

Jungschwester mit lahmer Stimme. »Das hier drinnen ist nichts für dich. Die Meisterin wird mich schelten, sollte sie davon erfahren.«

Luzia stand unter dem Türsturz, starr vor Schreck, und blickte auf die wimmernden Gestalten auf ihren Strohsäcken. Ihr Gesicht war beinahe ebenso bleich wie das von Else, ihre Augen waren von Tränen erfüllt.

»Von mir erfährt sie nichts«, schnupfte sie. »Diese armen Menschen hausen wie Tiere.«

Hanna nickte. Sie drehte sich ein letztes Mal nach Else um, ehe sie Schwester Luzia sanft, aber bestimmt die Treppe hochdrängte.

Die Sonne stand bereits tief und tauchte die Stadt in ein rotgoldenes Licht, als sie wieder auf der Marktstätte standen.

»Wenn wir uns beeilen, erreichen wir das Schottentor noch, bevor die Wärter es schließen. Sonntags bleiben die Tore leider nie lange offen«, drängte Hanna.

»Was sollen wir beim Schottentor?«

»Ich muss für Schwester Agrikola etwas besorgen.« Hanna hoffte, dass sich Luzia damit zufriedengab und keine weiteren Fragen stellte. Es war ihr nicht nach Reden.

So schnell es Hannas Humpeln zuließ, liefen die beiden Frauen durch die Gassen. Die beiden Wächter am Schottentor versprachen, das Tor offen zu halten oder wenigstens die kleine Seitenpforte, damit die beiden Beginen wohlbehütet wieder in die Stadt zurückgelangten.

Elses kleiner Hof lag einsam und verlassen im Abendlicht. Zu Hannas Freude hatte sich tatsächlich jemand um die Hühner gekümmert. In den Tontöpfen war Wasser, und auch die verstreuten Körner wiesen darauf hin, dass die Tiere nicht darben mussten.

Als Hanna die Krücken an die Hausmauer lehnte, um sich im Hühnerstall besser bewegen zu können, wunderte sich Schwester Luzia zwar ob der wundersamen Genesung, doch sie übte sich in Schweigen. In dem Augenblick, als Hanna sich eine

Handvoll getrockneten Hühnerdung griff, schrie Luzia hinter ihr aus Leibeskräften. Erschrocken drehte sich Hanna um.

Ursus hielt die mageren Schultern der Jungschwester umklammert und versuchte, sie mit Worten zu beruhigen. Doch je mehr er sich erklärte, desto heftiger schrie Luzia. Eigentlich wirkte das Ganze komisch, doch Hanna beherrschte sich. Ursus tat ihr irgendwie leid. Sie steckte sich den Leinenbeutel in ihren Gürtel und kam aus dem Stall.

»Bitte versuch, diese Furie zu zähmen«, rief Ursus über das Geschrei hinweg.

Hanna dachte an das Weidenstöckchen an ihrem Gürtel, doch sie lachte, was Schwester Luzia allmählich zur Besinnung brachte. Zwar traute sie dem Fremden noch immer nicht, aber es kam kein Laut mehr über ihre Lippen. Mit einem Strahlen auf dem Gesicht humpelte Hanna auf die beiden zu.

Sie drückte Ursus einen Kuss auf die Wange. »Ich hab dich so vermisst«, flüsterte sie leise und hoffte, dass die Jungschwester sie nicht hörte.

»Das freut mich«, grinste Ursus, wobei er Hanna sanft über die Wangen strich.

Plötzlich ging ein Ruck durch Schwester Luzias Körper, und sie fiel wie ein Mehlsack zu Boden. Ihre Arme und Beine begannen unnatürlich zu zucken, und weißer Schaum trat aus ihren Mundwinkeln. Hastig fingerte Hanna das kleine Weidenstöckchen aus ihrem Beutel und schob es der Jungschwester mit zitternden Händen zwischen die Zähne.

»Was du hier siehst, musst du für dich behalten«, wandte sich Hanna eindringlich an Ursus. »Sie ist nicht irr, nur krank.«

Ursus nickte nur und wiegte Hanna in seinen Armen. Zu lange hatte sie ihn nicht mehr gesehen, zu lange nicht mehr berührt. Sie genoss diesen Augenblick unendlich, auch wenn der Anlass keineswegs erfreulich war.

Allmählich löste sich der Krampf in Luzias Körper, und ihr Kopf sackte zur Seite. Es sah aus, als schliefe sie. »Es ist vorbei, Gott sei Dank«, murmelte Hanna erleichtert, wobei sie ihren Kopf weiter an Ursus' Schulter lehnte.

»Steht dir nicht schlecht, dieses Gewand«, schmunzelte Ursus. »Allerdings will ich nicht hoffen, dass du es jetzt dein Lebtag trägst, ansonsten müsste ich mich wohl nach einer anderen Schönen umsehen.«

»Dummer Kerl«, schnupfte Hanna.

Ursus nahm ihr Gesicht in seine Hände und küsste sie. »Seit gestern stehen die Söldner wieder am Petershausertor. Dem Bleichgesichtigen haben die Prügel wohl doch nicht gereicht. Wir glauben, dass er hinter der Sache steckt. Sollte dem so sein, dann wird er mich aber kennenlernen, und glaub mir, dann fehlen ihm nicht nur zwei Zähne.«

»Lass das besser bleiben«, wehrte Hanna ernst ab. »Es würde den Kerl nur zusätzlich anspornen, glaub mir. Mach besser Liebkind mit ihm, dann erfahren wir vielleicht eher, was der Bischof im Schilde führt.«

Als Luzias Augenlider zu flattern begannen und die Schwester langsam wieder zu Bewusstsein kam, zog Hanna ihren Geliebten an die Scheunenwand.

»Und jetzt hör, was ich herausgefunden habe«, begann sie hastig, wobei sie ein Auge auf Luzia hielt. »Im Heiliggeistspital traf ich einen … einen Gerber, Fleischhauer oder vielleicht auch nur einen armen Schlucker, der draußen in der Vorstadt mit seiner Familie haust. Jedenfalls erzählte mir der Mann, dass er Agnes dabei beobachtet hat, wie sie in die Apotheke in der Mordergasse eingebrochen ist.«

»Du glaubst, dass die Agnes das Gift in den Branntwein getan hat?«, fragte Ursus mit großen Augen. »Aber warum?«

»Das müssen wir herausfinden. Ich bezweifle, dass sie das nur aus Widerwillen gegen Endlin von Liebenfels tat, da muss etwas anderes oder, besser gesagt, jemand anders dahinterstecken. Die Agnes war zu einfältig, um eine solch heikle Sache allein auszuhecken.«

Schwester Luzia öffnete die Augen und blickte verwundert auf Hanna. Als ihr Blick Ursus streifte, wollte sie bereits in einen neuerlichen Schreikrampf ausbrechen, und nur Hannas beherztem Eingreifen war es zu verdanken, dass es nicht so weit kam. Sie drückte Luzia die Hand so lange auf den Mund, bis diese mit einem Nicken zu verstehen gab, dass sie sich wieder beruhigt hatte.

»Ich muss unbedingt in den Raueneggturm, um mit Endlin von Liebenfels zu sprechen«, meinte Hanna über ihre Schulter.

»Barbel besucht die Herrin regelmäßig und bringt ihr frisches Obst und Brot, meist montags und donnerstags, Ritter Conrad will es so.« Ursus hielt sich bewusst hinter Luzia, um sie nicht ein weiteres Mal aus der Fassung zu bringen.

Wie es aussah, schloss das Schottentor bald. Eine Gruppe Pilger schien dies jedenfalls bemerkt zu haben und rannte laut rufend dem Mauereingang entgegen.

»Dann werde ich mich der Barbel anschließen«, nickte Hanna. »Schließlich ist es nicht ungewöhnlich, wenn eine Betschwester in den Raueneggturm will.« Sie griff nach den Krücken. »Hilfst du mir, Schwester Luzia heil ins Beginen-haus zu bringen?« An Luzia gewandt, fügte Hanna mit strenger Stimme hinzu: »Ursus wird uns begleiten. Sollte es dir nochmals schlecht gehen, werden wir auf seine Hilfe angewiesen sein. Also bitte halte dich mit Schreien zurück, falls er dir unter die Arme greift.«

Luzia nickte, wirkte aber seltsam apathisch, fast so, als sei ihr Geist in einer anderen Welt. Zweimal musste Ursus sie grob zurückhalten, als eine Kutsche ihren Weg kreuzte.

Als die Wachtglocke zu bimmeln begann und die Konstanzer zur Abendruhe mahnte, erreichten sie den Beginenhof. Hanna wartete, bis Ursus am Ende der Gasse verschwunden war, ehe sie mit der Faust gegen die Holztür schlug.

12. Kapitel

In der folgenden Nacht bekam Schwester Luzia einen weiteren Anfall, sodass ihr Platz beim nächsten Morgenmahl erneut leer blieb. Bald machte das Gerücht die Runde, dass Hanna hieran die Schuld trug. An einem Sonntag das Heiliggeistspital zu besuchen, galt als Frevel. Um Hanna vor weiteren Repressalien seitens der Schwestern zu schützen, schickte Gisela sie nach dem Essen ins Herbarium zu Schwester Agrikola.

Die alte Klosterfrau gab nichts auf Geschwätz innerhalb des Beginenhofs. Als Hanna sich an ihre Seite gesellte, nickte sie wohlwollend. »Warum die Kraft für unnütze Dinge vergeuden?«, sagte sie nur. »Ich habe das schon in jungen Jahren nicht verstanden, und jetzt im Alter tue ich es erst recht nicht mehr.«

Die drei Kräuterregale waren vollgestopft mit Leinensäcken, Tontöpfen in allen Formen und Größen, Salbentiegeln und Weidenkörbchen. Auch etliche Mörser und Stößel ließen sich erkennen, ebenso wie in einer Schale schwimmende Blutegel. An einem Strick hingen frische Kräuter zum Trocknen. Das Herbarium war erfüllt von Wohlgeruch, der die Sinne umschmeichelte. Ein paar wenige Kräuter, die Agrikola verwendete, wuchsen hier im Garten, den größeren Teil bauten die Schwestern draußen in der Vorstadt an.

Die folgenden Stunden lernte Hanna die Bedeutung der Vier-Säfte-Lehre kennen. Das Gleichgewicht der Säfte war für Agrikola das Geheimnis schlechthin, und sie tat alles, um für jedes Wehwehchen das richtige Heilmittel zu finden. Hanna hing an den Lippen der alten Frau, besonders, als sie ihr aus einem alten Codex vorlas.

»Steht darin auch etwas über Kräuter für werdende Mütter?«, fragte Hanna eifrig.

»Warum interessiert dich das?« Die alte Schwester hob eine Augenbraue und blickte auf Hannas Bauch.

Hanna lachte. »Sei unbesorgt, ich bin nicht guter Hoffnung,

aber ich wünsche mir so sehr, bei Wendelgart, der Stadthebamme, in die Lehre zu gehen.«

Schwester Agrikola schien erleichtert. »Ich kenne Wendelgart. Sie ist gut in ihrem Beruf.« Der Blick der alten Frau
lag wieder auf dem Codex. »Kräuter zur Kräftigung gibt es
viele«, überlegte sie. »Nach einer Geburt hilft gewürzter Wein
mit Hafermehl, auch Storchschnabel, der rote noch besser als
der braune, und auch Mistelsaft, aber davon darf man nicht
zu viel nehmen.« Agrikola lächelte. »Und wenn keine Frucht
eintreten will, dann muss die Frau Jakobskraut unter das Essen
mischen.«

Hanna hätte der alten Frau noch lange zuhören können, doch
zu ihrem Verdruss kamen im Verlauf des Tages immer wieder
Schwestern vorbei, die ein Wehwehchen zu beklagen hatten.

Einmal musste Schwester Agrikola ein Geschwür am Unter-
schenkel behandeln, und als Hanna nach dem Inhalt der Salbe
fragte, verriet Schwester Agrikola ihr auch die Rezeptur: »Schaf-
dung, Käseschimmel und Honig.« Sie lächelte verschwörerisch,
wobei sie die stinkende Salbe wieder zurück ins Regal stellte.
»Ist auch gut bei schweren Beinen, besonders dann, wenn sie
dick geschwollen sind. Also merk dir die Rezeptur, kannst sie
später als Wehmutter sicher gut gebrauchen.«

Genau in dem Augenblick, als für eine Weile endlich Ruhe
in der Kräuterstube eingekehrt war und Agrikola sich der Medizin für Luzia widmen wollte, betrat Schwester Ottilia das
Herbarium.

»Die Else ist gestorben«, keuchte sie atemlos, wobei sie sich
auf einen Hocker setzte. »Hab es eben im Spital erfahren.«

»Und warum diese Eile?«, fragte Agrikola ruhig, wobei sie
etwas getrocknetes Quendelkraut in den Mörser gab.

»Wegen der Hitze wollen sie sie noch heute auf dem Friedhof des Heiliggeistspitals vergraben. Nun, ich dachte, dass man
vielleicht erst die Klara –«

»Da hast du recht«, fiel Hanna ihr ins Wort. »Ich glaube
kaum, dass Else dort ihren Seelenfrieden finden wird. Sie gehörte doch zum Pfarrsprengel der Sankt-Johann-Kirche. In der

Nähe des Münsters wollte sie stets begraben sein, nicht an der Marktstätte.«

Hanna kämpfte mit den Tränen. Das kümmerliche Dahinscheiden der alten Else schmerzte, zudem ahnte sie, dass dieser Tod weiteren Kummer über das Müller'sche Haus bringen würde.

»Dann lauf und sieh zu, dass dies in Ordnung kommt«, entschied Agrikola mit ernstem Gesicht. »Die Medizin für Schwester Luzia schaffe ich auch alleine. Allerdings könntest du mir erst ein Büschel Kuhschelle vom oberen Regal reichen und den getrockneten Hühnermist auf den Tisch legen. Er ist doch von weißen Hühnern? Nicht dass du geschludert hast!«

Hanna nickte hastig. »Und das macht Schwester Luzia gesund?«, fragte sie zweifelnd, wobei sie sich die Tränen aus dem Gesicht strich.

»Auf jeden Fall bringt es sie nicht um«, erklärte Schwester Agrikola streng. »Zudem versetzt der Glaube oft Berge und vielleicht auch mehr. Und jetzt lauf zu. Der Seelenfrieden muss hergestellt sein, sonst bleibt er ewig im Fegefeuer gefangen.«

Hanna löste die Bänder ihrer Schürze und faltete sie sorgfältig zusammen. Schwester Ottilia versprach, Gisela davon zu unterrichten, wohin Hanna so eiligst unterwegs war.

Als die Pforte hinter Hanna ins Schloss fiel, hielt sie kurz inne. Der direkte Weg zur Mühle war zu gefährlich. Bestimmt standen die Schergen auch heute am Petershauser Tor. Sollte man sie aufgreifen, würde der Kummer im Haus des Müllers nur noch größer werden. Kurzerhand raffte sie ihren Rock und eilte in die entgegengesetzte Richtung.

Sie wählte eine kleine Seitengasse, die direkt zur Marktstätte führte. Als sie keuchend um die Ecke bog, verschlug ihr der Zusammenprall mit dem Söldner nicht nur den Atem, auch die Worte blieben ihr im Hals stecken, denn genau in diesem Augenblick erinnerte sie sich mit Schrecken an die vergessenen Krücken.

»Wo sind denn deine Krücken?«, fragte der Narbige mit zusammengekniffenen Augen auch schon.

Hanna rang verzweifelt nach Worten. Wäre nicht genau in diesem Augenblick ein höhergestellter Reisläufer am Ende der Marktstätte aufgetaucht, der Zusammenstoß wäre bestimmt nicht so glimpflich abgelaufen. Mit einem »Wir sprechen uns noch« lief der Söldner auf seinen Vorgesetzten zu.

Hanna ihrerseits nutzte die Gelegenheit und tauchte inmitten des Gedränges der Gasse unter. Mit klopfendem Herzen erreichte sie wenig später das Heiliggeistspital.

Nachdem sie sich zum verantwortlichen Pfleger durchgefragt hatte, der für die Totenstube zuständig war, machte sie ihm eiligst klar, dass Else auf dem Friedhof des Heiliggeistspitals niemals ihre Ruhe finden würde. Bestimmt war es nur dem Beginengewand zu verdanken, dass der Mann versprach zu warten, bis die Schwestertochter der Verstorbenen eintraf.

Um den Gestank des Spitals aus der Nase zu bringen und ihr wild klopfendes Herz wieder zu beruhigen, verharrte Hanna einen Augenblick am Brunnenrand. In der Ferne glaubte sie den Söldner zu sehen, der sich noch immer mit seinem Vorgesetzten besprach.

Der Schreck saß ihr tief in den Gliedern. Sie durfte den Gang zur Mühle unter keinen Umständen selbst machen. Es gab nur eine Möglichkeit, sie musste Barbel bitten, dies für sie zu tun. Doch zuerst musste sie abermals an den Söldnern vorbei.

Als sich eine Gruppe lachender Frauen näherte, gesellte sich Hanna in ihre Mitte. Auf Höhe der Brotlauben duckte sie sich hinter einen der Verkaufsstände, ehe sie in die Mordergasse schlüpfte. Wenn sie sich richtig erinnerte, würde Barbel heute einen ihrer Gänge in den Raueneggturm unternehmen. Also brauchte sie nur zu warten, bis die Magd erschien.

Die Zeit zog sich endlos in die Länge. Dann endlich öffnete sich das Tor eine Handbreit, und Barbel schlüpfte auf die Gasse. Bewaffnet mit einem prall gefüllten Korb marschierte sie mit ausladendem Schritt in Richtung des Schlachttores, welches direkt in die Vorstadt führte.

»Barbel, warte!«, rief Hanna gerade so laut, dass die Magd sie hörte.

»Was machst du hier?«, fragte Barbel verwundert, wobei sie den Korb eng an ihre Brust drückte.

»Keine Angst, ich will nichts zu essen.«

»Würdest du auch nicht bekommen, ist für die Herrin Endlin«, erwiderte Barbel trotzig.

»Das weiß ich doch.«

»Natürlich, von Ursus.« Barbel verdrehte die Augen.

»Barbel, ich brauche deine Hilfe.« Hanna drängte die Magd in eine der Häusernischen. »Du musst für mich zu Jodok.«

»Warum sollte ich?«

»Weil ich dich darum bitte. Ich würde ja selber gehen, doch das geht nicht. Die Schergen suchen noch immer nach mir. Bestimmt stehen sie auch am Petershausertor.«

»Würde mich schon interessieren, was du ausgefressen hast. Vielleicht sollte ich einen der Reisläufer fragen?«

»Bitte, Barbel.«

Die Magd schnaubte. »Also, was soll ich machen?«

»Die Else ist gestorben, und sie wollen sie auf dem Friedhof beim Armenhaus vergraben. Die Else wollte das nicht. Sie war doch stets eine Anhängerin des Bischofs. Klara soll Jodok um Hilfe bitten, vielleicht kostet es auch den einen oder anderen Pfennig. Else muss auf den Seelenacker bei Sankt Johann, so hat sie es immer gewollt.«

Barbels Gegenwehr schmolz zunehmend. »Und warum setzt du dich so für die Alte ein?«, fragte sie lauernd.

»Die arme Else ist unter Qualen gestorben, allein. Es war meine Schuld.« Hanna spürte die Tränen in ihren Augenwinkeln, doch sie schämte sich nicht dafür. »Ich hab gesehen, wie schlecht es ihr ging, und habe vergessen, Klara davon zu unterrichten. Nun will ich wenigstens zusehen, dass sie ihren Seelenfrieden findet.«

»Ja, da darf man keinen Fehler machen«, bestätigte Barbel mit ernster Stimme.

»Dann hilfst du mir?«

Die Magd zögerte und blickte auf ihren Korb.

»Ich warte solange hier mit dem Essenskorb, und anschlie-

ßend werde ich dich dafür in den Raueneggturm begleiten.«
Hanna versuchte sich trotz des Kummers an einem Lächeln.

»Du willst mitkommen in den Mörderturm?« Barbel machte
große Augen. »Wird aber kein Zuckerschlecken. Die Turmwächter sind schmierige Kerle.«

»Keine Angst, damit werde ich fertig.«

Barbel trennte sich nur ungern von ihrem Korb. Hanna
musste ihr schwören, die Kostbarkeiten mit ihrem Leben zu
verteidigen, sollte es verlangt werden. Dass ihr der Besuch im
Raueneggturm gelegen kam, verschwieg Hanna ihr.

Als Barbel an der Ecke zum Zunfthaus verschwand, duckte
sich Hanna tiefer in die Nische und biss sich auf die Lippe. Unruhig spähte sie die Gasse entlang, dabei knickte ihr Fuß ein,
und zwei Äpfel kullerten auf die Gasse.

Noch bevor sie reagieren konnte, tauchte wie aus dem
Nichts ein Gassenjunge auf und schnappte sich die guten Stücke. Zu Hannas Unglück war der Beutefang nicht unentdeckt
geblieben, sodass bereits zwei weitere Bettler auf sie aufmerksam wurden.

»Verschwindet, oder ich hole die Büttel!«, rief sie zornig,
wobei sie die Augen vor Wut rollte. »Eine Begine zu bestehlen
ist eine Todsünde, dafur kommt ihr in die Hölle.«

Es war wohl etwas übertrieben, doch die Worte zeigten Wirkung. Die zerlumpten Männer machten kehrt und verdrückten
sich in den angrenzenden Augustinerweg.

Nach einer schier endlosen Ewigkeit tauchte Barbel wieder auf.
Die Wangen rot vom Laufen, der Atem keuchend, lehnte sie
sich neben Hanna an die Steinmauer.

»Jodok wird alles in die Wege leiten«, japste sie hustend. »Die
Lena lässt dich übrigens grüßen. Du musst dir keine Sorgen
machen, ihr geht es gut.«

Hanna lächelte, dann drückte sie Barbel den Korb in die
Hände. Zwei Äpfel fehlten, doch dies würde die Magd hoffentlich nicht merken.

»Jetzt müssen wir uns beeilen. Die Herrin wartet bestimmt

schon ungeduldig.« Barbel warf einen besorgten Blick hinüber zum Haus ihres Herrn.

Als die beiden Frauen das Ende der Mordergasse erreichten, blieb Barbel plötzlich stehen. Erschrocken zog sie Hanna zu sich her. »Dort drüben!« Barbel wies mit vorgestrecktem Kinn auf den Einspänner, der vor einem vornehmen Haus in der Neugasse stand. »Dort wohnt die Witwe Blarer. Wie es aussieht, macht sie sich wieder auf zu Ritter Conrad. Und wie immer ist sie sich zu schön, um ein paar Schritte zu Fuß zu gehen.«

Hanna warf einen neugierigen Blick auf das Gefährt, dessen Pferd ungeduldig mit den Hufen scharrte. Sie konnte Barbels Ärger auf die Witwe durchaus nachvollziehen, zumal es niemand gern sah, scharwenzelte eine neue Frau um den eigenen Herrn herum. »Lass sie. Ritter Conrad lässt sich bestimmt nicht von einem galanten Augenaufschlag bezirzen.«

»Hoffentlich«, bemerkte Barbel mit gepresster Stimme.

Als die beiden Frauen das Schlachttor passierten und in das Gerberviertel einbogen, hüllte sie ein beißender Gestank ein. Die Bottiche, die unmittelbar neben den windschiefen Hütten standen, rochen nach Fäkalien, und um die auf Stangengerüsten aufgehängten Felle schwirrten Unmengen von Fliegen. Hier zu wohnen war tatsächlich eine harte Bürde, und Hanna fragte sich im Stillen, warum auch Wendelgart hier in der Vorstadt ihre Hütte hatte.

»Die rohen Häute, die Gerber nennen sie grüne Häute, kommen erst in die Bottiche mit Kalk, ehe –«

»… ehe die Gesellen das verwesende Fleisch mit Messern abschaben, ich kenne mich damit aus«, fiel Hanna ihrer Begleiterin ins Wort. »Lass uns deshalb den Weg entlang des Sees nehmen, dort weht ein stetes Lüftchen, das das Atmen leichter macht.«

Barbel schwieg beleidigt, trottete jedoch ohne Widerrede hinter Hanna her. Erst als sie das Seeufer erreichten, schluckte sie ihren Ärger hinunter.

»Du wolltest den Weg nicht nur wegen der besseren Luft nehmen, stimmt's?« Barbel blieb stehen und schaute hinüber zu den zwei Trauerweiden am Uferrand. »Dort drüben wurde nämlich die Agnes gefunden, darum der Umweg.«

»Bist halt ein schlaues Mädchen«, schmeichelte Hanna ihr. »Weißt du noch, welcher Fischer sie gefunden hat?«

Barbel stellte sich auf die Zehenspitzen und versuchte, inmitten der schäbigen Fischerhütten ein bekanntes Gesicht auszumachen. Doch die Männer wirkten alle seltsam gleich. Die Gesichter von Wind und Wetter gegerbt, die Haut durch die Sonne faltig braun gebrannt und in den Augen eine Leere, die betroffen machte.

»Versuchen wir es einfach. Fragen kostet ja nichts«, meinte Hanna, nachdem Barbel enttäuscht den Kopf schüttelte.

Der gesuchte Fischer war nirgends zu finden, doch dies war nicht allzu tragisch, denn er hatte seine Geschichte so oft zum Besten gegeben, dass jedermann Bescheid wusste.

»Man hat die arme Frau am Ufer gefunden. Ertrunken ist sie nicht, aber erstickt an ihrer eigenen Kotze.« Der Mann, der ihnen das erzählte, verzog das Gesicht zu einer Grimasse, während er vorführte, in welcher Stellung man die Agnes gefunden hätte. »Gekrümmt wie ein Wurm, eine Hand im Beutel mit dem Marzipan.« Er nickte wissend. »Vergiftetes Marzipan, wie wir erfahren haben«, fügte er hinzu, wobei er sich die Holznadel griff, um weiter an seinem Netz zu flicken.

Auf weitere Fragen reagierte der Mann nicht mehr. Offensichtlich hatte er alles gesagt, was es zu sagen gab.

»Der Beutel bei der Agnes gehörte Herrin Endlin«, stöhnte Barbel leise, nachdem sie die letzte Fischerhütte eben hinter sich ließen und sicher sein konnten, dass niemand sie hörte. »Und dabei hat die Herrin der Agnes nie einen solchen Beutel geschenkt, doch das wollten der Schultheiß und seine Mannen natürlich nicht hören.«

»Warte kurz! Mir ist noch etwas eingefallen.« Hanna drehte sich um und rannte zurück zum Haus des Fischers.

Der Mann schaute verwundert auf. »Was willst du noch?«

»War die Frau schon öfters hier am Ufer? Hat vielleicht jemand sie schon früher gesehen? Vielleicht sogar in Begleitung?«

Der Mann kratzte sich am Kopf. Sein Blick verlief sich irgendwo auf der spiegelnden Oberfläche des Sees. Minutenlang saß er nur so da, und Hanna glaubte bereits, er sei mit offenen Augen eingeschlafen.

»Wir waren an diesem Tag ja alle draußen beim Fischen, wie wir es jeden Tag tun«, brummte der Mann so plötzlich, dass Hanna erschrocken zusammenzuckte. »Ob die Frau schon früher hier war, weiß ich nicht. Doch eine der Frauen hat tatsächlich eine Kutsche bemerkt, besser gesagt einen Einspänner, der lange Zeit an der Mauer gestanden ist. War vielleicht aber auch nur jemand, der die Aussicht auf den See genießen wollte.«

»Und hat die Frau gesehen, wer darinsaß?« Hanna horchte neugierig auf. »Ein Mann oder eine Frau?«

»Das musst du die Lotte selber fragen, aber die ist für die nächsten Wochen zu ihrer Mutter hinüber nach Buchhorn. Liegt im Sterben, die Arme.« Der Fischer erhob sich und hielt das Netz gegen das Licht.

Hanna ahnte, dass dem Mann im Augenblick das Netz wichtiger war als die Rückkehr dieser Lotte. Sie bedankte sich für die Auskunft.

»Einen Einspänner?«, fragte Barbel, nachdem Hanna ihr alles erzählt hatte. »Die Witwe Blarer besitzt einen«, fügte sie nachdenklich hinzu.

»Da ist sie allerdings nicht die Einzige. Nahezu alle Geschlechter von Konstanz reisen in solchen Kutschen.« Hanna ließ sich kurz auf einem Baumstrunk nieder und rieb ihren Fuß. Das Laufen auf dem unebenen Grund brachte ihr den schlecht verheilten Bruch aus Kindheitstagen wieder in Erinnerung.

»Aber die Witwe ist mit Sicherheit die einzige reiche Frau in Konstanz, die Agnes gekannt hat. Die Agnes war sonst nämlich nirgends im Dienst, wie sie mir selbst erzählte. Seit sie in Konstanz war, arbeitete sie nur bei Reinhild Blarer und ihrem Gatten, Gott hab ihn selig.«

»Woran ist denn der Mann verstorben?«, fragte Hanna neugierig.

Barbel hob die Schultern. »Das weiß ich nicht.«

Den Rest des Weges zum Raueneggturm hinkte Hanna wie seit Wochen nicht mehr. Das hektische Laufen war ihr nicht bekommen. Der Fuß schmerzte mit jedem Schritt mehr, und insgeheim sehnte sie sich bereits nach Giselas Krücken.

Die beiden Torwächter beim Gefängnisturm zeigten sich für einmal ungewohnt gnädig. Vielleicht erregte Hannas Hinken ihr Mitleid, jedenfalls hielten sie sich mit anzüglichen Bemerkungen zurück.

Barbel langte in den Korb und zog zwei vor Fett triefende Hirnwürste hervor, die sie den beiden grobschlächtigen Kerlen hinhielt. Sie tat dies immer, damit sie Endlin von Liebenfels eine Spur milder behandelten, gestand sie Hanna mit abgewandtem Kopf, damit die beiden Männer sie nicht hören konnten.

Die Würste verschwanden so schnell, dass Hanna später nicht einmal mehr sagen konnte, ob es sie tatsächlich gegeben hatte. Auf jeden Fall griff sich einer der Männer jetzt eine Fackel und stieg vor ihnen die Wendeltreppe hoch. Begleitet von harschen Rufen, Flüchen und Stöhnen aus den angrenzenden Zellen stolperten die beiden Frauen hinter dem Mann eine weitere Treppe hoch.

»Sobald die Glocken zur Non läuten, ist der Besuch zu Ende«, brummte er, als er vor einer schmalen Holztür stehen blieb und den Schlüssel ins Loch steckte. »Keinen Glockenschlag später, haben wir uns verstanden!«

»Das ist ja nicht mehr lange«, empörte sich Barbel.

»Hättest halt früher kommen müssen.« Der Mann kratzte sich genüsslich im Schritt, während er den Mund zu einem schiefen Grinsen verzog und einen Schritt zur Seite machte.

»Dann geh wenigstens nach unten und horch nicht an der Tür.« Barbel warf den Kopf in den Nacken und funkelte den Grobschlächtigen wütend an, als sie sich an ihm vorbeizwängte.

Bislang hatte Hanna die Magd für etwas einfältig gehalten, doch begann sie sie für ihre Kaltschnäuzigkeit allmählich zu bewundern.

In Endlin von Liebenfels' Zelle hatte schon so manch reicher

Adeliger seinen Rausch ausgeschlafen und auf seine Strafe gewartet. Doch auch wenn die Zelle für die noble Gesellschaft bestimmt war, mehr als eine einfache Bettstatt, eine wollene Decke und einen kleinen Tisch mit Stuhl in der Mitte des Raumes gab es nicht. Lediglich die Aussicht durch das Fenster war herrlich.

»Herrin, ich habe heute die Hanna mitgebracht.« Barbel sprach stockend und schloss die Tür hinter sich. Verstohlen wischte sie sich eine Träne weg. Die Herrin in einer solchen Verzweiflung zu sehen, tat weh.

Endlin von Liebenfels hob den Kopf. »Eine Begine?«, fragte sie müde. Die Edelfrau hatte stark an Gewicht verloren. Ihre Wangen wirkten hohl, ihre Augen rot umrändert.

»Hanna ist eigentlich keine Betschwester«, beantwortete Barbel die Frage ihrer Herrin, wobei sie verlegen zu Hanna schaute. »Sie ist … äh …«

»Das ist nicht wichtig«, beendete Hanna das Gestammel, wobei sie einen Schritt auf die Edelfrau zumachte. »Ich will Euch helfen, Herrin Endlin«, erklärte sie sanft. »Auch ich war einst zu Unrecht in einer solchen Zelle.« Dass nur die wenigsten den Mörderturm lebend verließen, dies behielt Hanna für sich.

Endlin griff sich einen Apfel und drehte ihn in den Händen. Ihr Blick lag auf einem imaginären Punkt an der gegenüberliegenden Wand.

»Könnt Ihr Euch vorstellen, wer Euch so hasst, dass er Euren Tod in Kauf nehmen würde?«, fragte Hanna leise weiter, wobei sie kurz über ihre Schulter auf Barbel blickte.

»Darüber zerbreche ich mir jede Nacht den Kopf.« Endlin erhob sich von ihrem Stuhl und ging schwerfällig auf das Fenster zu. Im Winter würde man es mit Fellen, Pergament oder Läden verkleiden, die Dunkelheit inmitten der Zelle würde grausam sein. Sie schwankte, hielt sich am Fensterrand fest und schloss die Augen.

»Wir wissen inzwischen, dass Agnes in die Apotheke in der Mordergasse eingebrochen ist. Sie hat dort das Arsenik gestohlen«, begann Hanna erneut.

Aus den Augenwinkeln bemerkte sie, wie sich Barbel über

den Korb beugte. Jeden Moment würde sie das Fehlen der beiden Äpfel bemerken. Hanna trat an die Seite von Endlin, während sie hinter sich ein empörtes Schnauben hörte.

»Ist Euch nicht gut?«, fragte sie besorgt. »Zu Beginn ist werdenden Müttern oft übel. Wenn Ihr wollt, frage ich die Wehmutter nach Kräutern.«

Endlin von Liebenfels öffnete die Augen und schluckte. Im grellen Licht traten ihre Augenringe noch deutlicher hervor. Um ihren Mund zeigte sich ein Zucken. Es war unschwer zu erkennen, dass sie dagegen kämpfte, die Fassung zu verlieren. »Du sagtest, dass Agnes eine Diebin war?«, kam es gehaucht über ihre Lippen.

»Ja, sie hat das Arsenik gestohlen und es dem Ratsherrn in den Branntwein getan. Davon bin ich überzeugt.« Hanna schielte zu Barbel. Die Magd zeigte auf den Korb.

»Warum hätte sie dies tun sollen?« Endlin blieb skeptisch. »Ich habe sie zwar nur Reinhild zuliebe in meinen Haushalt genommen, doch dies habe ich versucht zu verbergen. Ich habe sie so behandelt wie das übrige Gesinde.«

»Wenn sie es nicht aus Bosheit zu Euch tat, dann vielleicht auf Geheiß eines anderen. Daran habe ich selbst schon gedacht.« Hanna senkte ihre Stimme. »Wer profitiert am ehesten davon, wenn Ihr tot seid?«

Erschrocken drehte sich Endlin um. Jegliche Farbe wich aus ihrem Gesicht, während sie auf den Stuhl zurückschlurfte. »Nur Conrad. Er hätte meine Mitgift und wäre frei, sich neu zu binden.« Erschöpft sackte ihr Kopf auf die Arme, dann ertönte ein herzergreifendes Schluchzen.

Barbel versuchte ihre Verlegenheit zu verbergen, indem sie die wollene Decke aufschüttelte.

»Welchen Nutzen hätte die Witwe Reinhild von Eurem Tod?«, fragte Hanna so leise, dass Endlin anfänglich nicht reagierte. Als sie jedoch langsam den Kopf hob, lag ein seltsamer Ausdruck auf ihrem Gesicht.

»Reinhild?« Der Name hing bleischwer über dem kleinen Raum. »Warum sollte sie meinen Tod wollen?«

Hanna hob die Schultern. »Das werde ich herausfinden, dafür müsst Ihr mir versprechen, besser auf Euch achtzugeben. In Eurem Bauch wächst ein Kind, und hierfür habt Ihr Sorge zu tragen.«

Endlin schluckte, dabei legte sie beide Hände auf ihren Bauch. Das Lächeln wirkte verkrampft, es kostete sie große Mühe. »Wie geht es dem Herrn?«, wandte sie sich kaum hörbar an Barbel, die noch immer an der Bettstatt stand und jetzt fahrig über die Decke strich.

»Nicht so gut, Herrin. Er versucht alles, Euch zu helfen«, hüstelte sie.

»Und warum war er dann noch nie hier?« Endlins Stimme zitterte. »Kein einziges Mal hat er mich besucht. Die Wärter behaupten, dass die ganze Stadt an meine Schuld glaubt. Tut Conrad dies auch?«

Barbel schaute hilfesuchend zu Hanna. Eine bleierne Stille lag mit einem Mal über den drei Frauen, und als die Glocken der nahen Kirche ertönten, atmete jede von ihnen auf. Die Antwort auf die Frage blieb aus, es war besser so.

Als die Tür aufschlug und der Wärter mit seinem Schlüsselbund rasselte, griff sich Barbel hastig den Korb. Endlin von Liebenfels hielt sich gerade. Nur das Zittern ihrer Hände verriet ihre wahren Gefühle.

13. Kapitel

Am Tag darauf fand die Bestattung der alten Else statt. Wie bei Armenpfründnern üblich läutete keine Glocke und brannten auch keine Kerzen. In aller Herrgottsfrühe wurde die Tote, eingenäht in ein schlichtes Leinentuch, auf einem Brett liegend ins Grab gelegt. Da auch auf dem Friedhof der kleinen Kirche Sankt Johann der Platz beschränkt war, mussten erst ein paar alte Knochen beiseitegeschaufelt werden, bevor Else ihren Platz fand. Ein süßlich beißender Gestank nach Verwesung strömte aus dem Erdloch, sodass sich viele der Anwesenden ein Tuch vor den Mund hielten.

Jodok hatte den verlangten Beichtpfennig für Else entrichtet, ansonsten hätte das Begräbnis ohne den Mönch stattgefunden, der sich gerade das Rauchfass griff und es über das Grabloch schwenkte.

Da die Kirche Sankt Johann nur einen Steinwurf vom Münster entfernt lag, drang das Hämmern und Rufen der Handwerker bis auf den kleinen Seelenacker. Die beiden halb fertigen Türme ragten magisch in den blauen Himmel. Bald wurde die Sonne das Gotteshaus mit ihrem goldenen Licht fluten.

Klaras Schluchzen erfüllte die Luft, während Lena ihr tröstend eine Hand um die mageren Schultern legte. Ein paar wenige Frauen hatten sich eingefunden, die Else das letzte Geleit gaben. Hanna stand inmitten einiger Beginen. Sie hielt den Blick gesenkt. Im Stillen hoffte sie darauf, ein paar Worte mit Lena wechseln zu können.

Der grauenvolle Gestank aus dem Erdloch war kaum noch auszuhalten, obwohl die Totengräber eben die letzte Schaufel Dreck auf den Erdhaufen warfen. Hustend hielt sich Hanna eine Hand vor den Mund. Dass ihr dabei der Schleier verrutschte und den Blick auf ihr Gesicht freigab, bemerkte sie erst, als der Bleichgesichtige hinter einem Baum hervortrat und in ihre Richtung starrte. Erschrocken wich sie einen Schritt zurück.

»Was ist?«, fragte Gisela neben ihr leise.

»Dort drüben, der Bleichgesichtige. Ich glaube, er hat mich erkannt.«

»Zwei schmierige Kerle«, brummte Gisela. »Was haben die überhaupt hier auf dem Seelenacker zu suchen?«

»Du urteilst aber hart. Du kennst den andern doch gar nicht.«

Gisela hob eine Augenbraue. »Aber du, wie mir scheint.«

»Das ist der Stallbursche des Conrad von Liebenfels. Er tut es nur für mich. Vermutlich ist er dem Bleichgesichtigen gefolgt. Es spricht sich schnell herum, dass ein Begräbnis stattfindet.« Hanna spürte, wie sie rot wurde.

»Dann ist das Ursus?«

»Woher kennst du seinen Namen?«

»Weil du im Schlaf sprichst«, lächelte Gisela.

Hanna riss die Augen auf. Am liebsten wäre sie im Boden versunken, doch schon wandte sich Gisela diskret ab.

Die Anwesenheit des Bleichgesichtigen machte es Hanna unmöglich, mehr als Blicke mit Lena zu tauschen. Zu groß war die Gefahr, und so gönnten sie sich lediglich ein einvernehmliches Nicken, ehe sie in getrennte Richtungen gingen.

Am Beginenhof zog es Hanna in die Stille der Kräuterstube. Der balsamische Duft der Kräuter beruhigte ihre aufgewühlten Nerven und half, den Verwesungsgestank aus der Nase zu vertreiben.

Eberraute gegen Gicht, Kerbel zur Blutstillung und Sellerie, um schlechtes Wasser auszutreiben, Schwester Agrikola war ein Sammelsurium an Wissen. Dass sie alle Kräuter mit ein wenig des teuren Pfeffers und einer Prise Zimt verstärkte, beeindruckte Hanna zwar, doch weitaus mehr interessierten sie die vielen Kräuter gegen böse Geister, die auch werdenden Müttern gefährlich werden konnten.

Wacholderbeeren und Fichtenzweige unter der Matratze sollten den Bilwiss abhalten, einen bösen Dämon, der des Nachts in die Kammern ahnungsloser Frauen schlich und seine Opfer mit einem giftigen Pfeil willenlos machte, aber auch Gottesgnadenkraut, Herrgottskraut und Himmelbrand verhalfen zu

Schutz vor Hexen- und Teufelsspruch. Hanna sog das Wissen der alten Kräuterschwester wie ein Schwamm auf. Wendelgart würde Augen machen, wenn sie ihr all dies erzählte.

Das Schnippeln und Zermalmen der Kräuter zeigte Wirkung. Zwar brannte die Trauer um Else noch immer tief in Hannas Herzen, doch allmählich rückte die Erinnerung an den Vorabend wieder in den Vordergrund.

Guta von Wellershausen hatte sie zur Seite genommen und ihr wortreich erklärt, dass das Haus der Beginen allen Frauen offen stand, besonders jenen, die sonst keinerlei Hilfe fanden. Irgendwie hatte Hanna das Gefühl gehabt, dass die Meisterin nicht so sehr auf ihr Schicksal anspielte, sondern mehr auf das der sonderbaren Katharina von Rhäzüns. Zwar hatte sie den Namen der Adeligen nicht explizit erwähnt, doch die Art, wie sie dabei zur Decke blickte, ließ keine Zweifel aufkommen. Warum sie allerdings genau ihr das Schicksal der Adeligen so ans Herz legte, war Hanna nicht klar. Und als Gisela nun den Kopf durch die Tür der Kräuterstube steckte, schob sie den Gedanken vorerst beiseite.

»Ich bräuchte Hanna jetzt in der Küchenstube«, mahnte Gisela freundlich, jedoch eindringlich in Richtung der alten Kräuterschwester. »Das Nachtmahl steht an, und unsere Gäste haben wieder Extrawünsche.«

Agrikola kam der Bitte nur ungern nach. Offenbar genoss auch sie die Stunden mit Hanna. Erst als Hanna versprach, morgen bei der Salbenherstellung tatkräftig mitzuhelfen, zeigte sich auf dem Gesicht der alten Begine doch ein zaghaftes Lächeln. Zwischen Gisela und Agrikola herrschte beinahe etwas wie Eifersucht, stellte Hanna im Stillen belustigt fest.

Im Heumonat kam die Dämmerung bei Schönwetter erst spät, und so nutzten die Schwestern die langen Abende, um nach dem Nachtmahl länger am Tisch sitzen zu bleiben. Ottilia gab Anekdoten aus dem Heiliggeistspital zum Besten, die wirklich zum Schmunzeln waren, während die Gartenschwestern vom Sprießen ihrer Lieblinge erzählten. Auch Gerüchte vom Markt wurden weitergetragen, was zu heftigen Diskussionen führte.

Zu den Schwestern, die den Worten ihrer Mitschwestern nur stumm lauschten, gehörte Luzia. Umso erstaunter war Hanna, als die Jungschwester sie zu sich in die Ecke winkte.

»Ich wollte mich bei dir bedanken, dass du mir geholfen hast«, flüsterte sie leise. »Meine Krankheit stößt nicht bei allen Schwestern auf Wohlwollen.« Luzia schluckte, während ihr Blick hinüber zum großen Tisch wanderte, an welchem die älteren Schwestern saßen und sich gestenreich unterhielten.

»Das ist doch selbstverständlich«, erwiderte Hanna ebenso leise. »Auch meine Anwesenheit bereitet nicht allen Freude.« Sie grinste, wobei sie entschuldigend die Schultern hob. »Scheint das Los von uns Jungen zu sein.«

»Viele möchten mich draußen im Irrenhaus sehen«, flüsterte Luzia. »Tumbe gehören dorthin, sagen sie.« Die junge Schwester kämpfte mit den Tränen. Verstohlen fuhr sie sich über die Augen. »Doch vielleicht werden sie bald ihre Meinung ändern.«

»Warum?« Hannas Neugier war erwacht. Die seltsame Gesprächigkeit der jungen Schwester irritierte sie, und sie wurde das Gefühl nicht los, dass Luzia danach gierte, ihr etwas zu sagen. Hanna schenkte der jungen Frau ein aufmunterndes Lächeln.

»Kannst du ein Geheimnis für dich behalten?« Luzia rückte so nahe an Hanna heran, dass diese die Zwiebeln riechen konnte, denen die junge Schwester während des Nachtmahls nicht hatte widerstehen können.

Hanna nickte auffordernd.

»Ich weiß, warum Katharina von Rhäzüns innerhalb unserer Mauern Schutz gesucht hat.« Luzia sog die Luft tief in ihre Lungen und wartete gespannt auf Hannas Reaktion.

Als sich in Hannas Augen ein Glänzen zeigte, fuhr Luzia leise fort: »Sie hat vor wenigen Jahren ein Kind geboren, einen Jungen.« Sie nickte wissend. »Das Kind lebt allerdings nicht bei ihr, auch nicht bei seinem Vater.«

Hannas Neugier wandelte sich zu Langeweile. Vermutlich war eine Geburt für eine Begine bereits ein solches Vorkommnis, dass man darin ein Geheimnis vermutete. Sie wollte sich bereits abwenden, als Luzia sie am Ärmel näher zu sich herzog.

»Der Junge ist krank. Ich glaube, er ist wirklich vom Irrsinn befallen, so wie sie darüber geredet haben.«

»Wer hat darüber geredet?«

Luzia blickte kurz zur Meisterin. »Guta von Wellershausen und die Rhäzünserin. Sie dachten wohl, ich schlafe, sonst hätten sie bestimmt nicht in meiner Gegenwart so offen darüber gesprochen.«

»Jetzt spann mich nicht so auf die Folter. Was haben sie gesagt?«

»Der Junge ist am Leib unversehrt, doch sein Geist ist nicht von dieser Welt. Er ist von schlichtem Geist, einfältig, wenn du weißt, was ich meine.«

Hanna nickte langsam.

»Wenn bekannt würde, wer sein Vater ist, würde dies Konstanz erschüttern.« Luzia verzog ihre Mundwinkel zu einem für sie ungewohnten Grinsen.

Bislang hatte Hanna die junge Frau noch nie heiter gesehen, sondern still, verschlossen und zuweilen auch etwas schwerfällig. Was, wenn sie sich nur wichtigmachen wollte? »Wer ist denn der Vater des Kindes?«, fragte sie zweifelnd.

Luzia schürzte die Lippen. Sie zauderte noch, doch dann flüsterte sie beinahe stimmlos: »Bischof Rudolf.«

»Der Bischof?« Hanna vergaß vor Schreck, die Stimme zu senken. Etliche der Köpfe wandten sich bereits in ihre Richtung. Hanna winkte entschuldigend ab, wobei sie sich in einem dümmlichen Lächeln übte.

»Bist du dir sicher? Könnte es nicht sein, dass du dich verhört hast?«, wandte sie sich wieder an die Jungschwester.

Luzia verneinte. Nachdem sich die Aufmerksamkeit der Schwestern wieder auf das Geschehen am Tisch gelenkt hatte, sprach sie weiter.

»Guta von Wellershausen verurteilte das … das ausschweifende Leben unseres Bischofs aufs Schärfste. Offenbar fand der … der Übergriff, wie die Rhäzünserin es nannte, nicht einvernehmlich statt. Der Bischof soll anlässlich eines Festmahls betrunken, wie die Rhäzünserin sagte, über sie hergefallen sein.«

Luzia hielt sich schützend die Hände vor die Brust, als ließe sich damit alles Übel fernhalten.

»Und das hier in Konstanz?« Hanna malte sich aus, wie der hagere Bischof über die junge, wenn auch wohlgenährte Edelfrau herfiel, und schüttelte sich vor Ekel.

»Nein, nicht in Konstanz.« Luzia schluckte. »Das war in seiner Zeit am Bischöflichen Hof in Curia. Bischof Rudolf war dort lange Zeit Dompropst, ehe er zum Generalvikar und später zum dortigen Bischof ernannt wurde.« Am Wissen um das Vorleben des Bischofs war herauszuhören, dass Luzia zweifellos die Wahrheit sprach.

»Dann ist Bischof Rudolf nicht nur der Vater eines unehelichen Sohnes, sondern auch der Vater eines Einfältigen.« Hanna lachte, was abermals alle Köpfe in ihre Richtung lenkte.

»Du behältst das Ganze aber für dich«, flüsterte Luzia mit hochrotem Kopf, »dafür verrate ich niemandem, dass Ursus dein Liebster ist.« Sie erhob sich hastig.

Hanna lächelte in sich hinein. In Luzia hatte sie wohl eine Freundin gefunden.

Am folgenden Tag mied Schwester Luzia Hannas Gegenwart allerdings wie der Teufel das Weihwasser. Jedes Mal, wenn sich die beiden Frauen im Innenhof zufällig begegneten, verschwand sie durch eine der Türen, noch bevor Hanna ein Wort an sie richten konnte. Der Zwiespalt, der sich zwischen den beiden Frauen auftat, wurde mit jedem Tag größer, und bald vermied auch Hanna jegliches Treffen. Insgeheim konnte sich Hanna Schwester Luzias Verhalten nur mit nagender Scham erklären, sich ihr hinter dem Rücken der Meisterin erklärt zu haben.

Doch das Wissen um das Geheimnis des Bischofs raubte Hanna den Schlaf. Welche Rolle spielten Bruder Wigand, der Kustos der Barfüßer, und Augusta Pfefferhard in dieser Sache? Es war keine Nichtigkeit, das ahnte sie.

✳✳✳

Reinhild Blarer stieg gemächlichen Schrittes die Treppe ihres Hauses hoch. Stolz ließ sie den Blick über die filigran geschnitzten Truhen, die meisterhaft gearbeiteten Gobelins aus Gold- und Silberfäden und die Kästen aus edelsten Hölzern gleiten. Sie sog die Luft tief in ihre Lungen, ehe sie die Klinke zum Schlafgemach ihres verstorbenen Gatten mit festem Griff umklammerte.

Sie war lange nicht mehr in dieser Kammer gewesen, warum auch, sie hing nicht an der Vergangenheit. Sentimentalitäten und Geziertheit hatten in ihrem Leben keinen Platz. Als ihr Gatte das Zeitliche gesegnet hatte, hatte sie keine Sekunde gezögert, das Geschäft mit dem Leinwandhandel fortzuführen. Sie hatte sich mit führenden Händlern der Stadt zusammengetan, was ihr nicht schlecht bekommen war. Seither wurde ihre Leinwand aus den Bleichhäusern der Vorstadt auch in fernen Landen gehandelt.

Handelsorte wie Troyes, Bar und Lagny gehörten ebenso zu ihren Umschlagplätzen wie die Messen in Nürnberg, Köln und Frankfurt. Natürlich reiste sie nicht selbst an diese fernen Orte, dafür hatte sie Meister Gebhard. Der Gute war schon ihrem Gatten treu ergeben gewesen und würde es wohl bis zu seinem Tod auch ihr sein, zumal sie ihm den Lohn deutlich erhöht hatte.

Im Lagerhaus an der Schiffslände lagerten Unmengen von bester Konstanzer Leinwand, die in Kürze Richtung Frankreich geschickt würden. Sie selbst brauchte nicht viel mehr zu tun, als hin und wieder einen Besuch abzustatten, mit erhobenem Kopf durch die Lager zu gehen und einen Blick in die Bücher zu werfen.

Bald war das Trauerjahr um und sie wieder in der Lage, eine eheliche Verbindung einzugehen. Natürlich nicht mit einem der unzähligen aufdringlichen Verehrer, die ihr seit Monaten den Hof machten. Sie hatte ihre Wahl längst getroffen.

In der Kammer roch es muffig, ja fast faulig. Der Tod lauerte noch immer in allen Ecken. Reinhild Blarer ging auf eines der zwei Fenster zu und riss es mit Schwung auf. Die frische Luft tat gut. Obstbäume, grüne Wiesen und Unmengen von Blumen erfreuten das Auge. Nichts erinnerte mehr an die Gerber, die einst hier ihre Werkstätten hatten.

Reinhild wandte sich ab. Das Lächeln auf ihren Lippen erstarrte, als sie an den bevorstehenden Besuch im Raueneggturm dachte. Natürlich ging sie nie hoch in die Turmzelle. Es reichte völlig aus, den Turmwächtern hin und wieder einen Korb für Endlin abzugeben.

Die Stufen knarrten bei jedem Schritt, als sie die Treppe hinabging. In der Küche senkten die Frauen besorgt die Köpfe. Sie standen noch nicht lange im Dienst ihrer Herrin. Die Köchin ein knappes Jahr, die Jungmagd erst, seit sie Agnes in die Mordergasse geschickt hatte. Die Gerte hatten beide schon zu spüren bekommen.

»Herrin, habt Ihr einen Wunsch?«, fragte die Köchin demütig, wobei sie versuchte, einen halbwegs passablen Knicks zu machen.

»Hol mir die gute Haube, die mit den drei Reihen Kruseler Spitze! Sie ist drüben in der guten Stube«, befahl sie mit rauer Stimme. Sie griff sich den Weinbecher und spülte den eingeatmeten Staub aus der Kammer mit ein paar kräftigen Schlucken hinunter. »Und du gehst hinauf in die Schlafkammer meines Gatten und tust deine Arbeit«, wandte sie sich streng an die Magd. »Ich will kein Staubkorn mehr sehen.«

Allmählich musste sie zur Tat schreiten. Reinhild Blarer strich sich über das grüne Kleid aus Seide, das sie an diesem Morgen ausgewählt hatte. Der Stoff raschelte bei jedem ihrer Schritte, zudem bezeugte der Glanz der Seidenfäden, um welche Kostbarkeit es sich handelte. Grün stand ihr besonders gut, es brachte ihre Augen so richtig zur Geltung.

»Kommt die Haube endlich!«, rief sie ungeduldig, während sie den leeren Weinbecher auf den Tisch knallte.

»Entschuldigt, Herrin, ich hab sie erst nicht gefunden.« Die Köchin kam ihr mit hochrotem Kopf entgegen.

»Hilf mir, sie ordentlich zu binden.« Reinhild Blarer riss die Haube grob aus den Händen der alten Frau und setzte sie sich auf den Kopf. »Jetzt hol mir den Sonnenschirm und öffne die Tür!«

Der Kutscher wartete bereits. Reinhild spannte den Schirm

und hielt ihn gegen die Sonne. Meister Gebhard hatte ihr diesen Schnickschnack aus Frankreich mitgebracht, und seither beneideten sie sämtliche Konstanzer Damen um dieses sonderbare Ding.

Reinhild Blarer verharrte kurz, als sie die wohlbeleibte, vornehme Matrone bemerkte, die in Begleitung ihrer Magd die Gasse entlangkam.

»Ein wunderschöner Tag heute, findet Ihr nicht auch?«, säuselte ihr die Frau mit gespitzten Lippen zu. »Einfach herrlich für einen kleinen Spaziergang.«

»Dafür habe ich leider keine Muße«, erwiderte die Blarerin mit einem angedeuteten Nicken. »Ihr wisst ja, der Handel mit Leinwand ist ein hartes Geschäft, gerade für uns Frauen. Zudem opfere ich meine freie Zeit für den armen Ritter Conrad von Liebenfels. Sein Kummer frisst ihn noch auf.«

»Ach ja, der Ritter«, seufzte die Dame herzerweichend. »Er kann wirklich von Glück reden, kümmert Ihr Euch doch so rührend um ihn.«

»Ich tue mein Bestes.« Reinhild drehte den Schirm und drückte die Augen.

»Anfänglich konnte ich es ja nicht glauben, dass seine Gattin eine Giftmörderin sein soll«, fuhr die Matrone leise fort. »Aber jetzt munkelt man es an allen Ecken in der Stadt. Die arme Agnes und den Ratsherrn zu töten, dazu braucht es schon einen verschlagenen Charakter.«

»Ja, leider. Wir haben uns wohl alle in Endlin von Liebenfels getäuscht.« Reinhild seufzte. »Mir gegenüber gab sie sich stets als feinfühlige Freundin.«

»Alles Lug und Trug.« Die Matrone presste die Lippen aufeinander. »Bösartig getäuscht hat sie Euch.«

Reinhild Blarer nickte und sog die Luft tief in ihre Lungen. »Bitte entschuldigt mich jetzt. Ich muss in den Mörderturm. Auch wenn sich Endlin als hinterhältige Natter entpuppte, mir soll man nicht nachsagen, dass ich sie dort darben ließe.« Sie klappte ihren Schirm zu und drängte sich an der schwatzhaften Matrone vorbei.

Der Kutscher reichte ihr nach einer Verbeugung die Hand, und sie kletterte ins Innere des Gefährts. Sie winkte kurz in Richtung der Frau, dann zog sie den Vorhang mit Schwung zu.

Kaum hatte der Einspänner das Schlachttor passiert, drückte sich Reinhild Blarer ein parfümiertes Leinentüchlein vor die Nase. Trotz des dicken Vorhangs stank es selbst im Inneren der Kutsche schon wie auf dem Schweinemarkt. Sie drückte sich tiefer in das Polster der Sitzbank, dankbar, dass der Kutscher ihre Pein offenbar bemerkte und den Weg entlang des Ufers einschlug.

Wie immer schickte sie auch heute den Kutscher mit dem Korb zu den Wächtern. Sie selbst blieb im Inneren sitzen und blickte den Turm hoch. Irgendwo da oben musste Endlin sein. Es erfüllte sie mit Genugtuung.

Als der Einspänner wenig später in die Mordergasse einbog, zeigte sich auf dem Gesicht der Witwe bereits wieder die altgewohnte Bekümmernis. Sie kam stets zur gleichen Zeit zum Haus des Ritters, sodass der Stallknecht auch heute bereits am Tor stand, um ihr Einlass zu gewähren.

Ritter Conrad saß wie üblich vor einem Krug Wein, die Augen bereits gerötet, und hob lahm grüßend eine Hand. Der Weingeist zeigte schon zu früher Stunde seine Wirkung. »Ihr kommt gerade recht«, lallte er. »Wicca wird in Kürze das Essen bringen.«

Reinhild zog ihre Handschuhe aus und warf sie auf eine der Kommoden, ehe sie sich hinter den Ritter stellte und sanft ihre Hände auf seine Schultern legte. »Ihr dürft Euch nicht so grämen«, flüsterte sie mitleidsvoll. »Ich war eben im Raueneggturm und habe für Endlin einen Korb voller Spezereien abgegeben.«

Ritter Conrad winkte ab. »Warum tut Ihr das? Ihr glaubt doch im Stillen auch, dass sie eine Mörderin ist.«

»Sie ist immer noch Eure Gemahlin«, säuselte Reinhild mit gespitzter Zunge, während sie den Druck ihrer Hände leicht verstärkte.

»Ihr habt meine Frage nicht beantwortet.«

»Warum ich das tue?«, fragte die Witwe leise. »Nun, Endlin war mir stets eine gute Freundin. Als mein Gatte starb, half sie mir tröstend über die schwere Zeit.«

»Ich verstehe es einfach nicht«, brummte der Ritter und leerte den Weinbecher in einem Zug. »Man kann doch nicht so dumm sein und glauben, dass so ein Mord nicht entdeckt wird.«

»Sie wollte Euch wohl helfen, in den Großen Rat zu kommen, und da sah sie in Walter von Roggwil eine Hürde.«

»Und warum der Hund? Warum hat sie ihn vergiftet?« Ritter Conrad schüttelte den Kopf. »Ich dachte stets, dass Endlin das Tier ebenso mag wie ich.«

Als aus der Diele Schritte zu hören waren, drehte Reinhild Blarer sich um und ging auf einen der Stühle zu. Das Lächeln auf ihren Lippen erwiderte der Ritter mit einem Nicken.

»Herr, das Essen ist fertig. Sollen wir es auftragen?« In Wiccas Blick lag so viel Hass, dass die Blarerin sich ein Lächeln nicht verkneifen konnte. Dieser Furie würde sie bald schon die Leviten lesen.

»Rein damit in die gute Stube«, dröhnte Ritter Conrad, wobei er eine fahrige Handbewegung machte. Dass dabei der Weinbecher zu Boden fiel, kommentierte er mit einem Rülpser.

Während des Essens plauderten Ritter Conrad von Liebenfels und Reinhild Blarer über Belanglosigkeiten, zumal Barbel oder Wicca wie Kletten um den Esstisch schwirrten und jedes Wort wie ein Schwamm aufsaugten.

»Hast du bemerkt, wie sie den Herrn anstarrt?«, zischte Barbel wütend, als sie in die Küche kam. »Es ist so offensichtlich, was sie im Schilde führt.«

Wicca stöhnte auf. Es ging eine Veränderung vor sich im Haus Liebenfels, die auch ihr nicht gefiel. Sie hatte Ritter Conrad in all den Jahren noch nie so gleichgültig, so abgestumpft und lethargisch gesehen. Fast schien es, als ob mit der Verhaftung der Herrin Endlin ein Teil seines Hirns abgestorben wäre. Leider genau jener Teil, der ihm hätte klarmachen müssen, dass die Herrin doch niemals eine Giftmörderin sein konnte.

»Sie umgarnt ihn wie eine Spinne ihre Beute, da hast du leider recht, und wir können nichts tun«, pflichtete sie der jungen Magd bei.

»Vielleicht doch«, winkte Barbel die Köchin zu sich her. »Die Hanna will uns helfen, und ich glaube, wenn es eine schafft, dann sie.«

Wicca zog die Stirn zweifelnd in Falten, als Barbel zu erzählen begann.

»Vor einigen Tagen war sie zusammen mit mir bei der Herrin im Rauenengturm. Hanna ist nämlich ebenso wie wir davon überzeugt, dass die Herrin unschuldig ist. Weißt du, was sie herausgefunden hat?« Barbel vergaß, ihre Stimme zu senken, so sehr redete sie sich in Rage.

»Lass dir nicht alles aus der Nase ziehen«, brummte Wicca müde.

»Hanna hat erfahren, dass die Agnes in die Apotheke eingebrochen ist, um das Arsenik zu stehlen. Hans, ein Gerber oder Fleischhauer aus der Vorstadt, hat sie dabei beobachtet. Und Hanna ist sich sicher, dass es auch die Agnes war, die dem Ratsherrn Roggwil das Arsenik hier in den Branntwein getan hat.«

»Und warum sollte sie das getan haben?«

»Das will Hanna noch herausfinden, und glaub mir, wenn sich die mal in etwas verbissen hat, lässt sie nicht so leicht locker.« Barbel nickte bekräftigend. »Hanna meint, dass jemand Agnes den Auftrag erteilt hat, jemand, der einen Einspänner fährt. Eine Fischersfrau soll unten beim Seeufer etwas gesehen haben. Hanna wird bestimmt bald wissen, wer dahintersteckt.«

»Dann soll sie sich aber beeilen, denn der Herrin Endlin geht es nicht gut im Mörderturm.«

»Da hast du leider recht.« Barbel seufzte. »Sie grämt sich und wird immer magerer. Und wenn sie wüsste, dass Ritter Conrad sich zunehmend von der Witwe Reinhild einnehmen lässt, würde ihr das das Herz brechen. Ich muss immer so tun, als ob Ritter Conrad sich vor Kummer nach ihr verzehrt.«

»Wie kann die Hanna der Herrin denn helfen, wenn sie von

Bischof Rudolf verfolgt wird? Ganz Konstanz weiß mittlerweile, dass der Bischof nach einer hinkenden Magd mit Pockennarben sucht.«

»Die Hanna ist schlau«, lachte Barbel. »Sie hat sich als Sammlungsschwester verkleidet, sogar mit schwarzem Schleier. Niemand käme auf den Gedanken, in der Wittengasse nach ihr zu suchen. Im Haus der Beginen ist sie in Sicherheit, und sie kann überall Fragen stellen, ohne neugierig zu wirken. Den Schwestern offenbaren die Menschen gerne Geheimnisse. Im Heiliggeistspital hat sie das von Hans erfahren. Der Arme lag mit Blattern darnieder. Leider verschwand der Mann, bevor Hanna ihn weiter befragen konnte.«

Ein Rascheln ließ die beiden Frauen herumfahren. Reinhild Blarer strich sich mit der flachen Hand über den grünen Seidenstoff, ein hämisches Grinsen auf den Lippen. Sie hatte gehorcht, daran gab es keinen Zweifel. Doch wie viel hatte sie mit angehört?

»Habt ihr nichts zu schaffen?«, blaffte die Blarerin die sichtlich erschrockenen Frauen an. »Ritter Conrad verlangt nach mehr Wein. Also setzt eure Ärsche in Bewegung, oder soll ich euch Beine machen!«

Aus der Stube drang das Gegröle des Hausherrn, der ganz offensichtlich nicht mehr Herr seiner Sinne war. Die Witwe zögerte kurz, ehe sie sich umdrehte und mit erhobenem Kopf in der Diele verschwand.

»Was nun?«, fragte Barbel mit vor Schreck geweiteten Augen.

Auf diese Frage wusste auch Wicca keine Antwort.

14. Kapitel

Wenig später schloss Ursus das Tor hinter der Witwe Blarer und ging zurück in den Pferdestall. Als Barbel in den Stall stürzte, ging er hinter einem der Pferde in Deckung. Das ständige Gejammer der Magd vertrug er immer weniger.

»Ursus«, rief Barbel aufgeregt. »Ich weiß, dass du hier bist.« Ursus gab sich geschlagen. »Was willst du?«, rief er ungeduldig.

»Sie weiß alles.« Barbel ließ sich mit einem Seufzer auf einem der Haferfässer nieder. »Sie hat alles mit angehört.«

»Wer?«

»Reinhild Blarer.« Barbel schluckte, ehe sie leise zu erzählen begann.

Ursus musste sich zusammennehmen, um Barbel ihre Geschwätzigkeit nicht vorzuwerfen. »Ich muss Hanna warnen«, sagte er mit hochrotem Kopf, ehe er seine Lippen fest aufeinanderdrückte und dem Tor entgegeneilte.

Währenddessen rollte der Einspänner mit Reinhild Blarer langsam der Marktstätte entgegen, ehe er den Weg zum Münster einschlug.

»Warte hier auf mich«, befahl sie dem Kutscher streng, während ihr Blick auf den beiden Türmen des Gotteshauses lag.

Nachdem sie ihren Rock gerichtet und das Gebände kontrolliert hatte, schritt sie entschlossen am Münster entlang auf den Bischofssitz zu. Den Steinmetzen schenkte sie keinerlei Beachtung, zu sehr war sie damit beschäftigt, sich ihre Worte geschickt zurechtzulegen.

Vor dem mächtigen Gebäude blieb sie stehen und schaute hinauf zum vorspringenden Erker. Sie glaubte, den roten Mantel des Bischofs zu erkennen. Domherren, Mönche, Nonnen und jede Menge Bediensteter drängten sich auf dem Vorplatz. Reinhild schloss sich ihnen an und schritt die Treppe hoch.

Als einer der Domherren sie grob aufhielt und nach ihrem Begehren fragte, mimte sie eine demütige Sünderin. Die Geldkatze an ihrem Gürtel war nicht zu übersehen. Reuige Sünderinnen, zudem noch wohlhabende, waren im Münster gern gesehene Gäste.

Hastig führte der Domherr sie in den oberen Stock. Vor einer mit Stuck verzierten Tür blieb der Mann stehen. Er bedeutete Reinhild Blarer zu warten und zwängte sich durch den Türspalt.

Als er kurz darauf wieder erschien, nickte er gefällig. »Ihre Exzellenz erwartet Euch, ehrwürdige Dame.«

Erhobenen Hauptes schritt Reinhild Blarer an ihm vorbei. Leise schloss er die Tür hinter ihr.

＊

Am folgenden Morgen war Hanna mit Fieber aufgewacht. Unpässlichkeit in Form starker Hitze war für sie eigentlich nichts Besorgniserregendes, zumal das Sumpffieber sie seit ihrer Kindheit in regelmäßigen Abständen heimsuchte, doch dieses Mal war es besonders schlimm. Trotz Schwester Agrikolas Aufguss aus Weidenrinde und Wermut fühlte sich Hanna elend.

Ein heftiges Poltern gegen die Pforte schreckte die alte Begine dort abermals auf. Mit einem Brummen öffnete sie die Luke. »Und was wollt Ihr?«, herrschte sie die Frau an, die ihr mit ebenso grimmigem Gesicht gegenüberstand.

»Ich möchte meiner Schwestertochter einen Besuch abstatten. Also lasst mich endlich herein, oder soll ich noch lange hier auf der Gasse herumstehen?«

»Besuch bringt nur Unruhe.«

»Aber Ihr könnt mir doch nicht verwehren, Schwester Luzia zu sehen. Sie freut sich bestimmt über meinen Besuch.« Reinhild Blarer kochte vor Wut. Es kostete sie erdenkliche Mühe, ihre Gefühle zu verbergen. Als die Luke wieder zuschlug, knirschte sie mit den Zähnen. Wütend blickte sie die Gasse hoch.

»Unser Tor ist dieser Tage so begehrt wie schon lange nicht

mehr«, knurrte die Alte. »Gestern Abend ein junger Kerl und eben die Reisläufer des Bischofs, alle wollen sie die Hanna sehen.«

Reinhild Blarer versuchte sich in einem Lächeln, was die alte Begine hörbar milder stimmte.

»Natürlich sind uns die Verwandten unserer Schwestern stets willkommen. Kommt also herein.«

Die alte Schwester geleitete sie in den Innenhof und wies sie an, dort auf Schwester Luzia zu warten. Mit unverhohlener Abneigung musterte Reinhild Blarer das Beginenhaus. Als sich eine Katze um ihre Füße drängte, scheuchte sie diese mit einem Fußtritt zur Seite.

»Muhme Reinhild, welche Freude.« Schwester Luzia kam sichtlich erstaunt auf ihre Tante zu. »Was führt Euch denn zu mir?«

Reinhild blickte kurz nach allen Seiten, um sicher zu sein, dass sich keine neugierige Schwester als Lauscherin betätigte. »Können wir uns hier auch wirklich ungestört unterhalten? Ich möchte nicht, dass uns jemand zuhört.«

Luzia ging auf die kleine Bank an der Mauer zu und setzte sich.

»Mir kam zu Ohren, dass ihr eine neue Schwester in euren Reihen habt«, begann Reinhild ohne Umschweife. »Ihr Name ist Hanna.«

Schwester Luzia nickte betrübt, wobei ihr Tränen in die Augen schossen. »Das stimmt. Die Arme ist gerade schrecklich krank. Schwester Agrikola weiß sich keinen Rat.«

»Deswegen bin ich da.« Reinhild drängte sich näher an ihre Nichte. »In der Marktstätte haben zwei deiner Mitschwestern sich vorhin darüber unterhalten«, log sie. »Ihr solltet diese Hanna besser wegbringen von hier. Bedenk doch, wenn die Arme vielleicht eine ansteckende Krankheit auf sich trägt? Der ganze Beginenhof könnte sterben. Nicht auszudenken, wenn es auch dich treffen würde.« Reinhild Blarer schlug theatralisch die Hände über dem Kopf zusammen und machte ein Gesicht wie sieben Tage Regenwetter.

Luzias Kummer verwandelte sich zusehends in Entsetzen. Sie schluckte trocken. »Schwester Agrikola sprach in der Tat von einem merkwürdigen Fieber«, murmelte sie leise.

»Da hast du es! So fängt es immer an.« Reinhild faltete ihre Hände, als wolle sie beten, und nickte eindringlich.

»Und was sollen wir Eurer Meinung nach tun, ehrwürdige Muhme? In ein Spital können und wollen wir sie nicht geben.«

»Deswegen bin ich ja hier. Ich habe ein großes Haus mit vielen leer stehenden Zimmern. Zudem bin ich vermögend und könnte den stadtbesten Medicus beauftragen, nach ihr zu sehen.«

Luzia zögerte. Das Interesse ihrer Muhme an Hanna irritierte sie sichtlich. »So kenne ich Euch gar nicht«, sagte sie leise. »Mutter hätte ihre Freude, würde sie Euch so selbstlos und hilfsbereit sehen.«

Reinhild Blarer griff nach der Hand ihrer Schwestertochter und drückte sie. »Ich werde alles für Hanna tun, das kannst du mir glauben. Und jetzt geh zur Meisterin und überbringe ihr mein Angebot, oder willst du verantwortlich für den Tod deiner Mitschwester sein? Eine solche Bürde würde dich dein ganzes Leben verfolgen«, setzte sie mit bekümmerter Miene nach, wobei sie aufstand und sich den Rock glatt strich.

»Der Bischof will Hanna Böses«, sprach Luzia mit leiser Stimme weiter. »Warum, wissen wir nicht. Nicht genau. Eben waren seine Reisläufer am Tor und wollten sie abholen.«

»Also, auf was wartest du noch? Ich werde in meinem Haus alles für die Ankunft der Kranken in die Wege leiten, und ich gebe dir mein Wort, dass der Bischof nicht erfährt, dass Hanna in meinem Haus ist. Doch jetzt beeil dich.«

Reinhild Blarer drückte ihrer Schwestertochter einen gehauchten Kuss auf die Stirn und scheuchte sie auf das Haupthaus zu, ehe sie selbst auf die Torschwester zutrat. Das Quietschen des Riegels klang mit einem Mal wie Musik in ihren Ohren.

***

Guta von Wellershausen zeigte sich skeptisch. Das sonderbare Interesse an Hanna behagte ihr nicht, wie Luzia mit wachsender Unruhe bemerkte.

»Erst der Stallbursche eines Ritters, dann die bischöflichen Schergen und nun Reinhild Blarer, was wollen die denn alle von Hanna?«

Luzia zuckte mit den Schultern. »Ich kenne nur die Beweggründe meiner Muhme. Sie will mir eine Freude machen.«

»Deine Muhme ist sehr großzügig, in der Tat.« Guta von Wellershausen ging langsam auf eines der Fenster zu und blickte in den Innenhof.

Luzia räusperte sich leise. »Ich könnte Hanna auf dem Eselkarren durch die Stadt fahren«, schlug sie vor. »Ich schaffe das schon allein, falls Euch dies Sorge machen sollte.«

Der Widerstand der Meisterin schien zu wanken. Luzia registrierte es mit einem erleichterten Aufseufzen. Endlich konnte sie ihre Schuld ein wenig sühnen, denn ohne ihre Schwatzhaftigkeit wäre Hanna niemals erkrankt. Davon war sie felsenfest überzeugt. Das Geheimnis um die Vaterschaft des Bischofs hatte ihre Seele vergiftet. Zudem war sie Hanna einen Gefallen schuldig, hatte sie ihr beim Anfall auf dem Hof der Else doch auch geholfen. Als die Meisterin nickte, drehte sich Luzia um und rannte mit wehendem Gewand in die Küchenstube.

Kerzen aus Bienenwachs zierten die vier Ecken von Hannas Bettstatt und tauchten ihre Kammer in ein schummriges Licht. Trotz der Wolldecken, in die sie eingewickelt war, zitterte sie am ganzen Leib, als Luzia sie zusammen mit Gisela in den Innenhof trug und auf die Ladefläche bettete.

»Und du fühlst dich stark genug, das allein zu machen?«, fragte Gisela zum wiederholten Male, wobei sie skeptisch den Kopf schüttelte.

»Ich muss«, entgegnete Schwester Luzia knapp und kletterte hastig auf den Kutschbock.

Guta von Wellershausen stand noch immer im zweiten Stock am Fenster und blickte starr auf das Geschehen im Innenhof.

»Und was, wenn sich ein Anfall ankündigt? Niemand kann dir dann helfen«, machte Gisela einen letzten Vorstoß.

»Seit Wochen geht es mir gut. Offenbar hat Schwester Agrikola das richtige Kraut gefunden.«

Gisela schien nicht überzeugt. Als der Karren durch das Tor rollte, bekreuzigte sie sich.

Luzia trieb den Esel mit zittrigen Händen durch die Gassen. Immer wieder sah sie sich nach den bischöflichen Reisläufern um, doch die Männer waren zu ihrer Erleichterung nirgends zu sehen. Je näher sie der Neugasse kam, desto wilder klopfte ihr Herz. Sie war noch nie im Haus ihrer Muhme gewesen, hatte es nur heimlich von außen beobachtet.

Begleitet von einem Ächzen ratterte der Karren über das Kopfsteinpflaster der noblen Stadelhofergasse. An der Ecke zur Neugasse brachte Luzia das Gefährt zum Stehen. Behände sprang sie vom Kutschbock. Das stete Rütteln hatte die Wolldecke von Hannas Gesicht rutschen lassen. Hastig zog sie das kratzige Ding wieder zurecht.

Als sich ihr eine Kutsche näherte, drängte sie den Esel eng an die Hauswand und spähte hinüber zum Haus ihrer Muhme. In diesem Augenblick öffnete sich dort die Tür, und zwei bischöfliche Reisläufer traten ins grelle Sonnenlicht. Ihre Muhme lachte. Es war unschwer zu erkennen, dass sich die kleine Gruppe einig war.

Als die Reisläufer wenig später mit einem zufriedenen Lächeln an ihr vorbeiliefen, wusste Luzia, was zu tun war. Sie kletterte zurück auf den Kutschbock und verließ die Stadt durch das Schnetztor. Rüttelnd rollte der Karren an der kleinen Kapelle Sankt Jodok vorbei, ehe Luzia in die Gasse zum Garten der Beginen einbog. Eine kleine Scheune stand in der Mitte der Fläche, windschief und zugig, doch sie musste reichen.

Mit zittrigen Beinen kletterte Luzia vom Kutschbock. Bevor sie den eisernen Riegel des Gartentors zur Seite schob, blickte sie hastig nach beiden Seiten die Gasse hoch. Niemand schien ihr gefolgt zu sein, niemand beachtete sie. Die hölzerne

Umfriedung gab eine gewisse Sicherheit. Der Esel lief ohne zu zögern auf das Grundstück, er kannte den Weg. Luzia winkte zwei armseligen Kreaturen zu, die hinkend dem Rindermarkt entgegeneilten, ehe sie das Tor hinter sich wieder schloss.

Hanna in die Scheune zu tragen war Schwerstarbeit. Luzia keuchte. Erschöpft ließ sie sich auf einen Hocker fallen, als Hanna endlich auf der notdürftigen Bettstatt lag. Doch wie sollte es nun weitergehen?

Sie konnte Hanna nicht in den Beginenhof zurückbringen. Die Schergen würden sie finden, und dann wäre der Beginenhof verloren. Der Bischof gierte doch nur nach einem Grund, sie zu einem Kloster zu machen. Was auch immer Hanna ausgefressen hatte, man würde es ihnen anlasten. Hanna musste hierbleiben.

Bevor Luzia die Scheune verließ, tupfte sie Hanna die Schweißperlen von der Stirn und streichelte ihr über die glühenden Wangen. Dann griff sie sich den Tonkrug und lief hinunter zum See. Im Garten wuchsen Minze und Melisse, zwar ergaben diese bestimmt keinen so heilbringenden Tee, wie Schwester Agrikola ihn stets braute, doch zur Not mussten sie genügen.

»Siehst aus, als sei der Teufel hinter dir her«, lachte die junge Bademagd, die sich gerade einen Kiesel griff und ihn über die Wasseroberfläche schleuderte.

»Was schleichst du dich auch immer so an, Alma«, bemerkte Luzia tadelnd. In der Ferne hörte man das Knarren der Lastenkräne, die mit der Aufschüttung des Seeufers beschäftigt waren. Bald würde Konstanz auch in dieser Ecke dem See so viel Land abgerungen haben, dass neue Gassen gebaut werden konnten.

»Dieser Tage läuft es in der Badestube bestens«, plapperte Alma, während sie gelangweilt mit dem Fuß im Kies zu scharren begann. »Heute Morgen ist eine Gruppe Pilger eingetroffen, die weiter nach Rom möchten.« Sie lachte. »Keine richtigen Pilger, die als Sühne reisen, um ihre Schuld im Fegefeuer zu tilgen. Eklige Kerle, die im Auftrag ihres Grafen unterwegs sind. Aber sie bringen gutes Geld in die Badestube.«

Luzia hatte eine Idee. »Würdest du mir einen Gefallen tun, Alma?« Sie biss sich auf die Unterlippe.

»Immer. Was willst du von mir?«

»Im Garten in der Scheune liegt eine Mitschwester. Sie ist schrecklich krank, sodass ich sie nicht mehr in unser Haus bringen kann. Glaubst du, du findest hin und wieder Zeit, um nach ihr zu sehen? Sie müsste viel trinken.« Luzia zeigte auf den Tonkrug. »Im Garten findest du auch Kräuter, die ihr helfen würden.«

»Wird heute allerdings spät werden, bis ich mich aus der Badestube schleichen kann. Aber du hast mein Wort darauf, dass ich es nicht vergesse.« Alma lächelte. »Ohne eure Hilfe wäre mein kleiner Bruder damals gestorben, das vergesse ich euch Schwestern nie.«

In diesem Augenblick rief jemand Almas Namen. Wie von der Tarantel gestochen fuhr sie herum. »Ich muss, der Wilfried verrät mich sonst beim Bader, und das kommt nicht gut.« Sie hob ihren Rock und rannte barfüßig auf eine kleine Baumgruppe zu, unter welcher der Knecht des Baders breitbeinig stand und heftig winkte.

Seinem Ruf alle Ehre machend, gab Wilfried Alma tatsächlich eine Backpfeife, ehe er sie grob an der Schulter packte und hinter sich herschleifte.

In der Scheune hatte sich nichts geändert. Hanna wälzte sich nach wie vor unruhig auf dem Strohlager. Luzia kühlte die glühenden Wangen der Fiebernden mit etwas Wasser. Als von draußen das Gerangel zweier Betrunkener zu hören war, lugte sie durch eine der Ritzen. Hannas Röcheln erfüllte den Raum und hinterließ ein beklemmendes Gefühl, doch Luzia musste weiter. Hastig zog sie die Tür hinter sich zu.

Der Esel zeigte sich erst widerspenstig, doch dann ließ er sich durch das Tor führen. Dieses Mal wählte sie das Schlachttor, um schneller in die Neugasse zu gelangen. Auf ihr Klopfen beim Haus ihrer Muhme öffnete ihr eine junge Magd.

»Ich möchte Reinhild Blarer sprechen«, sagte Luzia mit zittriger Stimme.

»Und wen kann ich der Herrin melden?« Die Magd musterte die Sammlungsschwester skeptisch.

»Ich will keine Spende«, erklärte Luzia hastig, als die Magd offenbar mit dem Gedanken spielte, ihr die Tür vor der Nase zuzuschlagen. »Reinhild Blarer ist meine Muhme.«

»Du bist die Schwestertochter der Herrin?«, staunte die Magd. »Dann warte hier.«

Die Tür fiel mit lautem Krachen in die Angel. Schwester Luzia nutzte die Zeit, sich zu sammeln. Sie würde ihrer Muhme etwas vorgaukeln müssen. Hannas Leben wäre keinen Pfifferling mehr wert, sollte ihr dies nicht gelingen.

»Muhme Reinhild«, heuchelte sie, kaum öffnete sich die Tür abermals. »Ihr seht mich untröstlich.« Luzia schaffte es tatsächlich, ein paar Tränen über die Wangen kullern zu lassen.

»Wo ist Hanna?« Reinhild Blarer trat einen Schritt auf Luzia zu und spähte auf den Karren.

»Ach Muhme … es ist schrecklich … Und Ihr wolltet doch Gutes tun.« Luzia schlug die Hände vors Gesicht und wimmerte, dass sogar der jungen Magd hinter Reinhild Blarer Tränen in die Augen schossen.

»Reiß dich zusammen! Was willst du mir sagen?« Die Augen der Blarerin verengten sich zu Schlitzen.

»Die arme Hanna, Gott hat sie zu sich geholt, kaum hattet Ihr unser Haus verlassen.« Luzia zog ein kleines Leinentuch aus ihrem Beutel und schnäuzte sich die Nase.

»Willst du damit sagen, dass sie gestorben ist?«

Luzia nickte schniefend. »Meisterin Guta lässt Euch aber trotzdem danken für Eure Wohltätigkeit. Schließlich zähle auch ein guter Wille. Bestimmt werde Euch Gott dies einst entlohnen.«

In diesem Augenblick kam Luzia ein Gedanke, der ihre Maskerade ins Wanken brachte, denn die Worte erheiterten sie dermaßen, dass sie ein Grinsen nur mühsam unterdrücken konnte.

»Um Euch nicht zu erzürnen, da Ihr ja den Medicus bereits gebeten habt, in Euer Haus zu kommen … Nun, in der Krankenstube befinden sich noch zwei ältere Schwestern, die eine mit wilden Blattern und die andere –«

Reinhild Blarer wehrte hastig ab. »Mein Haus ist kein Krankenhaus, schon gar nicht für Blattern.« Sie schüttelte sich vor Ekel. »Richte Guta von Wellershausen aus, dass ich dem Beginenhof gerne eine Spende zukommen lasse, doch damit hat es sich.«

Das Entsetzen in den Augen ihrer Muhme ließ Luzia für einen Augenblick Hannas trauriges Schicksal vergessen. Ihre List war aufgegangen, und wenn ihr das Glück weiter hold war, würde ihre Muhme nicht nur den Beginenhof meiden, sondern die traurige Nachricht auch an den Bischof weitergeben.

Als Luzia wenig später in die Wittengasse einbog, stand ihr noch ein weiterer schwieriger Akt bevor. Die Schwestern saßen bereits zum Essen versammelt am großen Tisch. Guta von Wellershausens fragenden Blick beantwortete sie mit einem demütigen Nicken, ehe sie sich am Tischende niederließ.

Irgendwie musste sie die Meisterin davon abhalten, in das Haus ihrer Muhme zu gehen. Nicht dass sie der Meisterin nicht getraut hätte, doch unter dem Druck des Bischofs waren schon gestandene Männer zu Mäusen geworden. Es war besser, wenn niemand erfuhr, wo sich Hanna befand. Sollte Gott ein Einsehen haben, würde sie dort in der Scheune gesunden. Wenn nicht, nun, daran wagte Luzia nicht zu denken.

15. Kapitel

Das Münster war am darauffolgenden Sonntag bis auf den letzten Platz gefüllt. Bischof Rudolf hatte Tage zuvor verkünden lassen, dass am Jakobstag der Sarg des heiligen Konrad geöffnet und jedem Kirchgänger beim Anblick des Stadtheiligen von Konstanz ein Teil der Sünden erlassen werde. Dem Kaplan des Münsters bluteten bereits die Finger vom Schreiben der vielen Ablassbriefe, so munkelte man hinter vorgehaltener Hand.

Noch war die Hitze an diesem Morgen erträglich, sodass es sich die noblen Konstanzer Geschlechter nicht nehmen ließen, anschließend über den Münsterhof zu flanieren. Gekleidet in enge Beinlinge, Wams und Gehrock wirkten die Herren geradezu schlicht neben ihren Gemahlinnen. Männer wie Frauen trugen kleine Bisamäpfel am Gürtel, silberne Gefäße, um Wohlgerüche wie Ambra und Moschus stets zur Hand zu haben, damit die empfindlichen Nasen nicht vom Gassengestank beleidigt wurden.

Bischof Rudolf trat mit erhobenem Haupt auf Bürgermeister Brun von Tettikoven zu. Er schüttelte dem Mann lange und innig die Hand. Es war ein Akt der Höflichkeit, wie es sich an so einem hohen Kirchentag gehörte. Der Konflikt zwischen dem Großen Rat und dem Bischof um die Macht in Konstanz schwelte nach wie vor.

Auch die Beginen aus der Wittengasse mitsamt ihrer Meisterin Guta von Wellershausen hatten es sich nicht nehmen lassen, die Reliquie mit eigenen Augen zu sehen. Nun standen die Frauen am Rande des Münsterplatzes und hörten sich die Sorgen der einfachen Leute an.

»Meisterin, wenn Ihr erlaubt, würde ich gerne meinen Bruder und dessen Frau begrüßen.« Schwester Gisela zeigte mit der Hand hinüber zum Brunnen. »Die Niederkunft steht bevor, und ich würde meine Bruderfrau gerne mit guten Wünschen segnen.«

Guta von Wellershausen nickte wohlwollend. »Grüß den Müller von mir. Richte ihm ebenfalls meinen Dank für das Mehl aus.« Dann wandte sie sich an Luzia, die bleich neben Gisela stand und seit dem frühen Morgen kaum ein Wort gesprochen hatte. »Ist das dort drüben nicht Eure Muhme? Ein Dank gebührt auch ihr. Es gibt nicht viele begüterte Damen, die selbstlos eine Kranke in ihrem Haus aufnehmen.«

Luzia wurde noch bleicher. Noch wusste die Meisterin nichts von der Heimtücke ihrer Muhme, Luzia hatte sich vor dem Gespräch gedrückt.

»Ja, das ist sie«, rief Schwester Gisela begeistert, wobei sie sich auf die Zehenspitzen stellte und den Kopf reckte. »Allerdings glaube ich, sie will den Münsterplatz bereits verlassen.«

In diesem Augenblick drängte sich eine Gruppe psalmenbetender Mönche vor die Frauen und versperrte ihnen die Sicht.

»Oh, jetzt ist sie verschwunden.« Guta von Wellershausen klang ehrlich enttäuscht. »Es ist auch einfach zu viel Volk auf dem Münsterplatz.«

»Ich werde den Dank gerne meiner Muhme überbringen.« Luzia atmete auf. »Ist vielleicht besser, wenn der Bischof nicht sieht, dass wir in Kontakt mit ihr stehen«, fügte sie hastig bei.

»Da hast du allerdings recht.« Guta von Wellershausen lächelte Luzia aufmunternd zu. »So gefällst du mir schon wieder besser. Schweigsamkeit ist ja eine Zierde, doch bei so jungen Frauen gibt sie leider auch Anlass zur Sorge. Du fühlst dich doch wohl?«

Luzia nickte eifrig.

»Dann geh doch mit Schwester Gisela zu ihrer Bruderfrau. Vielleicht vertreibt das deine Trübsal.«

Luzia hob erschrocken den Kopf, als Gisela sie am Arm packte und in Richtung des Brunnens zog.

»Mach doch nicht ein so verängstigtes Gesicht. Man könnte beinahe glauben, du hast ein schlechtes Gewissen«, neckte Gisela ihre Mitschwester.

»Ich? Wieso?«

»Weil du seit Tagen jeglicher Unterhaltung aus dem Weg gehst. Es ist doch alles in Ordnung mit Hanna?« Gisela kniff die Augen zusammen. »Deine Muhme sorgt sich um sie, oder?«

Wieder nickte Luzia.

»Dann ist ja gut. Und jetzt komm mit mir. Jodok und Lena werden dich auf andere Gedanken bringen.«

Gisela drängte sich mit Hilfe ihrer Ellenbogen vorwärts. Plötzlich blieb sie so abrupt stehen, dass Luzia gegen ihren Rücken prallte.

»Dort drüben ist Augusta Pfefferhard.« Gisela reckte den Hals. »Und sie doch, sie geht auf unsere Meisterin zu. Mich würde brennend interessieren, was die beiden an diesem heiligen Sonntag so Wichtiges zu bereden haben. Kennst du den jungen Mann an der Seite der Pfefferhardin?«

Luzia verneinte und war erleichtert, als sich ihnen eine Lücke bot und Schwester Gisela sich wieder auf ihren Bruder besann.

»Jodok, Lena, schön, euch hier zu treffen«, rief Gisela laut über die Köpfe der Umstehenden hinweg. Sie schenkte ihrem Bruder ein kurzes Lächeln, ehe sie ihre Schwägerin umarmte. »Ich hätte nicht gedacht, dass ihr die Messe am Münster besucht.«

»Ein Blick auf die Gebeine des heiligen Konrad bringt ja bekanntlich Glück und Segen«, gluckste Lena. »Und davon kann man nie genug haben.«

»Lass dich ansehen«, rief Gisela. »Dick wie eine Kugel. Wann kommt es denn, das Kindlein?«

Lena hielt sich mit einer Hand am Brunnenrand fest, während sie mit der anderen sanft über ihren Bauch strich. »Hoffentlich bald«, stöhnte sie. »Meine Beine machen das nicht mehr lange mit. Wendelgart geizt mit ihren Kräutern und will, dass ich nur tatenlos zu Hause herumsitze. Aber du kennst mich ja. Ich kann das nicht.«

Gisela grinste.

»Wie geht es Hanna?«, fragte Lena neugierig. »Seit Elses Begräbnis habe ich sie nicht mehr gesehen und auch da keine Gelegenheit gehabt, mit ihr zu sprechen.«

»Hanna ... also ihr ... geht es den Umständen entsprechend«, stammelte Gisela verlegen. »Nun, sie ist im Hause der Witwe Blarer, der Muhme meiner Mitschwester.« Dabei wies sie mit dem Kinn auf Luzia.

Nicht nur Luzia zuckte erschrocken zusammen, auch Lena drückte sich entsetzt eine Hand auf den Mund.

»Was ist los?«, fragte Gisela besorgt. »Fühlst du dich nicht wohl, Lena?«

Lena umklammerte den Brunnenrand mit beiden Händen und schaute hilfesuchend auf Klara, die eben angerannt kam. »Klara, gut, dass du kommst.« Lena schluckte hart. »Erzähl Gisela, was du von Barbel erfahren hast.«

Das junge Mädchen knetete nervös den Zipfel ihres Rockes, wobei sie sich kurz nach allen Seiten umschaute. Lachen und Rufen hallten über den Kirchenhof ebenso wie der Gesang einer Gruppe Nonnen und das monotone Leiern von Paternostern.

»Also die Barbel …«, begann Klara leise, »die Barbel hat mir erzählt, dass Hanna sie bei ihrem letzten Besuch im Rauenegg-turm begleitet hat.«

»Und weiter?«, drängte Gisela skeptisch.

»Und dabei kam das Gespräch wohl auf die Witwe Blarer und darauf, dass sie sich heftig um Ritter Conrad bemüht. Fast so, als sei es ihr willkommen, dass die Herrin Endlin im Mörderturm einsitzt.«

»Das ist doch dummes Geplapper«, brummte Gisela. »Die Frau zeigt sich einfach nur hilfsbereit, zumal sich der Mann bestimmt vor Kummer grämt.«

Klara scharrte verlegen mit der Fußspitze einen Kiesel beiseite. »Das hat die … Hanna erst auch gemeint, sagt Barbel, doch dann überkamen sie wohl Zweifel. Auf jeden Fall wollte sie der Witwe auf den Zahn fühlen, da sie glaubt, dass die Frau vielleicht etwas mit den Morden zu schaffen hat.« Klara seufzte.

»Leider haben sich Wicca und Barbel ungeschickt angestellt, sodass die Blarerin ihr Gespräch mit anhörte«, mischte sich Lena in das Gestammel ihrer Magd ein. »Die beiden haben zwar noch versucht, Ursus zu euch zu schicken, doch die Pförtnerschwester schickte ihn fort, sodass er unverrichteter Dinge zu uns in die Mühle kam. Er war ganz in Sorge, und wie sich jetzt zeigt, nicht zu Unrecht.« Lena sog die Luft tief in ihre Lungen. »Hat Hanna euch denn nichts erzählt?«

Gisela schüttelte verneinend den Kopf. Langsam drehte sie sich zu Luzia um. »Darum kam deine Mutterschwester in die Wittengasse. Nicht aus Fürsorglichkeit, sondern aus reiner Berechnung. Du bist doch schon seit Jahren bei uns, und sie hat dich nicht ein einziges Mal besucht. Bist du nicht stutzig geworden?«

Luzia schwindelte. Jetzt nur keinen Anfall bekommen, dachte sie mit Schrecken, wobei sie sich wankend am Brunnenrand festhielt.

»Ihr wird schlecht«, rief Klara erschrocken.

Gisela griff ihr so grob unter die Arme, dass Luzia in einem Anflug von Hysterie gleich um sich schlug. »Setz dich hin, Luzia!«, zischte Gisela gereizt. »Du verschweigst doch etwas. Ich spüre es schon seit Tagen.«

Luzia schloss die Augen. Die Knie angezogen, drückte sie den Rücken gegen den Brunnenrand. Ihre Kehle fühlte sich staubtrocken an, die Zunge klebte am Gaumen. Sie hielt die Augen geschlossen. »Hanna ist nicht bei meiner Muhme«, flüsterte sie so leise, dass sich Gisela zu ihr hinunterbeugen musste.

»Und wo ist sie dann?«

»Draußen in der Vorstadt, im Garten.« Luzia öffnete die Augen und schaute entkräftet gen Himmel. Das grelle Sonnenlicht blendete. »Mir kamen ebenfalls Bedenken«, fuhr sie wimmernd fort. »Meine Muhme ist nicht bekannt für ihre Großherzigkeit, und … das Interesse an Hanna kam mir auf einmal merkwürdig vor.« Sie schlug die Hände vors Gesicht und schluchzte. »Zudem habe ich beobachtet, wie bischöfliche Reisläufer aus dem Hause meiner Muhme kamen, als ich mit dem Karren dort ankam.«

»Und dann hast du sie in den Garten gebracht?«, fragte Gisela entsetzt. »Warum nicht zurück in die Beginenhof?«

»Das ging doch nicht wegen der Söldner des Bischofs.« Schwester Luzia hob hilflos die Hände. »Ich hab die Angst in den Augen der Meisterin gesehen. Du weißt doch selbst, welch dünner Grat uns noch von einer geschlossenen Nonnengemeinschaft trennt.«

Hierauf konnte auch Schwester Gisela nur hilflos nicken.

»Mir scheint, der Einfall deiner Mitschwester war gar nicht mal so schlecht«, bemerkte Jodok mit rauer Stimme. »So ist Hanna vor der Witwe und dem Bischof gleichermaßen in Sicherheit. Wenn sie Endlin von Liebenfels wirklich helfen will, geht das niemals besser als jetzt.«

Schwester Gisela warf Luzia einen strafenden Blick zu, ehe sie den Kopf hob. »Hanna ist todkrank«, flüsterte sie. »Sie kann niemandem helfen, sie braucht selbst Hilfe. Sie liegt mit hohem Fieber darnieder. Schwester Agrikola hat alles Erdenkliche versucht, doch ohne Erfolg.«

»Hanna ist krank?« Lena schwankte. »Und das erzählt ihr uns erst jetzt?«

Luzia stand langsam auf. Kurz drückte sie die Augen zu. »Ich hab der Muhme erzählt, dass Hanna nicht zu ihr kommen kann, da sie zuvor gestorben sei«, murmelte sie leise, wobei sie sich die Tränen aus den Augen rieb.

»Das nenne ich doch mal einen genialen Einfall«, bemerkte Jodok erstaunt und sarkastisch zugleich. »Jetzt hält sie also alle Welt für tot?«

»Die Meisterin allerdings nicht, die glaubt noch, dass Hanna bei meiner Muhme ist«, erklärte Luzia lahm. »Ich fand noch keine Gelegenheit, ihr die Wahrheit zu sagen.«

»Und in diesem Glauben werden wir sie vorerst auch lassen.« Gisela biss die Zähne zusammen.

»Und wenn eure Meisterin der Neugasse einen Besuch abstattet?«, mischte sich Klara ein. »Dann wird das Ganze auffliegen.«

»Das darf sie halt nicht.« Gisela warf ihrer Mitschwester einen scharfen Blick zu. »Daran werden Schwester Luzia und ich sie irgendwie hindern müssen.«

Luzia nickte betroffen. Zwar fühlte sie sich jetzt, nachdem die Wahrheit ans Licht gekommen war, ein wenig wohler, doch Schwester Giselas stummer Tadel schmerzte.

Lena streckte ihren Rücken durch. »Ich will zu Hanna!«, sagte sie entschlossen, wenn auch mit zittriger Stimme. »Die Arme liegt krank in irgendeiner Scheune, und niemand kümmert sich um sie.«

»Aber ganz bestimmt nicht du!«, zischte Jodok, wobei er einen Arm um seine Frau legte. »Das werden die beiden Schwestern schon allein machen. Schließlich sind sie für diesen Schlamassel auch verantwortlich.«

»Da hat Jodok leider recht.« Gisela atmete keuchend aus. »Wir Beginen fallen in der Vorstadt nicht auf, zumal wir unserem Garten täglich einen Besuch abstatten. Schwester Luzia ist eine der Gartenschwestern, sie wird sich um Hanna kümmern.«

Die Zähne fest aufeinandergebissen, nickte Luzia eifrig.

»Was, wenn der Bischof nicht an Hannas Tod glaubt?«, hörte sie Klara leise sagen. »Wenn er weiterhin nach Hanna suchen lässt?«

Auf diese Frage wusste niemand eine Antwort. Für einen kurzen Augenblick machte sich betretenes Schweigen breit.

»Wir müssen uns beeilen.« Gisela fasste sich als Erste wieder. »Die ersten Kirchgänger verlassen bereits den Münsterhof, und wenn die Meisterin nach uns ruft, ist es zu spät. Dann können wir den Gang in die Vorstadt für heute vergessen. Was das für Hanna bedeutet, muss ich wohl nicht sagen.«

Der Tag des heiligen Jakob hatte so verheißungsvoll begonnen, und jetzt lief alles auf ein kümmerliches Ende hinaus.

»Das Gedränge in den Blatten umgehen wir. Nehmen wir stattdessen die Schleichwege am Barfüßerkloster vorbei.« Gisela wies mit dem Kinn in Richtung der besagten Gasse, dann liefen die beiden Frauen los.

Als das Kloster der Barfüßer mit seiner eindrücklichen Kirche auftauchte, zog Gisela ihre Mitschwester unsanft in den Schatten eines der Wohnhäuser. »Schau dort drüben«, wies sie mit dem Kopf auf die vier Gestalten, die sich in verschwörerischer Manier mit gesenkten Köpfen unterhielten.

»Das sind Augusta Pfefferhard und unsere Meisterin«, stellte Luzia erstaunt fest.

»Und das daneben sind Bruder Wigand und der junge Begleiter der Pfefferhardin.«

»Scheinen aber nicht einer Meinung zu sein.« Luzia reckte den Kopf. Für einen kurzen Moment vertrieb die Neugier ihre

Sorgen. Vorsichtig schlich sie auf die Ecke zu. Den Rücken gegen das kalte Gemäuer gedrückt, spitzte sie die Ohren.

»Hörst du was?«, fragte Gisela scharf.

»Nur Wortfetzen«, erwiderte Luzia enttäuscht. »Es geht irgendwie um einen Brief, einen wichtigen Brief, der von irgendwoher eintreffen soll. Augusta Pfefferhard scheint wütend, ihr Begleiter ebenso.«

»Lass uns von hier verschwinden«, knurrte Gisela gereizt. »Ich möchte nicht, dass sie uns beim Lauschen entdecken.«

In diesem Augenblick kam ihnen ein Mann mit einem Handkarren entgegen, und wie es der Zufall wollte, ging just über ihm ein Fenster auf und eine Magd entleerte den Nachttopf. Die Flüche des Mannes hallten durch die Gasse, was auch der kleinen Gruppe am Barfüßerkloster nicht entging. Die beiden Schwestern duckten sich und verschwanden hastig in die angrenzende Gasse.

Die Vorstadt lag verwaist da. Wie es schien, hatte halb Konstanz diesen Sonntag für einen Erlass der Sünden genutzt. Auch in den sonst so lärmigen Badestuben herrschte keinerlei Betrieb. Als der hölzerne Gartenzaun in Sichtweite kam, verlangsamten Luzia und Gisela ihren Schritt. Die Angst lähmte ihre Beine.

Die windschiefe Scheune stand da wie immer. Der kleine Apfelbaum an der Ecke trug rote Früchte. Bienen und Hummeln suchten Nektar an den Sommerblumen, die ihre Köpfe der Sonne entgegenstreckten. Als Gisela den Riegel zur Scheunentür öffnete, schloss sie für einen kurzen Augenblick die Augen. Von drinnen war kein Laut zu hören, es war totenstill. Zögerlich ging sie auf die Bettstatt zu.

Hanna lag da, die Augen geschlossen, den Kopf leicht zur Seite geneigt. Die Wolldecke bis an den Hals gezogen, war nicht zu erkennen, ob sich ihre Brust noch bewegte. Das Fieber begann sie aufzufressen, machte ihre Wangen hohl und ihren Leib taub.

»Ist sie …?« Luzia zitterte vor Angst, wobei sie sich eine Hand vor den Mund drückte.

Gisela legte ihre Hand auf Hannas Stirn. In diesem Augen-

blick schlug die Kranke die Augen auf und hustete. »Sie lebt.«
Die Erleichterung in Giselas Stimme war nicht zu überhören.

»Alma war … heute schon in aller Herrgottsfrühe hier und …
und hat mir Brei gebracht.« Hanna hustete abermals. Das Sprechen fiel ihr schwer. »Sie kümmert sich rührend um mich.«

»Alma?«, fragte Gisela skeptisch, wobei sie sich zu Luzia umdrehte.

»Die Bademagd von Meister Ziprian«, erklärte diese hastig.
»Ich hatte noch etwas gut bei ihr.«

»Ich dachte, ich hätte heute schon genug verworrenes Zeug
von dir gehört, doch du schaffst es immer wieder, mich zu überraschen. Eine Bademagd, etwas Besseres ist dir wohl nicht eingefallen.« Gisela schüttelte den Kopf. »Wie kann es sein, dass es
dir heute so viel besser geht?«, wandte sie sich an Hanna.

»So ist das Sumpffieber, kommt immer dann, wenn man es am
wenigsten gebrauchen kann.« Hanna versuchte sich aufzurichten.
»Allerdings ging es mir noch nie so schlecht. Normalerweise
dauerten die Fieberschübe zwei, drei Tage.«

»Wie auch immer«, wehrte Gisela ab. »Hauptsache, du bist
auf dem Weg der Besserung. Allerdings wirst du noch eine Weile
hierbleiben müssen, denn Schwester Luzia hat –«

»Ich habe dich vor meiner Muhme in Sicherheit gebracht.«
Luzia trat einen Schritt vor und versuchte zu lächeln. »Ich denke,
das war ich dir schuldig.«

»Warum?«

»Wegen mir bist du doch krank geworden. Hätte ich dir nicht
von der Rhäzünserin und ihrem Geheimnis erzählt, dann …«

»Für das Sumpffieber kannst du doch nichts. Aber neugierig
macht ihr beiden mich schon«, brachte Hanna heiser hervor.
»Was hat deine Muhme damit zu schaffen?«

Abwechselnd erzählten die beiden Schwestern, was sich die
letzten Tage im Kloster zugetragen hatte. Auch das sonderbare
Treffen vor dem Kloster der Barfüßer, dessen zufällige Zeugen
sie geworden waren, ließen sie nicht aus. Als Hanna hörte, dass
Reinhild Blarer die Muhme ihrer Mitschwester war, zeigte sich
auf ihrem Gesicht allerdings Besorgnis. Doch Luzia versicherte

ihr hoch und heilig, dass sie trotz Verwandtschaft kein Sterbenswort mehr an ihre Muhme richten würde.

»Wenigstens wird der Bischof seine Suche nach mir einstellen«, bemerkte Hanna schließlich doch erleichtert. »So wird es mir leichter fallen, der armen Endlin von Liebenfels zu helfen.«

»Zunächst einmal musst du gesund werden«, erwiderte Gisela.

»Du wirst also nicht aufgeben?«, fragte Luzia beinahe gleichzeitig.

»Nie und nimmer. Das Fieber hat meine Sinne geschärft, auch wenn ich ehrlich gesagt noch etwas müde bin.« Hannas Worte kamen schleppend. »Zudem bin ich brennend interessiert, wie es mit dem tumben Sohn des Bischofs weitergeht.«

»Sohn des Bischofs?« Gisela schaute skeptisch. »Dir scheint wohl das Fieber doch mehr zugesetzt zu haben.«

»Sie weiß es nicht?«, fragte Hanna in Richtung der vor Schreck rot anlaufenden Luzia.

»Ich weiß was nicht?«

»Vom Geheimnis der Rhäzünserin«, seufzte Luzia leise. »Aber sei gewarnt, es macht krank.«

Gisela hörte der anschließenden Erzählung mit offenem Mund zu. Hin und wieder nickte sie. »Unser Beginenhof scheint ja ein Hort der Geheimnisse zu sein«, stöhnte sie am Schluss, während sie auf das kleine Fenster zuging.

»Umso wichtiger wird es sein, dass niemand erfährt, dass ich noch am Leben bin, auch die Meisterin nicht.« Hanna ließ sich den Wasserbecher reichen und trank gierig.

»Alma hat versprochen, weiter nach mir zu sehen. Also braucht ihr euch um mich keine Sorgen zu machen. Ich habe schon Schlimmeres überlebt. Und jetzt geht zurück in die Wittengasse. Solltet ihr etwas Neues erfahren, lasst es mich wissen.«

Die Sonne stand bereits tief, als die beiden Schwestern die Scheune verließen. Auch wenn die Angst um Hanna nicht gänzlich gewichen war, wirkten ihre Schritte jetzt deutlich beschwingter. Abendrot – Schlechtwetterbot, heute glaubten sie nicht daran.

16. Kapitel

Kurz nach Einbruch der Dämmerung betrat Alma die Scheune. Erschrocken fuhr Hanna auf ihrer Bettstatt hoch, als sie das kratzende Schaben der Holztür abermals hörte.

»Dir geht es besser«, rief Alma erfreut, wobei sie sich mit einem Seufzer auf einen Hocker setzte. »Wirst du jetzt zurück ins Beginenhaus gehen?«

Hanna schluckte. Die Bademagd hatte die Wahrheit verdient, zudem glaubte sie nicht, dass Alma sie beim Bischof verraten würde, also erzählte sie ihr, was sie trotz der Schwierigkeiten, in denen sie steckte, zu tun gedachte.

»Du glaubst also wirklich, dass die Herrin Endlin unschuldig im Mörderturm sitzt?«, fragte Alma nachdenklich, nachdem Hanna geendet hatte. »In der Badestube hört man viel, und glaub mir, bislang ist mir noch keiner unter die Augen gekommen, der deiner Meinung war. Alle halten die Liebenfelsin für schuldig, und einige sind sogar darunter, die sich in dieser Pein sonnen.«

»Was hast du gehört?« Hanna griff nach dem Wasserbecher und nahm ein paar Schlucke.

»Unter den Ratsherren gibt es sonderbare Gesellen«, lachte Alma. »Nicht nur in Bezug auf ihre ausgefallenen Wünsche in der Badestube.«

»Davon will ich nichts wissen, verschon mich.« Hanna konnte nicht verhindern, dass ihr die Schamesröte ins Gesicht stieg. Hastig wandte sie sich ab.

»Bist wohl etwas empfindlich in diesen Dingen, kann ich auch verstehen.« Alma blickte mit verklärtem Ausdruck auf ihre Hände. »Wäre ich vielleicht auch an deiner Stelle.«

Hanna schätzte das Mädchen auf nicht älter als vierzehn Jahre. Wie lange Alma schon in der Badestube ihren Dienst versah, ließ sich nur erahnen.

»Glaubst du, ich könnte die nächste Zeit bei euch in der

Badestube unterkommen?« Hanna biss sich auf die Unterlippe. »Natürlich erst, wenn ich wieder ganz gesund bin.«

»Als Hure, du?« Alma lachte. »Du wirst ja schon rot, wenn du nur sündige Gedanken hast.«

»Nun, vielleicht nicht als Hure. Gäbe es da nicht auch andere Dienste? Ich kenne mich gut mit Kräutern aus.«

Auf Almas Gesicht zeigte sich ein schelmisches Grinsen. »Nun, ich könnte den Bader fragen, ob du ihm in der Krankenstube helfen kannst. Wilfried würde diese Arbeit bestimmt gerne abtreten.«

»Wer ist Wilfried?«

»Der Knecht des Baders, ein gemeiner Kerl. Ihm rutscht die Hand nur zu gerne aus, natürlich nur, wenn der Bader nicht in der Nähe ist.«

»Scheint kein angenehmer Geselle zu sein«, seufzte Hanna.

»Das ist der Wilfried wirklich nicht. Aber gemeinsam werden wir ihn schon züchtigen.« Alma lachte. »Ich werde sehen, was sich machen lässt. Muss einen günstigen Zeitpunkt abwarten, wenn der Bader gut auf mich zu sprechen ist«, fuhr sie nachdenklich fort. »Das Leben im Badehaus wird kein Honigschlecken, ist harte Arbeit, drum schau zu, dass du schleunigst gesund wirst.«

Als die Tür hinter Alma zuschlug, atmete Hanna erschöpft aus. Obwohl sie keinen Hunger hatte, nahm sie die Schale mit dem Getreidebrei, den Alma hingestellt hatte, und löffelte ihn bis auf den letzten Bissen leer. Es schmeckte grauenhaft, wohl ein Vorgeschmack auf das, was sie erwarten würde, sollte der Bader ein Einsehen haben und sie in seinen Dienst nehmen. Bei Wendelgart hätte sie es bestimmt besser getroffen, doch wollte sie die alte Wehmutter nicht in Gefahr bringen. Der gute Ruf einer Hebamme war lebenswichtig.

※※※

Die folgenden Tage kam Alma morgens in aller Herrgottsfrühe und brachte Hanna frisches Wasser und den immer gleichen Getreidebrei. Auch Luzia kam regelmäßig, in Begleitung von

Schwester Ottilia, die man notgedrungen hatte einweihen müssen, da Gisela in der Küchenstube gebraucht wurde und Guta von Wellershausen darauf bestand, dass Luzia das Haus der Beginen nicht allein verließ. Zu Hannas Freude brachten die beiden Beginen stets einen gefüllten Korb aus der Küchenstube mit, selbst an süße Wecken hatte Gisela gedacht.

Still und leise ging der Heumonat in den August über. Die Nächte wurden spürbar kühler, auch wenn sich die Sommersonne tagsüber noch in voller Stärke zeigte. Hanna fühlte sich wieder gesund. Darum drängte sie Alma seit Tagen, endlich mit dem Bader zu sprechen.

»Es hat geklappt«, rief Alma überschwänglich, als sie eines Morgens in die Scheune kam. »Der Bader braucht dich. Der arme Wilfried wurde gestern Abend von einem herunterfallenden Stein arg am Kopf getroffen, sodass er für Wochen ausfällt.«

»Du hast doch nicht etwa …?«

»Nur ein wenig nachgeholfen, verdient hat er es allemal, der Gockel.« Alma grinste verschmitzt. »Und jetzt zieh dieses schreckliche Beginengewand aus und schlüpf in das Kleid, das ich hier habe, ansonsten erfährst du nie, wer den Ratsherrn um die Ecke gebracht hat.«

Der braune Wollrock und das Leinenhemd hatten schon bessere Zeiten gesehen, doch sie waren halbwegs sauber. Die Schürze, die sie als Schutz während der Krankendienste tragen sollte, war an manchen Stellen allerdings so dünn, dass man den darunterliegenden Wollstoff durchscheinen sah.

»Hab nichts Besseres gefunden«, entschuldigte sich Alma achselzuckend. »Aber ich finde es ganz passabel.«

»Solange ich kein gelbes Band um den Arm tragen muss, ist mir alles recht.« Hanna lachte.

Huren und Hübschlerinnen trugen in Konstanz stets ein solches Band um den rechten Oberarm. Der Große Rat befürwortete die Einrichtung der Hurenhäuser, zumal so die Unzucht aus den Gassen verbannt wurde. Noble Herren und Kleriker verkehrten ebenso in den Häusern wie Kaufleute und einfache Handwerker, das war stadtbekannt.

»Und wann soll es losgehen?«, fragte Hanna aufgeregt, als Alma ihr half, den letzten der Hornknöpfe zu schließen.

»Was denkst du denn«, lachte Alma. »Der Bader wartet bereits sehnsüchtig auf dich. Hab deine helfenden Hände in den höchsten Tönen gelobt, also blamier mich nicht.«

Alma begutachtete Hanna von allen Seiten. Sie schien zufrieden mit dem, was sie sah, wie der Schalk in ihren Augen verriet. »Also mir gefällst du in diesem Rock deutlich besser. Und jetzt beeil dich. Der Bader neigt nicht unbedingt zu Geduld.«

Sie öffnete die Tür der Scheune und spähte hinaus. »Die Schwestern werden sich schon den richtigen Reim auf die abgelegten Kleider machen, und wenn nicht, wird Schwester Luzia bestimmt in der Badestube auftauchen, um mich nach dir zu fragen. Sie besucht mich nämlich hin und wieder dort, allerdings nur heimlich. Also sag ihr bitte nicht, dass ich dir davon erzählt habe.« Die Aufregung schien Almas Zunge gelöst zu haben. Sie plapperte beinahe, ohne Luft zu holen.

»In den Zubern tummeln sich bereits jede Menge Badelustiger. Meister Ziprian wird mir die Hölle heißmachen, wenn wir uns nicht beeilen.« Alma rannte mit großen Schritten zum Zaun und öffnete das Tor. Sie winkte Hanna aufgeregt zu sich her. »Wir nehmen die Abkürzung über die Rossgasse, dann sind wir schneller.«

Als sie die Brücke über den kleinen Gerberbach passierten, rümpfte Hanna die Nase. In diesem Teil der Vorstadt stank es so fürchterlich, dass die Augen tränten. Unweit des Baches lag die berüchtigte Gerbertrinkstube. An diesem Morgen allerdings schien alles noch ruhig, keine Raufereien, kein Gegröle und keine verbotenen Kartenspiele. Alma drängte weiter. Kurz vor dem Pilgerhospital verengte sich die Gasse, sodass kein Karren mehr Platz gehabt hätte.

Der untere Stock der Badestube war aus gutem Stein gebaut, das darüberliegende Stockwerk aus Holz. Aus dem Kamin stieg eine dünne Rauchsäule auf. Sommer wie Winter brannten Holzscheite im Ofen, um das viele Wasser in den Bottichen auf angenehmer Wärme zu halten.

»Es gibt eine Art Vorbad, um den größten Schmutz zu entfernen«, erklärte Alma, »dann kommt das Schwitzbad, anschließend das Wasserbad. Das ist allerdings nur für Reiche gedacht, die Armen müssen sich damit begnügen, dass Wilfried sie mit einem Eimer Wasser übergießt, um die Ausdünstungen vom Schwitzbad zu entfernen. Natürlich gibt es auch zu essen und zu trinken, und hin und wieder kommt ein fahrender Musikant vorbei und spielt auf der Fidel.«

Als Alma von den Betten in den Ruheräumen zu erzählen begann, winkte Hanna hastig ab.

»Da seid ihr ja endlich«, rief Meister Ziprian erbost, als er die beiden Frauen bemerkte. »Im hinteren Zuber warten zwei Ratsherren auf dich«, wandte er sich an Alma. »Mach zu, dass die Herren nicht die Geduld verlieren. Und du«, Meister Ziprian musterte Hanna mit kritischem Blick, »du kommst mit mir. Zwei Zähne müssen gezogen und anschließend das faulige Bein eines angesehenen Mannes behandelt werden. Ich hoffe doch sehr, dass du dein Handwerk verstehst.«

Hanna nickte hastig. Aus den Zubern wehte ein angenehmer Duft nach Kräutern und Ölen. Während Alma aus ihrem Rock schlüpfte und wenig später in einem dünnen Leinenhemd in Richtung der Zuber verschwand, schritt Hanna hinter Meister Ziprian die Treppenstufen hoch in die Krankenstube.

Auf einem kleinen Tisch zeigten sich sorgfältig aufgereiht kleine Messerchen, Zangen, Zahnschlüssel zum Ziehen der Zähne und jede Menge Flieten für den Aderlass. Noch bevor Hanna alles verinnerlichen konnte, hörte sie bereits knarrende Schritte auf der Treppe. Der erste Kunde kam. Die geschwollene Backe war nicht zu übersehen.

»Zahnwürmer haben sich bei Euch ins Fleisch gebohrt, mein Herr«, sinnierte der Bader mit ernster Miene, wobei er dem Mann kurz ins Maul schaute. »Die beiden Zähne sind nicht mehr zu retten, sind schon ganz schwarz.«

»Dann erlöst mich endlich von diesen Qualen«, wimmerte der Mann. »Mit Mundfäule kann ich morgen vor der Prozession keine Rede halten.«

Der Bader griff sich ein kleines tönernes Gefäß, in welchem bereits zerbröselte Kräuter lagen, und entzündete das Ganze mittels einer Kerze. Den aufsteigenden Rauch leitete er durch einen kleinen Trichter in den Mund des Mannes. »Bilsenkraut«, erklärte er. »Wird Euch die Schmerzen etwas nehmen.«

Es nahm nicht nur die Schmerzen, wie Hanna nach wenigen Augenblicken bemerkte, es benebelte auch die Sinne. Sie hatte alle Mühe, den aufkommenden Schwindel zu verbergen. So bekam sie kaum mit, dass Meister Ziprian einen zappelnden kleinen Wurm aus einem Tiegel zog und ihn seinem Patienten vor die Augen hielt.

»Hier haben wir den Grund allen Übels, werter Bürgermeister«, verkündete er voller Inbrunst. Der Patient antwortete nur mit einem gequälten Stöhnen.

Meister Ziprian warf das zappelnde Ungetüm nicht etwa weg, sondern legte es mit einem gefälligen Lächeln zurück in den Tiegel. »Kaut heute zu jeder vollen Stunde eine Gewürznelke und esst nur Linsenbrei. Solltet Ihr morgen noch Schmerzen verspüren, kommt nochmals vorbei. Das macht fünf Heller.« Meister Ziprian hielt dem Mann die Hand hin.

Beim nächsten Patienten wurde ein fauliges Bein versorgt. Auch hier ging der Bader nicht zimperlich vor und ließ den Eiter mittels einer Ahle ablaufen. Die Spuren des anschließenden Aderlasses, den er seinem Patienten zum Abschluss der Behandlung zuteilwerden ließ und der zweifellos den Preis zusätzlich in die Höhe trieb, musste Hanna in der Latrine hinter dem Badehaus entsorgen.

Hastig lief sie die Treppenstufen wieder hoch. Es wartete bereits ein Hühnerauge am Fuß eines fetten Mannes auf sie. Nachdem Ziprian daran herumgeschnippelt hatte, legte Hanna einen Salbenverband an. Am Ende des Tages schien der Bader ganz zufrieden mit ihrer Arbeit.

Sie wollte eben nach unten gehen, als Ziprian sie zurückhielt. »Richte Alma aus, dass sie beim nächsten Steinwurf besser zielen soll, will sie Wilfried mehr als nur eine Beule am Kopf zufügen.« Der Bader lachte hämisch. »Du siehst, mir entgeht nichts.«

Beim Gang auf die Latrine traf Hanna schließlich auf Wilfried. Er machte keinen Hehl aus seinem Unmut. Mit dick einbandagiertem Kopf verfolgte er jede ihrer Bewegungen. Mit ihm hatte sie keinen Freund gewonnen, das spürte Hanna.

***

Anderntags war Sonntag. Meister Ziprian legte Wert darauf, dass seine Mägde stets die Messe in der Ratskapelle Sankt Laurenz besuchten. Heute sollte zusätzlich eine Prozession stattfinden, was die Frauen in Aufregung versetzte.

Sichtlich zufrieden mit ihrem Aussehen stand Alma in der kleinen Kammer, die sie mit ihrem Bruder Odo und Hanna teilte. Die Bekanntschaft Odos hatte Hanna kurz vor dem Einschlafen gemacht, denn der Junge hatte in der Badestube die Aufgabe, die schmutzigen Kleider der Badegäste in deren Haus zurückzubringen.

»Wie sehe ich aus?«, fragte Alma schelmisch grinsend, wobei sie ihren Busen mit der Hand in die richtige Lage drückte.

Odo gähnte. »Das gelbe Band fehlt«, meinte er ohne jede Hemmung.

Im Gegensatz zu Hanna verspürten die Geschwister keinerlei Scham bei dem Gedanken, mit kaum vierzehn Jahren als Hübschlerin durch die Gassen zu ziehen.

»Leider habe ich für dich kein anderes Kleid.« Alma schaute traurig auf Hannas mitgenommenen Rock. Trotz der Schürze, die sie gestern den ganzen Tag getragen hatte, zeigten sich dunkle Flecken auf dem Wollstoff.

»Ich werde nicht mitkommen«, erwiderte sie schnell. »Die Gefahr, erkannt zu werden, wäre zu groß. Zudem möchte ich den Tag nutzen und mich in der Neugasse umsehen. Vielleicht treffe ich ja eine Magd der Blarerin.«

Alma band sich das gelbe Hurenband um den Arm. Von unten hörte man bereits aufgeregte Stimmen. »Und was soll ich Meister Ziprian sagen? Er verlangt, dass stets alle mitkommen.«

»Sag ihm, mir sei übel, oder noch besser, mein Fuß schmerze

heute besonders arg. Mein Humpeln würde euch nur aufhalten.«

Alma scheuchte Odo vor sich her. Unter der Tür rief Hanna sie nochmals zurück.

»Kennst du die Müllerin von der Rheinbrücke?«, fragte sie. »Sie ist hochschwanger und hat blonde Haare. Solltest du sie oder ihre Magd sehen, sag ihnen, sie sollen in drei Tagen zur Dämmerung in die Scheune kommen.«

Alma nickte, dann verschwand sie durch die Tür und rannte die Stiege hinunter. Meister Ziprian stand bereits vor dem Badehaus. Er klatschte eben in die Hände, und wie auf Kommando reihten sich die Bademägde hinter ihm ein. Hannas Entschuldigung rang ihm lediglich ein Brummen ab.

Aus allen Gassen strömten die Gläubigen der Ratskapelle entgegen. Die Sonne lachte an diesem Morgen von einem strahlend blauen Himmel. Der Pfaffe genoss den Menschenauflauf, und die Messe schien kein Ende zu nehmen.

Etliche Kirchgänger gähnten bereits, andere waren schon längst eingeschlafen, als der Kleriker endlich seine weißen Handschuhe überzog. Das Schaugefäß mit dem Zahn des heiligen Laurenz vor sich hertragend, schritt er den Mittelgang entlang, gefolgt von den Ratsherren in ihren roten Roben. Dahinter reihte sich vom Abt bis zum einfachen Bauer ganz Konstanz ein. Die Prozession führte durch mehrere Gassen, ehe sie vor dem Rathaus zum Stillstand kam. Bürgermeister Brun von Tettikoven stieg auf ein Podest und wartete, bis die Menge sich in einem Halbkreis vor ihm aufgebaut hatte.

Der Pfaffe stand mit dem Ostensorium zu seinen Füßen und hielt die Reliquie voller Stolz den Gläubigen entgegen. Wort- und gestenreich unterstrich Brun von Tettikoven die Stellung des Großen Rates und die Wohltätigkeit gegenüber der Ratskapelle. Er erwähnte die vier Altäre, die namhafte Geschlechter aus Konstanz gestiftet hatten, und rief in Erinnerung, welche Pein der arme Laurentius auf dem brennenden Rost hatte erleiden müssen.

»Meine Behandlung scheint von Erfolg gekrönt«, meinte Meister Ziprian, wobei er sich im Kreis seiner Bademägde sonnte. »Hab dem Bürgermeister gestern einen hinterhältigen Zahnwurm entfernt«, fügte er in Richtung einer Gruppe Schaulustiger bei. Er drehte seine Hände zum Zeichen seiner Fingerfertigkeit.

Alma nutzte die Gelegenheit und verschwand inmitten der Menge. Der Bader würde jetzt eine Magd nach der anderen präsentieren, und bis er ihrer Abwesenheit gewahr werden würde, wäre sie längst zurück. Unmittelbar vor dem Salemerhof glaubte sie den Stadtmüller zu erkennen.

»Du bist doch Jodok, der Stadtmüller, und das ist deine Frau?« Alma schob eine Matrone zur Seite, dann stand sie endlich vor dem kahlköpfigen kleinen Mann.

Jodok schien der Auftritt peinlich, zumal Almas gelbes Band nicht zu übersehen war.

»Ja, ich bin Jodoks Frau, die Lena. Was willst du von uns?« Im Gegensatz zum Stadtmüller, der sich in Almas Gegenwart sichtlich unwohl fühlte, zeigte Lena keine Scheu.

»Ich soll euch von Hanna etwas ausrichten.« Alma schenkte der Müllerin ein Lächeln. »Sie will euch in drei Tagen in der Scheune treffen.«

»Und warum sollen wir dir glauben? Dir, einer Hübschlerin?« Ursus, der die ganze Zeit nur stumm an Jodoks Seite gestanden hatte, trat jetzt einen Schritt vor.

»Ich bin an erster Stelle Bademagd«, empörte sich Alma tief Luft holend. »Ein Bad würde auch dir nicht schaden, du stinkst wie ein abgestochenes Schwein.« In Almas Augen blitzte es wütend.

»Hört auf zu streiten, nicht am Tag des heiligen Laurenz, das bringt Unglück!« Lena drängte sich zwischen die aufgebrachten Streithähne. »Du weißt, wo Hanna ist?«

Alma verschränkte die Arme vor der Brust und nickte.

»Ich war heute Morgen in der Scheune, und Hanna war weg«, meldete sich Klara zu Wort. Sie stand an Lenas Seite und musterte die Badehure ebenso kritisch wie der Müller. »Die

Schwestern in der Wittengasse wissen auch nicht, wo sie ist. Warum sollte so eine es wissen?«

»Weil ich es weiß, aber bitte, wenn ihr nicht wollt. Ich kann auch wieder gehen.«

Lena legte Alma eine Hand auf die Schulter und lächelte.

»Sie ist in der Badestube, gleich neben dem Pilgerhospital«, grinste Alma verschmitzt.

»Hanna im Hurenhaus?« Jodoks Entsetzen war nicht gespielt. Sein tadelloser Ruf als Stadtmüller ging ihm über alles, wie jedermann in seinem Umfeld wusste.

»Sie hilft dem Meister in der Baderstube. Zähne rupfen, Wunden flicken, lauter solche Sachen halt«, erklärte Alma.

»Wir dachten, die Schwestern kümmern sich um sie«, warf Lena ratlos ein. »Sonst hätten wir sie doch längst zu uns geholt.«

Jodok brummte, was wohl so viel bedeuten sollte, dass dies noch immer ein Ding der Unmöglichkeit war.

»Hanna will, dass alle glauben, dass sie tot ist.« Alma nickte der Müllerin mit tröstendem Blick zu. »Also konnte sie nicht zurück zu den Schwestern und auch nicht zu euch.«

»Und wenn Reinhild Blarer sie bei euch sieht? Womöglich besucht sie genau diese Badestube.« Lena hielt sich erschrocken eine Hand vor den Mund.

»Die reiche Witwe aus der Neugasse kommt nicht zu uns. Ist zu geizig. Sie schickt lediglich hin und wieder eine Magd vorbei, um bei Meister Ziprian Kräuter zu schnorren.«

Alma stellte sich auf die Zehenspitzen und spähte hinüber zum Bader. Er stand mit geschwellter Brust da und horchte der Rede des Bürgermeisters.

»Und sie muss wirklich nicht …« Ursus kratzte verlegen mit der Stiefelspitze einen Dreckklumpen zur Seite.

»Nein, sei unbesorgt, dafür sorge ich schon.« Alma puffte ihm lächelnd in die Seite. »Ich weiß doch, wie ihr einander zugetan seid.«

»Das hat sie dir auch erzählt?« Ursus errötete bis über beide Ohren.

»Sie und der Fieberwahn, aber lassen wir das jetzt.« Alma

raffte ihren Rock. »In drei Tagen ist in der Badestube Frauentag, was bedeutet, dass wir mit der Arbeit bereits vor Einbruch der Dämmerung fertig sind. Meister Ziprian nutzt diesen Abend, um der Schenke am Schnetztor einen Besuch abzustatten. Hanna und ich werden also pünktlich in der Scheune sein.«

Alma reckte erneut ihren Kopf in Richtung des Baders, dem die Ungeduld ob des bürgermeisterlichen Redeflusses bereits ins Gesicht geschrieben stand. Die steigende Sonne brachte nicht nur ihn ins Schwitzen, auch etliche der Bademägde schielten bereits gierig hinüber zu den wenigen Schatten spendenden Bäumen.

17. Kapitel

Meister Ziprian verstand sein Handwerk, was seine Badestube weit über die Stadtmauer hinaus bekannt machte. Es kam sogar vor, dass Edelleute aus dem entfernten Sankt Gallen nach Konstanz kamen, um die gebotenen Dienste in Anspruch zu nehmen.

Morgens in aller Herrgottsfrühe wurden die beiden großen Kachelöfen in der Badestube und im Nebenraum mit Holz gefüllt und angezündet. Anschließend galt es, Wasser vom Brunnen zu holen. Das war Schwerstarbeit, zumal jede der Bademägde an die zwanzig Mal hin- und herlaufen musste, Wilfried ausgenommen, denn der klagte noch immer über Übelkeit und Kopfschmerzen.

In der Mitte der Badestube stand eine riesige, kreisförmige hölzerne Bütt. Terrassenförmig angeordnete Bänke boten den Badegästen die Möglichkeit, sich zu unterhalten, während auf dem Boden des Zubers heiße Steine für eine angenehme Wärme sorgten. Diese mussten im Laufe des Tages mehrmals ausgetauscht werden, was mit ein Grund war, warum die Bademägde nur dünne Leinenhemden auf dem Körper trugen. Durch die kleinen Fensterluken hielt sich die dampfende Hitze im Raum, sodass den Frauen die Hemden innert kürzester Zeit am Körper klebten – sehr zum Wohlgefallenen der männlichen Gäste.

Wie jeden Morgen rannte Hanna nach dem mühsamen Wasserschleppen die Stiege hinauf in die Baderstube. Meister Ziprian erwartete sie ungeduldig, denn der erste Kunde saß bereits auf dem Baderstuhl.

Auch in Konstanz griff seit geraumer Zeit der Brauch um sich, sich unerwünschter Haare zu entledigen. Hierzu hatte Meister Ziprian einen eingedickten Sirup aus Terpentin hergestellt, den er mit einem Spachtel auf Gesicht und Beine seiner Kunden auftrug. Nachdem die Masse getrocknet war, kam Hanna die Aufgabe zu, das Ganze mit Schwung wegzureißen.

Dass dies nicht ohne Geschrei und Fluchen vonstattenging, war selbst unten in der Badestube noch zu hören. Die Prozedur erfolgte wie das Schröpfen und der Aderlass stets vor dem Bad.

An diesem Mittwoch hatte Hanna Mühe, ihre Gedanken bei der Arbeit zu halten. Zweimal schon hatte Meister Ziprian sie ermahnen müssen, und beim dritten Mal, so schwor er, würde er schärfere Maßnahmen anwenden. Hanna wusste von der Gerte, die unter der Treppe an einem Nagel hing, und von Alma wusste sie, wie das Stück auf der Haut fitzte.

Als die Sonne endlich unterging und sich die Badestube allmählich leerte, hängte der Meister seinen Mantel an einen Haken und wusch sich die Hände, ehe er seine Haare mit etwas Schweineschmalz ordentlich zur Seite kämmte. Die Schenke am Schnetztor lockte, das war nicht zu übersehen.

»Du räumst hier alles noch sauber auf«, befal er grob, während er sich seinen guten Umhang griff und den Hut aufsetzte. »Morgen wird der Bürgermeister nochmals vorbeikommen. Hab vernommen, dass der Zahnwurm ihm noch Schwierigkeiten macht. Also schau zu, dass auch genügend Würmer in der Schale sind, die noch zappeln.«

Hanna wusste mittlerweile, woher der Bader seine vermeintlichen Zahnwürmer holte. Ein Grinsen lag auf ihrem Gesicht. Wenn der noble Brun von Tettikoven wüsste, dass die Viecher aus dem Hintern der kleinen Marie kamen, würde er Meister Ziprian als Scharlatan vor den Großen Rat zerren und wohl keine Sekunde zögern, ihn in den Schelmenturm zu sperren.

Das Räuspern des Baders riss Hanna aus ihren Gedanken. »Richte in der Küche aus, sie sollen mir ein saftiges Schinkenbrot in die Kammer legen. Vom Essen beim Schnetztor bekomme selbst ich Magengrimmen.« Er schüttelte sich vor Ekel. »Und jetzt mach vorwärts und trödle nicht herum!«

Meister Ziprian warf einen letzten Blick in seinen milchigen Spiegel, ehe er sich umdrehte und die Treppe hinabstieg. Unten rief er einer der Bademägde etwas zu, dann schlug die Tür hinter ihm zu.

Hanna seufzte erleichtert auf. Wollte sie die Scheune rechtzeitig erreichen, musste sie sich ranhalten. Hastig griff sie sich den Sack mit den feinen Steinkörnern und verteilte sie auf dem Boden. Nichts putzte den rauen Holzboden besser. Mit einer Bürste fegte sie den Dreck aus den Ritzen. Danach ordnete sie die Instrumente für den nächsten Tag. Der Bader mochte es, wenn Messerchen und Pinzetten fein säuberlich aufgereiht neben Schröpfhörnern und Aderlassnäpfen standen.

Als die Dämmerung hereinbrach, war die Baderstube sauber aufgeräumt. Leise schlich Hanna die Stiege hinunter. Aus der Nebenkammer hörte sie zwei Mägde lachen. Vorsichtig lugte sie in die Küche. »Meister Ziprian möchte ein Schinkenbrot in seiner Kammer«, rief sie laut und deutlich durch die Küchentür. Die alte Berta hörte schlecht, doch kochen konnte sie.

»Kann er haben«, knurrte die Frau zurück, wobei sie Hanna mit einer Handbewegung aus der Küche scheuchte.

Die Hände abwehrend vor die Brust gehoben, machte Hanna einen Schritt rückwärts. Dabei wäre sie beinahe über den kleinen Odo gestolpert, der unverhofft unter der Treppe auftauchte.

»Weißt du, wo Alma ist?«, fragte Hanna leise, wobei sie dem Jungen zärtlich über die zerzausten Haare fuhr.

»Sie wartet hinter dem Pilgerhospital. Du sollst aufpassen, dass Wilfried dir nicht folgt.«

Odo huschte an Hanna vorbei in die Küche, ein schelmisches Grinsen auf den Lippen. Immer wenn Meister Ziprian sich in der Schenke verlustierte, zeigte sich die alte Berta von ihrer mütterlichen Seite und gab dem Jungen allerhand Köstlichkeiten, die sie untertags den noblen Damen abgezweigt hatte.

Froh, ihren Umhang mitgenommen zu haben, schlang Hanna das kratzende Stück enger um ihre Schultern, als sie vor die Tür trat. Mitte August kam mit der Dämmerung auch die Kälte. An diesem Abend war es besonders deutlich zu spüren. Von Wilfried war nichts zu sehen. Trotzdem war Hanna auf der Hut. Der Knecht hatte die unangenehme Angewohnheit, stets aus dem Nichts aufzutauchen, zudem war er neugieriger als ein Waschweib.

Hanna drückte sich an die hölzerne Fassade der Badestube

und horchte. Doch nichts Außergewöhnliches war zu hören, lediglich die üblichen abendlichen Geräusche der Vorstadt. Eine Gruppe Bettler stand lungernd an einer Ecke, ein paar Kinder trieben die Schweine in ihre Verschläge, und von irgendwoher hörte man das Wiehern eines Pferdes.

Hanna duckte den Kopf und rannte weiter. Als sie um die Ecke bog und sich das Pilgerhospital dunkel gegen den grauen Abendhimmel abzeichnete, hörte sie Alma rufen.

»Hier bin ich.«

»Glaubst du wirklich, Wilfried hätte Interesse, uns zu folgen?«, fragte Hanna skeptisch, nachdem sie sich zu Alma in die Nische zwischen zwei Häusern drückte. »Bestimmt besucht auch er eine der Schenken, wenn der Bader nicht im Haus ist.«

Alma brummelte etwas, doch überzeugend klang es nicht. Geduckt rannten die beiden Frauen die Gasse entlang. Immer wieder blieben sie stehen und schauten nach allen Seiten. Als sie den Garten erreichten, zwängten sie sich wie zwei dunkle Schatten durch das Gartentor.

»Da seid ihr ja endlich«, wurden sie von drei ungeduldigen Stimmen empfangen, kaum betraten sie das Innere der Scheune. Ein kleines Binsenlicht erhellte die Gesichter der Anwesenden mehr schlecht als recht. Gespenstige Schatten zuckten an den Wänden. Während sich Alma an die Seite von Klara drängte, zog es Hanna zu Ursus. Noch bevor sie ein Wort herausbrachte, drückte ihr Ursus einen Kuss auf den Mund. Ihr Herz machte einen Freudensprung. Zärtlich strich sie ihm über die Wange, dann blickte sie lächelnd in die Runde.

»Wenn uns die Büttel hier so sehen könnten, die würden glauben, wir planen irgendeine Gräueltat.«

»Und dabei tun wir genau das Gegenteil«, pflichtete ihr Barbel bei.

Ursus zuckte verlegen mit den Schultern und erklärte wortreich, dass er die Barbel mitgebracht habe, weil sie ja auch auf ihrer Seite stand und der Herrin helfen wollte. Daraufhin entschuldigte Klara die kränkelnde Lena, die mit dick geschwollenen Beinen auf der Bettstatt liege und kaum noch gehen könne.

Aber sie solle Hanna grüßen und sie ermahnen, auf sich aufzupassen. Hanna nahm es mit einem wohlwollenden Nicken zur Kenntnis.

»Ich hatte während meiner Krankheit viel Zeit, um über alles nachzudenken«, begann sie leise. »Und ich bin zu dem Schluss gekommen, dass nur Reinhild Blarer hinter alldem stecken kann. Anfänglich hatte ich ja Zweifel, doch alles spricht für sie als Täterin.«

»Du meinst, die Frau bringt zwei Menschen um, nur um den Ritter in ihr Bett zu holen?«, fragte Ursus ungläubig. »Ist das nicht etwas weit hergeholt?«

»Da kennst du die Frauen aber schlecht«, lachte Alma. »Wenn wir uns einmal etwas in den Kopf gesetzt haben, lassen wir nicht so leicht locker.«

»Überleg doch«, wandte sich Hanna nachdenklich an Ursus. »Warum sollte Endlin von Liebenfels Walter von Roggwil und Agnes vergiften und dann erst den Hund? Das ergibt doch überhaupt keinen Sinn. Man würde meinen, der Mörder probiert zuerst bei einem Hund aus, welche Dosis er braucht, um einen Menschen umzubringen, das fällt weniger auf.«

Ursus nickte. »Das klingt plausibel.«

»Wer hat den Ritter auf den toten Hund in der Abortgrube aufmerksam gemacht?«, wandte sich Hanna an Barbel.

Ursus' zärtliche Begrüßung war ihr offenbar nicht entgangen, denn sie zog eine Schnute. »Reinhild Blarer«, antwortete sie mürrisch. »Sie hat sogar behauptet, dass sie der Herrin Endlin geholfen hat, das vergiftete Tier in die Grube zu werfen.«

»Aber warum vergiftet die Blarerin Walter von Roggwil? Wäre es nicht einfacher, sie würde Endlin umbringen?« Klara blickte skeptisch in die Runde.

»Das schon«, lenkte Hanna ein, »aber so würde sich der Herr womöglich seiner Trauer ergeben und hätte keine Augen für sie. Als Giftmörderin jedoch sieht er Endlin plötzlich mit anderen Augen, und sie hofft, dass er sich in ihren Armen ausweint.«

»Dann hat die Blarerin den Hund vergiftet?«, fragte Klara in die Runde.

»Den Hund und die Agnes.« Hanna rieb sich die Nase. »Sie will den Ritter um jeden Preis, doch das gelingt ihr nur, wenn Endlin von Liebenfels aus dem Weg ist. Sie tötet also erst den Ratsherrn und lenkt den Verdacht auf die Herrin Endlin. Bevor der Große Rat die Agnes nochmals befragen kann und sie unter scharfen Augen doch noch schwach geworden wäre und alles verraten hätte, tötet Reinhild die gutgläubige Agnes, die einst in ihrem Dienst stand und ihre Herrin noch immer verehrt. Es war für Reinhild Blarer ein Kinderspiel, sie an den See zu locken. Man sah dort eine Kutsche, genauso eine, wie die Witwe sie fährt.« Hanna nahm das Nicken der Anwesenden mit Erleichterung zur Kenntnis.

»Sollte Ritter Conrad trotz aller Beweise gegen seine Gattin noch immer an ihrer Schuld zweifeln, trumpft die Witwe dann mit der Vergiftung des Hundes auf.« Ursus schüttelte den Kopf ob so viel Hinterlist. »Mir ein Rätsel, warum Ritter Conrad sie nicht durchschaut. Er ist doch sonst ein gescheiter Mann.«

»Weinbrand und Schmeicheleien benebeln die Sinne, besonders bei euch Männern«, lachte Barbel, hielt sich aber erschrocken eine Hand auf den Mund, als sie Ursus' bitterbösen Blick sah.

»Ganz unrecht hat die Barbel nicht.« Hanna streckte ihren Rücken. »Reinhild Blarer will die neue Herrin von Liebenfels werden. Vielleicht ist sie erst durch den Fund des Goldschatzes auf den Gedanken gekommen, vielleicht wollte sie den stattlichen Ritter von Anfang an. Jetzt muss nur noch die Herrin Endlin endgültig verschwinden.« Sie seufzte. »Ich glaube kaum, dass euer Herr uns glauben wird. Die Witwe verfügt über zu viel Einfluss in der Stadt. Es wird schwierig sein, ihr all dies nachzuweisen.«

Alma räusperte sich. Bislang hatte sie geschwiegen. »Ich habe mich die letzten Tage umgehört ... Bei uns verkehren ja jede Menge nobler Damen und ... Herren und ...« Alma schluckte. »Wie auch immer, ich habe erfahren, dass keine Magd lange bei der Witwe bleibt. Sie soll ihr Gesinde hart in die Mangel nehmen.«

»Und trotzdem hat Agnes für sie gemordet?« Klara atmete hörbar ein. »Ich an ihrer Stelle hätte dieser Hexe das Gift gegeben und nicht dem Ratsherrn.«

»Vielleicht hat die beiden Frauen mehr verbunden, als wir ahnen«, nahm Alma das Wort wieder auf. »Ich hörte nämlich auch hinter vorgehaltener Hand, dass der Gatte der Witwe sonderbar schnell und völlig unerwartet von dieser Welt abberufen wurde. Er soll Wochen vor seinem Tod auf irgendeiner Messe in fernen Landen gewesen sein und sich dort bester Gesundheit erfreut haben.«

»Du meinst, Reinhild Blarer hat auch dort Hand angelegt?« Ursus sackte mit einem Stöhnen in sich zusammen. »Großer Gott, in was für ein Wespennest sind wir hier nur geraten?«

»Man müsste das alles beweisen können«, sinnierte Hanna nachdenklich vor sich hin. »Es muss doch in Konstanz jemanden geben, der Agnes zugetan war, mit dem sie vielleicht über solch heikle Dinge gesprochen hat.«

Barbel nickte. »Da gab es eine Magd in den Blatten, mit der hat sie manchmal getuschelt. Ich könnte versuchen, sie auszuhorchen.«

»Aber sei vorsichtig, nicht dass das dumme Ding noch zur Witwe rennt und dich anschwarzt«, mahnte Hanna. »Du weißt, wozu Reinhild Blarer fähig ist.«

»Ich bin ja nicht blöd«, konterte Barbel beleidigt, wobei ihr Blick kurz an Ursus hängen blieb.

»Man müsste irgendwie an Reinhild Blarer herankommen«, sinnierte Hanna weiter. »Vielleicht könnte man dafür sorgen, dass bald eine neue Magd im Hause Blarer benötigt wird.«

»Und du denkst da hoffentlich nicht zufällig an dich?« Ursus packte Hanna so unverhofft bei den Schultern, dass diese einen Schrei ausstieß.

»Es war ja nur ein Vorschlag«, versuchte sie sich des Griffes zu entledigen. »Du tust mir übrigens weh, Ursus!«

»Versprich mir, dass du diesen Gedanken aus deinem Hirn verbannst. Ich möchte dich nämlich nicht vergiftet am Ufer des Bodensees finden.«

Ursus' Besorgnis schmeichelte Hanna, doch sie wusste selbst, was sie tat. Schließlich waren sie noch nicht verheiratet, und wenn Bischof Rudolf sie fand, würden sie dies auch nie sein. »Also dann soll sich Barbel an die besagte Magd hängen, und wir hören uns weiter in der Badestube um«, lenkte sie gequält lächelnd ein.

»Und was können wir tun?«, fragte Klara, wobei sie Ursus einen auffordernden Blick zuwarf.

Hanna biss sich auf die Unterlippe. Irgendwie musste sie Ursus beschäftigen, sonst kam er noch auf die hirnrissige Idee und lungerte vor der Badestube herum. »In der Vorstadt gibt es einen Fleischer oder Gerber, ich weiß es nicht genau, sein Name ist Hans. Er lag mit frischen Blattern im Heiliggeistspital und ist dann plötzlich verschwunden. Vielleicht könnt ihr herausfinden, wo er wohnt und ob er vielleicht nicht doch mehr gesehen hat, als er mir schon erzählt hat.« Eigentlich hatte Hanna das selbst erledigen wollen.

»Was hat er dir denn erzählt?«, fragte Klara ein wenig beleidigt, denn offenbar schien sie die Einzige zu sein, die nichts davon wusste.

»Dieser Hans hat die Agnes beobachtet, wie sie in die Apotheke in der Mordergasse eingestiegen ist. Später hat er erfahren, dass Arsenik gestohlen wurde, und sich seinen Reim darauf gemacht«, erklärte Hanna mit ernstem Blick. »Ich weiß nicht, wem Hans sein Wissen noch kundgetan hat.«

Barbel räusperte sich verlegen. »Ich glaube, Reinhild Blarer weiß auch von diesem Hans. Sie hat mich und Wicca doch belauscht, als wir uns darüber unterhielten. Deshalb ist sie auch in die Wittengasse gekommen und wollte dich von dort mitnehmen.«

Hanna schnaubte.

»Ursus wollte dich noch warnen, doch die Schwestern hielten das Tor geschlossen«, fügte Barbel entschuldigend bei.

»Was weiß Reinhild Blarer noch?« Hannas Stimme klang ungewohnt hart.

»Womöglich auch, dass eine Fischersfrau einen Einspänner

unten am Ufer gesehen hat, am Tag, als Agnes verschwand.« Barbels Stimme war so leise geworden, dass alle Augen gebannt an ihren Lippen hingen.

»Du hast alles ausgeplaudert, was ich dir im Vertrauen erzählt habe?« Hannas Stimme überschlug sich vor Empörung.

»Ich konnte doch nicht wissen, dass Reinhild Blarer hinter der Tür steht und horcht. So etwas gehört sich doch nicht für eine Edelfrau.«

»Edelfrau!«, blaffte Hanna.

»Was geschehen ist, ist geschehen. Das lässt sich jetzt nicht mehr rückgängig machen.« Ursus nickte Barbel aufmunternd zu.

Hanna schlug die Hände vors Gesicht und stöhnte. »Bleibt nur zu hoffen, dass Reinhild Blarer uns nicht zuvorkommt und den armen Hans noch vor den Blattern umbringt.«

»Wir werden ihn finden«, versicherte Ursus schnell, zumal er sah, dass Barbel kurz vor einem Tränenausbruch stand. »Wir wissen jetzt alle, was zu tun ist. Ich schlage vor, wir treffen uns nächsten Mittwoch bei Einbruch der Dämmerung wieder hier, und dann sehen wir weiter.«

In diesem Augenblick polterte es draußen. Beinahe gleichzeitig sprangen Klara und Ursus auf die Füße und rannten zur Tür. Die Nacht jedoch verschlang jeglichen Schatten, nur der umgefallene Rechen bezeugte, dass hier ein stiller Lauscher seinen Platz gehabt hatte.

18. Kapitel

Als die schwarze Kutsche mit dem fremden Wappen vor den Mauern des Barfüßerklosters hielt, reckten ein paar neugierige Gaffer ihre Köpfe. Es dauerte nicht lange, und das Tor wurde eiligst geöffnet. Bruder Portarius blickte hastig die Gasse hoch, dann schlug das Tor wieder zu.

»Seid gegrüßt, Eure Eminenz. Bruder Wigand erwartet Euch bereits sehnlichst«, sprach der alte Mönch mit zittriger Stimme, als der Mann, gewandet in eine mit Gold- und Silberfäden bestickte Robe, aus dem Inneren des Gefährts kletterte.

In diesem Augenblick schwang die Tür der Abtei auf, und der Kustos kam auf den Gast zu.

»Seid willkommen, ehrwürdiger Legatus a latere«, empfing er seinen Gast mit einem demütigen Nicken. »Ich darf doch hoffen, dass die Reise nicht allzu beschwerlich für Euch war. Der Weg von Avignon ist weit und bestimmt mit allerlei Gefahren verbunden.«

Da der Gast nur leicht nickte, fuhr Bruder Wigand fort: »Wir haben natürlich schon alles für Euer Wohlbefinden hergerichtet. Es soll Euch an Annehmlichkeiten nicht fehlen.«

Der päpstliche Gesandte blickte skeptisch die grauen Klostermauern hoch. Auch wenn das Kloster der Barfüßer erst wenige Jahre alt war, von Prunk war es nicht gezeichnet.

»Wir Franziskaner führen ein Leben in Armut. Irdische Reichtümer sind uns fremd«, fuhr der Kustos entschuldigend fort, zumal ihm der argwöhnische Ausdruck auf dem Gesicht des Gesandten nicht entging.

Schweigend schritten die beiden Männer durch die Gänge des Klosters. Gleichzeitig mit dem Läuten der Glocken zur Vesper betraten sie den Empfangssaal.

In der Mitte des Raumes stand ein großer Schreibtisch, auf dem sich nebst Pergamentrollen und Folianten jede Menge Federkiele und Tintenfässer tummelten. Davor standen zwei

Holzklotzstühle, grob gearbeitet, jedoch mit geschnitzten Lehnen. Die Wände zierten ein einfach gearbeitetes Holzkreuz und ein Gobelin, der eine Stelle aus der Bibel zeigte.

»Ein Geschenk des hiesigen Beginenhofes«, erklärte der Kustos mit verhaltenem Stolz. »Die keuschen Frauen haben eine geübte Hand bei solch filigranen Handarbeiten. Ihr Haus in der Wittengasse allerdings müsste –«

Der Legat aus Avignon würgte die Worte des Kustos mit einer brüsken Handbewegung ab. »Es gibt doch wohl Wichtigeres zu besprechen als ein marodes Haus irgendwelcher Schwestern. Glaubt Ihr, ich hätte deswegen den weiten Weg hierher gemacht?«

Der Magen des päpstlichen Gesandten rebellierte hörbar, und die Kargheit des Klosters trug wohl nicht dazu bei, seine Laune zu heben.

»Im Brief an den Papst wurden schwere Vorwürfe gegen Bischof Rudolf erhoben.« Der Legat ließ sich auf einem der Holzklotzstühle nieder und prüfte die Lehne erst skeptisch, ehe er seinen Rücken an das Holzteil lehnte. »Papst Johannes XXII. war darüber, gelinde gesagt, etwas schockiert«, fuhr er in strengem Tonfall fort. »Habt Ihr Beweise für diese Behauptungen?«

Bruder Wigand nickte. »Die besagte Dame befindet sich in dem vorhin erwähnten Beginenhof in der Wittengasse. Sie führt ein Schreiben mit sich, worin der Bischof sein Vergehen eingesteht. Ebenfalls darin steht, dass Bischof Rudolf sich zu dieser unsäglichen Vaterschaft bekennt.«

»Und dieses Eingeständnis ist aus freien Stücken ausgesprochen worden?«, fragte der Legat lauernd.

»Namhafte Zeugen haben das Dokument ebenfalls unterschrieben«, entgegnete Bruder Wigand schnell, denn insgeheim konnte auch er sich beim besten Willen nicht vorstellen, dass Bischof Rudolf sich freiwillig der Tat bezichtigt hatte.

Der Legat aus Avignon schluckte hörbar. Er schlug die Beine übereinander und verharrte mit seinem Blick auf dem Gobelin der Beginen.

»In der Kirche wimmelt es von Bastarden, selbst in Avignon

gibt es ein bestimmtes Haus hierfür«, fuhr er nach einer Ewigkeit fort. Er erhob sich mit einem Ruck und ging auf eines der Fenster zu.

»Da will ich Euch keineswegs widersprechen. Die Macht des Dämons befliegt zuweilen auch gottesfürchtige Männer.«

»Ihr schreibt auch, dass mit diesem Kind etwas nicht stimmt? Dass es etwas … tumb ist?« Der Legat drehte sich lauernd um.

Bruder Wigand faltete die Hände, während er kurz zur Decke blickte, als bekäme er von dort die richtigen Worte eingeflößt.

»Die Mutter des Kindes, die edle Katharina von Rhäzüns, entstammt einem alten Adelsgeschlecht in den Bündner Tälern, und in ihrer Familie kam … es noch nie zu einem Fall von Irrsinn.« Der Kustos wandte sich schweren Herzens wieder dem Legaten zu. Seiner Stimme haftete ein leicht zittriger Unterton an. »Die Tumbheit des Jungen kann nur die Strafe Gottes sein für die Verfehlung unseres Bischofs.«

»Wo ist der Junge jetzt?«

»Er lebt seit seiner Geburt in einem Frauenkloster in der Nähe von Curia.« Bruder Wigand massierte sich die Schläfen. Jedes Wort bereitete ihm Mühe. »Gemäß seiner Mutter ist er nicht in der Lage, zu sprechen, zu gehen oder gar selbstständig zu essen.«

Er kämpfte gegen die Schweißperlen auf seiner Stirn und fragte sich, warum er sich von Augusta Pfefferhard vor diesen Karren hatte spannen lassen. Wenn alles schieflief und Bischof Rudolf weiterhin das Oberhaupt von Konstanz blieb, wäre er seinem Groll auf Lebzeiten ausgeliefert.

Er musste es irgendwie schaffen, den Legaten von der Ungeheuerlichkeit der Verfehlung zu überzeugen, auch wenn dies in Avignon offenbar zur Tagesordnung gehörte. Hier in Konstanz herrschten noch andere Moralvorstellungen, hier hatte ein Bischof als integer zu gelten, als achtbar und ehrlich. Zudem stand es einem Bischof nicht an, über zwei so große Bistümer zu herrschen, wie sie Curia und Konstanz darstellten. Bischof Rudolfs Macht wuchs mit jedem Atemzug, das musste doch auch der Papst in Avignon erkennen.

»Heute wird die Zeit nicht mehr ausreichen, der Dame einen Besuch abzustatten«, sagte der Legat sich räuspernd. »Die Fahrt über den Brennerpass war beschwerlich und die Herberge in Veltkirchen ein Graus. Ich würde mich gerne in meinen Räumen etwas ausruhen. Wenn Ihr mir mein Nachtmahl auf die Kammer bringen könntet, wäre ich Euch dankbar.« Der Gesandte aus Avignon klaubte einen Staubklüngel von seinem Gewand und machte einen Schritt auf Bruder Wigand zu. »Morgen nach der Terz werden wir uns anhören, was die Dame zu sagen hat. Und jetzt zeigt mir meine Räume.«

Der Kustos atmete erleichtert auf. Der erste Schritt war getan. Morgen würde auch Augusta Pfefferhard in der Wittengasse zugegen sein. Das Weibsbild war mit allen Wassern gewaschen. Erst hatte sie wie aus dem Nichts diese Adelige aus den Bündner Tälern aufgetrieben und dann eigenhändig den Brief an den Papst geschrieben, und dies alles, um ihren Sohn auf den Bischofsstuhl von Konstanz zu bringen.

Anderntags regnete es Bindfäden. Konstanz erwachte grau und trüb. Der Legat aus Avignon hatte nebst einer schlaflosen Nacht auf der harten Bettstatt auch keinerlei Gefallen an der kargen Morgenmahlzeit gefunden. Hungrig und missmutig stieg er nach der Messe zur Terz zu Bruder Wigand in die Kutsche, der nur gebannt auf seine gefalteten Hände starrte.

Insgeheim zweifelte er, ob dieser Mann wirklich auf ihrer Seite stand. Der vorgewölbte Bauch, der zweifellos von Völlerei zeugte, und die Erwähnung des widerwärtigen Hauses in Avignon, in dem Bastarde offenbar wie Fliegen herumschwirrten, nährten seine Zweifel.

Als die Kutsche die Wittengasse endlich erreichte, öffnete sich das Tor wie durch Zauberhand. Wigand hatte gestern Abend noch einen seiner Mönche an den Beginenhof geschickt, um ihre Ankunft heute zur Terz kundzutun.

Als die Kutsche zum Stillstand kam, trat Guta von Wellershausen mit steifem Schritt auf die Gäste zu. Der Regen nässte ihr Gesicht, doch dies schien sie nicht zu stören. »Seid gegrüßt,

Eure Eminenz«, verbeugte sie sich vor dem Legaten. »Es ist uns eine große Ehre, Euch hier in unserem Haus willkommen zu heißen.«

Der Mann nickte.

»Bitte folgt mir, Eure Eminenz«, drängte sich Wigand zwischen Guta von Wellershausen und den Gast. »Der Regen ruiniert sonst noch Euer Gewand.«

Von den übrigen Schwestern war nichts zu sehen. Offenbar hatte Guta von Wellershausen dafür gesorgt, dass keinerlei neugierige Blicke die Ankunft des hochstehenden Mannes trübten.

Im Kamin der Wohnstube loderte ein kleines Feuer und verströmte eine wohlige Wärme. Beim Eintreten der kleinen Gruppe erhob sich Katharina von Rhäzüns mit demütig gesenktem Haupt aus dem Lehnstuhl. Sie vollführte einen überlangen und äußerst galanten Knicks, was dem Legaten sichtlich schmeichelte.

»Setzt Euch doch, meine Liebe«, forderte er sie zum Erstaunen des Kustos ungewohnt einfühlsam auf, ehe er sich auf den freien Stuhl neben der Edelfrau niederließ. »Ein schreckliches Wetter, und das mitten im Sommer«, fuhr er lächelnd fort, wobei er die Frau verstohlen musterte.

Zu Wigands Entsetzen war von Augusta Pfefferhard nichts zu sehen.

»Ich habe von Bruder Wigand erfahren, dass Euch Ungeheuerliches geschehen ist«, begann der Legat, nachdem alle Anwesenden sich auf Stühlen niedergelassen hatten. »Habt keine Scheu, alles zu erzählen.«

Katharina von Rhäzüns wartete das zustimmende Nicken Guta von Wellershausens ab, ehe sie mit bebenden Lippen zu erzählen begann.

Bruder Wigand staunte. Die Edle zog alle Register schauspielerischer Kunst. Sie weinte, schnupfte, klagte, und am Schluss gelang ihr sogar eine hervorragend vorgetäuschte Ohnmacht. Bischof Rudolfs Gestalt schwebte als Ausgeburt der Hölle durch den Raum, und man musste schon über eine gehörige Kaltblütigkeit verfügen, um sich dem Gehörten zu verschließen.

Minutenlang herrschte dann auch wieder eine beklemmende Stille.

»Das sind wahrlich schwere Anschuldigungen, die sich, wie ich hier an dem Schreiben sehe, auch bezeugen lassen.« Der Legat griff sich das Dokument vom Tisch und überflog die Worte mit schnellem Blick. »Ich kann mich nur entschuldigen für meinen Amtsbruder.«

Katharina von Rhäzüns schluchzte erneut auf, wobei dicke Tränen über ihre Wangen liefen.

Der Legat nahm die dem Dokument beigelegten Zeugenberichte an sich. Ein Vorsprechen bei Bischof Rudolf erübrigte sich angesichts der erdrückenden Beweise, wie er mit gehaltvoller Stimme verkündete. Papst Johannes würde entscheiden, wie in diesem Falle zu verfahren sei, waren seine letzten Worte, ehe er die Wohnstube zusammen mit Wigand verließ.

»Sollte Bischof Rudolf tatsächlich von Konstanz abberufen werden, wüsste ich einen fähigen Mann für diese gottesfürchtige Aufgabe.« Wigand hielt dem Legaten den Verschlag der Kutsche auf. »Johannes Pfefferhard heißt der Mann, den ich Euch wärmstens empfehlen möchte. Er hat in Bologna studiert und besitzt den Titel eines Doctor decretorum.«

Um die Mundwinkel des Legaten zuckte es. »Ihr rühmt den Mann ja in den höchsten Tönen, wohl nicht ganz ohne Eigennutz, nicht wahr?«

»Nein, nein«, wehrte Wigand hastig ab. »Da irrt Ihr Euch. Mir geht es lediglich darum, die Stadt in den besten Händen zu wissen.«

»Versprechen kann ich Euch nichts, aber ich werde dem Papst den Namen in Erinnerung rufen, sollte der Bischofsstuhl tatsächlich neu besetzt werden.« Der Legat schloss die Augen und rieb sich die Nässe aus dem Gesicht. »Ich gedenke Konstanz umgehend zu verlassen. Ihr müsst uns also nicht begleiten.«

Der Kustos trat einen Schritt zurück. Als die Kutsche durch das Tor fuhr, entlockte ihm dies einen erleichterten Seufzer, dann eilte er wieder die Treppe hoch.

»Ich habe Eure Unterhaltung im Nebenzimmer mit ange-hört. Habt Ihr dem Legaten von meinem Sohn erzählt?«, fragte Augusta Pfefferhard lauernd. Sie saß nun mit geradem Rücken neben Guta von Wellershausen.

Wigand nickte müde. Die blasierte Art des Legaten und seine selbstgefällige Eitelkeit hatten ihm alles abverlangt. »Warum wart Ihr beim Gespräch vorhin nicht anwesend?«, fragte er leicht erbost.

»Die Vorstellung der Edelfrau war so herzergreifend, dass meine Gegenwart nur gestört hätte. Für mich zählt einzig und allein, dass mein Sohn Bischof wird, und wie es aussieht, steht dem nichts mehr im Wege.«

Jetzt erst bemerkte Wigand, dass die Edle von Rhäzüns den Raum verlassen hatte. Guta von Wellershausen saß zusammen-gesunken im Lehnstuhl, in welchem vor wenigen Minuten die Rhäzünserin ihr Schauspiel gezeigt hatte, und starrte auf die züngelnden Flammen. Die sonderbare Schweigsamkeit der Meisterin irritierte ihn. Mit Verwunderung auf dem Gesicht verabschiedete er sich wenig später von den beiden Frauen, da noch wichtige Dinge zu erledigen seien.

Es war doch alles nach Plan verlaufen. Ein wenig mehr Eu-phorie hätte er da schon erwartet.

***

Reinhild Blarer stand in ihrer Schlafkammer und begutachtete die kostbaren Gewänder, die ihr der geöffnete Schrank aus Edel-holz darbot. Sie entschied sich für einen Rock aus dunkelblauem Samt, dessen Mieder mit Silberfäden reich verziert war. Die Haare hatte ihr die Magd schon am frühen Morgen zu zwei Schnecken geflochten, über die sie nun mit geschickten Fingern die Kruseler Haube stülpte. Die Wangen betupfte sie sich mit einem Gemisch aus Brombeersaft und Olivenöl. Dann trat sie ans Fenster. Der gestrige Regen hatte das Grün der Wiesen noch einmal zum Strahlen gebracht.

Der Einspänner stand bereits vor der Tür, sie konnte ihn von hier oben sehen, ebenso wie den Kutscher, der ungeduldig mit dem Fuß scharrte.

»Ich will heute gebratene Wachteln«, rief sie den Frauen in der Küche zu, als sie die Stiege herabkam. »Und holt den besten Wein aus dem Keller, den ganz hinten in der schweren Kiste.«

Die Katzbuckelei der Frauen schmeichelte ihr. Sie zupfte ihren Brustschleier zurecht und verließ mit erhobenem Haupt das Haus. Die Kutschtür stand bereits offen.

»Wir fahren erst zum Rathaus am Fischmarkt«, sagte Reinhild Blarer spitz, wobei sie sich mit einem Seufzer in die gepolsterte Sitzbank drückte. Sie hatte das Gefährt erst letzte Woche neu federn und polstern lassen. Mit dem Ergebnis war sie äußerst zufrieden.

Die Fahrt dauerte nicht lange, und als sie vor dem Rathaus aus der Kutsche stieg, lag ein ungewohntes Lächeln auf ihren Lippen. Mit erhobenem Kopf verschwand sie unter der Rathaustür.

An diesem Morgen hatten sich bereits jede Menge Bittsteller eingefunden, die ihre Forderungen vor den Großen Rat bringen wollten. Einige gedachten wohl auch nur ihrem Unmut über die Widrigkeiten der Stadt Luft zu machen. Männer standen in kleinen Gruppen zusammen und diskutierten lautstark, wie sie ihr Begehren geschickt in Worte fassen sollten. Dabei rückten sie immer näher an den Schreiberling heran, der an einem Schreibpult neben der Tür des Bürgermeisters stand. Der Mann hatte die Aufgabe, jeden Bittsteller in ein Buch einzutragen, damit es nachher nicht zum Durcheinander kam, wenn die Audienz begann.

Reinhild Blarer dachte nicht daran, sich hinten anzustellen. Mit erhobenem Kopf marschierte sie an den erbosten Männern vorbei direkt auf den Schreiberling zu.

»Melde mich dem Bürgermeister«, zischte sie in die Richtung des jungen Mannes, der ob des scharfen Tones irritiert von seinem Schreibtisch hochsah. Er wollte der aufbrausenden Frau eben etwas entgegnen, als Reinhild Blarer so dicht an ihn herantrat, dass er verschüchtert innehielt.

Er hob abwehrend die Hände, und begleitet von Schimpf-tiraden seitens der übrigen Bittsteller klopfte er an die Tür des Bürgermeisters, ehe er eintrat.

Die umstehenden Männer betrachteten Reinhild Blarer mit unverhohlener Wut. Schließlich warteten viele von ihnen seit Stunden, um endlich zu Brun von Tettikoven vorgelassen zu werden. Einer der Rädelsführer, der sich über die misslichen Verhältnisse in der Stadt beklagen wollte, trat mit durchge-strecktem Rücken vor und ermahnte Reinhild Blarer, sich wie alle anderen in die Reihe zu stellen.

An ihr jedoch prallte die Rüge ab wie ein Stein, der gegen eine Mauer knallte. Reinhild Blarer warf den Kopf in den Na-cken und lachte. Vor Empörung blieben dem Mann die Worte im Hals stecken. Er sah sich hilfesuchend zu seinen Männern um, als die Tür aufschwang und der Schreiber wieder erschien. Statt einer Zurechtweisung verbeugte er sich vor der Frau und geleitete sie höchstpersönlich in die Ratsstube.

Reinhild Blarer warf der aufgebrachten Meute ein hämisches Lächeln zu, dann trat sie über die Schwelle.

Die Unterredung der Leinwandhändlerin mit dem Bürger-meister dauerte lange. Reinhild hörte, wie die aufgebrachten Bürger vor der Tür ihrem Unmut lautstark Luft machten. Doch der Bürgermeister bimmelte nicht einmal mit dem kleinen Glöckchen auf seinem Schreibtisch, das den Schreiber herein-rufen und das Gespräch beenden würde.

Schließlich öffnete Brun von Tettikoven die Tür und verab-schiedete Reinhild Blarer mit sanftem Händedruck. Mit einem Glimmen in den Augen und hochroten Brombeerwangen schritt sie an den Bittstellern vorbei. Sie genoss die Empörung der Männer, was diese zusätzlich ärgerte.

Die Sonne stand bereits hoch, als sie auf der obersten Stufe der Rathaustreppe stehen blieb. Vom Fischmarkt her drang das übliche Stimmengemurmel, und am Salemerhof wurden neue Weinfässer angeliefert.

»Und jetzt fahren wir in die Mordergasse zu Ritter Conrad«,

rief sie dem Kutscher ungewohnt freundlich entgegen, als sie die Treppenstufen herabkam. »Sieh zu, dass wir keinen Umweg fahren müssen.«

Der Kutscher nickte ergeben. Er entschied sich für den Weg durch die Blatten, da dieser deutlich breiter war und somit nur selten verstopft. Zudem nahm der Bischof häufig diesen Weg, sodass hier seine Reisläufer stets für Ordnung sorgten. Tatsächlich kamen sie ohne größere Behinderungen vorwärts, und bald schon standen sie vor dem Haus in der Mordergasse.

Reinhild Blarer rückte ihre Kruseler Haube zurecht, nachdem sie aus der Kutsche gestiegen war. »Bleib für einmal hier in der Gasse stehen«, wies sie den Kutscher an. »Es dauert nicht lange.«

Der Kutscher machte ein langes Gesicht, enthielt sich aber jeglichen Wortes. Die Mordergasse war zwar deutlich breiter als viele andere Gassen, doch zwei Kutschen schafften es auch hier kaum, zu kreuzen. Es würde bestimmt nicht lange dauern, bis ein Tumult losbrach.

Reinhild klopfte mit der Faust gegen das Tor. Einer der Stallburschen öffnete ihr, und sie drängte sich an ihm vorbei. Dem Gesinde in der Küche schenkte sie ebenfalls keinerlei Beachtung. Sie war in Eile und gedachte nicht, sich von Belanglosigkeiten aufhalten zu lassen.

Ritter Conrad empfing seinen Gast wie gewohnt in der guten Stube sitzend, einen Krug Wein vor sich auf dem Tisch. Sein Blick war bereits glasig. Dieser Krug war nicht der erste an diesem Tag.

»Ich war eben beim Bürgermeister«, flötete Reinhild Blarer schmeichlerisch, wobei sie sich vorsichtig der Haube entledigte. »Glaubt mir, ich habe nochmals alles versucht und an sein Gewissen appelliert, wie grausam es sei, die arme Endlin im Mörderturm festzuhalten. Ich habe ihn auch darauf hingewiesen, dass sie ein Kind unter dem Herzen trägt und es einer Schwangeren nicht zuträglich sei, in so einem Loch zu hausen.«

Ritter Conrad gab ein Brummen von sich, das sowohl Zustimmung wie auch Ablehnung bedeuten konnte. »Ich weiß Euer Bemühen zu schätzen, werte Reinhild«, lallte er mit schwerer Zunge.

»Bei meinem Besuch im Rathaus musste ich allerdings erkennen, dass der Bürgermeister sich wirklich nicht die Finger ausreißt, um Eurer Gemahlin zu helfen.« Reinhild griff sich den Weinbecher, den ihr der Ritter hinhielt, und drehte ihn langsam zwischen den Fingern. »Dafür scheint er Interesse an Eurer Burg zu haben.«

»An der Burg?«

Reinhild nickte. »Gab der Kerl mir doch zu verstehen, dass er vielleicht eine Möglichkeit sehe, Eure Gemahlin vor einer Verurteilung zu retten, wenn Ihr Eure Burg am Südufer des Untersees an ihn abtretet, als Gegenleistung für sein Entgegenkommen. Ist das nicht eine Frechheit?«

Bis Ritter Conrad das eben Gehörte richtig begriff, dauerte es einen Moment. Der Weingeist lähmte nicht nur seine Bewegungen, auch sein Hirn schien darunter zu leiden. »Der gottlose Lump!«, rief er dann zornig, rappelte sich mühsam von seinem Stuhl hoch und streckte seinen Rücken durch. Dabei schwankte er wie ein Baum im Wind.

»Beruhigt Euch, werter Ritter«, beschwichtigte Reinhild den erregten Mann, wobei sie erst den Weinbecher auf den Tisch stellte und dann sanft die Hand des Ritters ergriff. »Ich habe Brun von Tettikoven bereits signalisiert, dass Ihr auf diesen Vorschlag mit Sicherheit nicht eingehen werdet. Ich weiß doch, wie viel Euch die Burg Liebenfels bedeutet.«

Sie drückte den Mann sanft, aber bestimmt zurück auf seinen Stuhl, ehe sie ihm gegenüber Platz nahm. Sie gönnte sich einen großen Schluck aus dem Weinbecher, dann blickte sie Conrad von Liebenfels tief in die Augen.

»Und genau deshalb solltet Ihr die richtigen Vorkehrungen treffen«, begann sie abermals. »In einem hat der Mann nämlich schon recht. Sollte Eure Gemahlin verurteilt werden, kann es durchaus sein, dass Eure Güter in Gefahr geraten, vom Großen Rat eingezogen zu werden.«

Ritter Conrad rieb sich die Augen, ehe er seinen Becher in einem Zug leerte.

Reinhild wartete, bis sich sein Zorn verflüchtigt hatte, ehe sie fortfuhr. »Ich hätte da vielleicht einen Vorschlag, den Ihr Euch durch den Kopf gehen lassen solltet.«

Ritter Conrad hob den Kopf und blickte mit blutunterlaufenen Augen in Richtung der Witwe. Reinhild nickte lächelnd, während sie den Knoten des Brustschleiers löste und sich anschließend eine imaginäre Fluse von ihrem Brustansatz wischte. Ritter Conrad verfolgte jede ihrer Bewegungen mit gierigen Augen. Ganz offensichtlich war er für ihre Reize nicht unempfänglich, wie sie mit stiller Genugtuung registrierte. »Überschreibt die Burg und die dazugehörenden Ländereien auf mich.«

Als er zu einem Einwand ansetzen wollte, hob sie abwehrend die Hände. »Natürlich nur pro forma, das versteht sich doch«, fügte sie eilig bei. »Doch hört mir doch erst zu, bevor Ihr Euer Missfallen zum Ausdruck bringt.«

Da der Ritter sich in seinem Stuhl zurückfallen ließ, sprach sie weiter. »Sollte Endlin wider alle Bemühungen unserseits doch verurteilt werden, kann der Große Rat Euch nichts anhaben, wenn Eure Ländereien formal mir gehören. Wo nichts ist, kann auch nichts eingeholt werden. Und wenn der Rat das Interesse an Euch verloren hat, verbrenne ich das Pergament auf der Stelle, und die Burg samt Ländereien gehört wieder Euch. Ihr habt mein Wort darauf.«

Benebelten Sinnes zog Ritter Conrad langsam die Stirn in Falten. »Und was verlangt Ihr als Gegenleistung?«, fragte er lauernd.

Reinhild Blarer lächelte. »Ihr wisst, dass mir Euer Wohlergehen sehr am Herzen liegt. Ich habe Euch als rechtschaffenen Mann kennen- und schätzen gelernt. Euch jetzt in dieser Verfassung zu sehen, schmerzt mich.«

Ritter Conrad legte seine Hand auf die der Blarerin. Seine Finger streichelten über die zarte Haut und wanderten langsam den Arm hinauf. Reinhild gurrte zufrieden. »Das solltet Ihr nicht tun«, flüsterte sie mit glänzenden Augen. »Nicht, solange Eure Gemahlin noch … noch …«

»Entschuldigt, meine Liebe.« Conrad zog seine Hand abrupt zurück. »Ich habe mich wohl etwas vergessen, es tut mir leid.« Er erhob sich von seinem Stuhl und stützte sich mit beiden Händen an der Tischplatte ab. »Ich werde Euer Angebot annehmen. Es scheint mir vernünftig, zudem vertraue ich Euch voll und ganz.«

»Das dürft Ihr auch, werter Conrad. Wie gesagt, ich würde alles für Euch tun.«

Er nickte. »Gleich morgen werde ich meinen Notar aufsuchen und alles in die Wege leiten. Ich denke auch, dass wir rasch handeln sollten. Brun von Tettikoven ist nicht zu trauen.«

Ritter Conrad griff sich den Weinkrug und füllte die beiden Becher bis zum Rand. »Lasst uns auf diese hervorragende List anstoßen«, rief er überschwänglich.

Als Reinhild Blarer wenig später in die Kutsche stieg, vermied sie hinter einer starren Maske jegliche Regung. Der Kutscher trieb das Pferd vorwärts, wohl erleichtert, der Enge der Gasse zu entkommen. Sicherlich war er von Passanten aufs Übelste beschimpft worden.

Die Wachteln mundeten Reinhild Blarer an diesem Tag doppelt gut, ebenso das Schmalzgebäck und der gute Wein aus den venezianischen Glaskelchen. An diesem so wunderbaren Tag entlockten ihr die Köstlichkeiten sogar ein Lob, was man in der Küche mit Verwunderung zur Kenntnis nahm.

19. Kapitel

Am Beginenhof herrschte Aufruhr. Nachdem die Ankunft des päpstlichen Legaten trotz aller Vorsichtsmaßnahmen nicht geheim geblieben war, brodelte die Gerüchteküche. Guta von Wellershausen blieb nichts anderes übrig, als die Schwesternschaft in das Geheimnis einzuweihen.

Dass der Bischof der Vater eines schwachsinnigen Jungen sein sollte, nahmen die Schwestern noch hin, doch dass die arme Kreatur in einem Kloster eingeschlossen war, erzürnte viele so sehr, dass Guta von Wellershausen ihre Offenheit bereits bereute.

»Ich stelle mir das Kind immer wieder vor, eingesperrt in einer Zelle, alleingelassen und von niemandem geliebt.« Schwester Luzia strich sich eine Träne aus den Augenwinkeln. »Es hätte nicht viel gefehlt, und mir wäre das gleiche Schicksal widerfahren. Würde die Meisterin nicht ihre schützende Hand über mich halten ... Ach, es ist so schrecklich.« Sie schlug sich die Hände vors Gesicht.

»Jetzt beruhig dich«, mahnte Schwester Agrikola mit kratziger Stimme. »Dir wird niemand etwas tun, nicht solange ich hier in der Siechenstube meine Arbeit verrichte. Bald finde ich ein Mittel, deinen Veitstanz ein für alle Mal zu besiegen.«

Luzia musste all ihre Kraft zusammennehmen, um dem Weinkrampf zu trotzen. Seit Jahren versuchte die Kräuterschwester nun schon das Unmögliche, doch in den letzten Wochen hatten sich die Anfälle wieder gehäuft.

»Allmählich glaube ich nicht mehr an eine Heilung.« Sie sah schnupfend auf die alte Frau, die sich eben einen Weidenkorb griff. Auf dem zerfurchten Gesicht lag so viel Liebe, dass Luzia ihre Worte bereits wieder bereute. Schwester Agrikola tat ihr Bestes, und sie dankte es ihr mit Gejammer. »Tut mir leid, ich wollte dich nicht vergrämen«, murmelte sie betreten.

»So leicht gräme ich mich nicht, nicht in meinem Alter«,

lachte Agrikola. »Und jetzt steh auf und hilf mir, die Weidenkörbe auf den Karren zu heben. Seit dem letzten Regen hält sich
der Gliederschwamm hartnäckig in meinen Gelenken. Sollte die
Meisterin davon erfahren, lässt sie mich bestimmt nicht mehr
hinaus in den Vorstadtgarten.«

Luzias Augen füllten sich abermals mit Tränen.

»Beeil dich, oder willst du weiter Trübsal blasen? Du weißt
doch, dass Kräuter ihre Heilkraft in den Morgenstunden am
besten speichern. Sobald die Sonne hoch am Himmel steht,
verlieren sie an Wirkung.«

Schwester Agrikola legte den Korb auf die Ladefläche des
Karrens, ehe sie sich zu Luzia umdrehte. »Schwermut hat uns
gerade noch gefehlt. Wolltest du nicht herausfinden, wo sich
Hanna aufhält?«

Nun erwachte Luzia zum Leben. Sie gab sich einen Ruck und
griff sich zwei der Weidenkörbe. Während Schwester Agrikola
bereits auf den Kutschbock kletterte, stapelte sie die Körbe,
damit durch das Schaukeln keines der guten Stücke verloren
ging.

»Glaubst du, Hanna ist noch am Leben?«, fragte sie zaghaft
über ihre Schulter.

»Davon bin ich überzeugt. Im Gegensatz zu dir ist Hanna
nämlich kein Mauerblümchen, das beim ersten Ärger den Kopf
einzieht. Sie wird schon einen Grund gehabt haben, warum sie
die Scheune verlassen hat, ohne uns davon etwas zu sagen.«

Luzia nickte widerstrebend. Sie machte sich noch immer Vorwürfe wegen Hannas Krankheit, das hatte ihr auch Schwester
Agrikola mit ihren Kräutern nicht austreiben können.

»Heute Abend braue ich dir einen Tee aus Johanniskraut und
Baldrian, damit das Selbstmitleid endlich aufhört«, brummelte
die ältere Schwester, als Luzia endlich neben ihr saß. Dann nahm
sie die Zügel und trieb den Esel mit zittriger Hand durch das
Tor des Beginenhofs.

Die Fahrt über sprachen die beiden Frauen kein Wort. Jede
hing ihren Gedanken nach. Die Gärten in der Vorstadt schim-
merten unter der Augustsonne in allen Farben. Vögel triller-

ten ihre Lieder, und Myriaden von Bienen und Hummeln umschwärmten die sich eben öffnenden Blütenköpfe der letzten Blumen dieses Jahres. Der zarte Duft umschmeichelte die Nasen der beiden Frauen.

»Wir schneiden zuerst die Kräuter«, verkündete Schwester Agrikola voller Vorfreude. »Beginn du dort hinten bei der Minze. Schau zu, dass keine faulen Blätter dabei sind, und dann binde sie zu Sträußen.«

Luzia öffnete die Scheunentür und verschwand im Inneren. In einer Truhe verwahrten sie scharfe Messer, Scheren und auch zwei Beile, die sie für die hartnäckigen Wurzeln brauchten. Mit einem sehnsuchtsvollen Blick auf die Bettstatt, auf der Hanna sich darniedergelegen hatte, kniff sie sich hastig in die Wangen, um einem weiteren Weinkrampf zuvorzukommen. Warum war Hanna verschwunden, ohne ihnen ein Wort zu sagen? Als sie von draußen Schwester Agrikola rufen hörte, schnappte sie sich zwei der Messer und eilte wieder hinaus in die Helle des Tages.

Gute zwei Stunden werkelten die beiden vor sich hin. Als die Sonne steil über dem Garten stand, gönnten sie sich eine wohlverdiente Rast. Auf der Holzbank unter einem der vielen Apfelbäume sitzend, streckten sie die Beine weit von sich. Der Apfelwein, den ihnen Schwester Gisela eingepackt hatte, löschte das Brennen ihrer Kehlen.

Luzia ließ ihren Blick über den Karren gleiten, auf dessen Ladefläche sich die Kräuter türmten. Sie würden für Schwester Gisela noch Rüben und Zwiebeln mitbringen, gerade so viel, wie noch Platz auf dem Karren fanden. Mit zwei Fingern wischte sie sich die Krümel von ihrem Gewand.

»Könnten wir nach getaner Arbeit noch beim Flickschuster Fridolin vorbeischauen?« Luzia schluckte ihren Kummer um Hanna mit dem letzten Bissen des Schinkenbrotes hinunter. »Dem alten Mann geht es in letzter Zeit nicht gut, wie Schwester Ottilia mir gestern erzählt hat. Vielleicht können wir uns nach seinem Befinden erkundigen.«

Agrikola blinzelte, als ein Sonnenstrahl ihre Augen traf. »Meister Fridolin kenne ich, fast noch besser habe ich seine

Frau gekannt, doch die ist schon seit Jahren auf dem Seelenacker.« Sie schloss die Augen. Innert weniger Minuten schlief sie tief und fest.

Luzia schlich leise zum Zwiebelbeet. Die Stille des Gartens tat ihr gut. Ihre Melancholie rührte auch daher, dass sie der Meisterin noch immer nicht von der Hinterhältigkeit ihrer Muhme berichtet hatte. Guta von Wellershausen glaubte nach wie vor, dass Hanna in deren Haus die beste Pflege zuteilwurde. Außer Schwester Gisela kannte nur die alte Kräuterschwester die Wahrheit, da sie stets zusammen den Gartendienst erledigten.

Luzia griff sich das bereits abgedorrte Kraut und zog eine Handvoll Zwiebeln aus der lockeren Erde. Sie mochte den herben Geruch, den das Gemüse verströmte. Genüsslich hielt sie es sich vor die Nase, ehe sie es in einen der Weidenkörbe legte. Nachdem Zwiebeln und Rüben auf der Ladefläche verstaut waren, weckte sie ihre Mitschwester sanft.

»Ich bin fertig«, sagte sie leise, damit Agrikola nicht erschrocken hochfuhr. »Habe noch Zwiebeln gezupft und für Schwester Gisela einige Rüben mitgenommen.«

»Und ich hab die ganze Zeit geschlafen?« Schwester Agrikola wischte sich den Schlaf aus den Augen. »Lass das nur niemanden am Beginenhof hören, sonst lassen sie mich nicht mehr in den Garten.« Sie grinste schelmisch. »Meine Gelenke brennen schlimmer als ein loderndes Feuer.« Hastig vergrub sie ihre Finger in der Falte ihrer Kutte.

»Dieses Mal nehme ich die Zügel«, verkündete Luzia mit einem Lächeln. Die dick geschwollenen Fingergelenke ihrer Mitschwester hatte sie schon bemerkt.

Der Esel trottete des Weges. Hin und wieder musste Luzia ihn ermahnen, doch ein wenig schneller zu laufen, zumal der Umweg zum Flickschuster sie mehr Zeit kostete als eingeplant. Als der Karren vor dem Haus zum Stillstand kam, sprang Luzia hastig vom Kutschbock.

»Bleib du besser beim Karren, nicht dass uns die Ernte noch gestohlen wird«, bat sie Agrikola.

In dem Augenblick, als Luzia vor der Tür zur Werkstatt stand, kamen zwei Büttel die Gasse entlang. Sie musterten die alte Schwester auf dem Kutschbock mit verhaltener Neugier, ehe sie ebenfalls in der Werkstatt verschwanden.

»Was wollten die beiden Büttel denn von Meister Fridolin?«, fragte Schwester Agrikola erstaunt, als Luzia wenig später wieder neben sie auf den Kutschbock kletterte.

»Sie fragten nach einem Gerber oder Fleischhauer, der Hans heißt und die Blattern hat.« Luzia zuckte mit den Schultern. »Meister Fridolin kennt allerdings niemanden, auf den die Beschreibung passt. Nun warten sie noch auf den Gesellen, der jeden Augenblick von einem Botengang zurückkommen soll. Vielleicht weiß der etwas.«

»Und wie geht es Meister Fridolin?«

»Ich hatte ihn kaum danach gefragt, da kamen auch schon die Büttel. Schwester Ottilia muss wohl selbst einen Krankenbesuch bei ihm machen.«

Der Karren setzte sich wieder in Bewegung. Dieses Mal gönnte Luzia dem Tier keinen Müßiggang. Sie nagte an ihrer Unterlippe, denn sie wollte die Fahrt durch die Vorstadt mit einem weiteren Besuch verbinden und wusste nicht so recht, wie ihre Mitschwester auf die Bitte reagieren würde. Schließlich räusperte sie sich.

»Würde es dir etwas ausmachen, wenn wir an der Badestube nahe dem Pilgerhospital vorbeifahren?«, fragte sie zögerlich, wobei sie einen Seitenblick auf ihre Mitschwester warf. »Ich habe dir doch schon von Alma erzählt. Das Mädchen hat sich um Hanna gekümmert, als –«

»Ist schon gut«, wehrte Agrikola ab. Sie verschränkte die Arme vor der Brust und schloss die Augen.

An diesem Spätnachmittag war die Luft in der Rossgasse gefüllt mit Leben. In den Handwerksbetrieben wurde gehämmert, gesägt und geflucht. Männer und Frauen zwängten sich mit Handkarren durch das Gewühl. Auch in der Badestube herrschte Hochbetrieb. Offenbar war heute Frauentag, denn die Weibsbilder drängten sich heftig gestikulierend an der Bademagd vorbei, die jede Besucherin streng kontrollierte.

»Es dauert nicht lange, Agrikola. Ich beeile mich.« Luzia kletterte vom Kutschbock und lief mit großen Schritten auf die Bademagd an der Tür zu. Diese hob erschrocken die Hände, als sie die Begine bemerkte.

»Ich will kein Bad nehmen«, wehrte Luzia hastig ab. »Ich möchte nur kurz mit Alma sprechen. Ist sie da?«

»Warte, ich hole sie.« Die Magd atmete erleichtert aus, ehe sie sich umdrehte und im Inneren des zweistöckigen Hauses verschwand.

Luzia schlenderte zurück zum Karren. Eben kam eine Gruppe Männer mit Pilgerstab und Pilgerhut die Gasse entlang. Ihre Füße waren mit zerfransten Leinenbinden umwickelt, ihre Mäntel von Motten zerfressen. Unwillkürlich machte Luzia einen Schritt zur Seite.

»Verschwindet! Oder soll ich den Bader rufen?« Alma trat über die Schwelle. Ein ungewohnt harter Zug lag um ihre Mundwinkel, als sie die Pilger zu vertreiben versuchte.

Die Männer zauderten erst, drehten dann aber um und eilten dem Pilgerhospital entgegen.

»Warum so garstig?«, fragte Luzia erstaunt. Sie kannte Alma schon lange, doch hatte sie sie selten so feindselig gesehen. »Sie hätten mir bestimmt nichts getan.«

»Da wäre ich mir nicht so sicher. Die Kerle lungern hier seit Tagen herum. Meister Ziprian glaubt, dass es keine Pilger sind, sondern tumbes Diebesgesindel, das sich als gottesfürchtige Pilgergruppe ausgibt.« Alma grüßte die alte Schwester auf dem Karren mit einem Nicken. »Du suchst Hanna, nicht wahr?«, fragte sie verschmitzt.

»Dann weißt du also, wo sie ist?«

»Sie ist hier, aber sei nicht so laut. Wilfried, unser Badeknecht, hat seine Ohren überall, und er würde Hanna nur zu gerne bei Meister Ziprian anschwärzen.« Alma grinste. »Den Armen hat ein Missgeschick ereilt, sodass er seine Arbeit nicht mehr erledigen kann. Und Hanna ist eingesprungen.«

»Du hast …«

»… nur ein wenig Hand angelegt, quasi nachgeholfen«, lachte Alma.

Noch bevor Luzia nach dem Warum fragen konnte, bemerkte sie die beiden Büttel, die vorhin Meister Fridolin einen Besuch abgestattet hatten. Einer der Männer hatte eine tiefe Narbe quer über das Gesicht. Sein Kumpan sah nicht minder mürrisch aus.

»Die suchen einen Gerber oder Fleischer namens Hans«, bemerkte Luzia leise. »Fragen offenbar in der ganzen Vorstadt nach ihm.«

»Oh, das wird Hanna aber gar nicht gefallen.« Alma fuhr sich nachdenklich über ihren frisch geflochtenen Zopf. »Es ist besser, ich gehe wieder rein. Du weißt ja, Meister Ziprian ist streng.«

»Aber … was macht Hanna denn hier in der Badestube?« Luzia hielt die junge Bademagd am Ärmel zurück.

»Keine Angst, sie verrichtet nur die Arbeit von Wilfried. Sie hilft dem Bader oben in der Krankenstube.« Alma wies mit dem Kinn hinauf zum oberen Stockwerk.

»Doch jetzt muss ich wirklich, entschuldige.« Alma löste sich sanft aus dem Griff der Begine. Als sie zurück ins Badehaus trat, läuteten die Glocken der nahen Kirche Sankt Jodok eben zur Vesper.

Der Esel schien die Eile der beiden Schwestern zu spüren, denn er lief in horrendem Tempo auf das nahe gelegene Schnetztor zu.

∗∗∗

Am Frauentag half Hanna oft in der Badestube aus, denn an diesen Tagen war die Krankenstube nicht so gut besucht. Meister Ziprian sortierte dann Kräuter oder fertigte neue Salbenmixturen an.

Wie erwartet war Hanna nicht allzu erfreut darüber, dass die Büttel in der Vorstadt nach Hans suchten. Im Stillen hoffte sie, dass Ursus und Klara den Männern zuvorkamen und ihn noch vor den Bütteln fanden. Warum suchen die Stadtbüttel überhaupt nach Hans? Und vor allem in wessen Auftrag? Hatte es bei ihrem ersten Treffen in der Scheune tatsächlich einen stummen Lauscher am Tor gegeben? Diese Fragen ließen Hanna nicht mehr los.

Als sich die Dämmerung über die Stadt legte, vergnügte sich lediglich noch eine dicke Matrone in der Schwitzkammer. Hanna holte den letzten Bottich mit heißem Wasser aus der Küche und trat auf die Diele.

»Es wäre doch anzunehmen, dass Reinhild Blarer die Büttel scheut«, meinte sie zu Alma, die eben die Stiege herunterkam. »Schließlich muss sie doch alles daransetzen, ihre Taten zu verbergen. Ich bin mittlerweile überzeugt, dass uns jemand belauscht hat, denn bislang war Reinhild Blarer die Einzige, die Kenntnis von Hans hatte. Irgendetwas stimmt hier nicht.« Mit großen Augen starrte Hanna nachdenklich auf das dampfende Wasser in ihrem Bottich.

»Das habe ich mich in der Tat auch schon gefragt«, erwiderte Alma nuschelnd.

»Wir müssten einfach näher an Reinhild Blarer herankommen, womöglich hat sie Helfershelfer, von denen wir nichts wissen«, sagte Hanna leise, wobei sie den dampfenden Bottich abstellte. »So kommen wir jedenfalls nicht weiter.«

Bevor Alma etwas dazu sagen konnte, polterte es hart gegen die Tür der Badestube. Sie öffnete die Tür. »Was wollt Ihr?«, fragte sie den Besucher mürrisch. »Heute ist Frauentag, also schert Euch! Zudem ist die Krankenstube bereits geschlossen. Meister Ziprian will in die Schenke.«

Aufgescheucht durch das Gepolter kam Meister Ziprian die Stiege herab. Er wischte sich die Hände an einem Leinentuch sauber, ehe er auf den Mann zutrat. Sein Ärger ob des späten Besuches verrauchte allerdings schnell, als er dessen prall gefüllte Geldkatze sah. Hanna griff sich eiligst den Bottich und verschwand in der Schwitzkammer.

»Was führt Euch zu dieser Stunde hierher, werter Herr?«, fragte Meister Ziprian mit gierigem Ausdruck auf dem Gesicht.

»Stellt keine langen Fragen«, knurrte der Mann. »Seht Ihr meine Pein nicht?«

In der Tat ging der Mann etwas breitbeinig, und bei jedem Schritt entglitt ihm ein Stöhnen. Alma grinste hinter dem Rücken des Mannes.

»Nun, dann werde ich sehen, was ich für Euch tun kann«, sagte Meister Ziprian einfühlsam. »Das kostet aber extra. Zu so später Stunde und am Frauentag, da müsst Ihr mir schon fünf Pfennig mehr zahlen.«

Er führte den Kunden höchstpersönlich hinauf in die Krankenstube. »Schick mir Hanna rauf. Sie soll mir helfen«, rief er Alma hinterher, die eben Richtung Küche ging.

»Legt Euch bäuchlings auf die Liege.« Meister Ziprian ließ die unverhofften Pfennige, die der Mann nur zögerlich auf den Tisch gelegt hatte, mit einem Lächeln in seinem Beutel verschwinden, ehe er sich eines der Chirurgenmesser griff.

Einem Schatten gleich huschte Hanna herein.

»Beißt auf die Zähne, anders werdet Ihr die Eiterbeule zwischen Euren Arschbacken nicht los«, hörte sie Meister Ziprian sagen.

Der späte Besucher lag bereits mit entblößtem Hintern auf dem Stuhl und umklammerte die Lehne mit beiden Händen, sodass sie nur dessen Haarschopf sah. Ein Stöhnen entwich seinen Lippen und hin und wieder auch ein leises Fluchen. Irritiert hielt Hanna inne. Die Stimme kam ihr bekannt vor.

»Drück die Arschbacken weit auseinander«, herrschte der Bader sie schroff an, sodass Hanna keine Zeit mehr blieb, darüber nachzusinnen.

Die Prozedur dauerte lange, zumal der Mann immer wieder zusammenzuckte, kaum berührte das Messer seine Haut. Als die Beule dann endlich offen war, stank es so abscheulich in der Stube, dass Hanna sich vor Ekel ein Tuch vor Mund und Nase band.

»Weibsbilder sind zu nichts zu gebrauchen«, murrte der Bader abschätzig, wobei er die Beule mit zwei Fingern so fest zusammendrückte, dass eine Fontäne aus Eiter und Blut in das Tropfgefäß spritzte, das Hanna dem Bader eben mit ausgestreckten Armen hinhielt.

Als der Mann sich mit einem Stöhnen aus seiner unbequemen Lage erhob, erschrak Hanna so sehr, dass ihr das Tropfgefäß mitsamt der Eiterbrühe aus den Händen fiel.

»Putz das gefälligst sauber auf, du ungeschicktes Weibsstück«, herrschte Meister Ziprian sie grob an, ehe er sich seinem kreidebleichen Patienten zuwandte. »Und Ihr, Meister Zipp, versucht Euch die nächste Zeit zu schonen. Eure Gesellen sollen die Arbeit in der Backstube erledigen. Ihr braucht Bettruhe, ansonsten bildet sich erneut eine Beule, und dann kann ich nichts mehr für Euch tun.«

Meister Zipp, der Pfister von Petershausen, der Hostienbäcker des Bischofs – all diese Gedanken stürmten auf Hanna ein, während sie den stinkenden Eiter hastig mit einem Lappen aus den Holzbohlen kratzte.

»Wollt Ihr damit sagen, ich muss zum Wundarzt?«, keuchte der Bäckermeister mit schmerzverzogenem Gesicht.

»Nur die dürfen tiefer schneiden. Ihr wisst, dass es mir als Bader nur erlaubt ist, oberflächliche Schnitte zu setzen.«

Meister Zipp brummelte ein paar unverständliche Worte. Als Hanna eiligst die Krankenstube verließ, spürte sie seinen Blick in ihrem Rücken.

»Wer ist das?«, hörte sie den Pfister fragen, wobei ihr Herz vor Aufregung so hart gegen ihre Brust schlug, dass sie glaubte, daran zu ersticken.

»Eine meiner Mägde, warum?«

»Sie kam mir bekannt vor. Steht sie schon lange in Eurem Dienst?«

»Ihr stellt Fragen«, lachte Meister Ziprian. »Geschickt ist sie, heute allerdings weniger, aber um auf Eure Frage zurückzukommen, lange hilft sie mir noch nicht. Meinem Knecht widerfuhr ein Missgeschick, und da kam sie mir gerade gelegen.«

Hanna hörte die Stille im Nebenraum und ahnte, welche Schlüsse der Pfister gerade zog. »Wie nennt Ihr sie?«, hörte sie ihn fragen.

Warum nur hatte sie Meister Ziprian ihren richtigen Namen genannt, das hatte sie jetzt von ihrer Dummheit. Zwei Stufen auf einmal nehmend, rannte Hanna die Stiege hinab.

»Ist der Bäckermeister allein gekommen?«, keuchte sie atemlos, nachdem sie Alma beinahe umgerannt hatte, die eben aus der Schwitzkammer kam.

»Nein, draußen wartet so ein ... ein Kerl auf ihn.« Alma drückte den Eimer fest gegen ihre Brust und machte ein paar Schritte auf die Tür zu.

»Schau bitte nach, was er macht«, flehte Hanna leise, wobei sie ängstlich zur Stiege schielte. Jeden Moment konnte der Pfister dort oben auftauchen, und dann war es um sie geschehen. Sie wagte kaum noch zu atmen und hielt sich mit der Hand am Treppengeländer fest.

»Der Kerl unterhält sich mit Wilfried. Scheinen sich offenbar prächtig zu verstehen«, rief Alma in die Diele.

»Bleichgesichtig, schlaksig und groß, sieht er so aus?«

Alma nickte. »Du kennst den Mann da oben?« Alma wies mit dem Kopf die Stiege hoch.

Noch bevor Hanna Gelegenheit hatte, die Frage zu beantworten, erschienen oben Meister Ziprian und sein Patient. Geistesgegenwärtig zog Alma die erstarrte Hanna in den Schutz des dunklen Treppenabsatzes. Der Gang des Mannes war steif und ungelenk, als er die Stufen herabkam, doch dies tat seiner Neugier keinen Abbruch.

»Wo ist diese Magd denn jetzt?«, fragte er mit schmerzverzerrtem Gesicht, wobei er die Diele entlangstarrte.

»Hanna?« Meister Ziprians Stimme hallte hart durch das Haus. »Diese hinterhältige Natter soll mir noch einmal unter die Augen kommen«, knurrte der Bader wütend. »Ein Schandmaul ist sie, ein durchtriebenes Luder. Gut, dass Ihr mir die Augen geöffnet habt, werter Pfister. Sobald sie mir in die Finger kommt, werde ich sie in eine Kammer sperren, damit sie den Schergen des Bischofs nicht noch einmal entwischt. Ihr habt mein Ehrenwort darauf.«

Meister Zipp schien seine Schmerzen für einen Moment zu

vergessen. Ein selbstgefälliges Lächeln umspielte seine Mundwinkel.

»Ich danke Euch, werter Bader, und dies in doppelter Hinsicht. Der Bischof wird es uns beiden hoch anrechnen, wenn wir ihm dieses Weibsbild ausliefern.«

Nach einem Handschlag watschelte der Pfister mit zusammengedrückten Arschbacken seinem Fuhrwerk entgegen, wo der Bleichgesichtige bereits wartend auf dem Kutschbock saß.

20. Kapitel

Es dauerte an diesem Abend eine Ewigkeit, bis Meister Ziprian die Badestube endlich in Richtung der Schenke am Schnetztor verließ. Zuvor hatte er jeden Winkel in der Badestube nach Hanna abgesucht. Wie ein Zerberus war er durch die Kammern gelaufen, hatte geflucht und geschrien. Doch in solchen Momenten hielten die Bademägde zusammen, und so gelang es Hanna, der Badestube mit ihren Habseligkeiten unbemerkt zu entkommen.

»Wir laufen erst mal in die Scheune«, rief Alma keuchend über ihre Schulter. »Vielleicht warten die anderen da schon auf uns. Bestimmt wird ihnen etwas einfallen, wohin du gehen kannst.«

»Das Beste wäre, ich würde Konstanz verlassen. Ich bringe allen nur Unglück«, presste Hanna zwischen zwei Atemzügen hervor.

»Red keinen Unsinn«, wehrte Alma ab. »Erst finden wir den Mörder des Ratsherrn, das hast du versprochen. Und was man verspricht, muss man halten.«

Hanna musste trotz aller Widrigkeiten lachen, während sie sich hinter Alma durch einen schmalen Durchgang drückte.

»In den Gassen der Gerber kenne ich mich aus, und sollte Wilfried uns gefolgt sein, wird er uns hier verlieren.«

»Und wenn er von der Scheune weiß?« Hannas Atem ging rasselnd. Solche Hetzjagden war sie nicht gewohnt, im Gegensatz zu Alma, die flink wie ein Wiesel war.

Almas Antwort blieb aus.

Es war schwer zu erkennen, wer die dunklen Gestalten waren, die sich gegen den grauen Abendhimmel abzeichneten und eiligst die letzten Handgriffe des Tages hinter sich brachten. Bald würden die Nachtwächter ihre Runden drehen, und dann herrschte Stille auch in der Vorstadt.

Alma drängte weiter. Gelegentlich tauchte der Mond hinter einer Wolke auf. In solchen Augenblicken zeigte sich die Anspannung auf den Gesichtern der beiden Frauen. Zwischen zwei windschiefen Hütten zwängten sie sich durch einen engen Schlupf und standen bald schon vor dem Gerberbach, der unmittelbar hinter dem Garten dem Bodensee zustrebte.

»Wir sind da«, atmete Alma auf, wobei sie zwei Holzlatten des wackeligen Zaunes zur Seite schob und blitzschnell hindurchkroch.

Hanna hatte sich dem Garten noch nie von dieser Seite genähert, umso erstaunter war sie, als sich die Holzhütte tatsächlich im Mondlicht zeigte. Allerdings war die Scheune leer, was die Erleichterung der beiden Frauen arg dämpfte.

Entmutigt setzte sich Hanna auf einen der Hocker. »Und was nun?«

»Wie es scheint, haben es die anderen heute nicht geschafft«, antwortete Alma seufzend.

Hanna ballte die Hände zu Fäusten, so fest, dass die Finger schmerzten.

»Es ist besser, Alma, du gehst jetzt wieder zurück in die Badestube, nicht dass Meister Ziprian noch Verdacht schöpft. Er soll nicht wissen, dass du mir geholfen hast. Zudem kannst du vielleicht Wilfried auf andere Gedanken bringen. Hier gibt es heute wirklich nichts mehr zu erreichen.«

Alma nickte zaghaft. »Vielleicht kann ich morgen herausfinden, warum die anderen nicht gekommen sind. Es gibt bestimmt einen triftigen Grund, sonst wären sie hier.« Alma presste die Lippen zusammen.

Der Mond schien nun durch die kleine Luke unterhalb des Daches und tauchte das Innere der Scheune in ein glitzerndes Licht. Alma wandte sich zögernd ab und ging auf die Tür zu. Sie zauderte kurz, doch dann verschwand sie in der Dunkelheit.

Lange Zeit stand Hanna nur da und lauschte den Geräuschen der Nacht. Dann trat sie an das Fenster. Bilder aus der Vergangenheit kamen hoch, Erinnerungen wurden geweckt. Tränen liefen ihr über die Wangen, und sie ließ ihnen freien Lauf. Sie war allein, niemand sah sie. Irgendwo im Geäst der Obstbäume schrie eine Eule, während die Luft erfüllt war vom Zirpen der Grillen.

***

Alma schlich in gebückter Haltung von Nische zu Nische. Zweimal kreuzten die Nachtwächter ihren Weg so unverhofft, dass sie nur mit großem Glück nicht entdeckt wurde. Aufgegriffen zu werden und die Nacht im Schandturm zu verbringen würde Ärger bedeuten. Es wäre nicht das erste Mal, dass Meister Ziprian sie mit seiner Gerte züchtigen würde.

Noch zwei Gassen bis zur Badestube. Alma horchte auf, als sie Männerstimmen vernahm. Eng an die Häuser gedrückt, schlich sie vorwärts. Die vermeintlichen Pilger lungerten immer noch in der Vorstadt herum. Alma verstand nur Wortfetzen, und doch reichte es, um zu erkennen, dass sich Meister Ziprian in seinem Urteil nicht getäuscht hatte. Die Männer waren tatsächlich Diebesgesindel, das danach trachtete, reiche Konstanzer um ihr Hab und Gut zu bringen.

Alma schielte sehnsüchtig auf den Durchschlupf, der sich zwischen ihr und den Männern auftat. Als der Mond hinter einer Wolke verschwand, nutzte sie die Gunst der Stunde und rannte los. Zwar schien einer der Männer etwas bemerkt zu haben, doch Alma war zu schnell, als dass er reagieren konnte.

Auf der kleinen Bank neben der Badestube saß Gunda, eine der älteren Bademägde, mit einem Binsenlicht, ihr zur Seite der kleine Odo, der bitterlich weinte.

»Endlich, wir dachten schon, du kommst nicht mehr«, empfing Gunda sie tadelnd. »Der kleine Kerl war kaum noch zu beruhigen, er glaubte wohl, dass auch du das Weite gesucht hättest.«

Der Junge schnupfte und drückte sich an den Körper seiner Schwester.

»Ist Meister Ziprian schon zurück?«, fragte Alma leise.

»Glaubst du, ich würde dann noch hier sitzen?« Gunda trat in den dunklen Gang der Badestube und hielt das Binsenlicht weit von sich. »Und dir rate ich, schleunigst in deine Kammer zu verschwinden und dir eine gute Ausrede einfallen zu lassen, um Meister Ziprian zu besänftigen, denn die übrigen Mägde werden ihr Maul bestimmt nicht halten.«

Anderntags kam Alma das Glück zu Hilfe. Meister Ziprian lag wimmernd auf seiner Bettstatt und hielt sich den Kopf mit beiden Händen. Er jammerte und redete immer wieder von Bilsenkraut, das die Wirtin in den Wein getan habe, doch so recht verstand niemand, wen oder was er wirklich beschuldigte. Vielleicht hatte er auch nur einen über den Durst getrunken, doch dies sagte ihm natürlich niemand.

Gunda übernahm das Zepter in der Badestube, und bald herrschte der übliche Betrieb. Alma suchte die Gunst des Meisters und brachte ihm regelmäßig etwas zu trinken und zu essen. Odo lief den ganzen Tag wie ein Schatten hinter ihr her und ließ sich auch von Wilfried nicht davon abbringen.

»Gunda, ich muss kurz weg«, bemerkte Alma am späteren Nachmittag.

Noch bevor die Bademagd einen Einwand vorbringen konnte, riss sich Alma ihren Umhang vom Haken. »Halt ein Auge auf Odo, sperr ihn zur Not ein. Ich bin schnell wieder zurück, ich verspreche es dir, und lenk bitte Wilfried ab, er soll nicht mitbekommen, wohin ich gehe.«

Es war ein lauer Nachmittag. Die Würze eines Spätsommertages lag in der Luft und beflügelte Almas Schritte. Dem Wächter des Schnetztores schenkte sie ein gewinnendes Lächeln, was ihr dazu verhalf, dass sie noch vor der Karawane der Leintuchhändler in die Stadt kam. Das Gedränge in den Gassen mochte sie, denn es verhalf zu Unauffälligkeit, und genau die brauchte sie jetzt. Niemand durfte sie bemerken, niemand ihr folgen.

In der Neugasse war es deutlich ruhiger. Die noblen Häuser imponierten Alma stets, und beinahe hätte sie ob all der Pracht den Grund vergessen, warum sie hier war. Sie kauerte sich in eine Nische und wartete. Es dauerte eine Ewigkeit, bis sich die Tür des Hauses der Reinhild Blarer endlich öffnete und eine junge Magd, beladen mit zwei Eimern, auf die Gasse trat. Alma raffte ihren Rock und lief zu ihr hin.

»Was willst du?« Die junge Frau blickte angewidert auf das gelbe Band an Almas Oberarm. »Ich gebe mich nicht mit Hübschlerinnen ab.«

Alma musste sich zusammenreißen, um der eingebildeten Kuh nicht ins Gesicht zu schreien. Ein falsches Wort und alles wäre vergebens, also lächelte sie freundlich.

»Ich will dir nichts Böses«, antwortete sie mit honigsüßer Stimme, während sie der Magd den Weg verstellte. »Eher das Gegenteil. Aber vielleicht willst du ja gar nicht hören, in welcher Gefahr du schwebst.« Alma warf den Kopf in den Nacken und gab sich gespielt beleidigt.

»Gefahr? Wovon sprichst du?« Die Magd stellte die Eimer auf den Boden. Sie hatte angebissen.

»Du bist noch nicht lange im Dienst der Reinhild Blarer, stimmt's?«

Die Magd verneinte und hob neugierig eine Augenbraue.

»Vor dir war die Agnes da. Das arme Ding war wohl zu neugierig, oder vielleicht hatte die Herrin auch einfach keine Verwendung mehr für sie.« Alma bemerkte die steigende Neugier mit Wohlgefallen. »Sie wurde vergiftet, tot am Seeufer gefunden«, hauchte sie verschwörerisch, wobei sie die Augen theatralisch rollte.

»Da erzählst du mir nichts Neues.« Die Magd machte Anstalten, die Eimer wieder zu ergreifen.

»Aber weißt du auch, dass deine Herrin sie vergiftet hat?«

»Du spinnst wohl«, lachte die Magd.

»Wie du meinst.« Alma hob das Kinn. »Im Badehaus hört man so einiges. Aber wenn du ihr Liebling bist, hast du ja nichts zu befürchten. Sie entledigt sich nur lästiger Weiber.«

Alma wusste sehr wohl, dass die Magd nicht in der Gunst ihrer Herrin stand. Vor wenigen Tagen erst hatte die junge Frau in der Badestube Kräuter geholt und dabei Gunda die Ohren vollgejammert, wie schlecht es ihr im Hause der Blarerin erging.

»Sie mag mich nicht«, brummelte die Magd leise vor sich

her. »Aber mich deshalb vergiften? Und warum sind die Büttel bislang nicht in unser Haus gekommen?«

»Werden sie mit Sicherheit bald, aber dann wird es wohl für dich zu spät sein.« Alma zuckte die Achseln. »Wenn du einen guten Rat von mir willst, verschwinde aus Konstanz, so schnell du kannst.«

Ohne auf die Antwort der Magd zu warten, drehte sich Alma um. Sie zweifelte keinen Moment daran, dass die Magd noch diese Nacht Konstanz verlassen würde. Um sicherzugehen, drückte sie sich wieder in die Nische.

Kurz nach Einbruch der Dämmerung öffnete sich tatsächlich die Tür, und eine geduckte Gestalt huschte heraus. Die junge Magd blickte kurz nach beiden Seiten, ehe sie mit dem Bündel unter ihrem Arm in eine der Gassen verschwand. Alma grinste.

Sie wollte ihren Beobachtungsposten bereits verlassen, als sie den Zweispänner bemerkte, der langsam die Gasse entlangrollte und vor dem Haus der Blarerin zum Stillstand kam. Neugierig reckte sie den Kopf und schlich einige Schritte näher.

»Es dauert nicht lange«, sagte der Mann mit fester Stimme zum Kutscher. »Doch warte am Ende der Gasse auf mich. Es soll mich niemand erkennen.«

»Wie Euch beliebt, werter Bürgermeister.« Der Kutscher nickte kurz, ehe er die Zügel schwang und sich die zwei herrlichen Schimmel in Bewegung setzten.

Allmählich wurden die Schatten der Nacht immer länger, und bald würde das Tor schließen. Alma warf einen letzten Blick auf das Haus, dann lief sie los.

21. Kapitel

Die Nacht hatte den Garten mit Morgentau überzogen und die Grashalme in ein glitzerndes Kleid getaucht. Vom See her zogen Nebelschwaden auf.

Hanna war seit dem frühen Morgen auf den Beinen und versuchte Ordnung ins Innere der Scheune zu bringen. Untätiges Herumsitzen brachte sie nur unnötig ins Grübeln. Plötzlich waren von draußen Stimmen zu hören, und wenig später verriet das Quietschen des Riegels, dass jemand in den Garten kam. Hanna drückte sich erschrocken an die Wand.

Als die Tür aufschwang und ein Schatten ins Innere der Scheune trat, griff sie sich eine Schaufel und trat der Gestalt in den Weg.

»Du hättest mich beinahe erschlagen«, zürnte Schwester Luzia mit zittriger Stimme. »Was machst du denn überhaupt hier? Ich dachte, du seist bei Alma in der Badestube?«

Hanna seufzte. »Meister Zipp, der Bäckermeister des Bischofs, hat mich erkannt. Er kam vor zwei Tagen in die Badestube, und dabei stolperte er so ganz nebenbei über mich. Ich bin überzeugt, dass die Reisläufer des Bischofs bereits jeden Winkel hier in der Vorstadt nach mir absuchen, zumal ich ja jetzt nicht mehr als tot gelte. Wundersame Auferstehung, könnte man es nennen, wenn ich nicht gar so verzweifelt wäre.«

Schwester Agrikola trat in die Scheune und setzte sich auf einen Hocker. »Also hast du kein Versteck mehr«, stellte sie nüchtern fest, wobei sie sich die Nase rieb. »Zu uns wirst du leider nicht mehr können, auch wenn wir unserer Meisterin die Wahrheit über dich erzählen. Bei uns am Hof überstürzen sich die Ereignisse. Bruder Wigand und die Pfefferhardin machen gemeinsame Sache. Mit Hilfe der Rhäzünserin wollen sie Bischof Rudolf aus Konstanz vertreiben. Sie haben sogar an den Papst in Avignon geschrieben, und was, glaubst du, ist passiert?«

Hanna machte große Augen. »Es ist doch nicht etwa der Papst nach Konstanz –«

»Nein, ganz so wichtig ist die Sache nun auch nicht«, wehrte Agrikola lachend ab. »Aber ein päpstlicher Gesandter kam und hat alles fein säuberlich aufs Pergament gebracht. Der Papst werde bald eine Entscheidung treffen, waren seine Worte beim Abschied.«

»Die Pfefferhardin will ihren Johannes auf den Bischofsstuhl bringen«, mischte sich Luzia ein. »Kannst dir ja vorstellen, wie hoch sie den Kopf dann tragen würde.«

Bischof Rudolf weg aus Konstanz, dieser Gedanke gefiel Hanna. All ihre Sorgen und Ängste wären mit einem Schlag vorbei. Vielleicht stand Gott doch ein ganz klein wenig auf ihrer Seite.

»So, und jetzt genug des Müßigganges. Die Arbeit ruft.« Agrikola klatschte auffordernd in die Hände, wobei sie sich den grauen Kittel griff, der an einem der Haken hing.

Die drei Frauen werkelten die nächsten Stunden wortkarg vor sich hin, die beiden Schwestern vorn am Zaun, Hanna hinten bei den Obstbäumen, damit niemand sie bemerkte.

Gegen Mittag verköstigten sie sich drinnen in der Scheune. Die Luft war zwar stickig, und der Staub brachte sie zum Niesen, doch hier konnten sie sich wenigstens ungestört unterhalten.

Hanna erzählte von den Wehwehchen, denen der Bader bei Männern und Frauen gleichermaßen mit geschickten Händen zu Leibe rückte. Als sie von den vermeintlichen Zahnwürmern erzählte und woher die Dinger wirklich kamen, krümmten sich die beiden Schwestern vor Lachen.

Die Zeit in der Gesellschaft der Frauen verging wie im Fluge. Als die Schwestern den Garten am späten Nachmittag verließen, schaute ihnen Hanna mit sehnsüchtigem Blick nach. Sie schloss die Tür hinter sich und legte sich auf die Bettstatt. Irgendwann musste sie wohl eingeschlafen sein, denn nun riss eine leise Stimme sie aus ihren Träumen.

»Hanna?«

Erschrocken fuhr sie hoch. Es dauerte einen Moment, bis sie begriff, wo sie war.

»Ich hab gute Neuigkeiten für dich«, ereiferte sich Alma grinsend. »Die Magd der Reinhild Blarer hat das Weite gesucht.«

»Wohl nicht ganz ohne dein Zutun, nehme ich doch an?«

»Ein ganz wenig hab ich schon nachgeholfen, das gebe ich zu. Allerdings wissen wir doch beide, dass du nicht ewig im Garten bleiben kannst. Irgendwann wird Wilfried hier auftauchen.« Alma zuckte mit den Schultern. »Wie auch immer, Hauptsache ist doch, dass die nun eine neue Magd suchen. Die Gelegenheit für dich.«

»Das wird Ursus aber nicht gefallen.« Hanna lächelte.

»Du wirst es ihm schon irgendwie zu erklären wissen, schließlich ist er ja in dich verliebt, und verliebte Männer glauben einfach alles.« Alma zwinkerte.

Endlich kam Bewegung in die Sache, und das gefiel Hanna mehr, als sie zugeben wollte. Sicher, es war gefährlich, sollte Reinhild Blarer ihr auf die Schliche kommen, doch einen anderen Weg gab es nicht.

»Die Blarerin kennt dich doch nicht, oder?«, fragte Alma zögerlich.

»Sei unbesorgt, sie hat mich noch nie zu Gesicht bekommen. Sie wird wohl wissen, dass ich hinke und Pockennarben habe, aber damit bin ich nicht allein in Konstanz.«

Alma nickte. »Die Reisläufer des Bischofs lungern nämlich bereits vor der Badestube herum. Früher oder später tauchen sie auch hier auf, das ist so sicher wie das Amen in der Kirche. Zudem musst du herausfinden, was der Bürgermeister mit Reinhild Blarer zu schaffen hat.«

»Der Bürgermeister?«

»Ja, der noble Herr besuchte die Blarerin gestern Abend zu später Stunde.«

»Merkwürdig, in der Tat«, murmelte Hanna.

»Das kann man wohl sagen.« Alma griff in den mitgebrachten Leinenbeutel und hielt Hanna einen Kanten Roggenbrot, gefolgt von einem saftigen Stück Schinken, hin.

»Und wie hat Meister Ziprian auf mein Verschwinden reagiert?«, fragte Hanna zwischen zwei Bissen.

»Der hat zurzeit ganz andere Sorgen. Die Schankwirtin hat wohl wirklich irgendein neues Rezept ausprobiert und sich vertan. Etliche Männer ins Konstanz liegen mit Bauchgrimmen im Bett.« Alma lachte. »Der Wundarzt war den ganzen Morgen in der Badestube und hat ihm ein Gebräu aus weißer Nieswurz und Apfelsaft eingeflößt. Anschließend hat er sich die Seele aus dem Leib gekotzt.«

Alma trat ans Fenster. Die Dämmerung kam jetzt im Spätsommer schon schnell. Die Blumen hatten ihre Köpfe bereits geschlossen, ein sicheres Zeichen, dass sich der Tag dem Ende zuneigte.

»Es ist besser, ich gehe jetzt zurück. Odo läuft mir zurzeit wie ein Hündchen hinterher, und ich will nicht, dass die Reisläufer ihn in die Finger bekommen. Ich hab ihn zwar ermahnt, sein Maul zu halten, doch bei ihm weiß man nie so recht.«

Alma zwängte sich bereits durch die Scheunentür, als Hanna ihr ein Dankeschön hinterherschickte. Die Einsamkeit hatte sie wieder, doch nur für eine Nacht.

Anderntags erwachte Hanna mit rasenden Kopfschmerzen. Im Traum war sie von Reinhild Blarer erwischt worden, wie sie ebenderen Kammer durchsuchte. Die Witwe hatte sie in einen Schrank gedrängt und die Büttel gerufen. Als sie kaum noch genügend Luft zum Atmen hatte, war es um sie herum schwarz geworden, dann war sie aufgewacht.

Hanna rieb sich die Schläfen, um den Traum aus ihren Gedanken zu verbannen. Sie durfte keine Angst zeigen. Draußen sangen die Vögel bereits wieder ihr Morgenlied und kündeten von einem herrlichen Tag.

In Almas Beutel fand Hanna nicht nur ein weiteres Schinkenbrot, sondern auch einen mit gelben Fäden verzierten Umhang. Allmählich kehrten ihre Lebensgeister zurück. Sie gähnte herzhaft, ehe sie kauend an das Fenster trat.

Obwohl die Kräuterbeete nahezu abgeerntet waren, verströmte der Garten noch immer einen herrlichen Duft nach Lavendel, Rosmarin und Mädesüß. Hanna schloss die Augen, um die Erinnerung an diesen Augenblick festzuhalten, ehe sie sich einen Ruck gab und die Scheune verließ.

Der Riegel am Tor quietschte wie gewohnt, doch niemand nahm Notiz von ihr. Sicherheitshalber zog sie den Umhang enger um die Schultern und blickte kurz nach beiden Seiten. Dann lief sie in gebeugter Haltung dem Rindermarkt entgegen.

An Pflöcken angebunden standen bereits etliche Schweine, Schafe und Rinder zum Verkauf bereit. Eine Gruppe Bauern feilschte lautstark mit zwei Fleischern um die Preise. Hanna nutzte die Aufregung, um unbemerkt durch das nahe Schlachttor in die Stadt zu gelangen. Vor dem Haus der Blarerin blieb sie mit klopfendem Herzen stehen. Der Kopfschmerz nahm mit jedem Atemzug zu. Vermutlich hätte sie noch lange vor dem vornehmen Haus gestanden, hätte sie nicht in diesem Augenblick jemand angerempelt.

»Was machst du hier?«, zischte es unfreundlich hinter ihrem Rücken. »Hältst wohl Maulaffen feil, was?«

»Das geht dich überhaupt nichts an«, empörte sich Hanna.

»Dann verschwinde von hier«, knurrte die Frau, wobei sie sich an Hanna vorbeidrängte und keuchend auf das Haus zulief. Die schweren Weidenkörbe trieben der Frau die Schweißperlen auf die Stirn, zumal sie nicht mehr die Jüngste war. Sie keuchte wie ein Berserker.

»Arbeitest du dort?«, rief ihr Hanna neugierig nach.

»Was geht das dich an?«

»Ich hab gehört, dass man eine Magd sucht.« Hanna holte tief Luft und überquerte die Gasse. »Ich mache jede Arbeit.« Als müsse sie ihre Willigkeit unterstreichen, griff sie sich die schweren Körbe und trug sie die Stufen hinauf vor die Haustür.

»Soso, arbeiten willst du also bei uns.« Die Frau lachte heiser, wobei sie die Arme in die Hüften stemmte und Hanna kritisch musterte. »Zeig mir deine Zähne«, knurrte sie bissig.

Hanna schluckte ihre Empörung hinunter und öffnete den Mund.

»Scheinst gesund zu sein«, murrte die Alte. »Kannst du mit Nadel und Faden umgehen? Böden fegen und mir in der Küche zur Hand gehen? Auch musst du täglich zum Markt, um einzukaufen. Für mich ist dies zu mühsam.«

Hanna hob entschuldigend die Hände. »Das Hinken kommt nur davon, dass ich mir vor Wochen den Fuß gebrochen habe. Geht sicher in den nächsten Tagen vorbei.« Sie versuchte zu lächeln. »Dann bist du also die Köchin dieses noblen Haushaltes? Das Haus ist eine Augenweide.«

Die Alte verzog die Augen zu Schlitzen. Auf Schmeicheleien gab sie wohl nichts. »Die Herrin mag keine Schnattergans, auch Neugier kommt hier nicht gut.«

Hanna verkniff sich jeglichen Kommentar und ließ den musternden Blick der Alten regungslos über sich ergehen. Die Frau mochte sie nicht, was allerdings auf Gegenseitigkeit beruhte. Insgeheim rechnete Hanna bereits damit, dass sie ihr die Tür vor der Nase zuschlug. Somit hätte sich eine Anstellung im Hause Blarer erledigt, bevor sie auch nur einen Schritt über die Schwelle gemacht hätte. Umso erstaunter war sie, als die Alte sie anwies zu warten.

Hanna zog den Umhang noch enger zu, senkte den Kopf und sah verstohlen die Gasse hinauf. Wenn jemand sie erkannte, war alles aus.

Es dauerte eine Ewigkeit, bis man endlich das Schlurfen von Schritten hörte, doch dann schwang die Tür auf, und die Frau winkte sie herein.

»Ich bin Holda, die Köchin. Unsere Herrin will es mit dir versuchen. Allerdings gibt es erst Lohn, wenn du zwei Wochen gearbeitet hast.«

Auf Holdas Geheiß trat Hanna in den Gang des Hauses. Mehrere Türen zeugten von den vielen Räumlichkeiten, die sich dahinter verbargen. Eine Treppe führte hinauf in die oberen Stockwerke. Unter Geldsorgen litt die Blarerin augenscheinlich nicht.

»Kommst du, oder willst du weiter nutzlos herumstehen? Faulenzen kannst du bei uns vergessen, lass dir dies ein für alle

Mal gesagt sein.« Holda stand unter dem Türsturz zur Küche und winkte Hanna energisch in ihre Richtung.

Auf dem Herd standen Pfannen, fein säuberlich geputzt, in den Regalen reihte sich Tontopf an Tontopf, und die Kellen hingen alle an einer Vorrichtung über dem Herd. Auch der Boden glänzte vor Sauberkeit. Holda verstand ihr Handwerk, daran bestand kein Zweifel.

»Die Herrin Reinhild mag es sauber. Also sieh zu, dass du die Kammern ebenfalls in Ordnung hältst. Wie heißt du eigentlich?«

»Ha…« Hanna schluckte. Beinahe wäre ihr der folgenschwere Fehler ein zweites Mal passiert. »Hara«, sagte sie schnell.

»Und wo kommst du her, Hara?«, fragte Holda neugierig, wobei sie einen Zwiebelzopf aus einem der Weidenkörbe zog, um ihn am Kräuterregal aufzuhängen.

»Aus Sankt Gallen. Meine Eltern sind vor Kurzem verstorben, sodass mich nichts mehr dort hielt.«

Holda knurrte, zumal sich der Zwiebelzopf als äußerst widerspenstig erwies und nur mühsam am Haken befestigen ließ.

»Die Kammern sind für heute bereits aufgeräumt, also kannst du mir in der Küche helfen. Wir erwarten nämlich Besuch, und hierfür werden wir einen ganz besonderen Leckerbissen zubereiten.« Holda zog eine Gans aus dem Korb und hielt sie Hanna hin. »Du kannst hoffentlich Gänse rupfen?«

Hanna seufzte. Bald würden ihre Finger bluten.

Die folgenden Stunden ging Hanna der wortkargen Holda zur Hand. Sie schnippelte Kohl und Rüben, holte Holz aus der Scheune und drehte dazwischen immer wieder den Bratspieß mit der knusprigen Gans. Das Knurren ihres Magens erinnerte sie daran, dass sie seit dem frühen Morgen keinen Bissen mehr zu sich genommen hatte.

Einmal steckte Reinhild Blarer kurz den Kopf in die Küche, um sich zu vergewissern, dass alles nach ihren Wünschen lief.

»Wer wird denn erwartet?«, wagte Hanna schließlich einen Vorstoß.

»Neugier tut hier im Hause nicht gut«, wehrte Holda grob ab.

Hanna dachte gar nicht daran, sich das Maul von Holda verbieten zu lassen. Schweigsamkeit würde ihr keine Antwort auf ihre Fragen bescheren. »Ich kann ja auch wieder gehen und dich mit der Arbeit alleinlassen«, brummte sie provozierend, wobei sie die Arme vor der Brust verschränkte. »Hab nämlich schon beim Stadttor gehört, dass hier niemand gerne arbeitet.«

Holda rührte eine Spur energischer mit der Kelle, ehe sie sich einen Ruck gab. »Der Bürgermeister kommt zum Essen.«

Irgendwie hatte Hanna fast mit dieser Antwort gerechnet. Offenbar ging der Mann hier tatsächlich ein und aus. »Der Bürgermeister?«, hauchte sie gespielt ehrfürchtig. »Da muss das Essen natürlich schon erlesen sein. Kommt der Mann oft hierher?«

»Hin und wieder«, brummte Holda.

»Die Witwe ist auch eine stattliche Frau, und wie ich gehört habe, ist das Trauerjahr ja bald zu Ende. Wird sie womöglich den Bürgermeister –«

»Halt ein und sieh zu, dass du die Abfälle noch nach draußen bringst, bevor Brun von Tettikoven hier eintrifft. Die Herrin mag es nicht, wenn während des Essens ein Geläuf im Gang ist. Alles andere soll und muss dich nicht interessieren.«

Hanna verzog ihr Gesicht zu einer Schnute. Sie griff sich den Topf mit den Abfällen und verließ die Küche. Gehörte Brun von Tettikoven womöglich auch zu den Freiern, die laut Gerüchten in der Stadt wie Bienen um die Witwe herumschwirrten? Nun, Reichtum lockte, verdenken konnte sie es ihm nicht.

22. Kapitel

Das Leben im Hause Blarer war zu Hannas Erstaunen längst nicht so hart, wie sie es sich vorgestellt hatte.

Zwar schrubbte sie stundenlang Zimmer für Zimmer, leerte für Holda die schweren Eimer im Hof, hackte Holz und half dazu jede freie Minute in der Küche, bis sie abends todmüde auf ihrem Strohsack unter dem Dach einschlief, doch von Reinhild Blarers Launen blieb sie vorerst verschont. Allerdings gab sich Holda weiterhin bärbeißig und antwortete auf ihre Fragen nur knapp.

Die Herrin verbrachte viel Zeit in den Warenhäusern am Seeufer. Ihre Abwesenheit und Holdas heimliche Nachmittagsschläfchen ausnutzend, durchsuchte Hanna bei jeder sich bietenden Gelegenheit die Zimmer nach Spuren von Arsenik. Bislang war die Suche zwischen den noblen Gewändern und dem herrlichen Schmuck ihrer neuen Herrin allerdings erfolglos geblieben.

Nach fünf Tagen endlich kam Bewegung in die Sache. Holda erwachte mit schmerzhaftem Gliederreißen und jammerte in einem fort. Heute hatte sie Hanna beim Gang zum Markt begleiten wollen, daraus wurde jetzt nichts.

»Wehe, du erweist dich als honigmäulige Heuchlerin und verschwindest mit dem Geld«, brummelte sie mit schmerzverzerrtem Gesicht. »Die Herrin wird nicht ruhen, bis sie dich gefunden hat, und dann wirst du auf allen vieren durch Konstanz kriechen. Glaub mir, so etwas willst du nicht erleben.«

»Jetzt hör schon auf!« Hannas Geduld war erschöpft. »Die letzten Tage hätten dir zeigen sollen, dass ich mich redlich bemühe, dir und der Herrin alles recht zu machen. Zudem war ich schon zweimal allein auf dem Markt.«

Holdas Brummen ging in ein Wimmern über.

»Soll ich dir aus der Apotheke eine Salbe mitbringen? Bestimmt hat der dortige Gelehrte etwas gegen die Schmerzen.«

Hanna blickte mitfühlend auf Holdas dick geschwollenen Knöchel. Selbst im düsteren Licht der Kammer war die ungesunde rote Hautfarbe deutlich zu erkennen.

Holda stimmte klagend zu.

»Erwarten wir Besuch?«, fragte Hanna erstaunt, als nun von unten Stimmen zu hören waren.

»Eigentlich nicht.« Holda stöhnte leise auf, wobei sie trotz ihrer Pein aufzustehen versuchte. Der Schmerz war allerdings so beißend, dass sie sich mit einem gequälten Jammern zurückfallen ließ.

»Es hört sich nach einem Mann an«, bemerkte Hanna, nachdem sie den Kopf kurz durch den Türspalt gesteckt hatte. »Ich werde nachfragen, ob meine Hilfe verlangt wird. Bleib du solange hier liegen.«

Noch bevor Holda einen Einwand vorbringen konnte, flitzte Hanna durch den Spalt hinaus ins Treppenhaus. Der Besuch betrat eben die gute Stube.

»Herrin, entschuldigt«, rief sie hastig, wobei sie neugierig den Kopf reckte. »Die arme Holda liegt mit Schmerzen in ihrer Kammer. Kann ich Euch und Eurem Gast zu Diensten sein?«

Reinhild Blarer reagierte unwirsch. Ein frostiger Zug lag um ihre Mundwinkel. »Musst du dich immer so anschleichen, du dummes Ding«, zischte sie mit gedämpfter Stimme, wobei sie ihrem Gast in der Stube ein Lächeln schenkte. »Möchtet Ihr einen Becher Wein, Ritter Conrad?«, säuselte sie zuckersüß und trat über die Schwelle.

Hanna kam zögernd näher und blieb unter dem Türrahmen stehen. Reinhild Blarer bot ihrem Gast einen der Stühle mit den filigran geschnitzten Lehnen an. Ritter Conrads Augenmerk lag auf dem Schriftstück, das er eben unter seinem Wams hervorzog und sorgfältig auf dem Tisch glatt strich. Hanna nahm er kaum wahr, wie diese mit Erleichterung bemerkte. Zwar glaubte sie nicht, dass der Ritter sie erkennen würde, zumal sie sich nur einmal kurz begegnet waren, doch hielt sie es für besser, keine unnötige Aufmerksamkeit auf sich zu lenken. Bewusst trat sie einen Schritt zurück.

Reinhild Blarer wiederholte die Frage nach dem Wein, da ihr Gast nicht geantwortet hatte.

»Nein, lasst es gut sein«, wehrte er jetzt ab, wobei er das Schriftstück keine Sekunde aus den Augen ließ.

»Bleib in Rufweite, sollte ich dich doch brauchen«, wandte sich die Witwe schroff an Hanna. »Und schließe die Tür, wir wollen nicht gestört werden.«

Hanna nickte ergeben und zog die Tür zu. Sie blickte kurz hinauf zur Treppe, doch von Holda war nichts zu sehen. Vorsichtig legte sie ihren Kopf an das Holz.

»Ihr wart also tatsächlich schon beim Notar«, hörte sie Reinhild Blarer eben sagen. »Ein wahrlich weiser Entscheid. Es wäre doch ein Jammer, wenn Ihr Eure Burg verlieren würdet. Seit Generationen im Besitze Eurer Familie und dann wegen einer solchen ... solchen Irrigkeit in den Händen der Stadt.«

Hanna drückte ihr Ohr noch dichter an die Holztür und schloss die Augen. Ihre Sinne waren geschärft. Sie horchte auf allfällige Geräusche von oben und versuchte gleichzeitig, jedes Wort in der Stube zu verstehen.

»Da sprecht Ihr Wahres«, sagte der Ritter eben griesgrämig.

»Habt Ihr noch immer nichts vom Bürgermeister gehört?«, fragte Reinhild Blarer, wobei ein Stuhlrücken zu hören war. »Das wundert mich. Ich lud Brun von Tettikoven nämlich extra vor Tagen in mein Haus, um ihm die Sachlage näherzubringen. Der Mann hat mir bei seinem Weggang versichert, sich nochmals alle Akten anzusehen und dann zu entscheiden.« Sie schnaubte wütend. »Wie kann man sich doch in einem Menschen irren.«

Der Ritter brummte ein paar unverständliche Worte. Als von drinnen ein schepperndes Geräusch ertönte, zuckte Hanna erschrocken zusammen. Wenn sie nicht alles täuschte, hatte der Ritter eben die Schale mit den Weintrauben zu Boden gestoßen, die unmittelbar neben dem ausgebreiteten Schriftstück stand. Stühle rückten.

»Entschuldigt, meine Gute, das war nicht meine Absicht. Selbstverständlich ersetze ich Euch die Schale.«

»Das ist kein großes Malheur. Die Schale war alt und sowieso nicht von großem Wert. Doch wollt Ihr nun nicht doch einen Becher Wein? Ich habe letzte Woche besten Veltliner bekommen, direkt von einem Händler aus dem dortigen Tal. Der Wein wird Eure aufgewühlten Nerven beruhigen und Euch hoffentlich auf andere Gedanken bringen.«

Hanna hielt den Atem an. Das Rascheln vom Rock ihrer Herrin war deutlich zu hören, und doch harrte sie mit dem Ohr an der Tür aus, um der Unterhaltung weiter folgen zu können. Als die Tür unverhofft aufschwang, machte Hanna einen Schritt rückwärts.

»Bring uns einen Krug Wein, den vom hinteren Fass.« Reinhild Blarer verkniff sich eine Rüge wohl nur, um die Stimmung in der guten Stube nicht mit unbedachten Worten zu zerstören. Auf ihrem Gesicht lag eine zarte Röte, die bezeugte, welche Freude ihr die letzten Minuten bereitet hatten. »Was stehst du hier noch herum! Mach vorwärts.« Sie drehte sich um und gesellte sich wieder zu ihrem Gast in der Stube.

Hanna holte in der Küche einen der Krüge und eilte die Treppe hinunter in den Keller. Hier lagerten nebst etlichen Weinfässern auch in Salzlake eingelegte Früchte, geräucherte Würste, Schmalzfleisch und Dörrpflaumen.

Mit zittrigen Fingern schob sie den Bolzen des Zapfhahns zur Seite und wartete, bis sich der Krug füllte. Holda bewachte den Vorratskeller stets mit Argusaugen. Was, wenn sich das Arsenik hier unten befand? Die Suche würde ewig dauern, doch irgendwann würde sie dies tun müssen. Vorsichtig stieg sie wieder nach oben.

Die Witwe beugte sich eben über das Schriftstück, als Hanna eintrat. »Nimm die blauen Glaskelche aus dem Kasten«, befahl sie Hanna, ehe sie sich wieder mit weicher Stimme ihrem Gast zuwandte. »Wir haben doch etwas zu feiern, nicht wahr, werter Ritter?«

Ritter Conrad sah bemitleidenswert aus, wie er da auf seinem Stuhl saß. Tiefe Augenringe und eingefallene Wangen zeugten von seinem Leid. Von dem einst stolzen Ritter war nicht viel übrig. Die auffordernde Frage seiner Gastgeberin schien er überhört zu haben.

Als Reinhild Blarer den Wein in noblen Gläsern kredenzte, räusperte sich Hanna. »Herrin, wenn Ihr meine Hilfe nicht mehr benötigt, würde ich gerne den Gang zum Markt machen, da Holda –«

»Mach, was Holda dir aufgetragen hat, und keine Trödelei, hast du mich verstanden?«, fuhr ihr die Witwe grob ins Wort. »In der Küche wartet eine Menge Arbeit auf dich, zumal Holda offensichtlich für heute ausfällt. Allerdings werde ich zu Mittag nicht hier sein. Holda soll dir genügend Arbeit auftragen.«

Die Witwe scheuchte Hanna mit einer fahrigen Geste aus der Stube, ehe sie einen der Glaskelche hob und ihrem Gast zuprostete.

Ganz so unglücklich war Hanna nicht, das Haus in der Neugasse zu verlassen. Sie hastete kurz die Treppe hoch, doch Holda schlief tief und fest. Unten in der Diele griff sie sich einen der Weidenkörbe, die Holda stets unter der Treppe lagerte, und trat vor das Haus.

Am fernen Horizont waren dichte Wolkentürme aufgezogen und kündeten vom Ende der Sonnentage. In der Neugasse herrschte Aufregung. Einem reichen Mann aus dem Geschlecht der von Kreuzlingen war es gelungen, das Nachbargrundstück zu erwerben. Seit gestern stellten Handwerker Lastenkräne und Seilwinden auf. Emsiges Hämmern, Klopfen und Sägen machte die einstige Stille der Neugasse dieser Tage vergessen. Angelockt vom hektischen Treiben, flanierten viele Schaulustige durch die Gasse.

Hanna warf einen letzten Blick auf den Lastenkran, dann drängte sie sich zwischen den Schaulustigen in Richtung der Mordergasse. Beim Apotheker besorgte sie eine Salbe für Holdas Gliederreißen. Sie nutzte die Wartezeit und unterzog die dortige Örtlichkeit einer genaueren Betrachtung. Der Apotheker war ein kleiner, drahtiger Mann, der mit großer Geduld auf einem Rillenbrettchen seine Pillen drehte, während er seinem

Gesellen mit einem Kopfnicken zu verstehen gab, wo die besagte Salbe im Regal lagerte.

»Der Einbruch war schon eine schlimme Sache«, versuchte Hanna das Gespräch auf das verschwundene Arsenik zu lenken.

Der Apotheker hob nur kurz den Kopf, enthielt sich aber einer Antwort. Sein Geselle hingegen schien deutlich gesprächiger.

»Bestimmt ein unüberlegter Lausbubenstreich«, meinte der junge Mann grinsend. »Denn wer stiehlt schon Rattengift, wenn hier doch Köstlichkeiten wie Marzipan und Latwerge lagern.« Er bleckte die Lippen, wobei sich zwei schwarze Zahnstummel offenbarten. Offenbar konnte er den Verlockungen der Süßigkeiten nicht widerstehen.

»Da bin ich ganz deiner Meinung. Auch ich hätte wohl eher Marzipan genommen als Gift. Doch sag, wurde viel des Giftes gestohlen?«, bohrte Hanna neugierig weiter.

»Drei Pergamentsäcke voll, allesamt so groß wie meine Hand, reicht, um den ganzen Großen Rat um die Ecke zu bringen, nicht nur einen Ratsherrn«, lachte der Geselle.

»Red keinen Unsinn!«, brummte der Apotheker. »Das Arsenik war für die Niederburg bestimmt. Der Bischof wollte in den Häusern seiner Kleriker der Rattenplage endlich Herr werden. Normalerweise lagert nie so viel Gift hier in der Apotheke.«

Der Geselle hob entschuldigend die Hände, wobei er mit geducktem Kopf hinter einem der Regale verschwand.

»Die Ratten sind wirklich eine Plage. Der Bischof muss unsagbar erzürnt sein, treiben die Viecher doch jetzt noch länger ihr Unheil«, versuchte Hanna, die angespannte Stimmung zu überspielen. Dann legte sie die verlangten Pfennige auf den Tisch und verließ die Apotheke.

Drei Säcke voller Gift, insgeheim stockte ihr der Atem. Warum in Gottes Namen hatte Agnes so viel gestohlen? Und wo war der Rest des Giftes? Sollte es tatsächlich im Hause der Reinhild Blarer sein, musste eine solche Menge doch auffallen. Sie würde mit ihrer Suche noch einmal von vorn beginnen müssen.

Nachdenklich lief Hanna die Gasse entlang. Vor dem Haus Ritter Conrads blieb sie stehen. Sie hatte schon lange nichts mehr von Ursus gehört. Der Gedanke drängte das Gift für einen Augenblick in den Hintergrund. Kurzerhand entschloss sie sich, ohne langes Klopfen einzutreten. Der Ritter befand sich bestimmt noch bei Reinhild Blarer und genoss den Veltlinerwein aus den blauen Glaskelchen. Wie sie mittlerweile ahnte, würde es nicht bei einem Glas bleiben.

Aus den Ställen hörte man das Wiehern der Pferde. Der neue Hund der Liebenfels bellte, als Hanna näher kam. In diesem Augenblick kam Ursus mit ausladendem Schritt um die Ecke.

»Du?«, rief er gereizt. »In der Badestube wollte uns niemand sagen, wo du bist. Wo in Gottes Namen kommst du jetzt her?«

»Wärst du am Mittwoch zum verabredeten Zeitpunkt in die Scheune gekommen, dann wüsstest du es«, erwiderte Hanna in der gleichen Manier. »Meister Zipp hat mich in der Badestube erkannt. Es hätte nicht viel gefehlt, und ich wäre den Reisläufern des Bischofs in die Hände gefallen. Wäre dir dies vielleicht lieber gewesen?«

Hannas Gegenwehr trug nicht dazu bei, Ursus' Zorn zu mildern. Er schlug mit der Faust gegen die Stalltür. Augenblicklich begann der Hund wieder zu bellen.

»Sei still, Bless«, knurrte Ursus. »Oder willst du wie dein Vorgänger in der Jauchegrube enden?« Auch wenn der Hund die Worte mit Sicherheit nicht verstand, so verstummte er augenblicklich ob des scharfen Tones.

»Es tut mir leid, Ursus. Es ging nicht anders.« Hanna mochte es nicht, wenn Ursus zürnte. Zudem musste sie all ihren Mut zusammennehmen, um die Wahrheit über ihre Lippen zu bringen. »Ich habe Unterschlupf als Magd gefunden.« Sie lächelte verzagt, ehe sie leise hinzufügte: »Im Hause der Reinhild Blarer.«

Ursus schaute erst ungläubig. Als er die Ungeheuerlichkeit der Worte begriff, packte er Hanna grob bei den Schultern und schüttelte sie. »Bist du jetzt völlig von Sinnen?«, rief er heiser. »Was in Gottes Namen willst du uns beweisen?«

»Was ist los?« Angelockt vom Tumult, kamen Barbel und

Wicca gleichzeitig in den Hof gerannt. Der Hund begann abermals, heiser zu bellen. Er zerrte an seiner Kette und fletschte die Zähne.

»Dieses dumme Weib schleicht um die Blarerin herum«, rief Ursus so laut, dass Hanna erschrocken über die Schulter schielte. Das Tor stand einen Spaltbreit offen, und wenn da draußen ein Lauscher seine Ohren spitzte, verstand er jedes Wort.

»Lass mich endlich los!«, zischte sie wütend. »Oder sollen die Büttel hören, was wir hier besprechen?«

Wicca schob ihren massigen Körper zwischen die beiden Streithähne und hob abwehrend die Hände. »Seid jetzt endlich still. Wir haben wahrlich schon genug Scherereien«, keuchte sie wütend.

»Ich kann auch nicht lange bleiben«, wehrte Hanna hastig ab, wobei sie ihr Kopftuch neu band. »Ich muss schnellstmöglich auf dem Markt meine Besorgungen machen und dann zurück in die Neugasse. Unsere Köchin ist bettlägerig, und Reinhild Blarer will den Tag in ihren Warenhäusern verbringen, somit bietet sich mir eine gute Gelegenheit, das Haus auf den Kopf zu stellen. Ich habe nämlich eben in der Apotheke erfahren, dass damals drei Säcke voller Arsenik gestohlen wurden.«

Hanna hustete vor Aufregung. »Wenn Reinhild Blarer etwas damit zu schaffen hat, und davon gehen wir ja aus, hat sie das Gift vielleicht doch im Haus versteckt. Das wäre der Beweis.«

Barbel gab ein gequältes Stöhnen von sich, während Wicca die Hände über dem Kopf zusammenschlug.

»Ich konnte nicht zur Scheune kommen, weil ich mit Ritter Conrad auf seine Burg am Untersee reiten musste«, verteidigte sich Ursus brummig. »Er ist dem hirnrissigen Gedanken verfallen, dass er die Burg nur vor einer Beschlagnahmung durch den Großen Rat retten könne, wenn er sie Reinhild Blarer überschreibt. Er wollte den Verwalter dort davon in Kenntnis setzen.« Ursus kickte einen Kiesel wutentbrannt gegen die Stalltür.

»Ich konnte auch nicht kommen, denn ich musste an diesen Tagen Wicca helfen.« Barbel nickte der Köchin kurz zu, ehe sie fortfuhr. »Sie hatte sich den Fuß verdreht und schaffte die Arbeit nicht alleine.«

»Das stimmt«, pflichtete ihr Wicca bei.

»Darum konnten wir erst gestern nach diesem Hans suchen.« Ursus hob entschuldigend die Schultern.

»Das haben sonderbarerweise auch zwei Büttel getan.« Hanna runzelte die Stirn. »Sie haben in der ganzen Vorstadt nach ihm gefragt.«

»Und leider sind sie uns zuvorgekommen«, schimpfte Ursus. »Die Frau vom Hans sagte uns, dass sie ihren Mann seit Tagen nicht mehr gesehen hat. Die Büttel hätten ihn mitgenommen, und als sie sich im Mörderturm am Rauenegg und im Diebesturm am Obermarkt nach ihm erkundigt hat, wusste niemand etwas von ihm. Seither ist dieser Hans wie vom Erdboden verschluckt, ebenso wie die vermeintlichen Büttel, die ihn abgeholt haben.«

Das anschließende Schweigen verdeutlichte die Ausweglosigkeit ihrer Situation. Nichts ergab einen Sinn. Reinhild Blarer war die Einzige, die von Hans gewusst hatte, und sie wäre mit Sicherheit die Letzte, die die Büttel auf ihn hetzte, denn dann würde der Mann ja von Agnes erzählen, und dies wiederum würde nur zu ihr führen.

»Das waren also gar keine Büttel des Stadtrates? Aber wer in Gottes Namen steckt denn hinter alldem?« Hannas Fragen schwebten wie das Schwert des Damokles über ihren Köpfen. Alle vier schüttelten verständnislos den Kopf.

»Jetzt bleibt nur noch die Fischerfrau«, murmelte Hanna seufzend. »Sie hat als Einzige diesen merkwürdigen Einspänner gesehen, der kurz vor Agnes' Tod am Seeufer war, und vielleicht hat sie sogar den Mörder bemerkt. Wir müssen sie finden, bevor es ein anderer tut, denn ehrlich gesagt glaube ich nicht mehr daran, dass Hans noch am Leben ist.«

»Vielleicht könnte Alma zu ihr gehen und ihr von der Gefahr berichten, in der sie schwebt. Sie kennt die Leute dort besser als wir. Und ihr vertrauen sie womöglich eher als uns.« Barbels Wangen leuchteten vor Aufregung.

»Hoffentlich weilt die Fischerin noch immer in Buchhorn bei ihrer Schwester«, sagte Hanna. »Ansonsten … ich wage nicht, daran zu denken.«

Ursus machte einen Schritt auf Hanna zu. Sein anfänglicher Zorn war längst verraucht. Er zog sie sanft an seine Brust und hielt sie fest. »Wenn du mir in Zukunft vorher sagst, dass du wieder zu verschwinden gedenkst, werde ich heute Abend zu Alma gehen und sie um diesen Gang bitten«, flüsterte er leise.

Hanna nickte. Sie flehte zu Gott, dass die Frau noch am Leben war.

»Am besten verschwinden der Fischer und seine Frau hinüber nach Petershausen. Dort leben doch auch Fischer, und einer mehr fällt kaum auf«, meinte Wicca in die Stille.

»Ein sehr guter Vorschlag.« Hanna löste sich sanft aus Ursus' Umarmung und schenkte ihm ein Lächeln. Gern hätte sie ihm einen Kuss aufgedrückt, doch wollte sie Barbels Eifersucht nicht wieder schüren. »Doch jetzt muss ich sehen, dass ich weiterkomme. Sollte ich etwas Neues herausbekommen, komme ich sofort in die Mordergasse. Allerdings möchte ich euch bitten, nicht in das Haus der Blarerin zu kommen, es wäre zu gefährlich, für mich wie für euch.«

Den Weidenkorb fest gegen ihre Brust gedrückt, drehte sich Hanna um und lief auf das Tor zu. In der Gasse sah sie nur eine Horde Schweine, die von einem kleinen Jungen mit einer Gerte durch die Gasse getrieben wurden. So schnell es ihr Hinken zuließ, rannte sie der Marktstätte entgegen.

Zum Glück herrschte an diesem Tag kein allzu großes Gedränge an den Verkaufsständen, sodass sie ihre Einkäufe bald erledigt hatte. Flink packte sie alles in ihren Korb. Es waren sogar noch zwei Pfennige übrig, was Holda hoffentlich versöhnlich stimmte, denn trotz des raschen Einkaufens auf dem Markt hatte sie in der Mordergasse mehr Zeit vertan, als ihr lieb war.

***

Atemlos erreichte Hanna wenig später die Neugasse. Eben schlug die Turmglocke zu Mittag. Von Ritter Conrad und seinem Grauschimmel war nichts mehr zu sehen. Auch Reinhild Blarer war weder in der guten Stube noch in der Küche zugange, also war sie tatsächlich in die Warenhäuser gegangen. Hanna stellte die Einkäufe auf den Küchentisch und eilte die Stufen hinauf zu Holdas Kammer.

»Schläfst du, Holda?«, fragte sie vorsichtig, wobei sie den Kopf durch den Spalt steckte.

Die Köchin lag schnarchend auf ihrer Bettstatt, den Mund weit geöffnet. Ohne Lärm zu machen, legte Hanna die Salbe auf den kleinen Tisch neben dem Bett. Für einen kurzen Augenblick überkam sie der Drang, auch hier nach dem Arsenik zu suchen, doch dies war zu gewagt. Sie musste sich gedulden, bis Holda außer Haus war.

Auf Zehenspitzen schlich Hanna aus der Kammer. Reinhild Blarers Gemach lag einen Stock tiefer. Hannas Zaudern dauerte nur einen Wimpernschlag, dann gab sie sich einen Ruck. Die Tür knarrte beim Öffnen. Erschrocken hielt sie inne. Das Blut rauschte ihr in den Ohren, doch alles blieb ruhig.

Langsam setzte sie Schritt um Schritt, ehe sie vor der ersten der drei Truhen stand. Mit zittrigen Fingern hob sie den Deckel. Hier lagerte Reinhild Blarer ihre Unterröcke, Mieder und Bänder. Bemüht, keine Unordnung zu hinterlassen, schob Hanna ihre Hände unter die Kostbarkeiten. Sie war so mit sich und der Arbeit beschäftigt, dass sie die Schritte auf der Treppe erst hörte, als es zu spät war.

»Was machst du hier?« Reinhild Blarer stand mit zusammengekniffenen Augenbrauen unter dem Türsturz. »Hab ich dich beim Stehlen erwischt, du hinterhältige Natter.«

»Ihr irrt Euch«, wehrte Hanna erschrocken ab. Ihre Wangen glühten vor Aufregung, während sie verzweifelt nach den richtigen Worten rang.

»Wonach sieht es sonst aus?« Reinhild Blarer kam einen Schritt näher. Die Wut verwandelte ihr ansonsten hübsches Gesicht in eine entstellende Fratze.

Hanna erhob sich langsam. Sie zitterte am ganzen Leib. »Ich wollte … wollte nachsehen, ob in der Truhe vielleicht … ein alter Unterrock sei.« Gott sei gedankt für diesen Einfall. »Ich wollte Holda einen Verband machen mit der Salbe vom Apotheker.«

»Was Besseres fällt dir wohl nicht ein«, knurrte Reinhild Blarer noch immer wütend. Sie machte einen Schritt auf ihre Bettstatt zu und zog einen Stofffetzen unter ihrer Matratze hervor.

»Den kannst du nehmen. Ich übe nur deshalb Nachsicht mit dir, weil Holda deine Hilfe braucht. Sollte ich dich allerdings noch einmal in meiner Kammer erwischen, rufe ich die Büttel, und du wanderst in den Diebesturm. Hast du mich verstanden?«

Hanna griff sich den Stofffetzen und drückte ihn gegen die Brust. Eine Entschuldigung murmelnd, den Kopf eingezogen und den Rücken gekrümmt, ging sie rücklings auf die Tür zu. Als sie die Treppenstufen hochrannte, hörte sie, wie Reinhild Blarer den Deckel der Truhe mit lautem Krachen zufallen ließ.

23. *Kapitel*

Die nächsten Tage spürte Hanna die Blicke Reinhild Blarers wie Nadelstiche auf sich. Jede Bewegung, jede Geste und jedes Wort wägte sie im Stillen erst ab, um das Misstrauen der Herrin nicht weiter zu schüren. Reinhild Blarer ließ sich allerdings nicht so leicht Honig ums Maul schmieren, und Hanna war sich beinahe sicher, dass Holda, seit sie wieder halbwegs gesundet war, ihre Kammer im Auftrag der Herrin durchsucht hatte.

Zum Glück rückte der Tag allmählich näher, an welchem die Händler zur Messe in Köln aufbrechen würden. Reinhild Blarer verbrachte jetzt nahezu den ganzen Tag im Lagerhaus. Hanna hielt die Ungeduld kaum noch aus. Sie musste endlich Gewissheit haben, ob das Arsenik im Haus war.

Als Holda sich eines Morgens den Stock griff und erklärte, sie wolle der Nachbarin einen Besuch abstatten, sah Hanna ihre Chance. Mit wild klopfendem Herzen stand sie am Fenster der Küche und schaute zu, wie Holda humpelnd die Gasse entlanglief. Im Haus war alles ruhig. Reinhild Blarer war kurz nach Sonnenaufgang hinunter in die Lagerhäuser gegangen.

Was, wenn es nur eine Falle war? Wenn Holda und die Herrin sie auf die Probe stellten? Ein weiteres Mal würde Reinhild Blarer sich nicht mit einer Lüge abspeisen lassen. Mit den Fingern in einer Truhe erwischt zu werden, konnte nicht nur Tage im Schelmenturm nach sich ziehen, womöglich fehlte ihr dann auch die rechte Hand.

Hanna wartete. Vor Unruhe biss sie sich so fest auf die Unterlippe, dass sie blutete. Doch von Holda war weiterhin nichts zu sehen. Das Tor blieb verschlossen, und von draußen hörte man nur das gewohnte Hämmern der Handwerker.

Hanna drehte sich um und horchte in die Stille des Hauses. Eine bessere Gelegenheit würde sich ihr nicht mehr bieten, das sagte sie sich bereits zum wiederholten Male. Sie raffte ihren Rock und stieg die Treppe hoch. Bevor sie die Klinke zur Kammer der Herrin drückte, schloss sie kurz die Augen. Sie hatte Angst, grauenvolle Angst, und doch durfte sie sich davon nicht lähmen lassen. Sie schluckte, dann trat sie ein.

Ein feiner Geruch nach Rosen hing über dem Raum, ansonsten war alles wie beim letzten Mal. Die bereits durchsuchte Truhe konnte sie getrost beiseitelassen. Weitaus mehr Interesse hegte sie am übrigen Mobiliar, insbesondere an den beiden Kommoden, dem großen Kasten und dem Schminktisch. Zu ihrer Enttäuschung befanden sich in den Truhen nur weitere Gewänder, Seidengürtel und Gebände. Auch der Kasten bot nichts, was nicht hierhergehört hätte.

Hanna horchte erschrocken auf, als sie Stimmen hörte. Hastig trat sie ans Fenster. Durch die Butzenscheiben glaubte sie Holda auf der Gasse zu erkennen. Sie schien sich mit der Nachbarin zusammengetan zu haben, und gemeinsam gestikulierten sie in Richtung eines Maurergesellen, der sich eben ein Seil um den Bauch schlang und das Gerüst hochkletterte.

Viel Zeit blieb Hanna nicht mehr. Unschlüssig blickte sie über ihre Schulter auf den Schminktisch. Kurzerhand riss sie die Lade auf. Augenblicklich erfüllte ein betörender Geruch nach Amber und Moschus die Kammer und übertünchte den Rosenduft so arg, dass Hanna niesen musste. Der Duft würde sie unweigerlich verraten.

Reinhild Blarer schien über ein Arsenal von Salbentiegeln, perlenverzierten Schmuckdöschen und Phiolen voller merkwürdiger Flüssigkeiten zu verfügen. Zudem besaß sie Unmengen von Haarnadeln, Fibeln und Schmuckstücken aus purem Gold und Edelsteinen. Vor Enttäuschung und Hektik gleichermaßen raufte sich Hanna die Haare. Kein Arsenik.

Sie machte einen Schritt rückwärts und wollte die Lade bereits wieder schließen, als sie das Stück Pergament bemerkte, das an der hinteren Wand durch einen Schlitz hervorlugte. Die Lade besaß eine doppelte Rückwand. Vor Nervosität zitterten ihre Finger so stark, dass es eine Ewigkeit dauerte, die Rückwand zu lösen. Sie musste die beiden faustgroßen Leinensäcke erst gar nicht öffnen, sie wusste auch so, was deren Inhalt war.

Doch was sollte sie jetzt tun? Die Säcke mitnehmen? Reinhild Blarer würde bestreiten, dass das Arsenik je in ihrer Kammer gewesen sei. Niemand außer ihr hatte es dort gesehen.

Als unten die Tür zuschlug, hatte Hanna eine Entscheidung gefällt. Sie büschelte alles so, wie sie es vorgefunden hatte, ehe sie zum Fenster lief und es öffnete. Wenn sie Glück hatte, verflüchtigte sich der verräterische Duft.

»Hara?«, rief Holda mit lauter Stimme durch das Haus, wobei sie fluchend in die Küche humpelte. »Der Fuß bringt mich noch um«, jammerte sie, als Hanna wenig später keuchend unter dem Türsturz auftauchte. »Wo warst du denn so lange?«

Den unüberhörbaren Vorwurf ignorierend, begann Hanna die Leinenbinde um Holdas Fuß zu lösen. Die Salbe des Apothekers würde bald leer sein, was ihr nur recht sein konnte.

»Ich habe oben die Salbe aus deiner Kammer geholt.« Sie fingerte den Salbentiegel aus ihrer Gürteltasche und dankte Gott im Stillen für den Einfall, diesen heute Morgen eingesteckt zu haben. »Wenn du möchtest, gehe ich nochmals zum Apotheker. Vielleicht hat er noch ein anderes Mittel gegen dein Zipperlein.«

Hanna bemühte sich, ein möglichst gleichgültiges Gesicht zu machen. Sie hoffte, dass Holda auf ihren Vorschlag einging, denn heute würde Barbel der Herrin Endlin einen Besuch im Raueneggturm abstatten, wie sie es jeden Mittwoch tat, und da wollte sie unbedingt dabei sein. Sie musste Endlin von Liebenfels vom Arsenik erzählen, zumal sie jetzt den Beweis gefunden hatte, dass Reinhild Blarer tatsächlich hinter den Giftmorden steckte.

Holda stöhnte auf. »Mach das. Sag ihm aber, dass ich dieses Mal die Michelwurz will. Er soll der Salbe extra viel des Pulvers unterrühren und nicht sparen.«

Noch nie hatte sich Holdas Gejammer so lieblich in Hannas Ohren angehört. Sie schenkte der Köchin ein mitleidsvolles Nicken, während sie den Rest der Salbe auf den Fuß strich.

»Vielleicht besser, du ruhst dich in deiner Kammer etwas aus«, bemerkte sie schmeichelnd. »Die Herrin kommt ja doch nicht vor Einbruch der Nacht zurück. Also haben wir noch alle Zeit, das Essen zu richten.«

Holda zögerte kurz, nickte dann aber. Sie kramte zwei Pfennige aus ihrem Beutel und hielt sie Hanna hin. »Gib ihm nicht mehr. Der Kerl verdient ohnehin schon genug.«

Hanna steckte die Münzen ein, ehe sie Holda hinauf in die Kammer half. Sie schüttelte kurz das Kissen aus, danach deckte sie Holda mit der wollenen Decke zu.

»In der Küche steht ein Korb mit Kohlköpfen. Die kannst du anschließend klein schnetzeln. Wir machen daraus dann saures Kraut, das die Herrin so mag.« Holda ließ sich erschöpft zurückfallen.

Mittlerweile war vom See her Nebel aufgezogen. Hanna zog ihren Umhang enger, als sie auf die Gasse trat. Die Feuchte kroch in den wollenen Stoff ihres Rockes und ließ sie frösteln. Der Herbst stand vor der Tür. Nebenan gingen die Bauarbeiten munter weiter. Insgeheim freute sich Hanna über das neue Haus, denn es würde das prächtigste sein, das Konstanz je gesehen hatte. Die vielen Erker und die verspielten Türmchen lockten selbst an diesem trüben Tag etliche Schaulustige in die Neugasse.

Das Auftauchen von Reisläufern brauchte Hanna hier nicht zu befürchten, zumal Reinhild Blarer ja auf der Seite des Bischofs stand und er kaum Anweisung geben würde, sie zu hinterfragen. Doch in der Mordergasse hielt Hanna den Kopf stets gesenkt. Dabei versuchte sie, so wenig wie möglich zu hinken.

Als sie die Apotheke betrat, stellte sie sich voller Ungeduld in die Reihe der Wartenden. An diesem Morgen war das Drogenhaus rappelvoll. Zu ihrer Freude sah sie unter den Wartenden auch Wendelgart. Leider war die alte Wehmutter nicht in ihrem Haus zugegen gewesen, als Hanna sie vor einigen Tagen besuchen wollte.

Auch Wendelgart schien Hanna bemerkt zu haben, denn sie gab ihr ein Zeichen, draußen auf sie zu warten.

Endlich war die Reihe an Hanna. Sie wollte eben den Mund öffnen, als der Apotheker sich einen Salbentiegel aus einem der hinteren Regale griff und ihn vor sie hinstellte. »Filius ante patrem«, sagte er mit ernstem Blick. »Sohn vor dem Vater, eine gefährliche Pflanze«, fügte er erklärend bei, als Hanna verständnislos auf die Salbe starrte.

»Woher wisst Ihr, was ich kaufen will?« Hanna kniff die Augen zusammen und blickte hinüber zum Gesellen, der nur grinsend die Schultern hob.

»Holda will ständig diese Salbe«, erklärte der Apotheker. »Sag ihr aber, sie soll es nicht übertreiben und die Salbe nicht mehr als zweimal am Tag auf den Fuß streichen.« Er hob mahnend den Zeigefinger, als müsse er damit die Gefährlichkeit der Salbe noch untermalen.

Hanna hätte zu gern gewusst, was geschehen würde, sollte sich Holda nicht an die Anweisung halten, doch sie wagte nicht, zu fragen. Hastig packte sie den Salbentiegel in ihren Beutel, ehe sie die Apotheke mit einem gemurmelten Gruß und zwei Pfennigen weniger wieder verließ.

»Wo treibst du dich denn die ganze Zeit herum?«, meinte Wendelgart tadelnd. »Du solltest doch bei Lena bleiben, wie ich es dir aufgetragen habe.«

»Hat Jodok nicht mit dir gesprochen?« Hanna schluckte.

»Doch, hat er.«

»Dann weißt du ja, dass der Bischof mich sucht. Ich kann nicht zu Lena, dort würde er mich finden. Bald ist dieses vermaledeite Jahr um, dann brauche ich mich nicht mehr zu verstecken.«

Wendelgart brummelte vor sich hin, schien aber bereits ein wenig versöhnt. »Hab gehört, du willst der Liebenfelsin helfen?«

Hanna nickte. »Sie ist unschuldig. Bald kann ich es sogar beweisen.« Da zwei weitere Kunden in die Apotheke drängten, zog Hanna die alte Wehmutter zur Seite. »Hast du nicht zufällig etwas Latwerge gegen Übelkeit in deinem Korb? Ich gehe später in den Raueneggturm und möchte Endlin von Liebenfels gerne davon bringen.«

Wendelgart fingerte drei fingerdicke, klebrige Stücke unter

den Kräutern hervor und hielt sie Hanna hin. »Gib auf dich acht. Du weißt, ich möchte mein Wissen an dich weitergeben.«

Hanna versuchte sich an einem Lächeln. Doch die Zeit drängte. Hoffentlich war Barbel nicht schon aufgebrochen.

Wendelgart schien ihre Unruhe zu spüren, denn sie drückte ihr kurz die Hand, ehe sie in die entgegengesetzte Richtung davoneilte. Hanna stopfte die Latwergestücke in ihren Beutel und lief auf das Haus Liebenfels zu. Keinen Atemzug zu früh traf sie dort ein, denn das Tor ging eben auf und Barbel erschien.

»Ich werde dich begleiten, wenn es dir recht ist«, rief Hanna und humpelte auf sie zu.

»Wir dachten schon, wir hören nichts mehr von dir«, beklagte sich Barbel. Die alte Eifersucht nagte wohl noch immer in ihr, wenn sie dies auch zu verbergen versuchte.

»Ist nicht so einfach, der Blarerin zu entkommen, das kannst du mir glauben.«

»Und gibt es wenigstens Neuigkeiten in dieser leidigen Sache?«, doppelte Barbel mürrisch nach. »Das Arsenik muss doch bei der Witwe sein.«

»Ist es auch.«

»Was? Du hast es gefunden?«

»Nicht so laut!« Hanna hielt sich den Zeigefinger auf den Mund und blickte besorgt über ihre Schulter. »Ja, aber das erzähle ich dir nicht hier. Zu viele neugierige Ohren überall. Darum möchte ich ja mit dir in den Raueneggturm.«

Hatte Barbel den Gang in den Mörderturm mit jeder Woche mehr gescheut, war heute davon nichts zu spüren. Die Neugier beflügelte ihre Schritte, sodass Hanna Mühe hatte, ihr zu folgen.

»Mit meinem Fuß kann ich nicht so rennen. Also bitte, lauf nicht so schnell«, seufzte sie, während sie Barbel am Ärmel packte. »Die Leute glauben sonst noch, wir hätten etwas gestohlen.«

Der Turmwächter versah seinen Dienst heute allein. An die Mauer gelehnt, musterte er die Frauen von oben bis unten, während er mit der Zunge über seine Lippen fuhr. Der Kerl widerte Hanna dermaßen an, dass sie ihre Abneigung nur schlecht verhehlen konnte. Es war nur zu hoffen, dass wenigstens Endlin von Liebenfels von der anzüglichen Art des Mannes verschont blieb. Barbel reichte dem Kerl zwei Würste, die er hastig in seinem Beutel verschwinden ließ.

»Allmählich solltest du den Einsatz erhöhen«, sagte er gedehnt, wobei sein Gesicht ein einziges Grinsen war. Dann stieg er aber doch die Treppe hoch.

Endlin von Liebenfels empfing die beiden Frauen mit einem gequälten Lächeln. Sie schien noch bleicher. Lediglich ihr Bauch hatte sich die letzten Wochen gerundet. Bei ihrem letzten Besuch hatte Hanna die Kühle der Zelle als angenehm empfunden, jetzt krochen Kälte und Feuchte unerbittlich durch die Mauerritzen und machten den kargen Raum noch grausiger.

Barbel stellte den Korb auf den Tisch und schaute verlegen zu Hanna. »Sie arbeitet jetzt im Hause der –«

»Wie geht es meinem Gemahl?«, fiel Endlin ihrer Magd müde ins Wort. »Hoffentlich grämt er sich nicht zu sehr. Du überbringst ihm doch stets meine Grüße?«

Barbel drückte ihre Hände in die Falte ihres Rockes und nickte tapfer, wobei sie es vermied, ihrer Herrin in die Augen zu schauen. Die ständigen Lügen um den Zustand ihres Herrn zermürbten sie. Die Herrin wusste nichts von der Trunkenheit ihres Gemahls, auch nichts von der Tändelei mit ihrer vermeintlichen Freundin, und so sollte es auch bleiben.

Endlin von Liebenfels zog eine Leberwurst und ein Stück Brot aus dem Korb und begann zu essen.

»Vor einigen Tagen war der Ratsherr Lütfried In der Bünde hier«, begann sie zwischen zwei Bissen matt zu erzählen. »Er berichtete mir, dass nicht alle Ratsmitglieder mit der Vorgehensweise des Bürgermeisters einverstanden seien. Viele können nicht verstehen, warum er nicht mehr unternimmt und nicht auch andere Täter in Betracht zieht.« Sie wischte sich die Brotkrumen vom Kinn und schaute mit tränenfeuchten Augen auf Hanna und Barbel.

Dass in den Gassen der Stadt das Urteil längst gefällt war

und kaum noch jemand an die Unschuld ihrer Herrin glaubte, das wagte Barbel nicht zu sagen.

»Brun von Tettikoven sollte man wirklich genauer beobachten«, pflichtete Hanna der Edelfrau bei. »Er besucht die Witwe Reinhild Blarer zu oft, als dass es nur reine Höflichkeit wäre. Zudem kommt er stets nach Einbruch der Nacht, als wolle er nicht gesehen werden.«

Endlin von Liebenfels zog die Stirn in Falten. Ehe sie eine Frage stellen konnte, kam ihr Hanna zuvor.

»Ich stehe seit einiger Zeit im Dienst der Witwe, das wollte Barbel Euch anfangs erzählen.« Hanna bemerkte das unruhige Hin und Her der Magd an ihrer Seite.

»Erzähl schon«, drängte Barbel mit vor Aufregung geröteten Wangen. »Hanna hat nämlich etwas herausgefunden, Herrin.«

Hanna lächelte verlegen. Hoffentlich würde die Edelfrau sie nicht schelten, hatte sie sich ja unter einem falschen Vorwand ins Haus der Reinhild Blarer geschlichen. Schließlich hielt sie die Blarerin noch immer für ihre Freundin.

»Ja?«, fragte Endlin von Liebenfels auffordernd.

»Ich bin mir sicher, dass Reinhild Blarer hinter den Morden steckt, und seit heute Morgen habe ich auch den Beweis dafür.« Hanna wartete auf eine Reaktion, doch Endlin von Liebenfels starrte nur wortlos auf den Kanten Brot in ihren Händen. Der Appetit schien nicht allzu groß.

»Erzähl weiter!«, drängte Barbel aufgeregt.

»Alles der Reihe nach, sonst findet die Herrin den Faden nicht«, beschwichtigte Hanna. »Und ich brauche Euren Rat, edle Herrin.« Hanna lächelte kurz, ehe sie fortfuhr.

»Reinhild Blarer hat durch Zufall erfahren«, hier schaute Hanna kurz auf Barbel, die beschämt den Kopf einzog, »dass ein Gerber die Agnes bei ihrem Einbruch in die Apotheke beobachtet hat.«

Endlin legte Wurst und Brot auf den Tisch und schob die Sachen weit von sich.

»Nur Reinhild Blarer wusste vom Gerber«, fuhr Hanna fort. »Seltsamerweise wurde er unverhofft von zwei vermeintlichen

Bütteln abgeholt, was den Verdacht aufkommen lässt, dass die Blarerin etwas damit zu schaffen hat. Seither hat niemand mehr den Mann gesehen.«

»Einer der Männer hatte eine dicke Narbe quer über das Gesicht«, ereiferte sich Barbel. »So hat es mir die Frau von diesem Hans erzählt, als ich bei ihr war.«

»Es gibt noch eine weitere Zeugin«, nickte Hanna. »Eine Fischerin hat am Tag von Agnes' Tod am Seeufer einen Einspänner beobachtet. Wir glauben, dass es Reinhild Blarer war, die Agnes dorthin gelockt hat. Alma … äh, eine Bekannte«, verbesserte sich Hanna hastig, »nun, diese Bekannte hat es hoffentlich geschafft, den Fischer und seine Frau vorerst drüben in Petershausen zu verstecken. Es könnte nämlich durchaus sein, dass Reinhild Blarer auch hier alles versuchen wird, diese Zeugen aus dem Weg zu räumen, denn leider hat uns jemand in der Scheune belauscht, als wir diesen Plan schmiedeten.«

Endlin von Liebenfels stöhnte leise auf. War es möglich, dass sie sich so in Reinhild Blarer getäuscht hatte? Diese Frage lag so offensichtlich auf ihrem Gesicht, dass Hanna und Barbel betreten zu Boden blickten.

»Und warum bist du dir seit heute Morgen sicher, dass Reinhild etwas damit zu schaffen hat?«, fragte Endlin von Liebenfels leise. Sie erhob sich schwerfällig von ihrem Hocker und ging auf die Maueröffnung zu. Sie schlang die wollene Decke eine Spur enger um ihre Schultern, als ließen sich so alle Widrigkeiten von ihr fernhalten.

»Ich hab das Arsenik bei Reinhild Blarer gefunden. Gut versteckt in der Lade ihres Schminktisches. Zwei handgroße Säcke, genau wie der Apotheker sie mir beschrieben hat.« Hanna schluckte hart, ehe sie leise weitersprach. »Wenn Agnes das Gift gestohlen hat und der Rest sich jetzt im Besitz der Blarerin befindet, ist das der Beweis, dass sie ihre Finger im Spiel hat. Der Apotheker wird die Säcke bestimmt als die seinen erkennen.«

»Das würde er vermutlich«, nickte Endlin von Liebenfels nachdenklich. Die Verzweiflung auf ihrem Gesicht wich allmählich einer leisen Hoffnung. »Doch du weißt auch, wie gefährlich dieses Wissen für dich werden kann. Sollte Reinhild tatsächlich etwas damit zu schaffen haben, ist sie zu allem fähig.«

»Und deshalb werde ich auf der Hut sein und Augen und Ohren offen halten. Allerdings weiß ich nicht, an wen ich mich mit meinem Wissen wenden soll.« Hanna blickte der Liebenfelsin auffordernd entgegen. »Ich hoffte, dass Ihr einen Rat für mich hättet.«

Dass die Witwe lediglich Ritter Conrad in ihr Bett holen wollte, daran zweifelte Hanna seit den heimlichen Besuchen des Bürgermeisters immer mehr. Den Bürgermeister und die Witwe verband mehr, als es den Anschein hatte.

»Sollten Reinhild und der Bürgermeister gemeinsame Sache machen, brauchen wir einen starken Verbündeten, ansonsten ist dem mächtigen Brun von Tettikoven nicht beizukommen. Sein Einfluss in Konstanz ist einfach zu groß«, seufzte Endlin auf. »Lütfried In der Bündes Anteilnahme an meinem Leid kann nicht geheuchelt gewesen sein, das darf es einfach nicht. Er ist der Einzige, der uns helfen könnte.« Sie schob den Korb weit von sich, ehe sie ihr Gesicht in den Händen vergrub.

»Grämt Euch nicht so«, versuchte Hanna die Edelfrau zu trösten. »Bald hat das Ganze hier ein Ende.« Sie fingerte die Latwerge aus ihrem Beutel und legte sie vor Endlin auf den Tisch. »Latwerge mit Ingwerwurzel, schmeckt nicht so gut, wird Euch aber die Übelkeit vertreiben.«

Weitere Ermahnungen das Kind betreffend unterließ sie. Wenn die Edelfrau nicht bald an Gewicht zulegte, würde sie die Geburt nicht überleben.

24. Kapitel

Die Zeit in der Gefängniszelle verging schleppend langsam. Ein Tag glich dem anderen. Hin und wieder verirrte sich ein Vogel auf den Sims des Fensters und vertrieb die Einsamkeit für wenige Sekunden. Endlin von Liebenfels verhielt sich dann mäuschenstill, um das kleine Tier nicht zu vertreiben. In solchen Momenten drohte die Verzweiflung sie zu übermannen.

Mit tränenfeuchten Augen sah sie den kommenden Monaten entgegen, an den Frühling mit seinem Farbenmeer wagte sie nicht zu denken. Was würde sie nicht dafür geben, die Sonne noch einmal auf der Haut zu spüren und den Wind, der durch die Haare fuhr.

Als von draußen das Rasseln eines Schlüsselbundes zu hören war und einer der Turmwächter wenig später in die Zelle trat, hob Endlin den Kopf. Ihre Hände zitterten, taten es immer, betrat einer der Männer die Zelle. Sie traute den schmierigen Kerlen nicht.

»Ihr bekommt Besuch«, brummte der beleibte Mann mit den wulstigen Lippen. Wie üblich machte er auch heute keinen Hehl daraus, dass er ihre Besucher nur ungern hier herafführte.

»Seid gegrüßt, Endlin von Liebenfels.« Lütfried In der Bünde betrat mit ernster Miene die Zelle. Er nickte kurz in Richtung des Wächters, ehe er einen Schritt auf die Edelfrau zumachte.

Die Neugier des Wächters war nicht zu übersehen. Es dauerte eine Ewigkeit, bis er die Tür endlich schloss.

»Unfreundlicher Kerl«, seufzte der Ratsherr, wobei er Endlin ein Lächeln schenkte. »Ich hoffe doch, sie behandeln Euch gut? Ansonsten werde ich dafür sorgen, dass den Taugenichtsen mal einer auf die Finger sieht.«

Endlin wehrte ab. Sie erhob sich schwerfällig von der Bettstatt und trat an den Tisch.

»Nehmt doch bitte Platz, werter Lütfried In der Bünde«, sagte sie mit gepresster Stimme, wobei sie dem Ratsherrn den wackeligen Hocker zuwies. »Ich würde Euch gerne bequemer empfangen.« Sie schluckte. »Sagt, bringt Ihr Neuigkeiten?«

Lütfried In der Bünde legte sein Barett auf den Tisch und fuhr sich mit der Hand über das Gesicht. »Seit Tagen schlafe ich schlecht, und untertags wälze ich Schriftstück um Schriftstück. In der letzten Ratssitzung ist es zum Streit gekommen.«

Er ließ sich mit einem Seufzer auf dem viel zu niedrigen Hocker nieder. »Ich habe mich öffentlich gegen Brun von Tettikoven gestellt und verlangt, dass man Euren Fall nochmals aufrollt. Der Tumult war abzusehen, doch die Heftigkeit hat mich doch erstaunt. Einige der Ratsherren stehen noch immer eisern hinter dem Bürgermeister, doch die Zahl der Zweifler wächst mit jedem Tag.« Er lächelte aufmunternd. »Im Großen Rat wissen nun alle, dass ich Euch für unschuldig halte.«

»Und was bedeutet das nun für mich?«

»Es kommt Bewegung in die Sache«, fuhr Lütfried In der Bünde müde fort. »Allerdings ist Brun von Tettikoven ein Mann mit Beziehungen, und die wird er auch ausspielen, kommt es zum Zwiespalt im Großen Rat.«

»Ich bin Euch sehr dankbar. Aber sagt, wie lange wird es sich hinziehen?«

»Ich will ehrlich zu Euch sein. Wenn es zum Knall kommt, werden sie mich zum Rädelsführer wählen.« Er sah nicht so aus, als wäre er über diese Rolle sehr erfreut. »Ich habe mich weit vorgewagt, hoffentlich nicht zu weit. Meine Familie sitzt seit Jahrzehnten im Großen Rat der Stadt, und ich will nicht als derjenige in die Annalen eingehen, der dem Ganzen ein Ende setzt. Meine Familie wird das Gesicht verlieren und sich womöglich in einer anderen Stadt niederlassen müssen, wollen wir unser Geschäft weiterbetreiben. Brun von Tettikoven zum Gegner zu haben wird kein Zuckerschlecken werden.«

Lütfried In der Bünde versuchte sich an einem Lächeln. »Doch vertreiben wir die düsteren Gedanken. Eure Magd bat mich eindringlich, Euch so schnell wie möglich zu besuchen. Es hätten sich neue Erkenntnisse ergeben.«

Endlin nickte. Sie machte einen Schritt auf die Maueröffnung zu und überlegte. Tat sie wirklich das Richtige? Doch hatte Lütfried In der Bünde ihr nicht eben erklärt, dass er auf ihrer Seite stand? Allerdings hatte er auch sein Hadern zum Ausdruck gebracht, ein Zaudern, das ihre Gewissensbisse verstärkte. Hatte sie eine Wahl? Wollte sie den kommenden Frühling wirklich in Freiheit erleben, musste sie alles auf eine Karte setzen.

»Ihr sprecht offen. Dann will ich es auch tun. Es gibt in der Tat etwas, das ich Euch erzählen möchte.« Sie drehte sich mit einem verkrampften Zug um den Mund zu ihm um. Ihr Blick hing an der verschimmelten Holzdecke.

Lütfried In der Bünde schaute aufmerksam in ihre Richtung. Gerade als Endlin von Liebenfels zu einer Erklärung ansetzen wollte, landete der kleine Vogel wieder auf dem Sims und trillerte ein Lied. Endlin wandte den Kopf. Das kleine Tier war ein Omen, ein gutes Omen, sie spürte es. »Mein täglicher Besuch«, lächelte sie, wobei sie nervös mit ihren Fingern nestelte.

»Ihr wollt mir etwas erzählen?« Die raue Stimme des Ratsherrn scheuchte den kleinen Vogel auf. Hastig flatterte er davon.

»Jetzt ist er weg«, bemerkte Endlin enttäuscht. Sie schloss die Augen, ehe sie sich einen Ruck gab und leise zu erzählen begann – vom Gerber Hans, der Agnes bei ihrem Einbruch in der Apotheke beobachtet hatte, und von seinem sonderbaren Verschwinden. Sie brachte auch den Mann ins Spiel, der eine entstellende Narbe im Gesicht trug und offenbar einer der Entführer von Hans gewesen war.

Bang beobachtete sie, wie Lütfried In der Bünde auf ihre Worte reagierte. Als er jedoch interessiert nickte, fuhr sie hastig fort und berichtete von Hanna, die unermüdlich nach Beweisen für ihre Unschuld suche und der es zu verdanken sei, dass das Arsenik des Apothekers im Hause der Reinhild Blarer gefunden worden sei.

»Hanna ist Magd im Hause der Reinhild Blarer«, fügte sie erklärend bei, als Lütfried In der Bünde skeptisch aufblickte. »Es war gewagt von ihr, sich dort unter einem falschen Vorwand einzuschleichen, und sicher nicht ganz rechtens. Reinhild Blarer ist eine noble Geschäftsfrau, die ich bisher eine Freundin nannte. Es fällt mir nicht leicht, sie so zu täuschen, doch wenn es stimmt …«

Lütfried In der Bünde schob ihre Bedenken mit einer fahrigen Geste beiseite. »Erzählt weiter«, forderte er voller Neugier.

»Brun von Tettikoven war bei der Witwe zu Besuch. Mir drängt sich nun der Verdacht auf, dass Brun von Tettikoven vielleicht ebenfalls etwas mit den Giftmorden zu schaffen haben könnte. Warum sonst versucht er mit allen Mitteln, mich als Täterin hinzustellen? Doch nur, weil er den Verdacht erst gar nicht aufkommen lassen will, dass Reinhild Blarer etwas damit zu tun hat.«

Ganz gegen ihre Natur hatte Endlin sich nun in Rage geredet. So viel hatte sie seit Langem nicht gesprochen, und ihr Mund war staubtrocken. Verstohlen schielte sie auf den Becher mit dem Wasser, das der Wächter nur alle zwei Tage erneuerte und das daher nicht selten faulig roch.

Doch der Ratsherr schien so in seine eigenen Gedanken versunken, dass er ihre Pein nicht bemerkte. Sein Blick lag auf der Fensteröffnung. Dann endlich, als Endlin schon glaubte, mit ihrer Offenheit womöglich doch einen folgenschweren Fehler begangen zu haben, drehte der Mann den Kopf und schaute ihr in die Augen.

»Ich kenne den Mann mit der Narbe«, sagte er nachdenklich. »Brun von Tettikoven nennt ihn seine rechte Hand. Der Mann würde alles für unseren Bürgermeister tun.«

»Dann hat Brun von Tettikoven also tatsächlich etwas mit den Morden zu schaffen«, schnaubte Endlin fassungslos. »Womöglich war es sogar der Narbengesichtige, der Hanna belauscht hat.«

»Belauscht?«

»Ja, in irgendeiner Scheune, als sie wohl Rat mit ihren Helfern hielt.«

»Leider können wir nicht beweisen, dass Brun von Tettikoven die Finger im Spiel hat. Sollte der Verdacht laut werden, dass einer der Entführer der Narbige des Bürgermeisters war, wird Brun den Mann einfach verschwinden lassen, und Rückschlüsse auf seine eigene Person lösen sich in Luft auf. Zudem spricht das gefundene Arsenik lediglich dafür, dass Reinhild Blarer ihre Hände im Spiel hat. Der Bürgermeister kann auch rein zufällig in ihrem Haus verkehrt haben.«

»Und der Mann mit der Narbe? Ihr sagtet doch eben, dass er der Handlanger von Brun von Tettikoven ist. Ist das nicht Beweis genug, dass der Bürgermeister etwas damit zu schaffen hat?« Endlins Hände zitterten vor Aufregung.

»Für uns schon. Doch ganz so einfach ist die Sache nicht«, bemühte sich der Ratsherr sichtlich verlegen um eine Erklärung. »Wie gesagt, beim kleinsten Verdacht wird der Bürgermeister den Narbigen verschwinden lassen. Und die Frau des Gerbers wird ihre Aussage kaum wiederholen. Ihr Mann wurde gestern tot aufgefunden, erwürgt mit einem Schultertuch. Die Frau wird sich hüten, auch nur ein Wort über das Arsenik oder den Narbigen zu erzählen, zumal der Tod ihres Mannes ihr Drohung genug sein wird. Ich wollte Euch dies eigentlich nicht sagen, doch da Ihr ja bereits über den Gerber Bescheid wisst, könnt Ihr jetzt auch die ganze Wahrheit erfahren.«

Endlin ließ sich auf die Bettstatt sinken. »Sprecht weiter, werter Lütfried In der Bünde«, forderte sie ihn leise auf. Sie schluckte den harten Kloß in ihrer Kehle mit aller Kraft hinunter.

»Brun von Tettikoven schwört auf die Bibel, dass er das Schultertuch erkannt hat. Er hat jedem Ratsmitglied ein Schreiben zukommen lassen, in dem er seinen Verdacht wortgewaltig zum Ausdruck bringt.« Lütfried In der Bünde blickte verlegen zu Boden. Er räusperte sich kurz, ehe er fortfuhr.

»Der Bürgermeister erklärt in seinem Schreiben, dass er oft Gast im Hause der Reinhild Blarer sei. Schließlich sei die Frau eine der tüchtigsten Leinwandhändlerinnen, die Konstanz habe. Sie könne sich mit jedem Mann der Stadt messen und trage den guten Ruf von Konstanz in die weite Welt. Er habe ihr deswegen hilfreich zur Seite gestanden und sie hin und wieder in geschäftlichen Dingen beraten.«

Lütfried In der Bünde stockte und scharrte verlegen mit der Stiefelspitze auf dem Holzboden.

»Das Schultertuch, wem gehört es?«, hauchte Endlin aus bewegungslosen Lippen, wobei sie sich an die Kante des Tisches klammerte.

»Bei seinen Besuchen im Hause der Reinhild Blarer sei ihm das Schultertuch aufgefallen. Die gelben Fäden mit dem verschlungenen Muster tragen in Konstanz nur Hübschlerinnen. Es sei ungewöhnlich, dass eine Magd ein solches Tuch besitze, das habe ihn schon damals stutzig gemacht. Ebenfalls stutzig gemacht haben ihn die zwei Brandlöcher in der Mitte des Tuches, und genau solche Brandlöcher zeige das Corpus Delicti, mit welchem der Gerber erwürgt worden sei. Zudem sei er oft Zeuge des verschlagenen und hinterhältigen Charakters der dortigen Magd geworden, und er habe Reinhild Blarer ermahnt, sich von dieser verruchten Person zu trennen.«

»Hanna soll den Gerber getötet haben?« Endlin lachte bitter auf. Ihre schlimmste Befürchtung bestätigte sich. Hanna war den beiden zu nahe gekommen. »Was zaubern der Bürgermeister und Reinhild noch alles aus dem Hut, um mich hier im Turm festzuhalten!« Sie vergrub ihr Gesicht in den Händen und weinte leise.

»Eure Pein schmerzt mich«, sagte Lütfried In der Bünde.

»Wie soll Hanna denn einen gestandenen Mann mit einem Tuch erwürgen?«, fragte Endlin schnupfend, wobei sie erst gar nicht versuchte, die Tränen wegzuwischen.

»Ihr hättet mir schon eher von Hanna erzählen sollen«, tadelte der Ratsherr leise. »Hätte ich gewusst, dass die Magd nach Beweisen für Eure Unschuld sucht, hätte ich ganz anders vorgehen können. Bislang konnte ich eine Verhaftung zwar noch abwenden. Bei der Befragung durch die Büttel erklärte die Magd, dass ihr das Schultertuch vor Tagen gestohlen wurde. Da es für die Frau keinerlei Grund gab, diesen Hans zu ermorden, entschied der Große Rat, sie vorerst auf freiem Fuß zu lassen.«

Endlin atmete erleichtert aus.

»Allerdings wäre es besser, diese Hanna würde ihre Arbeit bei der Witwe aufgeben«, sprach Lütfried In der Bünde mit strenger Stimme weiter. »Dieser Hans ist nicht ohne Grund mit

Hannas Umhang erdrosselt worden. Reinhild Blarer und Brun von Tettikoven sind nicht dumm, womöglich haben sie Hannas Schnüffelei entdeckt, weshalb sonst haben sie es so eingefädelt, dass der Verdacht auf sie fällt?«

Endlin schnäuzte sich in den Ärmel ihres Gewandes, ehe sie den Kopf hob und dem Ratsherrn in die Augen blickte.

Auf der Stirn des Mannes zeigten sich zwei tiefe Falten. Das eben Gehörte trug wohl nicht dazu bei, seine eigene Unruhe zu zügeln. Er erhob sich mit einem Ruck von seinem unbequemen Hocker und lief einige Schritte auf und ab.

»Ich bin nach wie vor der Meinung, dass diese Hanna verschwinden muss. Sollte Brun von Tettikoven wirklich so tief drinstecken, wie wir vermuten, wird er nicht zaudern, sie ebenfalls umzubringen.« Er löste das Band seines Umhangs und warf den schweren Mantel auf den wackeligen Tisch. »Ich muss mit Hanna reden. Allerdings kann ich schlecht in der Neugasse auftauchen, das würde nicht unentdeckt bleiben. Ich schlage deshalb vor, dass Ihr Eure Magd zu Hanna schickt, um ihr die Order zu überbringen, dass sie schleunigst zu mir in die Stadelhofergasse kommen soll.«

»Vielleicht fügt sie sich Eurem Vorschlag, aus der Neugasse zu verschwinden«, seufzte Endlin. »Solltet Ihr kein Glück haben, schaffen es vielleicht die Beginen aus der Wittengasse, Hanna Vernunft beizubringen.« Endlin schaute zur Decke. »Sie haben Hanna schon einmal geholfen und sie in ihren Reihen versteckt. Warum sollen sie dies nicht ein zweites Mal tun? Dort wäre sie vorerst in Sicherheit. Allerdings bezweifle ich, dass Hanna dies wirklich will. So wie ich sie kennengelernt habe, setzt sie ihren Willen durch.«

Lütfried In der Bünde blieb stehen. Den Rücken mit den Armen stützend, gab er ein Seufzen von sich. »Versucht auch Ihr alles, diese Frau aus dem Hause Blarer zu bringen. Wir brauchen sie als Zeugin. Hanna ist die Einzige, die das Arsenik im Hause der Blarerin gesehen hat«, schnaubte er, wobei er seinen Rücken durchstreckte und sich seinen Umhang wieder griff.

»Morgen kommt meine Magd wieder zu einem ihrer Besuche«, sagte Endlin. »Ich werde ihr auftragen, Hanna zu Euch zu schicken.«

Lütfried In der Bünde schien zu frösteln, obwohl draußen die Sonne von einem wolkenlosen Himmel schien. Hier inmitten des alten Gemäuers war von der Wärme nichts zu spüren. Im fahlen Licht dieses Herbsttages wirkte sein Gesicht noch teigiger. Die vielen Altersflecken zeichneten sich mit aller Deutlichkeit ab und ließen durchwachte Nächte erkennen.

»Das Ganze wirft zu viele Fragen auf, auf die es keine Antworten gibt.« Er wandte sich Endlin zu. »Ist Brun von Tettikoven wirklich so in die Witwe vernarrt, dass er sich zu einer solchen Tat hinreißen lassen würde? Dass Reinhild die Agnes umbringt, damit sie nicht redet, kann ich ja noch verstehen, aber warum den Ratsherrn Walter von Roggwil? Ich sehe absolut keinen Grund für die Tat. Ich erhoffe mir von der Unterredung mit Hanna mehr Einsicht in die ganze Angelegenheit.«

Lütfried In der Bünde schnürte sich den Umhang, strich sich über seine grauen Haare und verabschiedete sich. Als die Zellentür hinter ihm ins Schloss fiel, kämpfte Endlin von Liebenfels abermals gegen das zermürbende Gefühl der Einsamkeit. Einer Welle gleich drohte sie die Trostlosigkeit zu ersticken. Sehnsüchtig blickte sie auf die Maueröffnung, doch der kleine Vogel zeigte sich an diesem Tag nicht mehr.

25. Kapitel

Vier Tage vor Mariä Geburt weckte lautes Gepolter in der Wittengasse die Torschwester aus ihrem Nachmittagsschläfchen.

»Was soll der Lärm?«, rief sie heiser, als sie die Luke mit ihren alterszittrigen Fingern öffnete.

Der Mann kam so nahe an die Luke, dass die Schwester erschrocken einen Schritt rückwärts machte.

»Hol die Schwester mit dem Blatterngesicht ans Tor, und zwar schnell«, knurrte der Söldner mürrisch. »Ansonsten treten wir das Tor ein, hast du gehört?«

»Ich hole die Meisterin«, wehrte die alte Schwester erschrocken ab. »Habt solange Geduld.«

Die Schimpftirade der Männer überhörend, schlug die Frau die Luke zu und hastete auf das Haupthaus zu. Sie mochte keine Männer, hatte es noch nie getan. Und diese da draußen waren von der übelsten Sorte, grob und wüst, besaßen keinerlei Manieren.

Guta von Wellershausen zeigte sich nicht erfreut, als ihre Mitschwester sie um Hilfe bat. Tumult am Tor bedeutete in der Regel nur Ärger, und davon hatte sie die letzten Wochen wahrlich genug gehabt.

»Was soll der Auflauf?«, fragte sie wenig später schroff durch die Luke, wobei sie die Männer kritisch musterte. Die Gewänder zeichneten sie zweifellos als Söldner des Bischofs aus. Wie oft würden die noch an das Tor poltern?

»Schickt diese falsche Schwester heraus, damit wir sie endlich dem Bischof übergeben können. Wir wissen, dass sie sich bei euch Betschwestern versteckt.«

»Wenn ihr mit falscher Schwester die Hanna meint, dann kommt ihr zu spät. Die arme Seele ist vor Wochen im Hause der Reinhild Blarer am Fieber gestorben.« Guta von Wellershausen erinnerte sich mit Wehmut an den Tag, als Schwester Luzia ihr dies unter Tränen erzählt hatte. »Also richtet dies dem Bischof aus und hört auf, ständig an unser Tor zu poltern.

Viele unserer Schwestern sind alt und brauchen Ruhe.« Guta von Wellershausen wollte die Luke eben schließen, als einer der Männer seine Hand durch den Spalt zwängte und dies gewaltsam verhinderte.

»Und wie kann es dann sein, dass der Bäckermeister Heribert Zipp sie vor einigen Tagen in der Badestube der Vorstadt gesehen hat? Wohl ein Wunder, eine wundersame Auferstehung?«

Irritiert hielt Guta von Wellershausen inne. Sie kannte den Pfister von Petershausen. Konnte es sein, dass er sich einfach nur getäuscht hatte?

»Ihr habt mein Wort darauf, dass Hanna nicht hier ist. Habt Verständnis, dass wir keine Männer in den Hof lassen. Allerdings kommt Bruder Wigand in zwei Tagen zur sonntäglichen Messe. Wir sind gerne bereit, ihn durch die Räume zu führen, und sollte er dabei fündig werden, wird dies der Bischof als Erster erfahren.«

Guta von Wellershausen schloss die Luke und drehte sich um. Was wurde hinter ihrem Rücken gespielt? Die Lippen hart aufeinandergepresst, blickte sie hinüber in die Küchenstube. Sie hörte Schwester Gisela mit den Töpfen hantieren, begleitet vom Geplapper von Schwester Agrikola. Langsam ließ sie ihren Blick über die marode Fassade des Klosters gleiten. An einem der Fenster glaubte sie Schwester Luzia zu erkennen. In einem Anflug von nie gekanntem Zorn raffte sie ihre Kutte und lief mit forschem Gang auf das Hauptgebäude zu.

»Schick Schwester Luzia zu mir in den Empfangsraum!«, rief sie einer der Schwestern zu, ehe sie die Treppenstufen mit erhobenem Haupt hochschritt. »Und auch Schwester Gisela, sie soll ebenfalls kommen. Richte den beiden Frauen aus, dass sie sich beeilen sollen.«

Im Empfangssaal trat die Meisterin hinter den großen Schreibtisch und wartete. Ihre Finger trommelten einen wilden Reigen auf die Tischplatte, während sie vor Wut schäumte. Als ein zaghaftes Klopfen die beiden Schwestern ankündigte, holte sie tief Atem. Ihre Finger umklammerten die Tischkante mittlerweile mit festem Griff.

»Habt ihr mir nicht etwas zu sagen?«, empfing sie ihre Mitschwestern ungewohnt schroff, wobei ihre Augen vor Zorn blitzten.

Während Schwester Luzia verzweifelt auf ihre Füße starrte und kaum noch wagte zu atmen, trat Schwester Gisela einen Schritt vor. »Ist es wegen Hanna?«, fragte sie leise.

»Ich denke, das muss ich nicht beantworten.« Guta von Wellershausen rang um Fassung. »Und jetzt erzählt mir die Wahrheit, keine Lügen, haben wir uns verstanden!«

»Ehrwürdige Mutter, Ihr dürft Schwester Luzia nicht zürnen«, begann Gisela leise, wobei sie ihrer Mitschwester sanft über den Oberarm fuhr. »Sie wollte nur das Beste für Hanna, und hätte sie dies nicht getan, wäre Hanna wohl wirklich tot.«

»Die Wahrheit!«, rief Guta von Wellershausen hysterisch, wobei sie mit der Faust auf den Tisch klopfte.

»Schwester Luzia wollte Hanna wirklich ins Haus ihrer Muhme bringen, doch als sie dort die Söldner des Bischofs entdeckte, überkamen sie Bedenken. Sie fragte sich, warum ihre Muhme überhaupt Kenntnis von Hanna hatte und was die Reisläufer hier wollten. Irgendwie sah alles nach einem Hinterhalt aus, und so entschloss ...« Gisela hob entschuldigend die Hände, wobei sie nach den richtigen Worten suchte.

»Ich entschloss mich, Hanna in unseren Garten zu bringen«, ergriff Schwester Luzia leise das Wort. Allmählich löste sich ihre Starre, und sie hob langsam den Kopf. »Dort in der Scheune gab es noch immer die alte Bettstatt.«

»Wenn mich meine Erinnerung nicht täuscht, war Hanna doch krank. Warum hast du sie denn nicht zurückgebracht?«

»Das ging doch nicht, wegen der Söldner«, flüsterte Luzia so leise, dass Guta von Wellershausen den Platz hinter ihrem Schreibtisch verließ und näher auf die Frauen zukam, damit ihr auch ja kein Wort entging.

»Hätte man sie hier gefunden, hätte der Bischof endlich seinen Grund gehabt, uns in ein Kloster umzuwandeln. Man hätte uns Verschlagenheit vorgeworfen und was sonst noch.«

»Es war trotzdem verantwortungslos von dir«, schalt die

Meisterin sie scharf. »Wer hat denn nach ihr gesehen dort in der Scheune? Ihr wart doch die ganze Zeit über hier!«

»Alma, die Bademagd«, schnupfte Luzia, wobei sie kaum noch wagte, den Kopf zu heben. »Sie hat Hanna das Leben gerettet«, fügte sie kaum hörbar bei.

»Wer in Gottes Namen weiß denn noch alles davon? Womöglich der gesamte Beginenhof?« Guta von Wellershausen stemmte die Arme in die Hüften und musterte ihre Mitschwestern mit scharfem Blick.

In diesem Moment klopfte es, und Schwester Ottilia trat durch die Tür, gefolgt von Schwester Agrikola.

»Nur wir beide wissen noch davon.« Ottilia schloss hastig die Tür hinter sich. »Ehrwürdige Mutter, entschuldigt unser Lauschen, aber wir konnten unsere Mitschwestern diesen Gang nicht alleine machen lassen. Auch uns trifft Schuld.«

»Wir wussten nicht, wie Ihr es aufnehmen würdet, Hanna in der Badestube zu wissen, deshalb haben wir geschwiegen«, pflichtete ihr die alte Kräuterschwester bei.

»Eine Meisterin zeichnet nicht Unverständnis aus, sondern Mitgefühl. Ich habe in all den Jahren seit meiner Berufung stets ein Ohr für die Anliegen aller Schwestern gehabt und geglaubt, dass ich damit zum Wohle der Gemeinschaft beitrage. Und nun das.« Guta von Wellershausen musterte jede der Frauen mit strengem Blick. »Meine Schwestern haben Geheimnisse vor mir, ja schlimmer noch, sie hintergehen mich nach Strich und Faden.«

»Verzeiht uns, Meisterin, aber wir konnten nicht anders«, flehte Gisela leise.

Guta von Wellershausen schwankte noch immer zwischen Wut und Enttäuschung. Sie blähte die Wangen und musterte die Schwestern eindringlich. »Verzeihung kommt später, wenn überhaupt. Jetzt will ich die Wahrheit hören, die ganze Wahrheit.« Sie ließ sich mit einem Seufzer auf ihrem Stuhl nieder und legte die Hände in den Schoß.

Die vier Frauen erzählten abwechselnd, erst stockend, dann immer eifriger. Hin und wieder nickte Guta von Wellershausen verständnisvoll, dann und wann auch entsetzt. Die Tatsache, dass Hanna der armen Edelfrau im Raueneggturm helfen wollte und sich hierfür in das Haus der vermeintlichen Mörderin gewagt hatte, hielt sie allerdings für reine Torheit, dies sagte sie ihren Mitschwestern auf den Kopf zu.

»Gelegentlich treffen wir Hanna nach unserer Arbeit im Garten«, sagte Schwester Agrikola. »Vor wenigen Tagen erzählte sie uns, dass Endlin von Liebenfels den Ratsherrn Lütfried In der Bünde für die Sache gewinnen konnte.«

Die anschließende Stille wurde lediglich durch das fassungslose Schnauben der Meisterin unterbrochen, die sichtlich um Haltung rang.

»Wann ist das nächste Treffen?«, fragte sie nach einer drückenden Ewigkeit mit heiserer Stimme.

»Morgen Abend, bei Einbruch der Dämmerung«, beantwortete Luzia die Frage zögerlich. »Ihr wollt mit uns –«

»Nein«, fuhr ihr die Meisterin unwirsch ins Wort. »Ich werde allein gehen.«

***

Guta von Wellershausen saß in der dunkelsten Ecke der Scheune und lauschte den ungewohnten Geräuschen, die die Dämmerung hier in der Vorstadt mit sich brachte. Es war lange her, seit sie Nächte im Freien verbracht hatte, zu lange. Längst vergessen geglaubte Begebenheiten aus der Kindheit riefen sich in Erinnerung und zauberten ein Lächeln auf ihr Antlitz. Die Hände in den Schoß gelegt, wiegte sie ihren Körper in die Dunkelheit.

Als von draußen ein Kratzen zu hören war und sich die Tür eine Handbreit öffnete, streckte Guta von Wellershausen ihren Rücken durch. Eine Gestalt zeichnete sich dunkel gegen den Nachthimmel ab.

»Schwester Luzia, Schwester Gisela, seid ihr schon hier?«, fragte Hanna flüsternd. »Draußen steht doch der Karren, warum sagt niemand ein Wort?«

»Weil ich nicht Schwester Luzia bin.« Eine dunkle Gestalt

trat auf Hanna zu und blieb keine zwei Meter vor ihr stehen.
»Komm ja nicht auf den Gedanken, jetzt eine Kehrtwende zu
machen. Ich warte nämlich schon eine Ewigkeit auf dich, was
meiner Geduld nicht unbedingt zuträglich ist.«

Hanna hatte die Stimme längst erkannt. Der Schreck lähmte
ihre Bewegungen, sodass an Flucht erst gar nicht zu denken war.

»Schließ die Tür und komm her! Ich will mit dir reden«,
brummte Guta von Wellershausen.

Irgendwo im Garten hörte man zwei Katzen zanken, im
Geäst rief eine Eule, doch in der Scheune herrschte Totenstille.
Hanna war froh, dass die Dunkelheit die Schatten der Angst
auf ihrem Gesicht fraß. Zögernd trat sie näher.

»Du hast mich hintergangen, hast meine Gastfreundschaft
und Gutmütigkeit ausgenutzt, hast viele meiner Mitschwestern getäuscht und andere zu Mitwissern dieses Ränkespiels
gemacht«, keuchte die Meisterin voller Entrüstung. »Damit
hast du nicht nur deren Seelenheil gefährdet, sondern auch den
Ausschluss der armen Schwestern aus der Schwesterngemein-
schaft in Kauf genommen.«

»Ihr habt Schwester Luzia und die anderen des Hofes ver-
wiesen?« Hanna schlug sich die Hände vor den Mund, während
sich ihre Augen vor Entsetzen weiteten. »Bitte nicht, sie wollten
mir doch nur helfen. Ihr dürft sie deswegen nicht bestrafen,
bitte …« Der Rest des Satzes ging in einem Wimmern unter.

Guta von Wellershausen sagte lange nichts, sondern überließ
Hanna ihrem selbst verschuldeten Kummer. Langsam hob sie
den Kopf und blickte auf die dünne Mondsichel, die eben vor-
witzig durch die Luke lugte.

»Ich habe ihnen verziehen, und vielleicht werde ich auch
dir verzeihen«, sagte sie nach einer Ewigkeit mit eindringlicher
Stimme. »Allerdings will ich die Wahrheit erfahren, die volle
Wahrheit, und komm nicht auf den Gedanken, mir etwas zu
verschweigen.«

Hanna blickte auf das runzlige Gesicht der Meisterin, das
sich schwach im Mondschein abzeichnete. Die Katzen waren
still geworden, sie hatten sich wohl geeinigt, nur die Eule schrie

noch hin und wieder, als Hanna leise zu erzählen begann. Sie weinte, manchmal rang sie verzweifelt nach den richtigen Worten, besonders, als sie von Almas und Odos schlimmer Kindheit erzählte, und oft schwieg sie einfach nur. Es war nahe an Mitternacht, als das letzte Wort über ihre Lippen kam.

Zu Hannas Erstaunen legte Guta von Wellershausen den Arm um ihre Schultern und zog sie sanft an ihre Brust. Der monotone Herzschlag beruhigte Hannas überreizte Sinne. Verstohlen rieb sie sich die letzten Tränen aus den Augenwinkeln.

»Ich werde versuchen, Alma und ihrem Bruder zu helfen«, sprach die Meisterin sanft auf sie ein. »Ich denke, sie haben ein wenig Wärme verdient.«

»Das würdet Ihr wirklich tun?«

Hanna löste sich aus der Umarmung und schaute der Frau voller Bewunderung entgegen. Der Mond zauberte mit einem Mal einen silbrigen Glanz auf das faltige Gesicht.

Als die Dämmerung die dunklen Schatten allmählich vertrieb und das Leben im Garten erwachte, verließ Guta von Wellershausen den Garten.

Hanna blieb zurück und trat nachdenklich ans Fenster. Hätte sie vielleicht doch mit zurück in den Beginenhof gehen sollen? Guta von Wellershausen hatte es ihr angeboten. Gestern hatte ihr Lütfried In der Bünde ebenfalls eindringlich dazu geraten, nachdem sie ihn in seinem Haus in der Stadelhofergasse besucht hatte.

Der Ratsherr hatte sie stundenlang über Reinhild Blarer ausgefragt, und sie hatte ihm alles erzählt. Auch vom Fischer und seiner Frau, die sich drüben in Petershausen versteckt hielten, hatte sie berichtet. Als sie das vornehme Haus in der Stadelhofergasse verließ, hatte sie sich für einen Augenblick leicht und beschwingt gefühlt. Alle Sorge war von ihr abgefallen, da sie in Lütfried In der Bünde einen starken Verbündeten gefunden zu haben schien. Doch jetzt? Seit Guta von Wellershausen die Scheune verlassen hatte, fühlte sie sich kümmerlicher als je zuvor.

26. Kapitel

Lütfried In der Bünde hatte knapp ein Dutzend der Ratsherren zu sich ins Haus Zur Leiter eingeladen. Seit Stunden saßen die Herren in ihre mit Zobelfellen besetzten Mäntel gewandet um den großen Eichentisch in der guten Stube. Die Mägde hatten alle Hände voll zu tun, damit es den Männern an nichts fehlte. Süßes Mandelgebäck wurde ebenso gereicht wie Platten voller aufgeschnittener Würste und herrlich saftigem Schinken.

»Es wird kein leichtes Unterfangen werden, Brun von Tettikoven seiner Taten zu überführen, sollte er sie begangen haben«, rief Lütfried bereits zum dritten Mal in die aufgebrachte Runde. »Ich habe es schon mehrmals erklärt, tue es aber gerne nochmals, damit auch jeder der hier anwesenden Herren versteht, zu welchen Gräueltaten unser Bürgermeister fähig zu sein scheint, um seine Ziele zu erreichen.«

»Warum sollte er sich zu so etwas hinreißen lassen?«, rief einer der Männer am unteren Tischende skeptisch.

»Genau, wir verstehen das einfach nicht«, pflichtete ihm sein Nachbar bei. »Der Mann besitzt ein weitaus größeres Vermögen als ich selbst.«

»Geld allein macht nicht glücklich. Oder in diesem Fall: satt«, versuchte Lütfried, den aufkommenden Tumult zu dämpfen. »Darüber habe ich mir lange den Kopf zerbrochen. Erst glaubte ich, er sei der Witwe Blarer so verfallen, dass er alles für sie tun würde, auch Morde in Auftrag geben.«

Das Stimmengewirr nahm wieder an Stärke zu, und es dauerte eine Ewigkeit, bis Lütfried sich wieder Gehör verschaffen konnte. »Es kann natürlich mit ein Grund sein, das gebe ich zu, denn Reinhild Blarer ist ein wackeres Weibsbild.« Er räusperte sich, wobei er nach seinem Becher griff und einen Schluck des guten Weines nahm, den seine Mägde zum Wohlgefallen der anwesenden Männer stets wieder auffüllten.

Er registrierte das zustimmende Nicken seiner Gäste. Offenbar waren auch ihnen die Reize der Witwe nicht entgangen, und vermutlich hatte so mancher von ihnen mit dem Gedanken gespielt, den vakanten Platz einer Gattin mit der Witwe zu besetzen. Etliche der Männer waren Witwer und das Trauerjahr der Reinhild Blarer bald zu Ende. Dass ihnen der Bürgermeister einen Strich durch die Rechnung machte, behagte vielen nicht. Diese Unzufriedenheit galt es zu nutzen. Lütfried In der Bünde blickte in die Runde.

»Ich habe mich mit Ritter Conrad von Liebenfels die letzten Tage zusammengesetzt und dabei etwas Wichtiges erfahren.« Durch die Erwähnung des betuchten Ritters war sich Lütfried jetzt der vollen Aufmerksamkeit der zehn Männer am Tisch sicher. Niemand griff mehr zu den Weinbechern, niemand bediente sich mehr an den Köstlichkeiten, die auf dem Tisch standen, alle Augen lagen auf ihm.

»Reinhild nutzte die Gemütslage des Ritters aus und drängte ihn, ihr seine Burg am Südufer des Untersees zu überschreiben. Notariell haben sie das Ganze bereits besiegelt«, sprach er betont langsam, sodass jeder in der Runde auch jedes Wort bestens verstand.

»War vermutlich ein Kinderspiel. Mir kam zu Ohren, dass sich der Mann der Trunksucht hingegeben habe«, meinte einer.

»Das war in der Tat so. Er hat nicht begriffen, welches Spiel die Blarerin mit ihm treibt.«

»Warum braucht die Witwe eine Burg?«, fragte der Mann abermals skeptisch.

»Sie nicht, aber Brun von Tettikoven vielleicht«, erklärte Lütfried mit einem Kopfnicken. »Ich habe aus verlässlichen Quellen erfahren, dass sich der Bürgermeister mit seinen Geschäften vertan hat. Offenbar lief es bei der letzten Messe in Köln alles andere als gut. Brun von Tettikoven hat einen riesigen Teil seines Vermögens verloren. Will er seine fünf Töchter mit einer lohnenden Mitgift ausstatten, braucht er dringend Geld.« Lütfried atmete hörbar aus. »Die Burg Liebenfels besitzt ertragreiche Fronhöfe, zudem stellt die Burg selbst ein stattliches Anwesen dar.«

»Es wird doch auch gemunkelt, dass Ritter Conrad einen beachtlichen Goldschatz auf seinem Grundstück gefunden hat? Ist da etwas dran?«, warf einer der Männer in die Runde.

»Das wird wohl mit ein Grund sein, warum unser Bürgermeister die Burg unbedingt in seinen Besitz bringen will. Allem Anschein nach, so sagte mir Ritter Conrad, ist noch mit weiteren Goldfunden auf dem Anwesen zu rechnen. Es soll alte Dokumente geben, die das belegen.«

Einer der Männer sprang wütend auf und schlug die geballte Faust auf den Tisch. »Brun von Tettikoven will also tatsächlich wieder Burgherr werden«, rief er zornig. »Das passt zu ihm. Von Größenwahn war er ja schon immer befallen. Seine Vorfahren haben einst die Burg Pfyn im Thurgau besessen. Der Verkauf damals beißt ihn wohl noch immer.«

»Mir kam zu Ohren, dass er auch mit der Moosburg liebäugelt«, meldete sich ein weiterer Anwesender zu Wort. »Allerdings ist die Moosburg nichts im Vergleich zur Burg Liebenfels. Es soll sich dabei lediglich um eine kleine Anlage mit viel zu kleinen Gucklöchern handeln. Natürlich kein richtiger Sitz für einen ehemaligen Bürgermeister der Stadt Konstanz.«

»Was ich nicht verstehe: Warum hat Ritter Conrad diesem Handel zugestimmt? Warum überschreibt er die Burg der Witwe Blarer?«, wandte sich einer der Männer fragend an Lütfried.

»Ritter Conrad wurde vorgegaukelt, dass diese Schenkung nur ein Vorwand sei, um uns, den Großen Rat, zu täuschen. Reinhild Blarer machte den Ritter glauben, dass wir die Burg als Gegenleistung für die Freilassung seiner Gemahlin einziehen werden, dies habe sie vom Bürgermeister höchstpersönlich erfahren. Nun, Ritter Conrad glaubte ihr, zumal sie sich die letzten Wochen ja redlich um ihn bemüht hatte und er keinerlei Zweifel an ihrem Wohlwollen hegte.«

»Wenn ich das richtig verstehe«, riss der Mann am Tischende das Wort wieder an sich, »dann denken Reinhild Blarer und unser Bürgermeister gar nicht daran, das Schreiben für nichtig zu erklären, schlimmer noch, sie wollen darauf beharren, dass die Burg Liebenfels jetzt ihnen gehört?«

»Richtig, so war wohl ihr Plan, und diesen werden wir jetzt durchkreuzen.« Lütfried In der Bünde lachte. »Doch erst will ich sämtliche Bedenken zerstreuen, sollten noch welche hier im Raum herumgeistern. Ich behaupte, unser Bürgermeister und die Witwe Blarer sind Mörder, die eingesperrt gehören.«

Er ging auf eine kleine Nebentür zu und öffnete sie. Hervor traten eine sichtlich verängstigte Frau und ihr Mann, beide ärmlich gekleidet.

»Diese Fischerin hier hat mit eigenen Augen gesehen, wie Reinhild Blarer ihre Magd zum See fuhr. Nicht allein, denn dazu wäre selbst die Blarerin nicht fähig. Erst habe sie den Mann nicht erkannt, der den leblosen Körper der Frau ans Ufer zerrte, doch als der Mond hinter einer Wolke hervortrat, erkannte sie Brun von Tettikoven.«

Die Frau nickte immerzu, ohne den Blick von ihren von Löchern zerfressenen Stiefeln zu nehmen.

»Warum sollten wir einer heruntergekommenen Fischerin glauben?«, raunte es über den Tisch.

»Weil bereits ein weiterer Zeuge getötet wurde, durch die Hand unseres Bürgermeisters. Einem Gerber aus der Vorstadt ist sein Wissen zum Verhängnis geworden, wie wir ja alle seit der letzten Ratssitzung wissen. Erwurgt mit dem Schultertuch einer Magd aus dem Hause Blarer.«

Als zwei Männer aufbegehren wollten, winkte Lütfried hastig ab. »Und genau dieser Magd werden wir es zu verdanken haben, wenn Brun von Tettikoven endlich im Mörderturm einsitzt. Denn nur dank ihrer Weitsicht sind unsere Augenzeugen hier.« Dabei wies er auf die beiden Fischerleute. »Hätte sie die beiden nicht drüben in Petershausen verstecken lassen, hätte Brun von Tettikoven mit Sicherheit keinen Augenblick gezögert, auch sie umzubringen. Hanna, die Magd, hat auch das Arsenik im Hause der Blarerin gefunden, mit welchem unser Ratskollege Walter von Roggwil umgebracht wurde. Ihr gebührt also ein großer Dank. Doch sie ist in Gefahr, denn sie will das Haus der Blarerin noch nicht verlassen.«

Lütfried In der Bünde richtete sich zur vollen Größe auf und blickte ernst in die Runde. Er wartete, bis alle seine Worte tatsächlich begriffen hatten, ehe er mit tragender Stimme fortfuhr.

»Die Frau des getöteten Gerbers sprach von einem Narbigen, der ihren Mann abholte. Wir alle wissen, dass der Knecht des Bürgermeisters solch eine auffällige Narbe hat. Ich bin überzeugt, wenn wir der Frau den Mann zeigen, wird sie ihn erkennen.«

Niemand zweifelte mehr an seinen Worten, was Lütfried mit Erleichterung zur Kenntnis nahm. Er griff sich abermals den Weinbecher und nahm einen kräftigen Schluck.

»Wir müssen schnell handeln«, richtete er das Wort an die Runde, wobei er jedem der Männer kurz in die Augen blickte und dabei beruhigend nickte. »Bürgermeister Tettikoven muss das Handwerk gelegt werden, bevor noch mehr Menschen zu Schaden kommen. Zudem müssen wir des Narbigen habhaft werden, bevor er die Stadt verlässt. Noch wiegen sich die beiden in Sicherheit, das müssen wir ausnutzen. Und ich weiß auch schon, wie.«

* * *

Zur selben Zeit betrat Hanna zusammen mit Ursus das Haus Ritter Conrads. Barbel und Wicca waren auf dem Markt, sodass der Augenblick günstig war. Nicht dass sie den beiden nicht getraut hätten, doch der Plan bedurfte höchster Verschwiegenheit. Hinter den Fassaden der noblen Häuser war Konstanz in Aufruhr, und es war nur eine Frage der Zeit, bis Bürgermeister Brun von Tettikoven Wind davon bekam.

Seit der Ratsherr Lütfried In der Bünde seine Mannen hinter sich sammelte, wirkte auch Reinhild Blarer seltsam nervös. Es war nicht ausgeschlossen, dass sie in den Lagerhäusern am See etwas erfahren hatte. Umso eher musste gehandelt werden.

Hanna fiel es nicht leicht, eine gespielte Unbekümmertheit an den Tag zu legen, doch die Hoffnung, dass Endlin von Liebenfels ihr Kind in Freiheit zur Welt bringen konnte, half, ihr aufgewühltes Gemüt unter Kontrolle zu halten.

Am Tag von Mariä Geburt sollte die Falle zuschnappen, so der Plan der Ratsherren. Lütfried In der Bünde hatte Hanna noch am Vorabend nach der Unterredung mit seinen Ratskollegen in alles eingeweiht und ihr die nötigen Anweisungen gegeben.

So stand sie jetzt zusammen mit Ursus in der guten Stube in der Mordergasse. Es roch unangenehm nach abgestandenem Wein und alten Speisen. Ritter Conrad strich sich eben die Haare aus dem Gesicht und blickte ihnen müde entgegen.

»Herr, wir kommen im Auftrag des Ratsherrn Lütfried In der Bünde«, sagte Hanna mit klarer Stimme, wobei sie einen Schritt vorwärts machte.

»Bist du nicht die Magd der Reinhild Blarer?« Ritter Conrad fuhr sich mit der Hand über die Augen, als ließen sich damit die Schleier der vergangenen Nacht vertreiben. »Ich hab dich doch schon in ihrem Haus gesehen.«

Hanna nickte verlegen. »Bitte hört mir zu und unterbrecht mich nur, wenn es unbedingt sein muss«, begann sie in ungewohnt scharfem Ton. Unter normalen Umständen hätte sie sich niemals getraut, einem Adelsmann mit solcher Grobheit gegenüberzutreten. Doch Lütfried In der Bünde hatte sie ermahnt, alles in lauten und klaren Worten darzulegen, zumal der Ritter womöglich doch wieder dem Weingeist verfallen war.

»Wir kommen wie gesagt im Auftrag von Lütfried In der Bünde«, begann Hanna erneut. »Der Ratsherr kann nicht selbst kommen, weil er Gefahr laufen würde, von einem Verbündeten von ... von unserem Bürgermeister entdeckt zu werden.« Hanna blickte nervös auf die Tür. Zwar lag Reinhild Blarer mit Unpässlichkeit auf ihrer Bettstatt, doch so ganz traute sie der Witwe nicht. Wenn sie jetzt hier auftauchte, wäre alles aus.

»Herr, bitte, hört Hanna zu«, meldete sich Ursus zu Wort, nachdem Ritter Conrad bereits Anstalten machte, einen weiteren Becher mit Wein zu füllen.

Hanna streckte ihren Rücken durch und trat an den Tisch. »Lütfried In der Bünde hat ja bereits mit Euch über Eure Burg Liebenfels gesprochen. Allerdings hatte er damals nicht genügend Zeit, Euch alles zu erklären. Deshalb schickt er mich, um das nachzuholen.« Hanna wartete die Wirkung ihrer Worte mit Bangen ab.

Doch Ritter Conrad lehnte sich zu ihrer Erleichterung lediglich in seinem Stuhl zurück und verschränkte die Arme vor der Brust. »Sprich weiter!«, ermahnte er sie mit harter Stimme.

Hanna schielte hilfesuchend zu Ursus, der ihr beruhigend zunickte.

»Reinhild Blarer spielt ein … doppeltes Spiel. Wir glauben, dass sie sich hinter Eurem Rücken mit Bürgermeister Brun von Tettikoven zusammengetan hat. Sie wollen Eure Burg, und dazu ist ihnen jedes Mittel recht«, sprach sie so hastig, dass sie husten musste. »Es mussten deswegen bereits Menschen sterben, und wenn der Plan von Lütfried In der Bünde nicht aufgeht, wird es noch mehr Tote geben«, fügte sie heiser bei.

Ritter Conrad hob zweifelnd eine Augenbraue. Misstrauen und Argwohn lagen tief in seinen dunklen Augen. Fahrig fuhr er sich über seine Haare.

»Der Plan des Ratsherrn kann nur mit Eurer Mithilfe aufgehen«, setzte Hanna hastig nach.

»Und warum sollte ich dir das glauben?«, fragte Ritter Conrad, wobei er seine Stirn in Falten zog und Hanna skeptisch musterte. »Reinhild Blarer ist eine ehrliche, achtbare Frau, ihr Ruf tadellos. Das Pergament, auf welchem ich ihr die Burg übertrug, wird in Flammen aufgehen, sobald die Gefahr ausgestanden ist.«

»Sie ließ Euch im Glauben, dass der Große Rat Eure Güter am Bodensee in seinen Besitz bringen will, das ist eine Lüge. Lütfried In der Bünde wollte Euch dies bereits bei Eurem letzten Treffen sagen, doch wie gesagt, es blieb ihm keine Zeit. Eine solche Forderung hat es nie gegeben, das müsst Ihr mir glauben. Reinhild Blarer wollte auch nie, dass Eure Gemahlin freikommt.« Hanna ballte die Fäuste. »Ich hab das Arsenik in ihrer Kammer gesehen, das Arsenik, das den Ratsherrn Walter von Roggwil und auch Agnes getötet hat. Auch der Gerber Hans ist ihretwegen gestorben.«

»Wer ist der Gerber Hans?«, fragte der Ritter lahm.

»Das ist eine lange Geschichte, die ich Euch gerne erzählen würde, aber ...« Hanna drehte den Kopf in Richtung der Tür. »Bitte, Herr, Ihr müsst mir vertrauen.«

Ritter Conrad erhob sich von seinem Stuhl und ging auf eines der Fenster zu. Draußen lag Bless friedlich vor seiner Hütte und leckte sich die Pfote.

Hanna schaute ein weiteres Mal zu Ursus, dann gab sie sich einen Ruck. »Ihr müsst helfen, Reinhild Blarer in einen Hinterhalt zu locken. Lütfried In der Bünde möchte, dass Ihr von der Witwe die Rückgabe des Schreibens einfordert, das die Schenkung der Burg regelt.«

Der Ritter drehte sich erstaunt um. Sein Blick wanderte erst hinüber zu Ursus, ehe er an Hanna hängen blieb, die eben den Kopf in den Nacken warf.

»Droht Reinhild Blarer im Notfall auch mit der Meldung beim Großen Rat. Lütfried In der Bünde glaubt, dass dies bestimmt Wirkung zeige. Ihr müsstet dies aber noch heute tun, denn zu Mariä Geburt soll die Falle zuschnappen.«

»Ich soll jetzt in das Haus in der Neugasse gehen und dort verkünden, dass ich alles rückgängig machen will? Habe ich das richtig verstanden?« Ritter Conrad schüttelte den Kopf.

»Lütfried In der Bünde glaubt, dass die Witwe daraufhin den Bürgermeister aufsuchen wird. Sie werden sich gezwungen fühlen, zu handeln.« Hanna spürte, wie der Ritter schwankte.

»Zu handeln?«, fragte er.

»Reinhild Blarer hat Arsenik in ihrer Kammer, viel Arsenik. Ihr müsstet also vorsichtig sein, sobald Ihr das Haus in der Neugasse betretet.«

»In der Bünde glaubt wirklich, dass Reinhild mich töten würde?«, fragte der Ritter mit schief gelegtem Kopf, wobei er langsam an den Tisch zurückkam.

Hanna nickte. »Lütfried In der Bünde hegt sogar den Verdacht, dass sie auch ihren früheren Gemahl mit Arsenik getötet hat. Der Leinwandhändler sei so überraschend schnell verstorben, dass damals Gerüchte aufkamen, doch niemand getraute sich, Fragen zu stellen.«

»Und Endlin?«, fragte der Ritter leise.

»Eure Gemahlin ist in alles eingeweiht«, flüsterte Hanna jetzt doch leise. Der Liebenfelsin ging es nicht gut, ein weiterer Grund, warum die Zeit drängte. »Die Tage im Mörderturm haben sie geschwächt. Wenn Ihr sie und Euer Kind lebend sehen möchtet, müsst Ihr handeln.«

Der Ritter stemmte sich mit den Händen auf die Tischplatte. Sein Blick wanderte hinüber zur Fensternische, in welcher Endlin stets gesessen hatte. Die Stickerei lag noch immer da, fast so, als sei seine Gemahlin nur kurz weggegangen. Es war nicht zu übersehen, dass die Sehnsucht nach der althergebrachten Ruhe seine Seele zerriss.

27. Kapitel

In der Nacht zu Mariä Geburt hatte Hanna so gut wie nicht geschlafen. Grau lag die Dämmerung über Konstanz, als sie leise in ihren Rock schlüpfte. Aus Holdas Kammer drang grunzendes Schnarchen. Ein Schmunzeln huschte über Hannas Gesicht, als sie daran dachte, wie Schwester Agrikola ihr das Elixier aus Baldrian und Lavendel in den Beutel gesteckt und sie ermahnt hatte, der Köchin nicht zu viele der Tropfen in den Würzwein zu geben. Allerdings war sie sich jetzt nicht ganz sicher, sich nicht doch in der Dosis vertan zu haben, so tief, wie Holda schlief.

Auf Zehenspitzen schlich Hanna die Treppe hinunter. Im Haus war alles noch still. Leise öffnete sie den Riegel und rannte mit bloßen Füßen hinaus in den Hof.

Hinter ihr zeichnete sich das Haus der Blarerin schwarz gegen den grauen Himmel ab. Im Stall wieherte eines der Pferde, ansonsten hielt die Dämmerung alle Geräusche zurück. Konstanz schlief noch tief und fest.

Hanna nutzte die verbleibenden Schatten der Nacht und lief geduckt dem Tor entgegen. Sie spürte das Blut in den Ohren rauschen. Alle paar Meter blieb sie stehen und schaute über ihre Schultern, doch es blieb ruhig. Der Torriegel ließ sich nur mit einem Quietschen öffnen, wie sie wusste. Als das Geräusch erklang, wagte sie kaum noch zu atmen. Sie befürchtete, jeden Augenblick durch eines der Fenster oben entdeckt zu werden.

Mit zittrigen Fingern horchte sie in die Stille, während sie das Tor langsam eine Handbreit öffnete. Ein unverhofftes Räuspern ließ sie zusammenfahren. Erschrocken drückte sie sich eine Hand auf den Mund, um einem Schrei zuvorzukommen, dann drückten sich auch schon drei schwarz gekleidete Gestalten an ihr vorbei in den Innenhof. Es wurde kein Wort gesprochen, denn die Männer wussten genau, was sie taten. Blitzschnell liefen sie auf den Pferdestall zu und verschwanden im Inneren.

Hanna hatte Mühe, dem ausladenden Schritt der Männer zu

folgen. Als sie den Stall erreichte, knebelten die Männer eben den Stallknecht und drängten ihn zuhinterst in die Pferdeboxen. Dann zogen sie sich ihre Umhänge wieder über den Kopf und duckten sich in die dunkelste Ecke. Es lief alles wie geplant.

Hanna zog das Tor zu, dann ging sie mit zittrigen Knien zurück ins Haus. Obwohl der Tag noch längst nicht angebrochen war, blieb sie in der Küche. In ihrer Kammer hätte sie es vor Ungeduld nicht ausgehalten. Sie schürte das Feuer, wie sie es immer tat, dann setzte sie sich mit einem Becher heißer Milch an den Tisch.

Die Zeit verging im Schneckentempo. Immer wieder horchte Hanna auf, wenn sie Schritte zu hören glaubte. Doch es waren nur die Holzwürmer im Gebälk, die offenbar auch nicht zur Ruhe kamen. Das Haus schien mit ihr zu leiden. Allmählich wärmte das Feuer die Küche.

Hanna ging auf das Fenster zu und reckte den Hals. Die Dämmerung war nahtlos in ein Nebelmeer übergegangen. Mittlerweile sah man kaum die Hand vor Augen. Die dunstige Feuchte verschluckte jegliche Gestalt.

»Was machst du hier?«

Erschrocken drehte sich Hanna um. Reinhild Blarer stand in ihrer hellgrünen Sonntagstracht, deren Borten mit weißen Seidenfäden verziert waren, hinter ihr. Die Haare hatte sie sich zu Zöpfen an die Seite gedreht, was bedeutete, dass sie schon seit einer Ewigkeit auf den Beinen sein musste.

Hanna schluckte ihre aufkeimende Angst hinunter. »Ich konnte nicht schlafen, also habe ich das Feuer geschürt«, erklärte sie mit demütig gesenktem Blick.

Reinhild Blarer zögerte. Sie biss sich auf Unterlippe und blickte über ihre Schulter die Stiege hoch. »Sobald die Gäste eingetroffen sind, machst du, was Holda dir sagt. Hast du mich verstanden?«

Hanna nickte ergeben.

»Und jetzt richte mir das sonntägliche Morgenmahl. Ich denke, mittlerweile weißt du, wie es geht.«

Hanna atmete erleichtert aus, als Reinhild Blarer in der guten

Stube verschwand. Sie holte einige Eier und etwas Schinken aus der Vorratskammer. Es kostete sie Mühe, das Zittern ihrer Finger nicht zu augenscheinlich werden zu lassen. Dann gab sie etwas Schmalz in die Pfanne, wartete, bis die Eiermasse sich allmählich zu einer Omelette formte, und fügte den Schinken bei. Nachdem sie die Reste des gestrigen Schweinebratens in feine Scheiben geschnitten hatte, griff sie sich einen Kanten Weizenbrot und trug alles vorsichtig in die gute Stube.

Reinhild Blarer stand am Fenster. Sie wirkte ungewohnt nervös, wie das Nesteln ihrer Finger verriet. Ahnte sie etwas? Hanna wagte nicht, daran zu denken.

Als die Turmglocke zur Terz läutete, hörte man am Tor lautes Gepolter. Da der Stallknecht nicht mehr in der Lage war, zu öffnen, rannte Hanna mit wehendem Rock hinaus. Ein Blick zum Fenster der guten Stube zeigte, dass Reinhild Blarer neugierig alles beäugte.

Bürgermeister Brun von Tettikoven trat mit mürrischem Blick in den Hof. Auch er trug seine Sonntagstracht. Offenbar gedachte er tatsächlich noch, an der heutigen Prozession im Münster teilzunehmen.

»Die Herrin erwartet Euch in der guten Stube, werter Herr«, flötete Hanna mit vor Aufregung zu hoher Stimme, wobei sie einen artigen Knicks machte.

Brun von Tettikoven musterte sie eindringlich, enthielt sich aber der Frage, warum ihm nicht der Stallknecht wie üblich öffnete. Allerdings machte er keinen Hehl aus seiner Abneigung ihr gegenüber. Reinhild Blarer klopfte heftig gegen die Butzenscheiben, was den Bürgermeister zur Eile drängte. Kaum war er in der guten Stube verschwunden, lief Hanna wieder in die Küche.

In wenigen Augenblicken würde es abermals am Tor poltern, so war es abgemacht. Hanna wartete voller Ungeduld. Doch die Zeit verstrich, ohne dass sich etwas tat. Nicht nur ihre Nervosität steigerte sich ins Unerträgliche, auch die Stimmen aus der guten Stube hatten eine ungewohnte Härte erreicht.

Kurzerhand rannte Hanna hinauf in Holdas Kammer. Die

Köchin schlief noch immer tief und fest, wenigstens darauf war Verlass. Mit klopfendem Herzen trat Hanna ans Fenster der kleinen Dachkammer.

Von hier oben sah man direkt auf die Gasse. Stimmengemurmel verriet, dass es die ersten Kirchenbesucher Richtung Niederburg zog. Die Prozession zu Mariä Geburt war eine der größten und dauerte oft stundenlang. So einen Anlass ließen sich die alteingesessenen Geschlechter nicht entgehen. Alles, was halbwegs gut zu Fuß war, würde an diesem Tag dem Münster entgegenströmen und sich und die schönen Roben der Öffentlichkeit präsentieren.

Hanna war kaum zurück in der Küche, als das ersehnte Poltern vom Tor her erklang. Hastig querte sie den Innenhof, ehe sie das Tor abermals eine Handbreit öffnete.

»Sie warten bereits beide auf Euch in der Stube. Seid vorsichtig, Ihr wisst –«

»Keine Sorge. Lütfried In der Bünde hat mich gestern Abend aufgesucht, und wir sind alles nochmals durchgegangen.«

Zu Hannas Erleichterung war der Ritter nüchtern. Er hielt sich gerade, und auf seinem Gesicht lag wilde Entschlossenheit.

»Euer Wort in Gottes Ohr«, flüsterte sie mit bebenden Lippen, während sie einen tiefen Knicks machte. Sollte Reinhild Blarer die Ankunft des Ritters beobachten, sollte alles so wie immer wirken. Sie geleitete den Ritter ins Haus und klopfte artig gegen die Tür.

»Ritter Conrad von Liebenfels, werte Herrin«, meldete sie den Gast, nachdem ein schroffes »Herein« erklungen war.

»Seid gegrüßt, werter Ritter«, empfing Reinhild Blarer den Mann mit altgewohntem Lächeln. »Setzt Euch doch zu uns an den Tisch. Wie Ihr seht, habe ich heute noch einen Gast.«

Ritter Conrad tat überrascht. Er nickte dem Bürgermeister leicht zu, ehe er auf den Tisch zutrat.

»Und du störst uns jetzt nicht mehr«, herrschte Reinhild Blarer Hanna an. Sie kam mit raschelndem Rock auf die Tür zu und wies mit dem Kinn die Stiege hoch. »Geh rauf zu Holda und sieh nach, warum sie noch nicht aufgestanden ist.«

Hanna nickte artig und zog die Tür hinter sich zu. Die Wochen in Reinhild Blarers Haus hatten sie gelehrt, welche Treppenstufen knarrten. Für einmal wählte sie genau diese aus, als sie die Stufen hochging. Sie drückte die Klinke der Dachkammer und spähte auf die noch immer schlafende Köchin. Ein Grinsen konnte sich Hanna in diesem Augenblick nicht verkneifen. Holdas Nasenflügel bebten bei jedem Atemzug, und das Geräusch, das ihrer Kehle entstieg, übertraf selbst das Knarren der Treppenstufen.

Sie schloss die Tür wieder und stieg vorsichtig die Stiege hinab. Dieses Mal nahm sie allerdings jene Tritte, die keinerlei Geräusche von sich gaben.

Aus der guten Stube hörte man erregte Stimmen. Sie musste sich beeilen, wollten die Ratsherren die Unterhaltung nicht verpassen. Den Rock raffend, rannte Hanna auf den Pferdestall zu.

»Herr Lütfried, seid Ihr da?«, fragte sie in die Stille des dämmrigen Stalles. Ihr plötzliches Auftauchen brachte Myriaden von Staubpartikeln zum Tanzen und sie zum Niesen.

»Der Ritter ist eben gekommen, wir haben ihn gehört.« Der Ratsherr trat zusammen mit zwei weiteren noblen Herren aus der Ecke. Die dunklen Umhänge hatten sie irgendwo inmitten der Heuballen abgelegt. »Also bringen wir die Sache hinter uns.«

Die Männer nickten mit ernsten Mienen.

»Wartet!« Hanna steckte ihren Kopf durch das Tor und schaute hinauf zum Fenster der guten Stube. Ritter Conrad stand wie verabredet mit dem Rücken gegen die Butzenscheiben und gestikulierte wild. »Gut, es ist alles in Ordnung. Ritter Conrad ist in seinem Element.«

»Los, meine Herren, wir müssen uns beeilen, wollen wir nichts verpassen. Alles ist von Wichtigkeit.«

Lütfried duckte sich und huschte hinter Hanna auf das Haus zu. Die beiden anderen Ratsherren taten es ihm gleich. Mit einem auf die Lippen gelegten Zeigefinger gab Hanna den Männern das Zeichen, ihr leise hinauf in den ersten Stock zu folgen.

Aus der Stube hörte man bereits empörtes Gekeife. Vorsichtig öffnete Hanna die Tür zur Nebenkammer. Die Wand war hier so dünn, dass man jedes Wort ohne Probleme verstand.

»Ich verlange den Kontrakt zurück«, rief Ritter Conrad eben mit gespielter Entrüstung.

»Warum denn nur?«, rief Reinhild Blarer. »Solange Eure Gemahlin im Mörderturm sitzt, ist die Burg nur in meinen Händen in Sicherheit. Aber jetzt setzt Euch doch endlich, oder wollt Ihr die ganze Zeit über hier am Fenster stehen?«

Offenbar schien Ritter Conrad auf ihre Bitte einzugehen, wie das Rucken eines Stuhles verdeutlichte.

»Ich dachte, Ihr wolltet mir helfen, die Burg vor dem Großen Rat zu retten? Warum dann die Anwesenheit unseres so ehrenwerten Bürgermeisters?«

»Es ist purer Zufall, dass Brun von Tettikoven heute hier weilt«, hörte man in der Nebenkammer die Witwe sagen. »Doch probiert erst diesen vortrefflichen Wein. Ich habe ein Heidengeld für ein Fass gezahlt.«

Erschrocken presste Hanna ihre Hand auf den Mund. Es war ihr trotz mehrmaliger Versuche nicht gelungen, das Arsenik gegen das ähnliche Pulver auszutauschen, das Lütfried ihr aus einer Apotheke in Sankt Gallen besorgt hatte.

Die anschließende Stille raubte ihr den Atem. Sie konnte nur hoffen, dass Ritter Conrad entgegen seiner Vorliebe für guten Wein dieses Mal zurückhaltend war.

»Mir scheint, Euch mundet der Wein«, hörte man Reinhild Blarer eben sagen. Ihr anschließendes Lachen klang bereits eine Spur höhnischer. »Fühlt Ihr Euch etwa nicht wohl? Ihr schaut irgendwie seltsam, fast so, als beneble der Wein bereits nach einem Becher Eure Sinne.«

Hanna glaubte, ersticken zu müssen. Ganz offensichtlich hatte Reinhild Blarer mit dem Arsenik ebenso wenig gespart wie sie mit Holdas Schlafkräutern. »Im Wein ist Arsenik«, flüsterte sie den Ratsherren zu. »Ich konnte es nicht austauschen. Ständig wuschelte Holda um mich herum. Und was nun?«

Lütfried In der Bünde zögerte kurz, ehe er nach der Klinke

griff. Als einer seiner Begleiter energisch den Kopf schüttelte, schloss er die Augen.

»Nun, wenn wir uns beeilen, können wir dem armen Ritter die Wahrheit noch offenbaren, bevor er für immer von dieser Welt geht«, lachte Reinhild Blarer eben. »Wollt Ihr dies tun, lieber Brun von Tettikoven, oder soll ich dem Mann die Augen öffnen?«

Da keine Antwort kam, fuhr die Witwe geifernd fort: »Habt Ihr wirklich geglaubt, ich durchschaue Euer Spiel nicht? Mir diese Hanna ins Haus zu schicken, um mich auszuspionieren, war schon dreist. Glaubt mir, ich musste mich arg zusammennehmen, um Euch nicht ins Gesicht zu schreien. Ein Komplott zusammen mit einer Magd und dann noch gegen mich, dass ich nicht lache. Wisst Ihr, wo sich Eure Verbündete in diesem Augenblick befindet?«

Ritter Conrad gab lediglich ein Brummen von sich, sodass die Witwe triumphierte.

»Auf meine Holda ist Verlass. In diesem Augenblick gibt sie Hanna oben in der Kammer einen Becher Würzwein. Ja, schaut nur auf den Becher in Eurer Hand. Genau den gleichen, wie Ihr ihn trinkt. Hanna tut gerade einen ihrer letzten Atemzüge.« Reinhild Blarers Lachen hallte durch das Haus.

Ein Stuhl wurde zurückgeschoben. Offenbar erhob sich Brun von Tettikoven von seinem Stuhl. Das Knarren des Holzbodens verriet, dass er ein paar Schritte ging.

»Reinhild Blarer ist eine schöne Frau, nicht wahr, werter Ritter?«, hörte man den Bürgermeister sagen. Seine Stimme überschlug sich ebenfalls vor Triumph. »Doch leider nicht die Eure. Sie hat Euch ausgenommen wie eine Gans, und Ihr habt es nicht einmal bemerkt. Wie dumm Ihr doch seid.« Brun von Tettikoven lachte bitter auf.

»Ihr wollt andeuten … an… andeuten, dass Reinhild …« Ritter Conrad brachte keinen ganzen Satz mehr zustande. Das Gift zeigte offenbar bereits Wirkung.

Hanna hielt sich erschrocken die Hände vor den Mund. Mit vor Schreck weit aufgerissenen Augen starrte sie auf die drei

Männer an ihrer Seite. Doch Lütfried In der Bünde machte keinerlei Anstalten mehr, das Treiben in der guten Stube zu unterbinden. Auch seine Ratskollegen wandten nur die Köpfe.

»Sie hat Euch nach Strich und Faden betrogen. Das kann sie nämlich gut, die Witwe Reinhild, nicht wahr, meine Liebe?« In Brun von Tettikovens Stimme schwang ein sonderbarer Unterton mit, der offenbar auch Reinhild Blarer nicht entging.

»Brun, bitte beherrscht Euch«, fiel sie ihm rügend ins Wort. »Es genügt doch, wenn wir das Dokument in unserem Besitz haben. Die Burg gehört jetzt uns.«

Brun von Tettikoven lachte abermals, aber dieses Mal schwang eine Spur Hohn mit. »Ach ja, die Burg«, sagte er mit gedehnter Stimme. »Was, meine Liebe, wollt Ihr denn mit einer Burg?«

Jetzt war wohl auch Reinhild Blarer von ihrem Stuhl aufgestanden. Denn abermals hörte man das Kratzen von Stuhlbeinen auf dem Holzboden.

»Warum dieser Ton?«, rief die Witwe schrill. »Was in Gottes Namen ist denn in Euch gefahren? Die Burg wird unser Liebesnest, wenn ich Euch daran erinnern darf, und bei dieser Gelegenheit suchen wir auf diesen gottverfluchten Äckern nach weiteren Goldmünzen.«

Abermals lachte Brun von Tettikoven. »Ist sie nicht hinreißend, unsere Reinhild, wenn sie wütend ist? Vor dieser Wut muss man sich nämlich in Acht nehmen. Leider ließ ihr Gemahl die Vorsicht etwas schleifen, ist ihm deshalb auch zum Verhängnis geworden.«

»Hört endlich auf!«, rief die Witwe erzürnt.

»Oh, ich komme erst so richtig in Fahrt. Unser Gast soll doch vor seinem Tod noch die Wahrheit erfahren, wie Ihr vorhin so trefflich gesagt habt. Also, lassen wir ihn nicht länger warten.« Brun von Tettikoven tat ein paar Schritte, die dann abrupt verklangen.

»Der alte Blarer wurde durch die Hand seiner eigenen Gemahlin ins Jenseits befördert. Geschickt hat sie es angestellt, niemand ist ihr auf die Schliche gekommen. Arsenik im Wein, das über Monate, da lässt sich selbst der beste Medicus täuschen.«

»Nun, mein lieber Brun, in Sachen Hinterhältigkeit steht Ihr mir allerdings in nichts nach.« Jetzt schien auch Reinhild Blarer jegliche Vorsicht zu vergessen. Ihre Stimme klang schneidend scharf. »Wer hat denn der armen Agnes das vergiftete Marzipan regelrecht ins Maul gestopft und dabei schallend vor Freude gelacht?«

»Das dumme Weib wusste zu viel. Irgendwann hätte sie geplaudert, und dann wäre alles herausgekommen. Und ganz traurig seid Ihr ja auch nicht dabeigestanden, als wir sie gemeinsam an das Seeufer brachten. Eure Augen haben geglänzt vor Gier.«

Offenbar rappelte sich Ritter Conrad nochmals auf, denn man hörte einen Stuhl knarren. »Ihr, Bürgermeister, habt … habt die Agnes getötet?«, kam es lallend über seine Lippen.

»Nicht nur die Agnes«, frohlockte die Blarerin mit aggressiver Stimme. Offenbar missfiel ihr die Wendung, die die Unterhaltung nahm. »Der wohlangesehene Brun von Tettikoven hat sogar einen armen Gerber aus der Vorstadt derart misshandeln lassen, dass er an den Folgen gestorben ist.«

»Das musste ich nur tun, weil Eure dumme Agnes nicht besser aufgepasst hat. Hätte sie sich an meine Weisung gehalten und nur einen Beutel Arsenik aus der Apotheke mitgenommen, wäre sie schneller durch das Fenster gekommen, und niemand hätte sie gesehen.« Brun von Tettikovens Stimme klang jetzt gefährlich scharf.

»Ich habe ihr geraten, drei Beutel zu stehlen. Ein Vorrat an Arsenik kann nie schaden, wie sich jetzt zeigt. Hätte ich gewusst, welch hinterhältige Natter Ihr seid, hätte ich Euch schon längst vergiftet.«

»Das läuft ja besser als erwartet«, flüsterte Lütfried seinen Ratskollegen zu, wobei er schelmisch grinste.

»Aber der arme Ritter«, hauchte Hanna hinter ihm mit vor Entsetzen geweiteten Augen. »Seine Stimme hört sich gar nicht gut an.«

»Psst«, winkte Lütfried hastig ab, denn eben hörte man aus der Nachbarkammer wieder die Stimme der Witwe Blarer.

»Ihr habt mich nur benutzt, Brun von Tettikoven, stimmt's? So wie Ihr stets alle Menschen hintergeht, selbst die, die Euch mit Respekt behandeln.«

»Hat lange gedauert, bis Ihr endlich dahintergekommen seid, meine Liebe«, triumphierte Brun von Tettikoven. »Als Burgherr will ich bestimmt kein so altes Weibsbild an meiner Seite.« Ein Rascheln verdeutlichte, dass der Bürgermeister ein weiteres Schreiben auf den Tisch legte.

»Und jetzt unterschreibt Ihr dies hier, meine liebe Reinhild. Darin tretet Ihr die Burg Liebenfels samt Ländereien an mich ab. Wenn Ihr Euch anschließend still verhaltet, wird Euch nichts geschehen, ansonsten werde ich meinen Knecht zu Euch in die Neugasse schicken, und Ihr wisst ja, dass er nicht zimperlich ist.«

»Ihr wolltet die Burg von Anfang an nur für Euch! Euer Liebesgesülze war nur geheuchelt. Ihr seid ein Hurenbock, Brun von Tettikoven. Doch so leicht werdet Ihr mich nicht los.«

»Und was wollt Ihr dagegen tun?« Brun von Tettikovens Lachen erstarb gleichzeitig mit dem Klirren von Glas.

»Aufhören!«, rief Ritter Conrad lahm. »Zu Hilfe ... Lütfried ...«

In der Nachbarkammer war man sich einig. Lütfried In der Bünde nickte seinen Ratskollegen zu, ehe er die Tür aufstieß und mit lautem Gepolter in die gute Stube stürzte.

Überrumpelt von der Situation wich Reinhild Blarer einen Schritt zurück, wobei ihr der zerbrochene Glaskelch aus den Händen fiel. Brun von Tettikoven wollte sich wehren, doch gegen die Übermacht war er machtlos. In Windeseile fesselten die Ratsmänner dem verdutzten Bürgermeister die Hände.

»Was soll das? Was sucht Ihr ...?«, stammelte Reinhild Blarer, als sie wieder halbwegs ihre Sprache fand. Sie strich sich über ihren Rock und warf den Kopf in den Nacken. Sie wollte zu einer weiteren Schimpftirade ausholen, doch Lütfried schob sie grob beiseite, ehe er eines der Fenster aufriss und einen Pfiff ausstieß. Im Nu strömten fünf Büttel durch das Tor und drängten ins Haus.

Zu Hannas Erstaunen erhob sich Ritter Conrad, als sei nichts gewesen. Er trat dicht an Reinhild Blarer heran. Seine Augen funkelten vor Zorn. »Ihr hinterhältiges Weibsstück. Wie nur konnte ich auf Eure Scheinheiligkeit hereinfallen!«

Lütfried In der Bünde war sichtlich zufrieden. Er und seine Männer waren Zeugen der Geständnisse geworden, mehr hatten sie nicht gewollt.

»Bringt die beiden in den Raueneggturm!«, forderte Lütfried einen der Büttel forsch auf, wobei ein hämisches Schmunzeln seine Mundwinkel umspielte.

Der Aufforderung der Ratsherren kamen die Büttel allzu gern nach. Sie packten Brun von Tettikoven trotz seiner heftigen Proteste hart an den Armen und führten ihn hinaus. Bei Reinhild Blarer zeigten sie sich etwas zurückhaltender und beschränkten sich auf harsche Worte.

Hanna stand in der Ecke der Stube und versuchte, das eben Erlebte halbwegs zu begreifen. Wie nur hatte Ritter Conrad den Würzwein überlebt? Er hatte doch zweifellos davon getrunken? Ihr wäre es oben in Holdas Kammer bestimmt nicht so gut ergangen.

»Und Ihr, werter Ritter, Ihr solltet schleunigst nach Hause. Eure Gemahlin wartet bestimmt schon sehnsüchtig auf Eure Heimkehr.« Lütfried In der Bünde klopfte Ritter Conrad aufmunternd auf die Schulter.

In diesem Augenblick hörte man heftiges Geschrei aus dem Hof. Die in der Stube Zurückgebliebenen drängten sich an die Fenster und rissen sie auf.

»Reinhild Blarer hat ein Messer gezogen und einen der Büttel verletzt«, rief der Mann neben Lütfried aufgebracht. »Sie entkommt uns in diesem gottverdammten Nebel. Schaut, sie läuft bereits auf die Ecke zu. Die Büttel sind zu langsam.«

Hanna stockte der Atem, doch Lütfried nahm das eben Gehörte gelassen. »Lasst alle Stadttore schließen«, rief der Ratsherr hinunter zu den Männern. »Weit wird die Mörderin nicht kommen, zumal halb Konstanz nach ihr suchen wird«, wandte er sich an seine Ratskollegen. »Spätestens bis zur nächsten Gerichtsverhandlung werden wir sie haben, und glaubt mir, ich habe mich all die Jahre noch nie so auf die Stunden im Rathaus gefreut.«

Die Männer lachten, lediglich Hanna saß der Schreck noch immer in den Gliedern, sodass sie mit ernster Miene auf die Nebelschwaden starrte, die Konstanz allmählich unter sich begruben.

»Was ist hier los?«

Alle Köpfe drehten sich beinahe gleichzeitig der zerzausten Holda zu, die unter dem Türsturz stand und ihren Kopf mit einer Hand hielt. Offenbar war die Mischung aus Baldrian und Lavendel des Guten doch nicht zu viel gewesen, auch wenn die Köchin ein wenig mitgenommen wirkte. Mitleid allerdings verspürte Hanna nicht, denn Holda hätte ihr ohne zu zögern den vergifteten Würzwein untergeschoben. Auch sie würde sich vor dem Großen Rat verantworten müssen.

28. Kapitel

Die Kunde von Endlin von Liebenfels' Entlassung aus dem Raueneggturm verbreitete sich während der Prozession in Windeseile. Noch bevor Bischof Rudolf das »Ite, missa est« im Münster sprach, wusste bereits halb Konstanz davon. Die Herrin von Liebenfels war unschuldig, und unschuldig hatte sie im Raueneggturm eingesessen. Das würde Folgen haben.

Zu Hause in der Mordergasse lag Endlin blass und mit eingefallenen Wangen auf einer extra hergerichteten Bettstatt in der guten Stube. Ritter Conrad und Hanna wichen nicht von ihrer Seite. Endlin erzählte bereits zum dritten Mal, wie Lütfried In der Bünde sie im Mörderturm besucht und sie in das Komplott gegen den Bürgermeister eingeweiht hatte. Ihr Gemahl hing ihr mit schuldbewusster Miene an den Lippen und streichelte immerzu ihre Hand. Er triefte vor schlechtem Gewissen, was nicht zu übersehen war.

Endlin ließ ihn bewusst noch ein wenig zappeln, zumal Barbel ihr heimlich zugetragen hatte, dass ihr Gemahl sich noch so gerne von der Witwe Blarer hatte umgarnen lassen. Auch sein übermäßiger Weingenuss erregte den Unmut der Edelfrau, und sie schwor sich im Stillen, von jetzt an stets ein Auge darauf zu haben. Ein Trunkenbold war nämlich das Letzte, was sie sich wünschte.

Mit Ekel dachte sie an die beiden Wächter im Mörderturm zurück, die ihr oft so nahe gekommen waren, dass sie deren alkoholgeschwängerten Atem hatte riechen können. Einmal sogar hatten die Kerle ihr ohne jede Scheu nahegelegt, sich doch über die Maueröffnung zu schwingen und in den Tod zu springen. Dabei hatten sie so hinterhältig gegrinst, dass sie schon glaubte, die Kerle würden selbst Hand anlegen. Doch davon erzählte sie heute in der guten Stube nichts. Sie wollte die friedliche Stimmung nicht verderben.

Seit Beendigung der Prozession drängten zudem immer mehr Besucher in das Haus in der Mordergasse. Endlin von Liebenfels lauschte den Mitleidsbezeugungen mit einem sanften Nicken, während Hanna dafür sorgte, dass nie mehr als drei Besucher gleichzeitig anwesend waren. Auch ermahnte Hanna sie immer wieder, etwas vom Würzwein zu trinken, den sie sich bei Wendelgart besorgt hatte. Der Gedanke, dass Hanna einst die alte Wehmutter ersetzen würde, gefiel ihr, denn so es Gott wollte, würde ihr erstes Kind nicht das einzige bleiben, das in der Mordergasse zur Welt kam.

Kurz vor dem Nachtmahl kam der Stadtmedicus ins Haus. Er untersuchte Endlin eingehend und kam zum Schluss, dass Bettruhe die beste Medizin sein. Das Kind in ihrem Bauch gedeihe zwar prächtig, doch die Edelfrau scheine doch arg angeschlagen.

Augenblicklich türmten sich vor Endlin Schüsseln und Töpfe voll dampfender Köstlichkeiten. Wicca übertrumpfte sich selbst, und bald schon sprang ihre Fürsorge auf jeden im Hause Liebenfels über.

Ritter Conrad trug seine Frau am Abend eigenhändig die Treppe hoch ins Schlafgemach. Das schlechte Gewissen stand ihm noch immer ins Gesicht geschrieben. Endlin zürnte ihm schon längst nicht mehr. Sie drückte ihm den überfälligen Kuss auf die Lippen und zog ihn sanft zu sich auf die Bettstatt.

***

Die Glocken aller Kirchen läuteten. Die Stimmung in den Gassen war aufgeladen, denn noch nie in der langen Geschichte der Stadt war es vorgekommen, dass sich ein Bürgermeister vor dem Großen Rat verantworten musste. Brun von Tettikoven war neben Endlin von Liebenfels das Gesprächsthema, in den Schenken und auf den Marktplätzen ebenso wie in den Kirchen und Klöstern.

Die Büttel hatten alle Hände voll zu tun, die Ordnung aufrechtzuerhalten, denn Brun von Tettikoven hatte in seiner Amtszeit so manchen Groll geschürt. Auch Neider wagten es jetzt, sich offen gegen den Bürgermeister zu stellen, zumal sie keinerlei Repressalien mehr zu befürchten hatten. Reinhild Blarer allerdings blieb verschwunden. Jegliche Suchaktion schlug fehl, die Frau war wie vom Erdboden verschluckt.

Als sich die Dämmerung über die Stadt legte, zog Lütfried In der Bünde die Büttel ab. Morgen sei auch noch ein Tag, meinte er, und irgendwo müsse das Weibsbild ja abgeblieben sein, denn fliehen konnte sie nicht. Die Stadttore waren nach wie vor geschlossen.

Hanna hatte zwei Tage in der Mordergasse verbracht. Hin und wieder hatte sie Barbel in der guten Stube geholfen, die vielen Gäste zu bewirten. Ritter Conrad hatte ihr eine prall gefüllte Geldkatze geschenkt, die sie nur deshalb genommen hatte, weil Endlin von Liebenfels hinter dem Rücken ihres Gemahls so heftig genickt hatte. Als endlich Ruhe einkehrte, verließ sie mit Ursus das Haus.

Die Nachtwächter hatten diese Nacht frei, denn Konstanz kam trotz der Ermahnungen der Büttel nicht zur Ruhe. In den guten Stuben der Häuser brannten die Talglichter noch, und in den Schenken würden Wein und Met bis weit nach Mitternacht getrunken werden. Ursus legte einen Arm um Hannas Schultern und führte sie sanft des Weges.

»Weißt du, was mir Sorge macht?« Hanna blieb stehen und blickte auf die funkelnden Sterne am Firmament. »Heute ist Konstanz vereint, allesamt schauen sie auf das Böse, und morgen? Morgen wird wieder alles beim Alten sein. Auf den Märkten streiten sie sich um die besten Stücke, hinter vorgehaltener Hand wird getuschelt und so manche Lüge verbreitet. Und Bischof Rudolf? Auch er wird sich meiner wieder besinnen und nach mir suchen. Er wird nicht lockerlassen, bis er mich hat.«

»Dann wird er mich kennenlernen«, lachte Ursus unbeschwert, wobei er Hanna einen Kuss auf die Wange drückte.

Hanna bemühte sich um ein Lächeln, auch wenn ihr nicht danach war. Die alte Angst kroch wieder hoch und trübte die Freude doch erheblich.

Schweigend schlenderten sie der Rheinbrücke entgegen. Das Petershausertor war geschlossen, wie alle Tore. Solange Reinhild Blarer nicht gefunden war, würde dies auch so bleiben. Doch Jerg war ein Freund, und für Freunde machte man eine Ausnahme. Er öffnete das kleine Seitentor, und die beiden Verliebten drückten sich hastig hindurch.

»Die Mühlen laufen tatsächlich nicht«, stellte Hanna verwundert fest, denn es kam so gut wie nie vor, dass Jodoks wie auch Fronleins Mühle stillstanden, auch nicht an Feiertagen.

»Der Große Rat hat Jodok heute von seiner Arbeit befreit. Ganz offiziell kam gegen Mittag einer der Ratsherren höchstpersönlich, um Jodok dies mitzuteilen. Du kannst dir vorstellen, wie er seither mit geschwellter Brust durch die Gegend wandelt.«

»Und Fronlein?«

»Dort wurde einer der Kleriker des Bischofs vorstellig, wie ich hörte. Offenbar will Bischof Rudolf damit wohl zeigen, dass auch ihm das Wohl der Konstanzer am Herzen liege. Er umschmeichelte Brun von Tettikoven zwar stets, doch im Stillen mochte er den Mann wohl ebenso wenig wie viele hier in der Stadt.«

In der Mitte der Rheinbrücke blieben Hanna und Ursus stehen. Sie lehnten sich an das Geländer und schauten mit verklärtem Blick hinauf zu den Sternen.

»Glaubst du, sie werden Brun von Tettikoven hängen?«, fragte Hanna.

»Bestimmt! Und hoffentlich lassen sie seinen Leichnam so lange am Galgen hängen, bis sich die Rabenvögel satt gefressen haben.«

»Und Reinhild Blarer? Frauen hängt man nicht so gerne.«

»Erst müssen sie dieses Luder finden«, knurrte Ursus. »Würde mich nicht wundern, wenn diese Heuchlerin doch durch eines der Tore entwischt ist.«

»Du glaubst, sie hat Konstanz verlassen?«

»Es gibt immer Mittel und Wege, selbst durch geschlossene Tore zu kommen«, murrte Ursus.

Hanna wollten diesen schönen Augenblick nicht mit düsteren Gedanken vergiften. Sie zog Ursus' Kopf zu sich herab und drückte ihm einen langen Kuss auf den Mund. Dann löste sie sich aus seiner Umarmung und rannte dem Ende der Brücke entgegen. »Wetten, ich bin schneller bei Jodok und Lena als du?« Glucksend rannte sie weiter.

Kurz vor dem Haus drosselte Ursus sein Tempo, sodass Hanna die Wette wie immer gewann. Hanna liebte ihn dafür, auch wenn sie selbst sehr unter ihrem hinkenden Bein litt.

Sie richtete erst ihr Kopftuch, fuhr sich dann über den Rock, ehe sie Ursus zunickte. Sie war lange nicht mehr in diesem Haus gewesen, zu lange. Mit klopfendem Herzen trat sie über die Schwelle.

Beinahe wäre sie mit Klara zusammengestoßen, die eben mit einem glimmenden Fichtenzweig aus der Küche gerannt kam. »Wir glauben, es geht bald los«, rief das Mädchen hektisch, wobei sie mitsamt dem Zweig die Treppe hochflitzte. »Soll die bösen Geister vertreiben, der Zweig, hat Else immer gesagt«, rief sie über ihre Schulter.

»Was geht los?«, fragte Ursus verständnislos.

»Ich denke, die Geburt.« Hanna lachte überschwänglich. »Wird auch langsam Zeit. Allerdings werde ich wohl ein Auge auf Klaras brennenden Zweig haben müssen, nicht dass uns das Haus noch abbrennt.«

Klara legte den Zweig eben auf die Kohlepfanne, als Hanna und Ursus eintraten. Augenblicklich durchzog ein feiner Duft die Kammer. Jodok kniete neben Lena und bemühte sich, ihr die Schweißperlen von der Stirn zu tupfen.

»Dich schickt der Himmel«, rief der Müller erleichtert, als er Hanna bemerkte. Auf seinem Gesicht lag eine Verlorenheit, die überhaupt nicht zu dem sonst so strengen Mann passte.

»Hat schon jemand Wendelgart verständigt?« Hanna trat auf die Kohlepfanne zu und betrachtete den brennenden Zweig, ehe sie sich zu Lena umdrehte.

»Klara war am frühen Nachmittag dort, doch die Wehmutter war nicht da. Klara hat ihr eine Nachricht hinterlassen, dass wir sie dringend brauchen.« Jodok erhob sich mit einem Stöhnen.

»Seither sind ja Stunden vergangen«, entgegnete Hanna entgeistert, wobei sie sowohl Jodok als auch Klara mit einem tadelnden Blick bedachte. »Ursus, lauf in die Vorstadt und hol Wendelgart. Und komm in Gottes Namen nicht ohne diese Frau zurück.«

Lena war in einem solch bemitleidenswerten Zustand, dass sie kaum noch etwas von ihrer Umwelt mitbekam. Es sah nicht gut aus. Hanna scheuchte alle bis auf Klara hinaus. Dann legte sie Lena das Amulett aus Adlersteinen auf den Bauch, welches sie stets unter ihrem Rock trug, und versuchte, ihre Freundin zu beruhigen.

»Lauf in die Küche und hol einen Eimer mit heißem Wasser und ein Leinentuch«, wandte sie sich an Klara, die sichtlich nervös an ihrem Rockzipfel nestelte. »Und bring auch etwas Schmalz mit.«

Als Klara die Sachen brachte, tauchte Hanna das Tuch in das heiße Wasser und legte es Lena auf den Bauch.

»Die Wärme wird die Muskeln entspannen und das Kindlein beruhigen«, erklärte Hanna mit einem sanften Lächeln. »Wendelgart hat mir erzählt, dass sie dies immer so macht.« Nach einer Weile wandte sie sich eine Spur leiser an Klara. »Geh hinunter und frag, wo Wendelgart bleibt.«

Klaras Antwort war ein ratloses Zucken mit den Schultern. Hanna tunkte zwei Finger in das Schmalz und schloss kurz die Augen. Dann griff sie Lena zwischen die Beine und versuchte, dem Kind den Weg zu erleichtern.

Die folgenden Stunden schrie und weinte Lena in einem fort, sie war längst nicht mehr bei Sinnen. Zwischendurch krümmte sie sich dermaßen, dass Hanna glaubte, dass der letzte Atemzug gekommen sei. Dann plötzlich riss ihre Freundin die Augen auf und begann zu pressen. Begleitet von einem herzzerreißenden Schrei flutschte der Säugling mit einem Schwall aus Blut und Schleim in Hannas Hände und begann augenblicklich zu schreien.

Hanna sackte erschöpft gegen die Wand, den Winzling noch immer in Händen. Lenas Kopf war zur Seite gesackt, doch ihr Atem ging regelmäßig.

In dem Moment wurde die Tür aufgerissen und Wendelgart stürmte herein. Ihr Gesicht war vom Laufen rot angelaufen, ihr Atem ging keuchend.

»Geschafft«, rief Hanna, wobei ein stolzes Lächeln ihre Mundwinkel umspielte.

»Ich sehe schon, viel kann ich dir nicht mehr beibringen«, schmunzelte die alte Wehmutter, während sie Lena mit einem Tuch zu säubern begann. Dann nabelte sie das Kind ab und zeigte Hanna, wie man ein Neugeborenes mit Honigwasser wusch. Mutter und Kind waren wohlauf.

»Hol jetzt Jodok«, wandte sie sich an Klara, die die ganze Zeit über verängstigt in einer Ecke gestanden hatte.

Der Winzling in Hannas Armen zappelte wild mit den Armen, als Wendelgart versuchte, seinen Gaumen mit einer Paste aus Salz und zerstoßenen Rosenblättern zu bestreichen. Er schrie aus Leibeskräften.

»Ganz der Vater«, meinte Wendelgart, wobei sie begann, ihre Utensilien zusammenzusuchen.

Jodok betrat zögerlich das Zimmer. »Was ist mit ihr?« Sein Gesicht hatte jegliche Farbe verloren. Die Angst um seine Frau stand ihm ins Gesicht geschrieben.

»Sie wird schon wieder«, beruhigte ihn Wendelgart. »Dein Sohn interessiert dich nicht?«

Hanna legte den kleinen Jungen in Jodoks Arme, ehe sie zusammen mit Wendelgart die Kammer verließ. Die tränenfeuchten Augen des Mannes waren den beiden Frauen nicht entgangen. Jodok sollte seinen Gefühlen freien Lauf lassen, sollte weinen wie der kleine Kerl in seinen Armen. Auch wenn er nicht sein leiblicher Vater war, in diesem Augenblick war er der glücklichste Mann in ganz Konstanz.

Hanna wollte bereits die Stufen hinabsteigen, als Wendelgart sie am Ärmel zurückhielt. »Ich werde morgen beim Großen Rat ansuchen, damit du endlich die Lehre bei mir beginnst.«

»Aber noch habe ich kein Bürgerrecht. Du weißt, erst muss ich ein Jahr hier in der Stadt leben.«

Wendelgart winkte ab. »Brau Lena die nächsten Wochen einen Sud aus Brennnesseln, Schafgarbenkraut und Frauenmantel«, sagte sie. »Ich werde jeden Tag nach ihr sehen.«

»Willst du mit uns essen?«, rief Klara aus der Küche, als Wendelgart eben ihren Umhang griff. »Das Morgenmahl steht schon auf dem Tisch.«

»Muss noch weiter. Der Tag erwacht und mit ihm jede Menge Arbeit. Unweit des Schottentores soll es auch bald losgehen, die Frau erwartet ihr zehntes Kind.« Wendelgart verabschiedete sich mit einem Winken, ehe die Tür hinter ihr zuschlug.

»Sie versteht ihr Handwerk, unsere Wendelgart«, japste Klara vergnügt. »Und bald wirst du in ihre Fußstapfen treten. Hanna – die Wehmutter von Konstanz, hört sich doch gut an.«

»Warum läuft Jodoks Mühlrad, wenn keiner da draußen ist?«, fragte Ursus eben, der mit am Tisch saß.

»In der Tat merkwürdig.« Hanna trat an seine Seite und legte ihm eine Hand auf die Schulter.

Die Morgendämmerung hatte bereits eingesetzt, und in der Ferne sah man die aufgehende Sonne. Das Wasser des Rheins glitzerte, während sich die Schilfhalme noch unter dem nächtlichen Tau bogen. Dünner Nebel umschmeichelte die Brücke.

»Jodok hat das Mühlrad gestern Abend selbst mit dem Bolzen arretiert. Es kann sich nicht von allein lösen, das ist völlig unmöglich«, bemerkte einer der Gesellen kauend.

»Aber es läuft, ebenso wie das von Meister Fronlein. Doch dort sehe ich seine Gesellen bei der Arbeit.« Ursus reckte seinen Kopf. Als Peter, der ältere Geselle, aufstehen wollte, wehrte Ursus ab. »Bleib hier sitzen, ich sehe nach.« Er griff sich einen Kanten Roggenbrot und schob ihn sich in den Mund. »Aber lasst mir ja was übrig von Klaras herrlichem Hafermus.«

Die beiden Gesellen lachten, während Klara nicht so recht wusste, ob Ursus einen Scherz machte oder ihr Hafermus tatsächlich mochte. Doch bevor sie ihm diese Frage stellen konnte, war er bereits aus der Küche verschwunden.

»Warte, Ursus!«, rief Hanna ihm nach. »Ich komme mit. Ein wenig frische Luft tut mir nach der langen Nacht gut.«

Hanna schlang die Arme um ihre Brust und versuchte mit Ursus Schritt zu halten. Die Nächte waren jetzt im September schon schneidend kalt. Schweigend liefen sie über die Brücke. Meister Fronlein war noch nirgends zu sehen, lediglich seine Gesellen hörte man in der Mühle werkeln.

Die Tür zu Jodoks Mühle war zugezogen. Alles sah wie immer aus. Lediglich das Mühlrad klapperte in einem merkwürdigen Rhythmus. Ursus stemmte sich mit dem Oberkörper gegen die Tür. Noch bevor sie die Leiche sahen, rochen sie den Gestank nach Blut und Fäkalien.

Reinhild Blarer hatte wohl Zuflucht in der Mühle gesucht und war dabei versehentlich an den Bolzen gestoßen. Die Mahlsteine hatten sich in Bewegung gesetzt und den Stoff ihres Kleides geradezu verschlungen. Die Frau lag in ihrem eigenen Blut, und die Steine drehten sich noch immer, wenn auch von Reinhilds Körper nicht mehr viel zu erkennen war.

29. Kapitel

Guta von Wellershausen schüttelte den Kopf, während sie die Worte bereits zum dritten Male las. Bruder Wigand saß ihr gegenüber und übte sich in tapfer ertragener Schweigsamkeit.

»Es wäre zu schön gewesen«, sagte die Meisterin eben lahm, wobei sie sich hinter ihrem Schreibtisch langsam erhob und auf das Fenster zuging.

Den Vertrauensbruch hatte sie am Beginenhof nicht mehr erwähnt. Irgendwie hatte die ganze Sache auch ihr Gutes gehabt. Der Zusammenhalt innerhalb der Schwesternschaft war gewachsen. Selten hörte man dieser Tage ein böses Wort, stattdessen waren die Tage getragen von Barmherzigkeit und Nachsicht.

»Wir müssen die Entscheidung des Papstes wohl oder übel akzeptieren.« Die Meisterin drehte sich langsam um und blickte dem ebenfalls geknickten Mann auffordernd entgegen.

»Leider«, seufzte er. »Bischof Rudolf wird weiterhin Bischof in Konstanz bleiben, trotz seines Fehltrittes.«

»Allerdings mit dem Unterschied, dass wir jetzt um sein Geheimnis wissen«, bemerkte Guta von Wellershausen mit stiller Genugtuung.

»Ihr wollt es an die Öffentlichkeit bringen?«, fragte Bruder Wigand entgeistert.

»Das würde uns keinen Vorteil verschaffen. Nein, mir schwebt eine ganz andere Lösung vor.« Guta von Wellershausen ließ sich wieder hinter ihrem Schreibtisch nieder und griff sich das Schreiben aus Avignon ein weiteres Mal.

»Ihr wollt das Schreiben als Drohung einsetzen? Den Bischof damit –«

»Nun, so würde ich es nicht sagen«, fiel ihm die Meisterin ins Wort. »Ein stummer Beweis in Notlagen, so könnte man es vielleicht nennen. Sollte der Bischof abermals darauf pochen, aus uns Nonnen zu machen, werde ich aber nicht zögern.«

Bruder Wigand fuhr sich müde über die Augen. Das Schreiben des Papstes hatte ihn gestern Abend zu später Stunde erreicht und ihm eine schlaflose Nacht beschert. Der Bote hatte ihm auch mitgeteilt, dass Bischof Rudolf ebenfalls eine Abschrift erhalten werde, also war man zu dieser Stunde auch am Bischofssitz bereits informiert.

»Ich wage nicht, daran zu denken, wie Augusta Pfefferhard diese Neuigkeit aufnehmen wird. Sie sah ihren Sohn doch bereits als kirchliches Oberhaupt von Konstanz.« Wigand fuhr sich über die müden Augen. »Wie ich die Frau kenne, wird sie toben.«

»Tugenden wie Demut oder Botmäßigkeit sind der Frau in der Tat fern, sie neigt eher zu Verstocktheit und Eigensinn, doch auch dies wird nichts an der Tatsache ändern, dass ihr Sohn, statt Bischof von Konstanz zu werden, nun den Bischofsstuhl in Curia besetzen wird. Ehrlich gesagt, finde ich daran nichts Verdammenswertes. Schließlich gelingt es nicht jedem päpstlichen Kaplan, zum Bischof geweiht zu werden, und wie man so hört, besitzt Curia einen beachtlichen Domschatz.«

»Noch«, konterte Bruder Wigand höhnisch. »Würde mich nicht wundern, wenn Bischof Rudolf schnellstmöglich dafür sorgt, dass viele der Goldkisten in den Katakomben des hiesigen Münsters verschwinden.«

Guta von Wellershausen rollte die Bulle vorsichtig zusammen. »Das soll nicht unser Problem sein. Ich denke, Augusta Pfefferhard wird dies mit ihren Beziehungen zu verhindern wissen, und wenn nicht …« Sie zuckte gelassen mit den Schultern. »Wenn nicht, muss ihr Sohn halt dafür sorgen, dass Curia wieder zu Reichtum gelangt.«

»Was gedenkt Ihr jetzt zu tun?«, fragte Wigand erschöpft.

»Ich werde Bischof Rudolf einen Besuch abstatten und ihm dabei unsere Bedingungen mitteilen.«

»Bedingungen?«

Bruder Wigand schien in seinem Stuhl zu schrumpfen, während Guta von Wellershausen trotz ihres fortgeschrittenen Alters eine Stärke an den Tag legte, die ihn verwunderte. Die

Begine verschnürte die Bulle mit einem Lederband und ging abermals auf das Fenster zu.

Im Hof lief eine Gruppe Schwestern eiligst der Kapelle entgegen. Unter ihnen glaubte sie Schwester Agrikola zu erkennen. Ein Lächeln huschte über das verkrampfte Gesicht der Meisterin. Der Kräuterschwester war es offenbar tatsächlich gelungen, ein Wundermittel gegen Schwester Luzias Krämpfe zu finden, denn die Anfälle blieben seit Wochen aus. Ein gutes Omen und ein Zeichen Gottes, dass sie selbst auch das Richtige tat.

»Die Schwestern würden sich freuen, wenn Ihr Euren Mitbruder Ludger während der Messe unterstützen würdet«, sagte sie mit einfühlsamer Stimme über ihre Schulter. »Wir haben seit wenigen Tagen eine neue Schwester in unseren Reihen. Ihr sind die Regeln hier noch etwas fremd, doch Eure Gegenwart würde sie bestimmt in ihrem Glauben bestärken.«

Bruder Wigand erhob sich schwer. »Dann will ich mal zusehen, dass ich Eure Schäfchen auf den rechten Weg führe. Wie heißt denn die neue Schwester, und woher stammt sie?«

»Schwester Alma, der Rest steht irgendwo zwischen den Wolken und wird auch dort bleiben.«

Wigand lächelte. »Seit wann leben hier am Beginenhof auch Kinder?« Er war leise hinter die Meisterin getreten und blickte jetzt ebenfalls auf den Innenhof.

»Das ist Odo, ein aufgeweckter kleiner Kerl«, bemerkte Guta von Wellershausen lächelnd. »Im kommenden Frühjahr wird er beim Schustermeister Gernot in die Lehre gehen, und bis dahin hilft er uns tatkräftig bei der Arbeit.«

Wigand schüttelte den Kopf. »Eines Tages wird Euch Eure Hilfsbereitschaft noch um Kopf und den Kragen bringen.«

»Dafür habe ich ja jetzt dieses Stück Pergament.« Guta von Wellershausen schmunzelte.

Während der Kustos die letzten beiden Schwestern hastig in die Kapelle scheuchte, bedankte sich Guta von Wellershausen bei Odo, der ihr eben einen Esel vor den Karren spannte. Als sich das Tor des Beginenhofs hinter ihr schloss, drückte sie die Augen zu. Sie hatte selten in ihrem Leben eine solche Angst verspürt.

Jedes ihrer Worte musste mit Bedacht gesprochen werden, wollte sie ihre Ziele erreichen. Bischof Rudolf war gerissen und schlau. Seine adelige Abstammung verlieh ihm Würde und Selbstvertrauen, das Studium der Rechte hatte seinen Verstand geschärft. Zudem würde er durch das Schreiben des Papstes voller Zorn und Verbitterung sein. Jetzt kannte man auch in Avignon sein dunkles Geheimnis.

Guta von Wellershausen trieb den Esel nicht zur Eile. Sie versuchte, sich ihre Erregung nicht anmerken zu lassen, und grüßte freundlich nach allen Seiten. Als sie die Blatten und anschließend den Platz vor der Kirche Sankt Stephan kreuzte, klopfte ihr Herz bereits so hart in ihrer Brust, dass sie glaubte, jeden Augenblick vom Kutschbock zu fallen.

Der Esel schien ihre aufsteigende Panik zu spüren, denn er lief für einmal ohne zu bocken seines Weges. Guta von Wellershausen überließ es dem Tier, sich durch das Gewühl zu drängen. Das Hämmern und Klopfen der Steinmetze wurde mit jedem Atemzug lauter, und als sie die Augen wieder öffnete, befand sie sich bereits unmittelbar vor dem Münster. Seit Jahren wurde am Münster gebaut, und vermutlich würde sie die Fertigstellung nicht mehr erleben. Das steinerne Monument erinnerte sie an die eigene Vergänglichkeit und führte ihr vor Augen, wie winzig und nichtig der Mensch doch war.

Sie straffte ihren Rücken und trieb den Esel über den Platz auf den Bischofssitz zu. Dank ihrer Schwesterntracht musste sie beim Türwächter nicht lange um Einlass feilschen. Die Bulle aus Avignon fest mit ihren knochigen Fingern umklammernd, betrat sie wenig später den protzigen Empfangsraum und sah sich Bischof Rudolf gegenüber.

Nach den üblichen Begrüßungsfloskeln kam sie schnell zum eigentlichen Begehren. Bischof Rudolf hörte sich ihre Bedingung wortlos an. Allerdings verfinsterte sich seine Miene zunehmend, und bald lag ein so harter Zug um seine Mundwinkel, dass Guta von Wellershausen glaubte, er werde ihr an die Gurgel gehen. Sie wich einen Schritt zurück.

»Früher oder später werdet Ihr und Eure Schwestern Euch einem Orden anschließen müssen«, zischte er ihr wütend entgegen. »Der jetzige Papst zeigt sich viel zu milde, aber glaubt mir, auch Papst Johannes lebt nicht ewig, und dann werden sich die Zeiten ändern.« Bischof Rudolf presste die Fingerkuppen beider Hände fest aufeinander. Seine Stimme klang hart und kalt.

Guta von Wellershausen schluckte. Sie drückte sich eine Hand auf die Brust, um das heftige Pochen zu beruhigen. Solange sie lebte, würden sich ihre Mitschwestern nicht den Predigerbrüdern unterwerfen. Mit dem Eintritt in ein Kloster würden all ihre Rechte beschnitten, würde es vorbei sein mit der Wohltätigkeit in der Stadt, der Freude, die die Frauen in den Garten der Vorstadt trieb, der freiwilligen Armut und Frömmigkeit, die von Herzen kam. Sie würden Gefangene sein, gefangen hinter dicken Klostermauern, mundtote Weiber wie die Dominikanerinnen. Sie würde bis zu ihrem letzten Atemzug dafür kämpfen, dass es nicht so weit kam.

»Nun, werter Bischof«, sagte sie mit heiserer Stimme. »Ihr habt meine Forderungen gehört. Wir Schwestern führen ein Leben wie bisher, und daran wird sich die nächsten Jahre nichts ändern. Schreibt dies so auf ein Stück Pergament. Ebenfalls schreibt Ihr, dass Ihr Hanna in Zukunft in Ruhe lasst. Die alten Geschichten sind es nicht wert, ständig aufgewärmt zu werden. Das Mädchen hat schon zu viel durchgemacht.«

»Ich könnte Euch durch meine Söldner hier und jetzt aufgreifen lassen.« Bischof Rudolf lachte. »Man würde Eure Leiche irgendwo in einem Straßengraben finden, glaubt mir. Alle hier am Bischofssitz würden bezeugen, Euch niemals hier gesehen zu haben. Die Bulle aus Avignon würde mit Euch verschwinden.«

Guta von Wellershausen faltete die Hände. Den ganzen Weg über hatte sie geahnt, dass ihr ein folgenschwerer Fehler unterlaufen war. Doch die Freude über das Schreiben aus Avignon hatte sie unvorsichtig werden lassen. Sollte das nun der Preis dafür sein? Als verstümmelter Leichnam im Straßengraben zu enden? Die Schwestern wären Bischof Rudolf hilflos ausgeliefert, alles, wofür sie all die Jahre gekämpft hatte, wäre vorbei. Warum nur hatte sie keine Abschrift des Schreibens anfertigen lassen! Jetzt war es zu spät.

»Ihr vergesst, dass es eine Abschrift der Bulle sowohl am Beginenhof als auch bei Bruder Wigand gibt.« Sie hoffte inständig, dass Bischof Rudolf das Zucken ihrer Augen nicht bemerkte und die Lüge nicht entlarvte.

Die Stille im Raum war bedrückend. Langsam griff sich der Bischof den Federkiel. Er tunkte ihn in die Tinte. »Ich habe Euer Versprechen, dass die Wahrheit über den Jungen niemals die Gassen der Stadt erreichen wird, ansonsten ...«

»Ich habe Eure Drohung verstanden.« Guta von Wellershausen atmete tief durch. »Wenn Ihr zu Eurem Wort steht, werde ich es auch tun.«

Das Kratzen des Federkiels hörte sich schöner als jedes Lied an, das ihre Mitschwestern in der Kapelle anstimmten. Guta von Wellershausen schloss die Augen, als der Bischof nun all ihre Forderungen aufs Pergament brachte und am Schluss seinen Namen daruntersetzte.

Bischof Rudolf hielt die Schriftrolle lange in seinen Händen, ehe er sie ihr mit abschätzigem Blick überreichte.

Als Guta von Wellershausen den Bischofssitz wenig später verließ, war eine Last von ihren Schultern gefallen. Zwar zitterten ihre Beine wie Espenlaub, und das Blut rauschte einem Wasserfall gleich in ihren Ohren, doch sie hatte gewonnen. Überschwänglich vor Freude trieb sie den Esel auf die Rheinbrücke zu.

Die Mühlräder ratterten und klopften in gewohnter Monotonie. Bald würden auch die Spuren der unfreiwilligen Hinrichtung der Blarerin verschwunden sein. Die Nachricht des Unglücksfalles hatte in Konstanz einen Freudentaumel ausgelöst. Zwar hätten viele die Blarerin gern am Galgen gesehen, doch die grausigen Ausschmückungen ihres Todes sorgten ebenfalls für beste Unterhaltung in den Schenken.

Zwei Katzen rannten maunzend davon, als der Karren vor dem Haus des Müllers zum Stehen kam. Guta von Wellershausen kletterte behände vom Kutschbock.

Die Tür war nur angelehnt, sodass sie aufs Anklopfen verzichtete. Von oben hörte man Stimmen, aus der Küche das Hantieren mit Töpfen. Guta von Wellershausen stieg die Treppe hoch und trat leise in die Schlafkammer.

»Meisterin Guta«, rief Hanna erstaunt und erfreut zugleich. »Bitte setzt Euch doch.« Hastig zog sie einen Hocker herbei, und die Begine warf einen Blick auf den Säugling.

»Wie goldig er ist«, seufzte sie mit Tränen in den Augen. »Dürfte ich ihn vielleicht einmal kurz in die Arme nehmen?«

Lena küsste ihren Sohn sanft auf die Stirn. Augenblicklich überzog ein Lächeln das Gesicht des kleinen Jungen.

»Engellächeln«, sagte Guta von Wellershausen mit sehnsuchtsvoller Stimme. Sie drückte Hanna das Schreiben des Bischofs in die Hand, ehe sie den kleinen Jungen fest an ihre Brust drückte. Der alten Frau liefen Tränen über die Wangen, Tränen der Erinnerung.

Hanna öffnete das Schreiben und blickte verständnislos auf die geschriebenen Worte. »Ist Lesen schwer?«, fragte sie leise, um die Innigkeit des Augenblicks nicht zu zerstören.

»Ist es nicht und auch Schreiben nicht«, flüsterte Guta von Wellershausen mit bebenden Lippen. »Schwester Luzia würde es dir bestimmt gerne beibringen.«

In diesem Augenblick betrat Ursus die Kammer. Er musste die letzten Worte wohl mit angehört haben, denn auf seinen Gesichtszügen lag eine Erschrockenheit, die alle zum Lachen brachte.

»Natürlich muss sie dafür nicht unser Gewand nehmen.« Guta von Wellershausen schüttelte hastig den Kopf. »Hanna ist jederzeit als Gast am Beginenhof willkommen.«

Ursus atmete erleichtert auf. »Und ich dachte schon, dass ich dich ein weiteres Mal verliere. Glaub mir, das hätte ich nicht überlebt.«

»Das wirst du nicht, du dummer Kerl.« Hanna wischte sich

verstohlen eine Träne aus den Augen. »Du wirst mich nämlich nicht mehr los. So wie es aussieht, werde ich Konstanz mein Lebtag nicht mehr verlassen.«

Kurz bevor Guta von Wellershausen das Haus betreten hatte, war Ritter Conrad hier gewesen, wie Hanna berichtete. Er hatte ihr ein Schreiben des Großen Rates überbracht, in welchem mit schönen Lettern geschrieben stand, dass sie ganz offiziell in Konstanz bleiben dürfe. Sie war nun Bürgerin der Stadt. Ganz bestimmt hatte auch Wendelgart ihren Teil dazu beigetragen, denn im Schreiben stand ebenfalls, dass sie zur Lehre als Hebamme zugelassen war.

»Das freut mich«, sagte Guta von Wellershausen. »Wir alle haben dir viel zu verdanken.« Sie wurde nachdenklich. »Mir ist aber immer noch nicht klar, warum Reinhild Blarer den Ratsherrn Walter von Roggwil vergiftet hat.«

»Es war reiner Zufall, dass es ihn erwischt hat«, erwiderte Hanna. »Es hätte jeden der Männer bei jenem Festmahl treffen können. Als Walter von Roggwil zum Heimgang aufbrach, sah Agnes wohl eine günstige Gelegenheit, ihm das Gift zu verabreichen und Endlin von Liebenfels so in Verdacht zu bringen.«

Die Meisterin seufzte. »Und Reinhild Blarer hat all die Widrigkeiten nur begangen, um Endlin aus dem Weg zu schaffen und so an die Burg Liebenfels zu gelangen?«

»Nicht nur«, erklärte Hanna. »Letztlich hoffte sie wohl, dass Brun von Tettikoven sie zu seiner Frau macht. Dies hätte ihr noch mehr Ansehen verschafft.«

»Leider ist nichts daraus geworden«, sagte Ursus, wobei er einen Arm um Hanna legte und sie an seine Brust zog. »Die Liebe war in diesem Fall nur einseitig.«

Guta von Wellershausen streichelte über die Wange des kleinen Jungen. »Brun von Tettikoven wollte also stets nur den Goldschatz. Reinhild Blarer kann einem fast ein wenig leidtun. Erst wird sie genarrt, und dann findet sie auch noch einen solch grausigen Tod.«

»Euer Mitgefühl in Ehren, werte Meisterin, doch die Frau ist eine Mörderin. Sie hat es nicht besser verdient.«

Guta von Wellershausen sog den lieblichen Duft des kleinen Jungen tief in ihre Lungen, ehe sie ihn wieder in Lenas Arme legte.

»Und willst du gar nicht wissen, was in dem Schreiben des Bischofs steht?«, fragte sie Hanna mit einem spitzbübischen Lächeln auf den Lippen.

Hanna schluckte trocken, als die Meisterin den Brief vorzulesen begann.

Ich, Bischof Rudolf von Montfort, gebe mein Ehrenwort, dass ich die Jungfer Hanna nicht mehr verfolgen und die alten Geschichten für immer vergessen werde.
Gezeichnet: Konstanz, im September des Jahres 1323.

Danksagung

Ein Dank gebührt meinem Agenten Dr. Michael Wenzel, der mir den Einstieg beim großen Emons Verlag erst ermöglichte.

Ebenfalls bedanken möchte ich mich bei meiner Lektorin Hilla Czinczoll, die meinem Werk den letzten Schliff gegeben hat. Ihre Arbeit ist unbezahlbar.

Auch den Mitarbeitern des Verlags möchte ich danken, ohne die es gar nicht ginge. Insbesondere das wunderschöne Cover ist mehr als nur einen Dank wert.

Danken möchte ich ebenfalls der Kulturstiftung Liechtenstein, die mir mit einem kleinen Beitrag geholfen hat, dass mir mehr Freiraum für das Schreiben blieb.

Natürlich möchte ich auch meine Familie nicht vergessen, die mir stets den Rücken freihält. Danke euch allen.

Und zu guter Letzt danke ich allen Lesern, die mein Buch gekauft haben, und wünsche ihnen unterhaltsame Stunden.